T0268278

El Circo
de los Prodigios

EL CIRCO
DE LOS PRODIGIOS

ELIZABETH MACNEAL

Traducción de Laura Paredes

Papel certificado por el Forest Stewardship Council®

Penguin
Random House
Grupo Editorial

Título original: *Circus of Wonders*

Primera edición: enero de 2022

© 2021, Elizabeth Macneal
© 2022, Penguin Random House Grupo Editorial, S. A. U.
Travessera de Gràcia, 47-49. 08021 Barcelona
© 2022, Laura Paredes Lascorz, por la traducción

Penguin Random House Grupo Editorial apoya la protección del *copyright*.
El *copyright* estimula la creatividad, defiende la diversidad en el ámbito de las ideas y el conocimiento,
promueve la libre expresión y favorece una cultura viva. Gracias por comprar una edición autorizada
de este libro y por respetar las leyes del *copyright* al no reproducir, escanear ni distribuir ninguna
parte de esta obra por ningún medio sin permiso. Al hacerlo está respaldando a los autores
y permitiendo que PRHGE continúe publicando libros para todos los lectores.
Diríjase a CEDRO (Centro Español de Derechos Reprográficos, http://www.cedro.org)
si necesita fotocopiar o escanear algún fragmento de esta obra.

Printed in Spain – Impreso en España

ISBN: 978-84-666-7038-8
Depósito legal: B-15.273-2021

Compuesto en Llibresimes, S. L.

Impreso en Rotoprint by Domingo sl
Castellar del Vallès (Barcelona)

BS 7 0 3 8 8

Para mamá y papá, con todo mi amor

Primera parte

Mayo de 1866

El río en el que acabas de meter el pie ya no existe. Esas aguas han dado paso a estas de ahora.

Heráclito, *Fragmentos*

Somos seres incompletos, hechos solo a medias.

Mary Shelley, *Frankenstein, 1823*

1

Nell

Empieza con un anuncio, clavado en un roble.

—¡El Circo de los Prodigios de Jasper Jupiter! —grita alguien.

—¿Qué es eso?

—¡El mayor espectáculo del mundo!

Todo el mundo avanza a empellones, chasqueando la lengua, gritando.

—¡Cuidado! —chilla una mujer.

A través de un hueco abierto entre varias axilas, Nell vislumbra un fragmento del cartel. Su color llamativo, rojo fuerte con bordes dorados. Una ilustración de una mujer barbuda, vestida con un jubón rojo y unas alas doradas en las botas. «¡Stella, el Ave Cantora, barbuda como un oso!». Nell se acerca más, alargando el cuello para ver todo el anuncio y leer las sinuosas palabras. «Minnie, la Afamada Mastodonte» (una enorme criatura gris de hocico largo), «Brunette, la Giganta Galesa. El Museo de Objetos Curiosos más pequeño del mundo» (el boceto de un cocodrilo blanco en un tarro y la piel mudada de una serpiente).

En la parte superior del volante, y con un tamaño tres veces mayor que cualquiera de los demás elementos, figura la cara de un hombre. Lleva las puntas del bigote rizadas de modo que forman un paréntesis pronunciado y sostiene un bastón como si fuera un rayo. «Jasper Jupiter —lee—, empresario circense, presenta una asombrosa compañía de curiosidades vivientes...».

—¿Qué es una curiosidad viviente? —pregunta Nell a su hermano.

Él no le responde.

Allí de pie, se olvida de cortar y atar interminables violetas y narcisos, de las numerosas picaduras de abeja que le provocan hinchazones en las manos, del sol primaveral que le baña la piel hasta que parece hervirle. El asombro crece en su interior. El circo va a venir, a su pueblo. Se instalará en los campos salpicados de sal que hay tras ellos, manchará el cielo con brochazos de colores exquisitos, traerá lanzadores de cuchillos, animales exóticos y chicas que recorrerán las calles como si fueran suyas. Nell se apretuja más contra su hermano y escucha el batiburrillo de preguntas. Gritos entrecortados, exclamaciones.

—¿Cómo consiguen que los cachorritos bailen?

—¡Un mono vestido como un pequeño galán!

—¿Tiene realmente barba esa mujer?

—Pelaje de ratón. Será pelaje de ratón pegado con cola.

Nell contempla el volante, con sus bordes enrollados, sus colores vivos y su letra reluciente, e intenta grabárselo en la cabeza. Desearía poder quedárselo. Le gustaría volver a escondidas por la noche y quitar los clavos, con cuidado para no rasgar el papel, y mirarlo cuando le apetezca, examinar a esas personas curiosas con la misma atención que pone en los grabados de la Biblia.

A menudo se han montado espectáculos de carpas en poblaciones cercanas, pero nunca en su pueblo. Su padre visitó incluso el de Sanger cuando se instaló en Hastings. Contaba historias sobre muchachos con los labios pintados, hombres que montaban caballos cabeza abajo y disparaban a botellas. «Unas maravillas increíbles —decía—. Y las prostitutas..., oh, te cobran tan poco como una chica de Brighton». En el campo, las noticias sobre desastres circenses corrían alegremente de boca en boca. Domadores devorados por leones, chicas que caminaban por la cuerda floja a gran altura y que sufrían caídas mortales, incendios que consumían la carpa entera y carbonizaban a los espectadores que estaban dentro mientras las ballenas hervían en sus acuarios.

Los gritos se interrumpen un momento y entonces una voz dice:

—¿Estás tú en él?

Es Lenny, el que hace las cajas de embalaje, con el pelo rojizo cayéndole sobre los ojos. Está sonriendo como si esperara que todo el mundo se uniera a él. Quienes están a su alrededor se quedan callados y, alentado, habla más fuerte:

—¡Haz el pino! Antes de que lleguen los demás prodigios.

Por el respingo que pega su hermano, al principio Nell cree que Lenny está hablando con él. Pero eso es imposible; Charlie no tiene nada inusual y es a ella a quien Lenny está mirando, recorriéndole las manos y las mejillas con la vista.

El silencio se alarga, roto solo por susurros.

—¿Qué ha dicho?

—¡No lo he oído!

Un movimiento de pies, inquieto.

Nell nota la conocida sensación de ser observada. Cuando alza los ojos, los demás se sobresaltan, se miran las uñas o se fijan en una piedra del suelo con excesiva atención. Sabe que quieren ser amables, ahorrarle la humillación. La asaltan los recuerdos. Se acuerda de como hace dos años, cuando la tormenta esparció sal sobre las violetas y las marchitó, su padre la señaló con un dedo tembloroso: «Es gafe, ya lo dije el día que nació». O de como la novia de su hermano, Mary, procura no rozarle la mano sin querer. «¿Será contagioso?». De los viajeros de paso que se quedan mirándola sin el menor disimulo, de los charlatanes que intentan venderle pastillas, lociones y polvos. Una vida siendo muy visible e invisible a la vez.

—¿Qué has dicho, Lenny? —pregunta su hermano preparado para atacar como un terrier a la caza de ratones.

—Déjalo —le susurra Nell—. Por favor.

No es ninguna niña ni un pedazo de carne por el que deban pelearse unos perros. Esta no es su lucha; es la de ella. Se siente como si le dieran un puñetazo en la barriga. Se tapa con las manos como si estuviera desnuda.

La gente retrocede cuando Charlie se abalanza sobre Lenny y usa el brazo como si fuera un martillo para golpearlo mientras lo mantiene inmovilizado bajo su cuerpo. Alguien trata de apartarlo, pero es un monstruo que pega, da patadas, se revuelve.

—Por favor —suplica Nell alargando la mano hacia la camisa de su hermano—. Para, Charlie.

Alza la mirada. El círculo se abre a su alrededor. Está sola, toqueteándose el dobladillo del sombrero. Un hilo de sangre reluce como un rubí en el suelo. El sudor le mancha las axilas del vestido. El pastor deja una mano suspendida sobre su hombro como si fuera a darle unas palmaditas.

A Nell le molestan las picaduras de abeja de las manos, enrojecidas por la savia.

Se abre paso entre la gente. A su espalda, el gruñido de la pelea, el ruido de tela rasgada. Empieza a andar hacia los acantilados. Le apetece nadar, sentir la insoportable fuerza de la corriente, el dolor sordo de las extremidades al luchar contra ella. «No voy a correr», se dice a sí misma, pero pronto sus pasos golpean el suelo y la respiración le quema en la garganta.

2

Toby

Toby tendría que volver al campamento cabalgando a toda velocidad por entre esos setos sinuosos antes de que oscurezca. Pero nunca puede resistirse al modo en que la gente lo mira cuando cuelga los anuncios mientras sujeta los clavos con los labios. Tarda más de lo que debería, como si eso formara parte del espectáculo. Su hermano se partiría de risa al ver cómo empuña teatralmente el martillo, cómo mueve el cuerpo como si se estuviera quitando una capa. ¡Tachán! Pero los aldeanos lo miran como si fuera importante, como si fuera alguien, y él endereza la espalda y recoloca la corona de dientes de león que le ha hecho a su caballo.

En cuanto regrese al campamento, pasará a un segundo plano. Él simplemente facilita las cosas a los demás; su fuerza bruta es la única forma que tiene de pagar la deuda contraída con su hermano. Carga heno, transporta postes y engrasa trinquetes. Es alto, pero no lo bastante. Es corpulento, pero no lo suficiente. Su fortaleza es útil, pero palidece al compararla con la de quienes se ganan la vida con eso, como Violante, el Hércules español, que puede levantar un cañón de hierro, que pesa ciento ochenta kilos, con el pelo.

Mientras espera junto a la posada y la gente observa los volantes que asoman de la alforja, el sudor le empapa el cuello de la camisa. El día es demasiado claro, demasiado caluroso para ser real. Está como suspendido, tan quieto y perfecto como una bola de cristal, como si estuviera a punto de romperse.

Ve como una chica rubia corre hacia el mar levantando tras ella un polvo que parece humo. Un muchacho pecoso rodea la esquina de la posada cojeando, con sangre en la nariz y la boca. «Les ha entusiasmado tanto el espectáculo que se ha desatado una pelea». Eso es lo que le dirá a su hermano Jasper esa noche. Saber que las expectativas son tan altas servirá, por lo menos, para suavizar un poco el mal genio de Jasper, que sin duda estallará en cuanto ponga un pie en ese..., bueno, hasta llamarlo pueblo sería generoso. Chozas de madera encorvadas como viudas, perros famélicos. Piensa en Sebastopol, en las cubiertas quemadas de las viviendas y en la fragancia de las exuberantes flores. Le tiemblan los dedos con que sujeta las riendas. Las gaviotas chillan como morteros. Le llega un hedor a cuerpos rancios, a estiércol seco. Se frota la mejilla.

Se sube a su caballo (Grimaldi, en honor al payaso), le clava las espuelas en los flancos y emprende el camino de vuelta a su campamento actual, a una hora de distancia. Esa noche recogerán los carromatos, uncirán las cebras y empezarán su lento desfile hasta este sitio. Ha encontrado un campo donde plantarán su carpa y ha dado instrucciones al tendero para que les suministre repollos y verduras viejas para los animales.

En cuanto sale de la población, Toby decide tomar el camino de la costa, más largo, por donde la chica se ha ido corriendo. Al cabalgar hacia los acantilados, pasa ante pequeños jardines tapiados alfombrados de violetas y se da cuenta de que el pueblo es una granja de flores. Oye su primer cuco del año, pasa a medio galope junto a una collalba posada en una rama.

El mar es transparente como la ginebra, las piedras, afiladas como bayonetas. El agua se funde con el cielo en una pálida nebulosa. Toby se detiene y forma un cuadrado con los dedos, como si pudiera capturar la escena con su cámara fotográfica. Baja las manos. Las imágenes prístinas han dejado de atraerle desde la guerra de Crimea, así que saca un puro y un paquete de cerillas Lucifer.

En ese momento, cuando enciende una cerilla e inhala su fresco aroma, a alcanfor y azufre, ve a la chica en una roca, como si estuviera a punto de salir a un escenario. La caída debe de ser de unos dos o tres metros.

—¡No! —grita cuando ella se lanza hacia delante con los pies extendidos y el cabello pálido ondeando hacia atrás como una llama. El mar la engulle, hace gárgaras. La muchacha asoma brevemente con los brazos en alto, luchando. La pierde de vista. Las olas rugen.

Está seguro de que se está ahogando. Ya lleva demasiado rato sumergida. Desmonta a toda prisa y echa a correr. Desciende el escarpado sendero del acantilado, desplazando guijarros; se tuerce el tobillo, Grimaldi se tambalea tras él. Ni rastro de ella. Siente un dolor punzante. La mano de la chica aparece como si creciera del mar mismo. Él tira de su camisa y se lanza al agua poco profunda. Está fría, pero le da igual.

Y entonces la chica sale a la superficie y sus brazos cortan las olas. Se mueve con el mar, deleitándose en el agua con la soltura de una foca. Agita las piernas, bucea y surca el agua con el pelo pegado a la cara. Parece algo íntimo y Toby tiene la sensación de estarse entrometiendo; pero está fascinado por el éxtasis sutil de sus movimientos, por cómo se desliza por el agua con la suavidad con que un cuchillo caliente corta la mantequilla. Ella avanza hacia la roca de la que saltó, aguarda el oleaje y se encarama a ella con el vestido pegado a su cuerpo. Toby casi espera que emerja una cola con escamas, no unas piernas.

Cuando ya está en lo alto de la roca, lo detecta, y él se ve a sí mismo como debe de verlo ella: el chaleco de piel de becerro a medio quitar, los pantalones empapados. La camisa abierta, la tripa flácida y pálida. Un hombre con aspecto de oso estúpido. El sonrojo de la vergüenza le sube desde el cuello.

—Yo... creía que se estaba ahogando —dice.

—No.

La muchacha apoya el mentón en sus manos y lo observa fijamente con el rostro medio sumido en la penumbra. Pero él se percata de que hay algo más bajo su rabia: un anhelo, como si ese lugar fuera demasiado pequeño para ella, como si quisiera más. Siente un tirón correspondiente en su propio pecho.

La chica desvía la mirada y la dirige hacia el horizonte. Hay algo en ella que Toby no puede explicar. Observa que la sombra ha caído en la mejilla equivocada. Debe de estar equivocado. La mira con más atención. Un chisporroteo eléctrico le recorre el cuerpo. Avanza con las olas acariciándole las rodillas.

Es como si alguien hubiera tomado un pincel y se lo hubiera deslizado desde el pómulo hasta la barbilla, salpicando motitas de pintura marrón por el resto de su cara y su cuello. Tendría que dejar de mirarla, pero no puede. No se puede creer que en ese tranquilo pueblo viva alguien tan extraordinario. Allí, entre las ortigas, la tierra y las chozas destartaladas.

—Adelante, eche un buen vistazo —dice. Sus ojos son desafiantes, como si esperara que él diera un respingo.

Sus palabras hacen mella en Toby.

—Yo —tartamudea, colorado—. Yo... yo no...

Se hace el silencio. Las olas le escupen y braman al chocar contra las rocas. El mar se extiende entre ellos, como si la protegiera. Tendría que irse. El sol se está poniendo ya y tendrá que cabalgar una hora en medio de la oscuridad. Desconoce esos parajes. Toca el cuchillo que lleva en el muslo, donde aguarda listo para hundirse en cualquier forajido que pueda saltar desde un árbol.

Se oye un grito procedente de los acantilados, una voz de hombre:

—¡Nel-lie! ¡Nel-lie!

La muchacha se desliza tras la roca para ocultarse.

El hombre podría ser su marido; es lo bastante mayor para estar casada. Se pregunta si habrán discutido, si será por eso que ella está escondida allí.

—Bueno, adiós —dice, pero ella no le responde.

Toby avanza lentamente hacia la orilla. Las anémonas se exhiben en las charcas que hay entre las rocas. Monta a Grimaldi y, cuando corona el sendero, se encuentra con el hombre que grita el nombre de la chica. Lo saluda con la gorra.

—¿Ha visto una chica ahí abajo? —le pregunta.

Toby se detiene y la mentira le sale sola.

—No —contesta.

En cuanto llega a la cima, vuelve la vista atrás, pero ella no está. Se ha sumergido en el agua, quizá, o sigue agazapada tras la roca. Un montón de espuma se eleva sobre la pequeña protuberancia rocosa. Sacude la cabeza y pone su caballo al galope.

Corre como si lo persiguieran. Corre como para dejarse atrás a sí mismo, como para dejar atrás sus propios pensamientos, como para aumentar la distancia entre ellos. Le entran mosquitas en la boca. La silla cruje. Quiere dejar a esa chica ahí, como un niño que ha levantado una piedra y vuelve a colocarla sin matar la cochinilla que había debajo. Quiere olvidarla. Pero sigue en su mente, como si estuviera grabada en cristal.

«Adelante, eche un buen vistazo».

Pestañea, cabalga más deprisa. Extraña a su hermano con un dolor repentino, siente la necesidad de estar con él, de volver a su lado, de contar con la seguridad de su silencio y su protección.

«Scutari, Scutari, Scutari».

Aquellas noches frías, el silbido de las balas. Soldados estremeciéndose bajo lonas rasgadas.

«Eso forma parte del pasado», se dice a sí mismo; nadie, excepto Jasper, sabe lo que ha hecho. Nadie lo sabe. Pero el corazón le late con fuerza y él se inclina más hacia el caballo por miedo a delatarse a sí mismo. Una gaviota lo mira y chilla como diciendo: «Yo lo sé. Yo lo sé. Yo lo sé».

Es un cobarde, un mentiroso, y un hombre murió por su culpa. Mil más podrían haber fallecido por obra suya.

De las ramas bajas salen volando gorriones. Adelanta a un carruaje solitario. Una liebre se salva por poco de los cascos de

Grimaldi. Toby, que suele ser muy prudente, jamás ha cabalgado tan rápido en su vida.

Informará a su hermano sobre la chica y el rostro de Jasper se contraerá de puro placer. Así reducirá su deuda un poquito. Eso es lo primero que hará cuando llegue al campamento. Si no lo hace, su hermano lo adivinará de todos modos. Algunas veces tiene la sensación de que Jasper puede ver su interior. Es un libro que leer, una máquina sencilla cuyas piezas Jasper puede montar con facilidad. Toby se agacha para esquivar una rama baja, le arden los muslos. Recuerda a Jasper quitándoles los anillos de plata a los cadáveres de los soldados mientras sujetaba una bolsa llena de crucifijos rusos. «¡Arramblo con todo lo que veo! ¡Esto pagará nuestro circo!».

Si le habla a Jasper de la chica, de Nellie, ¿qué pasará entonces?

Otros podrían apreciar también lo que vale. Y ella ganaría mucho más que en ese lugar.

Pero mientras un faisán se aparta como puede de su camino, Toby se ve a sí mismo como un ingenuo sabueso llevándole a su hermano un pájaro muerto en la boca.

3

Nell

—Nel-lie, Nel-lie.

Su hermano está gritando su nombre, pero Nell no responde. Está observando al hombre, que galopa por las cimas de los acantilados con el cuerpo inclinado sobre la crin de su caballo. Siente el impulso contradictorio de llamarlo para que vuelva, para que la mire como ha hecho antes. Todavía puede verlo, con el agua lamiéndole las rodillas, su caballo sobresaltado con la alforja llena de volantes. «Creía que se estaba ahogando». El recuerdo es tan vivo que, al mirar hacia la playa, le sorprende verla vacía. Y entonces se hunde los nudillos en los muslos al pensar que la estuvo contemplando mientras jugueteaba en el agua. Puede que en ese momento se esté riendo de ella, como hizo Lenny.

«¡Haz el pino! Antes de que lleguen los demás prodigios».

Ahí está, sola; sola con mil lapas y una charca llena de cangrejos que se escabullen, transparentes como uñas. Los gritos de su hermano se desvanecen. El agua del mar ha provocado que sus marcas de nacimiento le escuezan, así que se levanta la falda empapada para examinarlas, ansiosa de rastrillarlas con las uñas. Algunas son del tamaño de una peca, otras tan grandes que puede abarcarlas con los dedos. Le cubren el torso, la espalda, los brazos. Nunca las ha considerado borrones o manchas, como las llama su padre. A ella le gusta pensar que son piedras y guijarros, granitos de arena, toda una costa marina que recorre su cuerpo.

Recuerda una feria en una población vecina cuando era pequeña: el carro cargado de flores, Charlie y ella gritando cuando rebotaban en los baches, el chirrido de aquellas ruedas altas de metal. Su hermano tenía cinco años; ella debía de andar cerca de los cuatro. Fue cuando entraron en la plaza del mercado cuando empezó a darse cuenta de que murmuraban sobre ella, la miraban fijamente, se echaban hacia atrás de golpe. Vecinos del lugar a los que no reconocía y que no la conocían. Se preguntaban unos a otros susurrando. Su padre detuvo el carro a un lado. «¿Qué le pasa? Es una tragedia». Nell pensó que tal vez se estaba muriendo y nadie se lo había dicho. Se lo preguntó a su hermano con la voz aguda por el pánico y él sacudió la cabeza.

—Es por esto —dijo presionándole las manos con los dedos—. Solo por esto. Yo apenas las veo.

Pero Nell no lo entendió, no veía sus marcas de nacimiento como algo particularmente triste, como un problema que debiera solucionarse. Se congregó una pequeña multitud que la señalaba con el dedo. Alguien alargó la mano y le tocó la mejilla. Notó la mano de su hermano en la de ella, su respiración rápida.

—No les hagas caso —le susurró.

Después de eso, comenzó a fijarse más, a imaginar que sus amigos la miraban burlones o confusos, y empezó a aislarse de los demás niños, a buscar la soledad.

Cuando fueron un poco mayores y el pastor les hubo enseñado a leer, Charlie y ella encontraron un libro maltrecho de cuentos en los estantes de la posada. Lo leyeron juntos con mucha atención. Hans Christian Andersen y los hermanos Grimm. Leyeron sobre Hans, el erizo, medio chico medio animal; sobre la doncella sin manos; sobre la Bestia y su trompa de elefante y su cuerpo cubierto de relucientes escamas. Era el final de los cuentos lo que siempre la dejaba sin palabras, lo que hacía que se bajara las mangas del vestido hasta los dedos. El amor transformaba a los personajes: Hans se quitaba las púas como si fueran un traje, a la doncella volvían a crecerle las manos y la Bestia se convertía en un hombre. Nell examinaba minuciosamente los grabados, observando aquellos cuerpos corrientes, sanados. ¿Desaparecerían sus marcas de nacimiento si alguien se enamoraba de ella? Charlie siempre se acurrucaba a su lado y levantaba las manos como si lanzara un hechizo para librarla de ellas, y eso la hacía llorar de una forma que no podía entender ni explicar.

Nell se mete en el agua. El frío la atenaza, tanto que parece quemarle, pero le alivia el escozor. Suelta un grito ahogado y mueve más deprisa los brazos y las piernas. Se abre paso entre las olas rompientes para adentrarse donde sabe que las corrientes acechan bajo la superficie del mar. El truco es nadar a favor, nunca combatirlas. Pero cuando nota su fuerza, disfruta danzando con ellas. Se retuerce, se sumerge y pequeños guijarros se arremolinan a su alrededor. El horizonte brilla. Siente aquel conocido anhelo de aniquilación. Cuando era más joven, podía nadar todo el día hasta tener los dedos de las manos y los pies tan arrugados como manzanas pasadas. Incluso ahora, el arrastre frío del mar le recuerda las historias infantiles que se contaba a sí misma. Que el mar podía llevarla a un reino subacuático, con palacios hechos de conchas de berberechos y de aljófares, un lugar secreto al que solo Charlie y ella podían ir. Empieza a imaginarlo como entonces: platos de caballas ansiosas por ser devoradas, el coro de risas, el roce de un brazo con el suyo; traga una bocanada de agua de mar y tose. Cuando alza los ojos, ve que está más lejos de lo que imaginaba y que los acantilados parecen tan pequeños como gavillas de trigo.

—¡Nel-lie! ¡Nel-lie!

Entre una ola y otra, atisba a su hermano, de pie al borde de los acantilados, llamándola. Su miedo es contagioso. A ella el frío le produce punzadas en la piel. De repente, está cansada, agotada. Le duelen los brazos, el vestido empapado tira de ella hacia abajo. Sus muñecas están torcidas. Tiene la terrible sensación de que jamás volverá a ver a Charlie. Se imagina su propio cadáver abotargado arrastrado a la playa al cabo de una semana, con los ojos vaciados por los peces, y a su hermano llorando por ella. Agita las piernas, supera la corriente con las palmas ahuecadas. El mar la arrastra. Cada brazada es una pequeña victoria, la playa está cada vez más cerca. Se golpea un tobillo contra una piedra, nota que le sangra. La roca desde la que saltó está a su alcance, lamida por las olas. La marea la lanza contra los guijarros.

—¿Qué estás haciendo? —pregunta Charlie, que la toma por el brazo. Tiene los pantalones empapados hasta las rodillas—. Me has asustado.

Nell vuelve la cabeza para que no vea que le falta el aliento; también para esconder cuánto le complace que se preocupe por ella.

—No tiene gracia —insiste su hermano acariciándose los nudillos magullados—. No tiene ninguna gracia.

Nell se mete de nuevo en el agua y agarra el tobillo de su hermano.

—¡Voy a devorarte! —exclama poniendo cara de monstruo.

—Para —replica su hermano zafándose.

Pero Nell ve que se le escapa una sonrisa y pronto vuelve a hacerlo reír. Poco después casi ha olvidado las palabras hirientes de Lenny, las miradas de los demás aldeanos. Se olvida incluso de que Charlie va a tener un hijo y de que pronto estará casado y de que nadie la querrá. En ese momento son solo su hermano y ella deleitándose en el agua, haciendo cabrillas. Cada guijarro encaja en su mano a la perfección, como si esa playa, ese pueblo, esa vida, estuvieran hechos para ella. Charlie le trae los zapatos y ella se estremece con el frío del anochecer.

—Vamos a intentar capturar un calamar —dice.

Charlie saca una red y un viejo farol oxidado que guardan escondidos tras una piedra y enciende la luz.

—No quiero ir a ver el espectáculo —anuncia su hermano, tan bajo que apenas puede oírlo.

—¿Por qué no?

—Lo he estado pensando —responde— y no... no me gusta.

El alivio que siente la sorprende. Apoya la cabeza en el hombro de su hermano.

—Yo tampoco.

Observan el mar un rato, mientras el sol se hunde hasta parecer que hierve en las olas.

—¡Ahí! —grita por fin Nell al ver la sombra de un calamar deslizándose en el agua poco profunda. Charlie lo atrapa con la red y al animal, desconcertado, se le enredan los tentáculos en las cuerdas.

Nell sujeta su cuerpo resbaladizo, suave como una víscera. Es un ser primitivo e indefenso. Piensa en los plesiosaurios fosilizados que unos científicos desenterraron hace treinta años; unos animales de tres metros y medio con aletas y escamas. Trata de imaginar que un animal así le llegara nadando a las manos, el dinero que pagaría la gente por ir a verlo. Ha oído rumores sobre sirenas con piel de pez y pelaje de mono expuestas en museos junto a dos hombres unidos por la cintura.

«La era de los prodigios», lo llamó alguien, y Charlie añadió: «Y la era de los trucos y los engaños».

El Circo de los Prodigios de Jasper Jupiter.

El calamar se estremece y sus tentáculos se adhieren a la mano de Nell.

—Podemos cocinarlo a la brasa —sugiere Charlie.

A ella le ruge el estómago. Tiene que esforzarse por no zampárselo crudo y sentir el consuelo de tener algo en la tripa. La semana ha ido mal, les han pagado tarde el salario y solo han comido verduras y pudin de guisantes.

Pero arquea la espalda y lanza el calamar al agua, lo más lejos que puede de su red.

—¿Por qué has hecho eso? —pregunta Charlie frunciendo el ceño y tirando la red a las rocas.

4

Jasper

El sudor mancha la camisa de Jasper Jupiter, que nota el mango del látigo resbaladizo en su mano. Le recuerda aquellos días calurosos en Balaklava, cuando se echaban encima de los desertores, el chasquido del cuero al entrar en contacto con la piel. El hombre gime; cada azote le abre la carne de la espalda. Jasper se detiene y se seca la frente. No le gusta tener que hacer eso, pero tiene que mantener a raya a su compañía. Recluta a sus peones en los suburbios y en los barrios bajos, entre la escoria que cruza las puertas del Tribunal Penal Central, en Old Bailey: desgraciados que agradecen cualquier trabajo, la mínima sensación de pertenencia a una familia. No es de extrañar que tenga que disciplinarlos de vez en cuando.

—No volverás a escaquearte, ¿verdad? —suelta Jasper haciendo crujir sus nudillos—. No hasta el final de la temporada. Muy bien.

El hombre regresa cojeando junto a los demás peones, maldiciendo por lo bajo.

Jasper dirige una mirada al carromato de Toby. Todavía sin luz. Su hermano llega tarde. Tendría que haber vuelto y estar ayudando a desmontar la enorme armadura de la carpa y a preparar la partida de los carromatos. Suspira, cruza el campamento gritando órdenes. Todo es actividad y todos trabajan más duro todavía cuando él se acerca. Su propia cara le sonríe desde una docena de tablones, unas sombrillas a la venta y un volante pisado en el suelo. Recoge el folleto y limpia la huella de su mejilla. «El Circo de los Prodigios de Jasper Jupiter». Los monos chillan más alto. Huffen Black, su payaso y prodigio manco, esparce pan y coles por el suelo de la jaula. Las trillizas están pelando pollos robados en medio de nubes blancas de plumones que se elevan en el aire y metiendo las tripas en un cubo para dar de comer al lobo. Sin los postes que la sostienen, el inmenso vientre de la carpa ondea.

—¡Sujetadla! —grita, y los hombres se pelean con las esquinas de la tela para empezar a doblar trozos de color blanco y azul, blanco y azul.

Cuarenta carromatos, diez artistas, una creciente colección de fieras y dieciocho peones y mozos, sin contar a sus hijos. Todo suyo. Son un pueblo en marcha, toda una comunidad a sus órdenes.

Ve entrar a Toby trotando en el campamento y se dirige a toda prisa hacia él. Tiene el pelo alborotado y está sonrojado. Jasper le quita hierro a su preocupación.

—Ya te daba por muerto. Tendrías que ir con cuidado, yendo por ahí tan tarde. Si un grupo de buhoneros te hubiera encontrado, te habría arrancado las uñas y los dientes y te habría vendido como un oso danzarín.

Toby no sonríe. Se toquetea la gorra con ojos asustadizos. Su larga sombra nocturna lo hace parecer todavía más corpulento. Su padre siempre decía que la mejor broma de Dios era haber asignado aquel cuerpo tan enorme a un ser tan tímido.

—Ven —dice Jasper ablandándose un poco—. ¿Una copa de grog? Deja la carpa a los peones.

Toby asiente y sigue a Jasper hasta su carromato. Posee todas las comodidades de un hotel: colchón de plumas de ganso, escritorio de ébano, estantes con libros. Todas las superficies están empapeladas con volantes, como si las paredes mismas proclamaran su nombre.

¡El Circo de los Prodigios de Jasper Jupiter!
¡El Circo de los Prodigios de Jasper Jupiter!
¡El Circo de los Prodigios de Jasper Jupiter!

Jasper presiona con el pulgar la esquina de un anuncio que está empezando a despegarse y sonríe. La licorera repiquetea cuando Toby se llena la copa.

—¿Cómo es el pueblo?

—Pequeño —contesta Toby—. Pobre. No creo que llenemos la carpa.

Jasper se rasca el mentón. Piensa que algún día asaltará Londres.

A Toby le tiembla el vaso en la mano.

—¿Ocurre algo? —Tal vez la culpa se ha apoderado de su hermano como pasa a menudo, lo que merma su estado de ánimo. Alarga la mano y le aprieta el brazo—. Si es por Dash...

—No es eso —asegura Toby demasiado deprisa—. Es solo que... he visto a alguien...

—¿Y?

Toby vuelve la cabeza para ocultarle la cara.

—¿A quién viste? —Jasper da un puñetazo en su escritorio de ébano—. ¿Fue a Winston? Maldita sea. Lo sabía. Nos ha vuelto a quitar el puesto. Podemos enfrentarnos a él. Enviaré a los peones.

—No —replica Toby peleándose con un padrastro—. No era nadie. Es solo que... —Hace un gesto con la mano. Su voz es aguda, como siempre que está inquieto—. No era nadie.

—Nadie, ¿eh? —suelta Jasper—. Puedes decírmelo. Somos hermanos, ¿no? Unidos por un vínculo indisoluble.

Ve el brillo del sudor en el cuello de su hermano, cómo mueve la pierna arriba y abajo.

—Era una chica, ¿verdad? —sonríe.

Toby mira su bebida.

—¡Ajá! ¿Quién era entonces? ¿Te lo montaste con ella? ¿Os disteis un revolcón entre los setos? —Suelta una carcajada.

—No es eso —replica Toby—. Ella no era... No... No quiero hablar de ello.

Jasper frunce el ceño. Le fastidia darse cuenta de que Toby existe aparte de él, que tiene sus propios pensamientos y secretos. Recuerda cuando era pequeño y vio el dibujo de los hermanos siameses Chang y Eng Bunker; se quedó sin aliento. Lo que había en aquella página era una manifestación de cómo se sentía él respecto a Toby. Un vínculo tan estrecho que parecía físico. Podrían haber compartido el cerebro, el hígado, los pulmones. Las penas de uno eran las del otro.

—Muy bien —dice Jasper finalmente—. Guárdate tu sórdido secretito.

—Yo... Tendría que ayudar con la carpa.

—Como quieras —sentencia Jasper.

Observa como Toby se va a toda prisa para alejarse de él. Su hermano, su mitad, cerrado como una ostra. Su copa sigue intacta en la mesa. ¿Qué está ocultando? La chica no puede haber sido especial; apenas ha estado fuera tres horas. Ya se lo sonsacará. Siempre lo hace.

Inspira y hace una mueca. La brisa le lleva el olor a cangrejo podrido, a algas putrefactas. Ha llegado la camioneta del matarife para alimentar a la leona y él puede oír el zumbido de las avispas desde donde está. Acaricia el anillo que lleva en el bolsillo, recorriendo con la uña del pulgar las iniciales grabadas: «E. W. D.». Eso le recuerda de lo que Toby es capaz.

—Stella. —La llama porque no soporta estar solo.

Por la reducida ventana puede ver como Stella deja de lavar a su elefanta. Jasper le puso el nombre de Minnie a su «Afamada Mastodonte», a la que hace desfilar junto con un ratón llamado Max. «¡El animal más grande y el animal más pequeño del mundo!». La compró por trescientas libras la semana pasada, por su treinta y tres cumpleaños, satisfecho por liberarla de los comerciantes cuyos ganchos le habían despedazado las orejas. Le resulta curioso poder soportar el sufrimiento humano, pero no el animal. En la guerra de Crimea eran los caballos heridos lo que más lo perturbaba, mientras que despreciaba los gritos de los soldados. «¿Qué sentido tiene armar tanto jaleo? —le preguntaba a su amigo Dash—. Como si gemir como locos fuera a unirles de nuevo las extremidades al torso».

—¡Ven a beber! —le grita a Stella, que deja el cubo en el suelo.

Anhela perderse en ella, poseerla, penetrarla y satisfacerla. Sentir, al hacerlo, que Dash lo ha perdonado. Cuando se lleva la copa a los labios, lo sorprende descubrir que está temblando.

5

Nell

Nell está escarchando violetas en su choza. Mientras sumerge las flores en la clara de huevo y las pasa por azúcar, el gato la mira perezosamente con las orejas levantadas. De hecho, Nell lleva todo el día con la sensación de que alguien la observa. En los jardines tapiados, al doblar la espalda para recoger cientos de ramilletes, notaba los ojos de los demás trabajadores clavados en ella. Y cuando regresó a casa con Charlie, los setos parecían iluminados con miles de ojos: faisanes, ratones de campo y una araña solitaria en su tela.

Sus dedos se detienen, relucientes de azúcar. Oye un tenue ruido, como el de un fuelle expulsando aire.

Umpapa, umpapa.

—¿Qué es eso? —En el rincón de la habitación, su padre se despierta sobresaltado de su cabezada.

—Deben de ser las trompetas del circo —responde Nell permitiéndose mirar un instante por la ventana. Solo alcanza a ver la parte superior de la carpa, con sus rayas azules y blancas. Le gustaría que Charlie estuviera ahí con ella, que no hubiera decidido trabajar en los campos esa noche.

—Le rajaré el cuello a ese maldito león si vuelve a rugir toda la noche. —Su padre se incorpora—. Una vez capturé un bogavante de tres pinzas. Podría haberlo disecado y haberlo vendido por una buena suma.

Nell frunce el ceño. El pueblo ha contraído la «fiebre circense», como la llama Charlie. Nadie habla de otra cosa que no sean gigantes y enanos, chicos con cabeza de cerdo y chicas oso. Piggott, el capataz, incluso les enseñó las pequeñas *cartes-de-visite* y las figuritas de porcelana de varios artistas que había comprado: el hombre forzudo, el hombre mariposa, Stella, el Ave Cantora.

—Un chelín cada una —anunció orgulloso dándose golpecitos en la leontina de plata.

Pero por la mañana se encontró con que las gallinas de su corral habían desaparecido y se le desvaneció la sonrisa. A otro le birlaron la ropa que tenía tendida. Y había rumores de viajeros asaltados en los caminos, de una chica atacada. Cuando Nell se acostaba, oía chillidos, risas, música de violín. Tenía el corazón acelerado de miedo y de emoción.

Umpapa, umpapa.

Sumerge las flores con los dedos, las escarcha, las hace girar y las introduce en una caja de cartón. «Violetas escarchadas de Bessie». Junto a la puerta espera un cajón de embalaje marcado con las palabras «Paddington, Londres» escritas con una gruesa letra negra. A veces, repasa esas palabras con el pulgar e imagina que las violetas son un grupo de actrices ataviadas con unas ahuecadas faldas púrpura ansiosas por estar en otro lugar. Su regocijo al recorrer el país y despertarse en un paisaje distinto. Sus ojos abiertos como platos al dispersarse por la ciudad. Allí, moverán sus faldas púrpura en imponentes tartas blancas, agitando sus piernecitas. Puede que las sujete entre los dedos la mismísima reina. Mientras, ella, que las sembró, desherbó, cortó y empaquetó, paseará siempre entre las pequeñas pilas de piedra donde brotaron, con las manos apestando al perfume manufacturado con que rocía sus pétalos para que su olor sea más atractivo.

Su padre empieza a roncar; un hilo de baba une su barbilla con el cuello de la camisa. El cristal marino que está clasificando le cae al suelo. Su casa está llena de esas cosas: baratijas inútiles por las que espera que algún hojalatero le dé algún penique. Vieja maquinaria agrícola oxidada, piedras agujereadas, el cráneo de un gorrión, conchas de mejillón ensartadas con hilo.

Umpapa, umpapa.

Los demás aldeanos estarán contemplando hazañas tan extraordinarias que Nell no puede ni imaginárselas. Magia, hechizos, trucos. Tan asombrosos como milagros. Siente una oleada de pánico, como si todo estuviera cambiando mientras ella permanece inmutable.

Antes oyó al empresario circense gritando por un megáfono:

—¡Vengan, vengan! ¡Actuaciones fascinantes nunca vistas! Vengan a ver a los prodigios más asombrosos jamás reunidos en un único espectáculo...

Nell echa un vistazo a su padre y se seca las manos en un paño. El campamento está a tan solo tres pasos de su patio. Hace un frío sorprendente para ser finales de mayo y tirita un poco al salir de casa. Una brisa repentina agita la lavanda y aplasta las ortigas. Nell se ajusta bien el sombrero alrededor de la cara. El hombre corpulento con el chaleco de cuero estará allí. Se pregunta si será uno de los artistas, aunque no lo ha visto en el volante. Un malabarista acaso, o un tragafuegos.

Umpapa, umpapa.

Tampoco pasa nada si se acerca a echar un vistazo. Nadie la verá. Y antes de poder cambiar de idea, está saltando la tapia y corriendo hacia el campamento.

Los carromatos están esparcidos como juguetes abandonados. Huele a azúcar quemado y a piel de naranja, a animales y a cuerpos sudorosos. La música sube de volumen. El exterior de la carpa está prácticamente desierto, salvo por unos hombres que comparten un cigarro y un perro de tres patas que orina en la rueda de un carruaje. La hierba está llena de sartenes, tubos, franjas ennegrecidas donde se han hecho hogueras. Agua salobre del color de la salsa de carne. Los latidos de su corazón le repiquetean en las orejas.

Cada caravana tiene pintado un nombre de un color distinto con letra ampulosa.

«Brunette, la Giganta Galesa».

«Stella, el Ave Cantora».

«Tobias Brown, el Fotógrafo de Crimea».

«El Museo de Objetos Curiosos más pequeño del mundo».

Es este carromato hacia el que se dirige Nell. Espera a que los hombres miren hacia otro lado y entra como una bala.

Las paredes están recubiertas de estantes. Hay tarros de cristal, fósiles pulidos y un acuario con un pez brillante en su interior. La cabeza de un cocodrilo blanco nada en un líquido turbio y su ojo la sigue por la habitación. Toca unos pantalones inmensos mientras lee el letrero que hay debajo: «Los pantalones del celebrado Daniel Lambert, el hombre más gordo del mundo». A su lado, una tetera diminuta, «usada por Charles Stratton, el general Tom Thumb». Por un momento, se le pasa por la cabeza metérsela en el bolsillo.

Se golpea la cabeza con el esqueleto de algo pequeño, ¿un ratón?, ¿una rata?, y pega tal brinco que tiene que sujetarse a un estante para no perder el equilibrio. El animal se balancea como un alma condenada. Lo único que Nell puede oír es su respiración, el sonido húmedo que emite al tragar saliva. Piensa, por un segundo, que el cocodrilo no está muerto, que está a punto de salir del tarro y rajarle la garganta. Se lleva las manos al cuello, retrocede y baja los peldaños. Los hombres se han ido.

Tendría que regresar a su casa a cristalizar más violetas. En el rato que lleva ahí, podría haber ganado un cuarto de penique. Pero en la parte posterior de la carpa ve la lona medio abierta. Nadie se daría cuenta si se asomara para mirar dentro. A nadie le importaría.

La tela es pesada, cerosa, y la aparta a un lado.

En medio de un círculo ardiente de luz, ve a un hombre alto con uniforme militar, una capa dorada sobre los hombros y un sombrero de copa de noventa centímetros plantado en la cabeza. Es el empresario circense que aparece en el centro del volante esbozando una sonrisa. Está sentado sobre uno de esos animales grises, un elefante. Con la piel pintada de flores, es la cosa más grande que Nell ha visto en su vida. Se muerde el labio inferior. El hombre hace girar los brazos, como si estuviera removiendo una olla inmensa, y provoca la histeria del público.

—Les presentamos lo nunca visto, algo que les hará pensar que tendrían que haberse puesto las gafas, que les hará cuestionarse todo lo que han visto, oído o conocido antes. No darán crédito a sus ojos...

Impacta su magnitud; el sonido; la luz. Es más estrepitoso que las tormentas, que los trenes de vapor; más luminoso que el sol en el agua. Cientos de lámparas rodean la pista sobre la que proyectan una luz roja, azul y verde. Hay velas de sebo dispuestas en aros y candelabros, antorchas de pino ardiendo en sus soportes. Nell nunca había imaginado que algo así fuera posible. Es horroroso, fascinante.

—Lo último, lo mejor, lo más extraño. —El jefe de pista entona cada palabra y el público grita más fuerte, sediento de más.

Nell trata de localizar el pelo rojo de Lenny, pero todo el mundo está desdibujado. Alguien lanza un recipiente con líquido a la pista, otro tira un repollo podrido que revienta con el impacto. Conoce a esas personas desde que nació: Hector, Mary, la señora Pawley; sin embargo, todos se mueven como si fuesen uno solo, una inmensa masa de cuerpos que ríen y resoplan.

Choque de platillos, redoble de tambores y un sonoro chasquido cuando una mujer surca el aire de un lado a otro de la carpa aferrada a una barra suspendida de dos cuerdas. «¡Stella, el Ave Cantora!». Tiene las piernas color crema y con hoyitos y su minúsculo jubón rojo centellea. La gorguera hace que su cara parezca servida en una bandeja. No deja de piar ni un instante. Grazna como una gaviota, gorjea como un mirlo. Cada vez va más arriba, más deprisa, hasta que se convierte en un destello rojo y retuerce su cuerpo como un pez. ¿Cómo debe de sentirse cruzando el aire, balanceándose sujeta a una barra estrecha solamente con una mano, como si las leyes de la gravedad no le fueran aplicables? Y entonces Nell la ve: una barba rubia y tupida que le cuelga por encima de la gorguera.

La mira boquiabierta. En lo más profundo de su ser siente una ligerísima revulsión. Es como si hubiera visto algo inesperado pero maravilloso, como un martín pescador muerto entre los juncos. Sabe, entonces, lo que sienten los demás al mirarla.

«¡Haz el pino! Antes de que lleguen los demás prodigios».

No puede dejar de mirar, no puede irse. Desearía que su hermano estuviera ahí, que todo el mundo estuviera ahí con ella, incluso su padre. Observa como cuatro cachorros tiran de un carruaje abierto en el que hay una mujer menuda con un bebé en brazos. Un hombre al que le cuelga la piel de los hombros como si fueran alas y que lleva la espalda pintada como una mariposa vulcana empieza a hacer malabares. Un mono disfrazado de soldado pasa montando a caballo, una mujer jorobada asa una ostra en unas brasas que tiene en la boca y una giganta unta un palo con grasa de ternera y cuelga un pedazo de carne en el extremo superior.

—¿Quién puede trepar hasta arriba para hacerse con el premio? —grita el maestro de ceremonias a lomos del elefante.

Nell ve como los aldeanos salen a intentarlo y se resbalan con la grasa. Está Mary, de perfil, riendo y empujando a un chico hacia delante. Debe de ser uno de sus hermanos. Pero entonces acercan sus cabezas y a Nell le da un vuelco el corazón. Es Charlie. Nell se tambalea hacia atrás. Cruza corriendo el campamento, salta la tapia y entra en la casa donde sus flores cristalizadas están dispuestas junto al fuego sintiendo una vergüenza tan intensa que parece que alguien le esté oprimiendo el pecho.

Su hermano no quiere estar con ella. Fingió no querer ir a ver el espectáculo, pero era mentira, una treta. Quería compartirlo con Mary. Ya ha empezado a forjar su vida sin ella.

Observa las violetas sobre la mesa, los caramelos que se ha pasado preparando toda la tarde. Coge la bandeja y también las cajas sin montar y, en un arrebato de furia, las echa al fuego y contempla como la carita de ángel de Bessie prende y queda reducida a cenizas.

Charlie regresa una hora después, apestando a grasa de ternera y con los ojos brillantes por todo lo que ha visto.

Nell no dice nada. Limpia las zanahorias, las corta y las introduce en agua hirviendo. Se dice que tiene diecinueve años y su hermano, veinte. No hay ninguna razón por la que no pueda ir a un sitio sin ella. Pronto tendrá que acostumbrarse a eso.

—¿Cómo ha ido? —pregunta finalmente.

—Estaba solo en los campos. Todos los demás han ido a ver el espectáculo.

—Oh —dice.

—Creo que no nos hemos perdido nada. Aunque sus chillidos recordaban la matanza de una piara entera de cerdos. —Echa un vistazo a su alrededor—. ¿Dónde está papá?

—Intentando vender algo de cristal viejo y una rueda rota.

—¿Qué te pasa?

—Nada. —Se obliga a sí misma a sonreír.

Pero durante toda la cena es incapaz de mirarlo. Su padre no vuelve y ella aparta su ración. Se enfría deprisa, de modo que la grasa blanquea la superficie. Las zanahorias están tan tiernas que se le funden entre los dientes. El caldo está grumoso y sabe a tierra. Charlie se toquetea la manga y mueve la rodilla arriba y abajo como si recordara una melodía circense.

—¿Qué te pasa? —pregunta por fin—. Dímelo.

—No me importa, ¿sabes? —dice Nell dejando la cuchara.

—¿Qué no te importa?

—Que quieras ir a sitios sin mí... —Se le va la voz, que le sale demasiado aguda—. Así que, por favor..., por favor, no me mientas.

Su hermano apoya la cabeza en sus manos.

—Iba de camino a los campos, pero vi la carpa y Mary me dijo que fuera y... y no pude resistirme.

—¿Por qué no viniste a buscarme?

—Es que... Es que pensé que te disgustarías.

A Nell se le viene un pensamiento a la cabeza y la inclina como si Charlie la hubiera golpeado.

—Crees que soy como ellos. Crees que soy una... una «curiosidad viviente». Un prodigio.

Como Charlie no dice nada, ella sigue hablando, cada vez más alto.

—Piensas que Lenny tenía razón, ¿verdad? Por eso le pegaste. Porque creías que lo que decía era verdad.

—¿Qué? —dice tapándose la boca con la mano, sorprendido—. ¿Cómo puedes pensar eso? Ya sabes que yo te veo igual que al resto de nosotros.

—El resto de nosotros —repite Nell.

Charlie levanta las manos.

—Solo estaba intentando protegerte —asegura.

—¿Protegerme? A estas alturas ya podría tener marido e hijos.

La verdad no expresada queda suspendida en el aire. Nell puede verla brillando entre ellos: «Pero nadie te querrá».

—¿Te da miedo que los demás me vean como tú? ¿Como a un... un... un... —apenas puede decirlo—... un monstruo de la naturaleza?

Sus palabras son como puntapiés. Le gustaría recogerlas y tragárselas. Le gustaría que su hermano dijera: «Te equivocas. Te equivocas, Nellie». Pero al expresar esos pensamientos los ha vuelto reales y cuando él alarga la mano hacia su brazo, se estremece como si le hubiera quemado.

—Nellie —intenta decir su hermano.

No puede soportarlo. Quiere cerrar los puños y ponerse a berrear; quiere volcar la mesa y lanzar los cuencos contra la pared. Pero no puede hacerlo; nunca puede. Solo una vez perdió los estribos, solo una vez dio voz a la rabia que siempre ha visto manifestar despreocupadamente a los demás. Fue por algo sin importancia, una chica que le robó las piedras lisas que ella había recogido y que afirmaba que eran suyas. Recuerda la voz fría del pastor, la forma en que dijo con tanta tranquilidad: «¿Y por qué iba a querer llevarse lo que te pertenece a ti?». Fue el hincapié que hizo en esa última palabra, como si ella no tuviera nada que valiera la pena tener. Todo explotó en su interior, desprecios reales e imaginados. Cogió las piedras y las tiró hacia los campos arqueando la espalda, soltando un bramido que le salió del alma. Cuando se volvió, todos estaban parados, más horrorizados de lo que jamás los había visto. Un niño se echó a llorar. La niña estaba pasmada, el pastor también, sin comprender que ellos la habían impulsado a hacerlo. Se percató de que los había asustado, pues aquella furia monstruosa se correspondía con la persona que ellos creían que era. Desde entonces, se esforzó más por ser buena, por caer bien, por complacer siempre, por desafiar lo que esperaban de ella.

Cuando se levanta, lo más tranquila y despacio que puede, Charlie no intenta detenerla. Ella abre la puerta y él sigue allí sentado, tapándose la cara con las manos.

Fuera está sola. Recorre con rapidez la calle principal, el camino costero. Sus lágrimas vuelven borrosos los setos. Los ranúnculos están floreciendo y los últimos rayos de sol iluminan los capullos amarillos, que parecen velas. Un charco profundo reluce con el reflejo de la luna ahogándose en él. Nell se levanta la falda para dar un puntapié a la luna y la rompe en mil pedazos, mojándose las piernas. Golpea los dedos del pie contra el suelo y reprime un grito de furia.

Se dirige hacia los acantilados, respirando rápida y profundamente. Una luz cabecea en el mar: un vapor de ruedas rumbo al oeste. Dentro habrá cientos de personas embarcándose en nuevos comienzos, con una nueva vida ante ellas. Se toca la herida del tobillo, donde se cortó con la roca, y disfruta del dolor punzante. Las palabras «el resto de nosotros» e «intentando protegerte» le retumban en la cabeza mientras la sangre le baja por el pie.

Oye unos pasos tras ella; se acobarda, se achica, pero solo es su hermano.

—Otro vapor —dice Charlie—. ¿A Boston? ¿O a Nueva York? Lo ve tan triste que su rabia se desvanece.

—Nueva York, creo —responde.

Es la forma que tienen de reconciliarse: ese hermoso sueño que Nell finge compartir con él. América. Charlie habla sobre ello sin cesar. La casa de labranza que poseerán, las buenas cosechas que están aguardando a que ellos las recojan. Es una fantasía inofensiva, porque ella sabe que eso nunca pasará, que nunca podrán ahorrar el dinero suficiente para hacerlo realidad. Está a salvo en ese pueblo, con gente que la conoce.

—Lo siento —dice Charlie apoyando la cabeza en el hombro de su hermana.

—No hace falta —dice, y su hermano tira de ella hacia él, tan de repente que Nell casi tropieza. Es tan reconfortante como cuando eran pequeños y dormían uno junto al otro como gatitos amontonados. Ahora cada uno tiene su colchón, pero a veces Nell se despierta por la noche y a duras penas se resiste a alargar la mano para tocarle la mejilla.

—El viejo columpio sigue ahí —comenta Charlie señalando el roble que crece un poco más tierra adentro. Incluso en la penumbra, Nell puede ver la desgastada cuerda colgando de la rama.

—Lo sé —dice.

Charlie corre hacia él y sujeta la cuerda.

—¡Yo primero! —suelta.

Era su juego favorito de niños, pero al hacerse mayores, se habían olvidado de él.

—¡Soy Stella, el Ave Cantora! —grita Charlie mientras se sube al columpio. Choca verlo allí encima, es demasiado corpulento. Chilla mientras adquiere altura.

—Ahora yo —dice Nell. Le quita la cuerda de la mano y se columpia mucho más alto que él, hacia atrás y hacia delante, con el aire azotándole las mejillas y el pelo. El corazón se le acelera. Se apodera de ella aquella sensación tan conocida, el anhelo incipiente de ser otra persona—. ¡Estoy viva! —grita—. ¡Viva!

—No subas tanto —le advierte su hermano, pero a ella no le

importa. Vive por ese ramalazo de miedo, tan embriagador como la ginebra. Se imagina a Lenny mirándola, maravillándose al ver que se columpia más alto de lo que él se atrevería a hacer.

Cuando regresan a casa, entrelaza su brazo con el de Charlie y él le habla sobre América.

—Si trabajamos cada noche, en cinco años habremos ahorrado lo suficiente y entonces, piénsalo, nos asomaremos desde la parte posterior del vapor para divisar las costas de América.

A Nell le gustaría embotellar ese momento, como si ya hubiera pasado. Los dos solos, riendo y dando puntapiés a las piedras camino abajo. Piensa en que su hermano pronto tendrá un bebé y una esposa. Pronto todos en el pueblo se emparejarán.

Los aldeanos están saliendo de la posada. Alguien está subido a una silla entonando una balada.

—Vamos a unirnos a ellos —sugiere Charlie—. Está Mary.

—¡Venid! —grita Lenny haciéndoles señas—. Piggott dice que mañana celebraremos un baile.

Nell se detiene, el corazón le late con fuerza. Se toca el brazo que Lenny le recorrió una vez con la mano. Entonces se fija en un hombre, encorvado tras el roble. Reconoce la forma raquítica de sus piernas.

—¿Qué está haciendo papá? —pregunta.

—Mirando el volante.

Está inclinado hacia delante, acariciando el anuncio como si fuera un perro faldero.

—El circo ha terminado, tonto —dice intentando alejarlo de allí. Se da cuenta de que ha estado bebiendo y de que ya no lleva la caja de baratijas.

—No me toques —gruñe zafándose de ella.

—No habla en serio —interviene Charlie demasiado deprisa. Pero sí lo hace; Nell lo sabe.

Los ojos de su padre no se apartan de las vivas ilustraciones. La enana en su carruaje. El cocodrilo en el tarro. El hombre mariposa y el hombre forzudo, las trillizas idénticas y Stella, el Ave Cantora que vuela.

—Una vez tuve un bogavante —murmura.

—Vamos, papá —dice Charlie alargando la mano.

Su padre le pega un manotazo y echa a correr tambaleante hacia el circo. De los árboles cuelgan faroles como lo harían topos muertos de una valla.

—Deja que se marche —dice Charlie—. Es idiota.

—El Circo de los Prodigios de Jasper Jupiter —lee Nell, y Charlie le rodea los hombros con un brazo y la aleja de allí.

6

Jasper

Jasper está dando de comer trozos de carne roja a su lobo a través de los barrotes de su jaula. El animal se los arrebata de las tenazas plateadas con sus dientes despuntados y amarillos. Una liebre está acurrucada a los pies del lobo, rascándose la oreja. Son sus animales favoritos; de vez en cuando, como ha hecho ahora, Jasper ordena a un peón que lleve la jaula de su colección de fieras a su carromato.

—Muy bien —dice pinchando una burbuja del cartel de «Familias felices».

Juntar a esos animales fue iniciativa suya, una artimaña que le vio hacer a un vendedor callejero. Lo mejor es que no tiene truco. Se toma a un depredador y a su presa y se les junta cuando son pequeños, apenas acabados de destetar. Le asombra poder suprimir la naturaleza y el instinto de esa forma. Solo ocasionalmente la lechuza ejercerá su poder y se comerá al ratón. El lobo y la liebre están tan unidos como si pertenecieran a la misma especie.

Mira a su hermano, encorvado en la silla de terciopelo. Han sido siempre muy distintos, pero ahí están, juntos. Inseparables.

—¿Quién es el lobo y quién la liebre? —pregunta escupiendo una carcajada.

—¿Perdona?

—Entre tú y yo.

—Tú puedes ser el lobo. Eres mayor que yo.

—Y que lo digas. —Jasper pone sus dedos en forma de garras y luego sonríe—. ¿Recuerdas cuando encontramos un saco de lana de oveja y nos hicimos unos bigotes? Yo tendría unos diez años.

Y entonces empieza a recorrer recuerdos de la infancia. Cuando a él le regalaron un microscopio y a Toby una cámara fotográfica. La primera vez que vieron un leopardo. O cuando su padre los llevó a ver actuar a Tom Thumb en el Lyceum Theatre, en el espectáculo titulado *Pulgarcito*, de cuyo nombre en inglés, *Hop o' My Thumb*, había tomado su nombre.

Todavía lo recuerda nítidamente: aquella sala húmeda, aterciopelada. Los asistentes murmuraban a su alrededor; su padre les señaló a Charles Dickens, al pintor Landseer, al actor Macready, todos ellos sentados entre el público. Se levantó el telón, se apagaron las velas. A Jasper se le aceleró el corazón. Vieron al enano Charles Stratton, de ocho años, montar un caballo miniatura, ser horneado dentro de un pastel y abrirse paso a través de la capa superior de la masa con un pequeño sable. Pero Jasper no tenía los ojos puestos solo en el escenario. Era a la gente a quien él observaba. Rabia, placer, miedo. Toda la sala se partió de risa cuando el niño afirmó: «¡Aunque soy menudo, menudo soy yo!». ¿Cómo se sentiría uno teniendo a mil personas comiendo de su mano?

Tiempo después, en Lambeth, vieron como cincuenta caballos cabalgaban por la pista del anfiteatro de Astley entre disparos de rifles. Y cuando la colección de fieras de Wombwell pasó el invierno en la feria de San Bartolomé, deambularon entre jaulas de leones, ocelotes, rinocerontes y canguros. Jasper empezó a buscar volantes de esos espectáculos y Toby iba pegado a él. Estaban en la orilla del Támesis cuando el *signor* Duvalla cruzó el río andando sobre una cuerda. Los fuegos artificiales retumbaron en sus oídos mientras en su cerebro rebosaban las posibilidades. En el colegio, vendía trucos de cartas, petardos y sombreros mágicos, todos ellos preparados por él mismo, y se pasaba el rato diseñando máquinas y elaboradas baratijas. Empezó a llenarse los bolsillos. El mundo era un bollo glaseado al que él le hincaba el diente. Decía que algún día tendría su propia compañía y que sería el mayor espectáculo del país. Toby se tomaba en serio lo que Jasper decía y afirmaba que él también sería el dueño. «El Gran Espectáculo de Toby y Jasper Brown», sugirió, y Jasper hizo una mueca. ¿Brown? Buscarían otro nombre: Zeus, o Aquiles, o... Jupiter. Sonrió al decirlo. «Los hermanos Jupiter».

Su padre sonreía con benevolencia al oírlo, convencido de que el circo era un sueño infantil que Jasper acabaría por superar. Según él, lo que Jasper necesitaba era firmeza, límites. Su situación económica como comerciante era precaria y no deseaba que su hijo sufriera las mismas limitaciones. Cuando varias de sus naves se hundieron en la costa de Siam y se vieron obligados a mudarse a una casa más pequeña en Clapham, sacó de aquí y de allá, y pidió prestado para comprarle a Jasper una graduación en un regimiento rural poco prestigioso. Aseguraba que, con veinte años, Jasper ya tenía edad suficiente para abandonar sus ideas descabelladas sobre focas amaestradas y caballos galopando.

A Jasper la decepción le duró solo unos días. Para su sorpresa, descubrió que el ejército estaba lleno de trucos y de artistas, incluso en las espantosas llanuras de Crimea. Bajaba las laderas de las colinas luciendo su uniforme con charreteras e insignias relucientes, con Dash a su lado. Los desfiles, las cornetas y las bandas de metal, los proyectiles como fuegos artificiales, la sensación de pertenencia, todo era un circo. El circo era la vida, el deseo, magnificados.

Al llegar la primavera, las señoras contemplaban las batallas desde las colinas como si asistieran a una representación, con un binocular de teatro apoyado en la frente; una tal Stella, que vestía pantalones, encabezaba aquel grupo de mujeres con enaguas. Una mañana, durante aquellos días inciertos previos al asalto a

Sebastopol, oyó decir a una mujer con bastante frialdad: «Por la manera en la que salían volando por los aires cuando estallaban los morteros podrían haber sido pájaros los que morían». Vapores de turistas navegaban por las aguas para ver los combates navales y aplaudían cuando los proyectiles caían en el mar creando fuentes. Se decía que una multitud de damas rusas huyó en carruajes del lugar cuando el ataque de Almá se aproximó a su pícnic, dejando atrás impertinentes, un pollo a medio comer, botellas de champán y una sombrilla. Matar era un espectáculo y a veces Jasper, cuando atravesaba a un cosaco con su bayoneta, esperaba que el hombre se levantara y saludara para que el público lo ovacionara.

Cuando Sebastopol cayó en septiembre y Dash ya estaba muerto, Jasper recibió la noticia de que su padre había pasado también a mejor vida. Compró una docena de caballos rusos y unos cuantos camellos y dejó el ejército.

«Comienza el espectáculo», pensó.

Toby fue apartado de la dirección de la empresa sin discusión y los sueños de una propiedad compartida quedaron olvidados. El nombre de Dash estaba suspendido en el aire que los separaba como un olor fétido jamás reconocido. Jasper se decía que a Toby nunca le había interesado realmente el circo; pero había algo más, y él lo sabía. Su hermano había cambiado. Lo que había visto y hecho lo había destrozado. Jamás habían sido exactamente iguales, pero ahora el desequilibrio se había instalado para siempre. Era el sueño de Jasper, la vida de Jasper, y su hermano estaba en deuda con él. Era el Circo de los Prodigios de Jasper Jupiter.

En medio de una anécdota sobre un maestro de escuela y una rana de mentira, Jasper se sobresalta cuando alguien llama a la puerta.

—¡Adelante! —grita.

No está seguro de si primero ve al hombre o lo huele. Va desastrado como un perro callejero, con la ropa tan andrajosa que parece sarna.

—No tengo monedas —dice Jasper.

—No soy ningún mendigo —asegura el hombre haciendo girar su gorra entre las manos—. Una vez tuve un bogavante... un bogavante con tres pinzas.

Está borracho como una cuba. Jasper intercambia una mirada con Toby, se echa hacia atrás y sonríe. Piensa divertirse un poco con ese hombre.

—¿Y todavía tiene ese bogavante?

—Me lo comí.

—Vaya, se lo comió. Y quiere venderme su recuerdo como una... curiosidad, ¿supongo bien?

—El bogavante no —niega el hombre sacudiendo la cabeza enérgicamente—. A mi hija.

—¿A su hija? —Jasper suelta una carcajada—. Quiere venderme a su hija. Bueno, tráigala aquí y veré si es de mi agrado.

—No en ese sentido —dice el hombre sonrojado—. Ella... Ella es como sus prodigios.

—Lo dudo.

Jasper se vuelve hacia Toby para ver si él también se está riendo, pero su hermano tiene los ojos abiertos como platos, presa del pánico. Algo pasa, aunque no sabe qué. Toby jamás ha sido capaz de ocultar sus emociones. De niño, Jasper podía sentir la infelicidad de su hermano a través de la pared por la noche e iba a su dormitorio para consolarlo.

—Pase. Como es debido —pide.

Cuando el hombre cruza el umbral, Jasper ve el carromato como debe de hacerlo el aldeano: los panfletos brillantes, el lobo acurrucado contra la liebre, las hermosas licoreras de cristal que envuelve en papel cuando el circo se desplaza. El hombre inclina la cabeza.

—¿Y por qué es como mis artistas?

—Porque... porque tiene marcas.

—¿Marcas?

—Nació con ellas. Una le cubre la mitad de la cara. Y tiene más en las piernas y los brazos. Manchas.

—¿Una chica leopardo? —pregunta Jasper con el corazón acelerado—. ¿Vitíligo?

—No es eso. Son marcas de nacimiento.

—Curioso —asegura. Nunca ha visto una chica como la que describe el hombre, y la novedad humana es el opio de cualquier empresario circense. «Una era de monstruos», llamó la revista *Punch* al entusiasmo actual por los prodigios: «Deformitomania». Pero cuando hay entusiasmo, hay dinero que ganar. Sonríe.

—Se lo preguntará —dice Toby—. Antes se lo preguntará, ¿verdad?

Jasper coge un habano y le quita el moho que florece en las hojas.

—La viste el otro día, ¿verdad, Toby? Eso es lo que no querías contarme.

Intenta tragarse la rabia, que le rebosa como la bilis. ¿Acaso no lo ha dado todo para proteger a su hermano? Se alisa una arruga de los pantalones e inspira.

—¿Cuántos años tiene?

—Diecinueve.

—¿Está casada?

—No —ríe el hombre.

—Entonces le pertenece.

Toby lo mira fijamente, pero Jasper sabe cómo doblegar el poder de su hermano, cómo recordarle las deudas que tiene con él. Piensa, también, en esa chica, en la variedad que podría añadir a su espectáculo.

—¿Cuánto quiere por ella? —suelta Jasper mientras Toby se tira de la piel de las cutículas.

La liebre se estremece en su jaula con las orejas gachas. Jasper nota el olor a excrementos recientes; cuando el hombre se vaya, enviará a los animales de vuelta a su carromato.

—Veinte libras —dice el aldeano vacilante, creyendo tal vez que se trata de una suma exagerada.

—De acuerdo. ¿Y cuándo podemos tenerla?

El hombre parpadea.

—Se lo preguntará, ¿verdad? —insiste Toby.

El padre de la chica baja la vista al suelo.

—No vendrá de buena gana —asegura.

—No seréis capaces —dice Toby sacudiendo la cabeza.

Jasper mueve la mano para disipar las preocupaciones del hombre, el corazón le late con fuerza.

—No importa, no importa —comenta—. A las siamesas de Carolina... —carraspea—... se las han llevado varias veces. Un empresario circense las embarcó incluso de América a Inglaterra —explica, y añade—: El Ruiseñor de Dos Cabezas, ¿lo conoce?

—Tú eres mejor que eso —interviene Toby recogiendo su sombrero. Jasper finge no haberlo oído.

Su hermano da un portazo al salir. ¿Quién es Toby para sermonearlo sobre la virtud? Contempla como la rodaja de limón flota en su ponche de ginebra, coge la copa y se la bebe de un trago. Se seca los labios.

—¿Será bueno con ella? Aquí será feliz. Lo mejor para ella es estar con usted —dice el viejo borracho como intentando convencerse a sí mismo.

—¿No fue Tom Thumb vendido por sus padres a Phineas Barnum a los cuatro años? Y ahora, mírelo, tiene su propio yate y una cuadra de caballos purasangre.

Piensa también en la enana siciliana Caroline Crachami. Vendida a los tres años, muerta a los nueve por agotamiento y tisis. Su esqueleto está expuesto en la colección de John Hunter. Pero siempre hay historias de sufrimiento dondequiera que mire. Jasper corta el extremo de su puro.

—Nunca ha habido amor entre nosotros. Nunca ha habido cariño —asegura el hombre y hace una mueca—. Aquí... aquí no hay sitio para ella. Mi esposa murió por su culpa. Dio su último suspiro cuando la trajo a este mundo. —Mira al lobo y después al suelo—. Hubo quien dijo que las hadas cambiaron a mi hija por esa niña. Que tendría que haberla dejado a la intemperie cuando nació y nos habrían devuelto a mi verdadera hija. Eso es lo que dicen, ¿no?

—La gente dice toda clase de...

—Yo nunca lo hice —insiste el padre—. Jamás creí en esas cosas. Nunca le deseé ningún mal. Solo dígame que será feliz.

—Encontrará su lugar entre nosotros. Cuidaremos de ella. Dice que no vendrá fácilmente, pero tal vez yo podría hablar con ella para intentar convencerla.

El hombre se muerde el labio inferior.

—Jamás dejará a su hermano —asegura.

—Su hermano —repite Jasper. Piensa en Toby, en cómo mantuvo la existencia de esa chica en secreto.

—Quiero el dinero ahora.

—No hasta que la haya visto.

Jasper adopta el tranquilizador lenguaje comercial. «Finalizarán la transacción» mañana por la noche, cuando se celebre el baile en el pueblo. Acompaña al hombre hasta la puerta de su carromato, tiene ganas de librarse de él. No le gusta hacer negocios con infelices. Si te acuestas con perros, te levantas con pulgas.

Se recuesta en su silla y mira por la ventana. En el teatro de guiñol, los niños se ríen cuando Punch estrangula a Judy con una ristra de salchichas, cuando le golpea la cabeza contra la mesa. Stella está de pie junto a una pequeña hoguera quitándose el jubón mientras los aldeanos la miran. Jasper vislumbra su pelo púbico, más oscuro que su barba, mientras ella se toca los senos con las manos. Una de las trillizas está describiendo círculos a lomos de un camello. La luna brilla como una guinea. Las gaviotas gritan como vendedores ambulantes. «Sí —piensa Jasper—, es la decisión correcta». Cualquier cosa puede comprarse o venderse en el nuevo mundo comercial. Tiene que aumentar su compañía; tiene que innovar sin cesar. Si recorre los suficientes pueblos y ciudades rurales, en un año habrá ahorrado lo suficiente para permitirse un terreno donde instalarse en Londres. Y entonces puede que incluso la reina oiga hablar de él y solicite su compañía. Después de todo, es famosa por su pasión por los fenómenos y ha requerido en su palacio a aztecas, discapacitados y enanos. Se imagina a sí mismo con los brazos extendidos, divirtiéndola en la galería de cuadros como tantos artistas han hecho antes que él, como Barnum ha hecho varias veces. El Circo de los Prodigios de Jasper Jupiter. ¡La mayor, la mejor compañía del país!

Suelta el aire, pero algo le ronda.

«Tú eres mejor que eso».

El lobo acaricia con el hocico la cabeza de la liebre y empieza a lamerla para limpiarle el pelaje.

7

Nell

Al día siguiente por la tarde, todos en los campos se detienen cuando los carruajes desfilan por el camino. Los camellos avanzan pesadamente, con sus patas delgadas como palillos. Una leona gime. Nell ve a Stella, el Ave Cantora, vestida con pantalones y montando un caballo a horcajadas, como un hombre. De los labios le cuelga una pipa.

—¡Hasta nunca! —exclama Piggott—. Panda de ladrones.

Enseguida los aldeanos vuelven a su tarea formando un ejército de traseros erguidos y cuellos doblados. Nell se lleva una mano al pecho. Es un alivio. Se acabaron el brillo y el color. En su lugar, los únicos sonidos que se oirán serán los de las herramientas metálicas golpeando la tierra gris, el crujido cuando cortan los tallos de las flores. Tiene las uñas llenas de tierra y le duele la espalda. Las demás chicas llevan vestidos amplios de algodón, pero el suyo es de manga larga y de cuello alto. El sudor le resbala por la columna vertebral, por los muslos. La tierra se le pega al cuerpo y hace que las marcas de nacimiento le escuezan. El sol es tan afilado como una lanza.

—¿Agua? —pregunta Lenny ofreciéndole una cantimplora, pero ella sacude la cabeza. El muchacho se queda allí como si pensara decir algo más, pero se pone de nuevo a colocar estolones.

Mary empieza a cantar y pronto todos se unen a coro. Nell susurra las palabras por lo bajo.

¡Ánimo y valentía, amigos!
porque tenemos nuestro hogar a la vista.
¿Y quién prestará atención, cuando estemos allí a salvo,
a los peligros de la noche?

El día avanza y a Nell le reconforta la monotonía. Sus brazos trabajan rápidos como pistones. Arrancar la flor, recogerla. Arrancar la flor, recogerla. Cuando ya tiene cincuenta flores, las ata con bramante y las deja en una caja. El sudor le gotea de la nariz.

Cuando Piggott sopla el silbato para indicar el fin de la jornada, Nell apenas puede mantenerse de pie. Es más temprano de lo normal, para darles tiempo para prepararse para el baile. Los hombres harán una hoguera y las mujeres cocinarán un estofado y todos vestirán de domingo, con sus mejores galas.

De camino a casa, Nell sigue a Charlie hasta donde estaba plantada la carpa del circo. La hierba está aplastada y hay un montón de desperdicios esparcidos. Nell recoge un pedazo de pan duro.

—Estaría rico empapado en caldo —afirma.

Junto a él hay un retal de terciopelo y un largo hueso amarillo que podría ser de un jarrete de ternera. Las brasas todavía están calientes cuando las revuelve con el zapato. Cuando se gira para marcharse, ve que todavía queda un carromato estacionado bajo la sombra del roble.

No hay motivo para ello, pero enseguida deja caer el pan y sale corriendo.

Los bailarines golpean el suelo con los pies, gritan y dan palmadas. La luna está saliendo y hay una hoguera ante la que están recostados los perros y el viejo James toca el violín. Unas cuantas personas agitan panderetas al tiempo que mueven las caderas. Las chicas danzan y las cintas que llevan en el pelo se mueven a su ritmo.

Nell está sentada sobre un fardo de heno en un lado del baile. Su hermano está haciendo girar a Mary. La muchacha es un remolino blanco, con la barbilla echada tan hacia atrás que Nell puede ver el contorno acanalado de su garganta. El bombo empieza a notársele y se lo toca menudo, descansando un momento la mano en él. Lucy, una chica de su edad, está amamantando a un recién nacido cuyos labios están fruncidos como un capullo de rosa.

Nell se toca la tripa vacía. Dicen que será una buena tía, una tía cariñosa, y eso debería bastar. Otros chicos y chicas están empezando ya a emparejarse. Se acarician el pelo uno a otro, se hablan en susurros, se ríen tontamente de bromas compartidas. Nell dobla las piernas y descansa la frente en sus rodillas. Se pregunta qué se sentirá al estar a punto de cambiar de vida, al pasar de la infancia a la maternidad, al tener tu propia habitación con una cocina, cacharros y una cama. Suya, para limpiarla, ordenarla y vivir en ella. En lugar de eso, Charlie y Mary pasarán por encima de su colchón cada mañana y ella fregará sus sartenes y se preocupará por los niños que ellos han traído al mundo.

Charlie deja de bailar para acercarse a ella, mareado de tanto dar vueltas.

—Baila conmigo —dice cogiéndole la mano y tirando de ella. Los ojos le centellean a la luz del fuego. Nell sacude la cabeza; cree que todo el mundo la mira ya. Pilla a Lenny observándola, dirigiéndole miraditas que solo pueden ser de desdén.

—Venga —la apremia Mary—. Bébete esto.

Mary le tiende una jarra de ginebra y Nell la coge y le da un sorbo, seguido de otro. Bebe hasta dejarla medio vacía. Nota el subidón, fuerte como una bofetada. Las siluetas de los árboles se han vuelto borrosas, pero le gusta el coraje que se apodera de ella, como si pudiera ser una chica totalmente diferente.

—Tranquila —comenta Charlie apretándole el hombro.

—Ven a bailar —insiste Mary—. ¿De qué tienes miedo?

—Venga —la apremia Lucy acariciando la cabeza de su bebé. Alguien más le da un empujoncito hacia delante.

Nell se toca las cintas del pelo. El calor de la bebida empieza a irradiarse desde su vientre. Deja que su hermano la conduzca hasta el círculo. Charlie le sujeta el brazo, la hace girar y ella sonríe. Al principio, está rígida y golpea el suelo con los pies sin demasiado entusiasmo. Está segura de que la gente se está riendo de ella, de que es torpe como un pato. Alguien le da otra copa y se la toma de un solo trago, hace una mueca y se seca la boca con la mano.

—¡Más deprisa! —pide Charlie.

Se echan hacia atrás y entonces el mundo pasa ante ella. Se le aflojan las articulaciones y, cuando su hermano la suelta, gira los brazos al ritmo del tambor.

—¡Sí! —grita Mary, que se aparta a un lado.

Cuando Charlie la ve, empieza a bailar tan a lo loco como cuando están solamente ellos dos, solos en casa. Nell lo imita, con la cabeza echada hacia atrás, las manos en alto y golpeando con fuerza el suelo con los pies. Sus miedos se han desvanecido. Se pregunta por qué no ha bailado así antes, siguiendo la música del violín y el tambor. ¿Por qué siempre se ha sentado en la barrera, por qué se ha escondido? La música vibra en su interior, latiendo como un segundo corazón.

Se separa de los demás, menea las caderas, grita. Extiende los brazos y comienza a girar otra vez, saltando de un pie al otro. El dolor de sus hombros ha desaparecido. Sabe que la están mirando, pero le da igual. Mientras sus trenzas le dan golpecitos en el cuello, es igual que las demás chicas que bailan y se contonean, con las frentes iluminadas por el entusiasmo de que les hagan dar vueltas hasta caer. Una carcajada emana de su garganta. «Libre —piensa—. Soy libre». Tiene la mano de nuevo en la de su hermano, y él la lleva hasta el centro del grupo.

—¡Nell! —exclama alguien como sorprendido o complacido.

Le sudan las palmas de las manos y tiene el pelo pegado a la cara. Ha perdido la cinta, pero; no le importa en absoluto. Mientras va de los brazos de Charlie a los de Mary, es una de ellos.

8

Jasper

Unas Navidades, cuando Jasper y Toby tenían catorce y doce años respectivamente, su padre les hizo un regalo a cada uno. Los llevó al salón y les explicó:

—Un microscopio y una cámara fotográfica. Dos formas diferentes de explorar el mundo.

Jasper puso un ojo en el frío cilindro y solo vio gris. Su padre cogió la primera capa de una cebolla, toqueteó los tornillos del microscopio y le dijo: «Ya está, ya puedes mirar».

Un universo floreció entonces ante él. Allí, aumentada, Jasper vio una pared de ladrillos perfectamente formada, imperceptible a simple vista.

—¿Cómo funciona el mío? —preguntó Toby, pero su voz sonó apagada. Jasper vio los celos en la mirada de su hermano, se dio cuenta de que no podía apartar la vista del microscopio.

Mientras aplastaba un escarabajo y lo colocaba en el cristal, Jasper tuvo la sensación de que su padre había comprendido la diferencia entre sus hijos. Toby era un espectador que se contentaba con observar la vida desde la barrera, involucrándose rara vez en ella. Jasper era curioso, se obsesionaba con encontrar el truco detrás de cada objeto, con acabar con la ilusión para ver las verdaderas entrañas del mundo.

Para Jasper, el microscopio era un portal, un medio para contemplar los secretos de la naturaleza y la forma en que todo encajaba entre sí tan perfectamente, con tanta precisión. Conoció el minucioso diseño de cada animal. Observó hormigas muertas (unos animales monstruosos parecidos a dragones con unas feroces pinzas lacadas), pulgas, una mosca, una araña. A veces dejaba que Toby echara también un vistazo por aquel frío ocular, encantado de compartir su asombro, de ser quien lo organizaba todo. Fingían que Jasper era un importante científico y Toby su ayudante de fotografía, ambos recién llegados de las selvas de Borneo, donde habían seguido el rastro de orangutanes y extrañas polillas. «Tú lo fotografías y yo lo analizo», explicaba Jasper. Le complacía pensar que dominaba esos reinos, que él era la persona que daba sentido a todo aquello. Colocaría el mundo en una platina de vidrio y lo haría suyo.

Ahora Jasper tiene esa misma sensación cuando mira a Nell. Cuando la ve sentada en el fardo de heno, la decepción lo embarga. Es tan corriente, tan normal, tan solo una chica salpicada con unas cuantas marcas de nacimiento, tímida como un gato. Él se ha hecho un nombre gracias a que sus fenómenos son, además, artistas, una combinación que eleva su espectáculo por encima de los miles de curiosidades humanas exhibidas en tiendas de barrio y en el Salón Egipcio, donde los monstruos posan rígidamente en pedestales. Él enseñó a su giganta a hacer malabares, a su esqueleto andante a saltar a través de aros. Stella pía melodías y se balancea en un trapecio. Pero esa chica no parece tener nada en absoluto.

Jasper sabe que, en el fondo, lo que importa no es el espectáculo, sino la historia que cuentas. Ha visto a empresarios circenses amasar miles de libras con actuaciones mediocres. Jenny Lind, el Ruiseñor Sueco, no cantaba un aria mejor que una prostituta de Drury Lane, pero Barnum le dio tanto bombo que trescientos bomberos la escoltaron por las calles de Nueva York portando antorchas. Aun así, es bueno que la actuación tenga algo con lo que poder trabajar, un toque artístico. Charles Stratton se hizo famoso en parte porque podía ofrecer un buen espectáculo, aunque sus ocurrencias fueran ensayadas.

Y entonces la chica se pone a bailar.

Es desgarbada al principio, tímida, y Jasper se enciende un puro. Las mujeres que la rodean llevan vestidos zurcidos, la mayoría treinta o cuarenta años pasados de moda en la capital. Chicas que parecen niñas. Bosteza sin molestarse en taparse la boca.

Pero cuando vuelve a mirarla, tiene que apoyar la mano en el bastón para no perder el equilibrio. El cabello le golpea la espalda. Es salvaje pero serena, con unos brazos ágiles como los de una acróbata. Es hipnótica, vital, como una polilla ante una llama, irradiando alegría. Jasper ve a los demás aldeanos murmurando sin dejar de mirarla. Si entrecierra los ojos, puede imaginar que la hoguera es una hilera de lámparas de gas que bordea la pista y que el violín y el tambor son su banda. Bajo sus pies, la tierra se convierte en serrín.

«Les presento, aquí, en Londres, algo maravilloso...».

«Sí», piensa Jasper. Ahí tiene su pasaporte a la grandeza. Esa muchacha será brillante, novedosa, electrizante. Ha planeado cuidadosamente su asalto a Londres; tardará un año si consigue instalarse en alguna de las grandes ciudades, como Brighton o Hastings. Pero con ella en su compañía, podría ahorrar el dinero suficiente en nueve meses.

—¿Será bueno con ella? —pregunta su padre—. ¿Me promete que será más feliz?

—Por supuesto —responde.

«Tú eres mejor que eso».

«Tonterías», piensa. El mundo del espectáculo es así. Es así como se amasan fortunas, como se ganan espectadores. Él la está engrandeciendo.

Se ha pasado el día acondicionando la caravana de la chica hasta rozar lo absurdo, solo para demostrarle a Toby que no es el monstruo que él dice. Ha hecho vaciar, limpiar y pintar el carromato de una cebra e incluso ha ordenado a su hombre mariposa que lleve allí la colcha turca de su propia cama. Con algo de cola, ha pegado plumas de pavo real en la pared.

—Hasta el mismísimo Comodoro Nutt estaría encantado con esto —ha dicho en voz alta con la esperanza de que Toby lo oyera.

Ha elegido cuidadosamente tres libros para ella al recordar lo mucho que Toby solía atesorar sus ediciones de bordes dorados, de las que apenas se atrevía a cortar las páginas. Aunque la muchacha no sepa leer, podrían gustarle los grabados y los bosquejos a tinta. La traducción de *Las metamorfosis* de Ovidio. *Frankenstein*, de Mary Shelley. *Jane Eyre*, de Charlotte Brontë. Los ha dejado en el cajón de arriba de su tocador.

Cuando su hermano se ha ido a colgar volantes a la siguiente ciudad, Jasper ha comprobado los cerrojos metálicos de la caravana de la muchacha, agitándolos para asegurarse de que no cedan. Sabía, allí en el carromato, mientras presionaba sus cuatro paredes, que al principio estaría asustada. Tenía un sabor jabonoso en la boca, le temblaban las muñecas. Pero otros empresarios circenses la habrían comprado y la habrían tratado como un perro. Era una suerte que fuera él quien la había descubierto.

En ese momento, ese mismo carromato está a punto y esperando tras él. Los caballos se pelean y hacen sonar sus riendas. Uno de sus mozos está sentado en el pescante fumando la hierba india. Jasper irá arriba con él.

—Nunca había bailado antes —asegura su padre, que se inclina hacia delante para apoyar el mentón en su bastón—. Normalmente es la primera en irse. A veces, no sé, si espera a su hermano, entonces... —Agacha la cabeza, tose—. Se irá enseguida, estoy seguro.

Ella sigue bailando, más y más deprisa, formando un remolino de cabello ondeante, con los brazos extendidos mientras da puntapiés. Jasper no puede dejar de mirarla. Simplemente sabe moverse. Se pregunta si ella se da cuenta de que todo el mundo la está mirando admirado, de que es cautivadora, hermosa. No es extraño que Toby la guardara tan cuidadosamente en secreto.

«Les presento a una chica leopardo, un fenómeno, una maravilla...».

Habría pagado a su padre veinte veces lo que le pidió.

A la muchacha le brilla el rostro de lo acalorada que está. Y entonces, con un movimiento final, se aleja de los demás bailarines.

Jasper se nota el pulso en la garganta. Pronto será suya. Pronto él le cambiará la vida y ella pasará a ser extraordinaria.

9

Nell

Lenny tira de ella hacia él. Le sujeta la cintura con la mano. Nell se zafa demasiado deprisa, con un chasquido del codo. Nadie va a tomarle el pelo, no permitirá que la rodee con el brazo porque otros le hayan instigado a hacerlo.

—¿Qué pasa? —le pregunta Lenny, y ve que otros aldeanos los miran, la conversación interrumpida y los vasos a medio camino de sus labios.

—Déjame en paz —dice.

Se tambalea hacia atrás y tropieza con un fardo de heno. Lenny no la sigue. El heno le araña las piernas. Es como si las extremidades no le pertenecieran. Ha bebido demasiado. Tendría que haber parado. Está segura de captar una risita, una sonrisa rápidamente contenida. Lucy, la chica con el bebé, se queda callada, observándola por el rabillo del ojo.

—¿Qué pasa? —pregunta Lucy, pero su tono parece cargado de ironía.

—Nada —responde huraña.

—Está bien —dice Lucy acercando a su hijo más hacia ella.

Se está levantando un viento que azota los árboles que la rodean. El tambor resuena más y más deprisa. La música parece cambiar para adquirir un tono más agudo. El violín chilla. El heno le pica. Los aldeanos giran y giran, dando fuertes golpes en el suelo con los pies; sus antebrazos parecen trozos grasos de ternera. Ya no están las chicas que bailan como polillas. Nell tose, se acerca más a la hoguera. Incluso el fuego parece elevarse demasiado, las llamas repletas de caras con miradas lascivas.

—¿A quién sacrificaremos a los dioses enojados? —grita uno de los pescadores, y finge entonces lanzar a su enamorada a la hoguera—. ¡Nuestro sacrificio! ¡Nuestro sacrificio!

Nell oye una conversación entre las hijas de la señora Pawley.

—Empiezan poniéndole una cadena cuando es tan solo un cachorro, apenas una cría, según me dijo.

—¿Y después qué?

—Deja de luchar. Entonces sustituyen la cadena por una cuerda. El elefante no sabe lo fácil que le sería liberarse.

—¿Es como domar un caballo?

Nell ve que Charlie está en un rincón con Mary, acariciando con la mano la tela de su cintura. Pronto se irán disimuladamente para tumbarse en la hierba alta. A otras chicas las alejan de la hoguera chicos que, por la forma en que las toman por la cintura y les plantan besos en las mejillas, les prometen ternura. Nell se acaricia los labios, fríos como la tierra.

Lenny la saluda con la cabeza, con el vaso a medio camino de la boca. Aunque ella trata de sacudir la cabeza para indicarle que no quiere su compañía, él se le acerca tan deprisa que tropieza con un perro que disfruta del calor del fuego.

Se ríe por pura vergüenza antes de sentarse demasiado cerca de ella.

—Te he traído algo —dice.

A ella le gustaría separarse, pero ya está en la punta del fardo. Siente la impotencia de la situación; está allí, con las extremidades replegadas, mientras él extiende las suyas y las alarga como los tentáculos de un calamar. Lenny se mete la mano en el bolsillo y saca un papel. Lo desdobla. Es el volante, con las esquinas rasgadas por donde los clavos lo sujetaban.

—Lo cogí para ti —afirma—. Pensé que te gustaría.

«¡Haz el pino! Antes de que lleguen los demás prodigios».

Lenny sonríe. El anuncio es una pulla, un recordatorio de que es diferente.

—Déjame en paz, Lenny —suelta Nell.

Le gustaría encontrar palabras mordaces y desabridas, palabras capaces de lastimar, pero no se atreve. La bebida le ha nublado la mente. Tiene que irse; tiene que estar en casa bajo su manta, cálida y a salvo.

—¿Qué pasa? —pregunta Lenny alargando la mano para cogerle el brazo, pero ella se zafa con una violencia que la sorprende y se levanta—. Solo quería sentarme contigo...

No se vuelve para mirarlo. Fuera del círculo, lejos de la música, sus ojos empiezan a adaptarse a la oscuridad. Se tambalea. Ve su casa al final de la calle. Parece más achaparrada que antes, arqueada en el centro, donde el techo está medio caído.

Los árboles susurran como faldas en movimiento. El violín suena más fuerte.

«¡Un último baile!».

Nell cambia de parecer. No soporta estar sola. Interrumpirá a Charlie, le pedirá que regrese a casa con ella, o se sentará un rato con Lucy.

De vuelta hacia el círculo nota una mano en la muñeca.

—Te he dicho que me dejes...

Las demás palabras no llegan a salirle de la boca. No es Lenny, sino su padre, que sonríe con los labios apretados sobre sus encías ennegrecidas.

—No queremos hacerte daño —dice alguien, otro hombre al que no conoce—. Te ofrecemos una oportunidad maravillosa.

Nada tiene sentido. ¿Por qué su padre iba a agarrarla así? ¿Quién es ese hombre? El miedo se apodera de ella e intenta salir corriendo, pero antes de haber podido mover apenas los pies, tiran de ella hacia atrás mientras le tapan la boca con una mano que apesta a humo y a naranjas.

—Suélteme —trata de decir, pero su voz suena apagada.

Forcejea, da patadas. Allí está su hermano; puede verlo, a

apenas seis metros. Tiene la cabeza agachada para besar el cuello de Mary. Solo tiene que mirar en su dirección, ver su miedo, aunque solo sea un segundo.

—No quiero que tenga miedo. No le hagáis daño —dice el hombre.

En cuanto ve su bigote curvado hacia arriba, Nell lo sabe, sabe lo que está ocurriendo, lo que planean hacer. Es Jasper Jupiter.

Tiene la sensación de que un veneno le sube por el brazo, se le extiende por el cuerpo.

—Lo siento, Nellie —dice su padre, que se echa a llorar, pero a ella no le importa.

Lo despedazaría si pudiera, le partiría todos los huesos del cuerpo. Lo mataría con la misma facilidad que si fuera un cerdo. Le pisa con fuerza un pie, trata de clavarle las uñas. Su padre. La cabeza le retumba como si le hubieran dado un puñetazo. Se encoge. El mundo le da vueltas, zumba.

No se rendirá. Con un rápido movimiento, libera su cabeza, grita. No le sale demasiada voz, pero podría bastar. Podría bastar para que su hermano alzara la vista solo un instante.

Y lo hace; ella lo ve.

Charlie se queda mirando hacia el lugar de donde le ha llegado el ruido, pero está en medio de la luz y Nell está en la penumbra. El corazón se le acelera, va más deprisa que el violín.

«Mira aquí», le suplica.

Por primera vez en su vida quiere destacar, quiere un montón de ojos puestos en ella. Pero Mary da un golpecito en la pierna de su hermano y él desvía la mirada.

—Lo siento —dice su padre una y otra vez mientras se la llevan calle abajo y ella arrastra los pies por el suelo—. Allí serás más feliz, Nellie. Aquí no hay nada para ti.

Piensa en la trilladora cuando la levantan más, la sujetan por la cintura, las piernas, las caderas, mientras ella se retuerce, da patadas y araña. Su furia es un alivio al que por fin puede entregarse para convertirse exactamente en lo que esperan de ella.

Piensa en martillazos en yunques metálicos, en ráfagas de vapor ardiente. Se muerde la lengua tan fuerte que nota el sabor de la sangre.

—No queremos hacerte daño —repite el hombre, y ella brama.

—Me dará las veinte libras, ¿verdad? —susurra su padre, que tal vez piensa que ella no puede oírlo—. Ya ve que es auténtica.

«¿Veinte libras?».

Nell vuelve la cabeza una sola vez, justo antes de que la metan en el carromato y cierren la puerta de golpe. Araña la madera con los dedos, se le clavan astillas. Allí está su hermano, amarillo a la luz de la hoguera. Descansa la cabeza en el hombro de Mary del mismo modo en que antes lo hacía sobre el suyo, y sus rostros brillan irreales, como si fueran un par de duendes.

Segunda parte

No es casualidad que el fotógrafo se haga fotógrafo, como no lo es que el domador de leones se haga domador de leones.

Dorothea Lange,
citada en *Sobre la fotografía*,
de Susan Sontag, *1971*

10

Toby

Las últimas velas se apagan en los carromatos, pero Toby sigue alimentando la hoguera. La leña húmeda suelta humo y chisporrotea. Cuando una ramita se vuelve gris, otra se enciende. Los animales se revuelven en sus jaulas. La leona pasea arriba y abajo. «Nellie», piensa, y procura alejar el pensamiento.

Coloca el cadáver de la cebra. Es un viejo macho que murió por el camino. La colección de fieras suele reducirse por las enfermedades o porque los animales no se adaptan al clima. Por la mañana, las trillizas lo despellejarán, lo limpiarán y secarán la piel para que Jasper pueda venderla a una importante tienda de Londres. Después, asarán los cortes buenos al fuego y estofarán el resto. Toby limpia la placa de vidrio con clara de huevo y la introduce en la cámara fotográfica. Es probable que la luz sea demasiado tenue, pero le parece importante dejar constancia de eso, ser testigo de la verdad de la vida y de su final, de su fealdad y sus traumas. Se agazapa bajo la tela y cuenta un minuto. La cebra tiene la crin dispuesta hacia un lado, los labios negros y abiertos. Hay moscas paseándose por sus ojos.

A unos cuantos kilómetros de distancia, su hermano debe de estar circulando por un camino lleno de baches, transportando como carga a una chica asustada. Sabe que Jasper lo ha conseguido, siempre lo hace.

Toby mira el circo de su hermano y lo invade un repentino impulso de castigarlo. Quiere romper los volantes. Quiere soltar a los animales. Quiere hacerle daño, igual que él se lo ha hecho a esa chica. Piensa en la noche en que destrozó su microscopio, en cómo quedaron colgando los tornillos y el cristal se rompió con la misma facilidad que el hielo, en el placer vergonzoso que le dio saber que su hermano se sentiría consternado.

Durante semanas, habían estado encorvados sobre aquel aparato, y Toby se sentía abrumado por la atención que su hermano le prestaba, como si una luz muy especial lo iluminara solo a él. Siempre había sido así entre ellos; desde que tenía uso de razón, el carácter de Jasper había sido un refugio, una protección. Cuando su madre murió de escarlatina cuando eran pequeños, Toby se encerró en sí mismo y Jasper se volvió extrovertido. Si Jasper podía contestar cualquier pregunta por él, ordenar a los sirvientes que prepararan las tartas y las exquisiteces adecuadas, entretener a cualquier invitado y entrometido, ¿por qué iba Toby a hacer otra cosa que no fuera sentarse y dejarlo hacer? Pronto dejó casi hasta de hablar. En lo referente a hacer amigos, su voz le chirriaba y le resultaba extraña, sus gestos eran una mala imitación de los de su hermano. Jasper hizo tanto por él que pronto Toby creyó que no podía hacer nada por sí solo: era todo un arte saber pedir la comida adecuada, lo que era correcto decir, y estaba seguro de que él nunca lo dominaría. A veces, tenía la impresión de que en la habitación solo había aire para un hermano, pero no lo envidiaba; ¿cómo podría hacerlo, cuando quería tanto a Jasper?

En el colegio, veía a su hermano cruzar a zancadas el patio haciendo reír a los profesores, mientras que él pasaba corriendo con la cabeza gacha. Le gustaba decir: «Jasper Brown es mi hermano. Mi hermano, ¿has oído? Y un día tendremos nuestro propio espectáculo. ¡Un espectáculo magnífico!». Cuando estaba solo sentado ante su pupitre, solo de camino a la escuela o solo comiendo en el refectorio, pensaba en el circo que habían imaginado, con sus capas rojas y sus chisteras plateadas a juego, en cómo entrarían a caballo en la pista al son de las trompetas. Eso bastaba para hacerle soportar el dolor de la soledad, para pensar que el futuro podía ofrecerle más que su insignificante presente.

Una tarde que Jasper había ido a cabalgar con un amigo, Toby se coló en su habitación y le quitó la cubierta al microscopio. El metal estaba muy frío, como los tubos de un órgano en miniatura. Toby pulió los tornillos metálicos y limpió las platinas de vidrio en las que Jasper colocaba insectos aplastados. Imaginó que era suyo, que toda la vida de su hermano era suya; que era ingenioso y caía bien al instante; que su padre creía que merecía un microscopio de regalo y no una cámara fotográfica que lo convertía en un mero espectador.

Oyó que su hermano y su amigo volvían, así que bajó y entró tranquilamente en el salón para reunirse con ellos. Los chicos estaban pelando nueces, cuyas cáscaras partían con un martillo de metal.

—Recoge eso —le soltó el amigo de Jasper señalando un fragmento de cáscara de nuez.

Al principio, Toby pensó que se dirigía a su mayordomo, pero Jenkins estaba en el vestíbulo.

—Recoge eso —repitió.

—¿Yo? —preguntó sobresaltado.

El chico se echó a reír con un duro «ja, ja, ja».

Toby miró a Jasper, pero su hermano estaba mirando fijamente la repisa de la chimenea.

Una cáscara de nuez le dio en el hombro. La segunda le acertó entre los ojos. Después fueron almendras garrapiñadas, como pequeños guijarros plateados.

Toby observó a Jasper. Vio que abría y cerraba la boca sin decir nada.

—Está tan gordo como un concejal de Londres —comentó el muchacho soltando una enorme carcajada—. ¡Es tonto! ¡Tonto del culo!

Toby vio como su hermano dirigía la vista a la alfombra, como jugueteaba con las borlas de su levita de terciopelo rojo. Toby pensó en el orgullo con el que solía decir: «Jasper es mi hermano, ¿has oído?», pero Jasper tenía las mejillas sonrojadas de la vergüenza.

Veinte minutos después, Toby estaba en el dormitorio de su hermano y el microscopio estaba hecho añicos en el suelo. El largo tubo metálico estaba doblado por donde lo había golpeado contra el escritorio y la lente, rota. Oía a los chicos riéndose abajo, en el salón. Seguramente de él. Cuando oscureció, cogió el instrumento destrozado y lo dejó abandonado en un callejón cercano.

Aquella noche no durmió. No lo obsesionaba el miedo al castigo, sino el descubrimiento de la violencia de la que era capaz. Por la mañana aguardó a que su hermano echara en falta el microscopio y la consiguiente reprimenda. Nada se habló sobre el tema durante una semana, período durante el que, inquieto, apenas pudo pegar ojo, y es que el remordimiento le pesaba como una losa. Finalmente, su padre le preguntó a Jasper dónde estaba su microscopio; Toby, sentado a la mesa del desayuno, se mordió la parte interna de la mejilla.

—Se lo presté a Howlett —respondió Jasper—. Quería examinar una hoja concreta de su jardín.

Toby dio un respingo. Jasper lo había encubierto de una forma tan despreocupada, con tanta facilidad, que aquello podría haber sido cierto, que pasó a ser cierto. Tal vez Jasper pensó que así intercambiaba una traición por otra; aquella era su forma de desagraviarlo. Pero, de algún modo, mientras él recogía la mesa y su padre encendía su pipa, Toby se sentía peor que si lo hubieran golpeado. La verdad de su historia había sido extirpada, suprimida, incluso empezó a preguntarse si había imaginado todo aquel incidente y si era posible que en su vida jamás llegara a provocar ninguna turbulencia.

Unas horas después oye cascos de caballos. El ruido desasosiega a un bebé. Toby no alza la vista. Capta el suave sonido de unas botas pisando la hierba mojada, el sonido de las yeguas al desengancharlas y llevárselas.

—Toby —lo llama su hermano—. ¿Bebes conmigo?

Toby finge no haberlo oído. Cree que Jasper se lo volverá a preguntar, pero la puerta de su caravana se cierra de golpe.

Poco después, hasta los sonidos de los animales se desvanecen. Nada se mueve salvo una lechuza que planea a baja altura sobre los campos. El carromato de la muchacha está tranquilo; un cascarón negro en la penumbra. Toby oye un tenue llanto. El sonido le corta la respiración. Se acerca sigilosamente. El llanto se intensifica, se vuelve gutural y ronco.

Toca la larga barra del cerrojo con los dedos. Podría descorrerlo y liberarla. Hay tantas cosas que podría hacer, tantos rumbos distintos que la vida de la muchacha podría tomar si él la ayudara. Podrían huir juntos. Podría ensillar a Grimaldi y llevarla a su casa. Los horizontes alrededor de la chica se contraerían hasta no quedar nada salvo una casita mísera, una pared ruinosa. Su vida reducida al tamaño de un alfiler.

Toby recuerda el anhelo en su mirada, aquella ansia. El olor de la cerilla, como si ella misma fuera el fuego.

—Nellie —susurra apoyando la frente en la madera.

—¿Quién es? ¿Quién anda ahí?

Toca el cerrojo, espera. Si la libera, Jasper se pondrá furioso. Su hermano lo protegió cuando cualquier otro hombre lo habría lanzado a los perros por lo que hizo. Y apenas conoce a esa chica; puede que ella ni siquiera se acuerde de él.

—¿Quién anda ahí?

Toby carraspea.

—¿Quién anda ahí? —Una pausa, un golpe en la puerta que le hace pegar un brinco hacia atrás—. Déjeme salir.

No puede hacerlo; no puede. Piensa en un día caluroso en Sebastopol, una ciudad en ruinas, un hombre cayendo de las almenas, el horror escrito en la cara de su hermano. Echa a correr tapándose las orejas con las manos mientras los gritos de la muchacha son cada vez más desesperados. Se deja caer junto a la hoguera, a la que echa agujas de pino que chisporrotean y estallan como disparos.

Las llamas forman figuras.

«Cobarde».

«Cobarde».

Cientos, miles de hombres murieron por su culpa. Era un embustero profesional, un mentiroso que creaba fotografías que no reflejaban la verdad. Jasper le dijo que olvidara que eso había pasado. Allí, matar era la tarea que tenían encomendada, el puñetero objetivo de todo aquello.

—Tú solamente tomaste algunas fotografías —dijo su hermano—, tal como se te había encargado. Tenías instrucciones del Gobierno. Y, en cuanto a Dash... —se le cortó la voz—. Lo hecho, hecho está. No puedes devolverle la vida.

Toby se frota los ojos con fuerza. Esa noche pasará. Tal vez concilie pronto el sueño. Está muy cansado; no ha dormido más de cinco horas diarias durante la temporada. Por la mañana habrá trabajo que hacer. Se pasará el día levantando la carpa, disponiendo los bancos y limpiando a los animales. Romperá huevos y batirá las claras para usarlas en sus fotografías, y los aldeanos pagarán un chelín por sus retratos.

Nell está aquí, en su compañía.

El alba llega con una fina franja roja. Mientras la sinfonía matinal del circo va creciendo y la leona gruñe, todavía puede oír el eco del llanto de la muchacha.

11

Nell

Nell se despierta bruscamente, con la boca seca. Su hermano está cantando fuera, en el patio.

Este es el cazarrecompensas,
afeitado y rapado,
que se llevó a John Bull
con su corneta.

Las palabras no tienen sentido. Nada tiene el menor sentido. Pestañea. Ve plumas. Ninguna ventana. Franjas de luz. Le llega un olor a manteca caliente, a estiércol y a sudor de caballo.

Ahora lo recuerda: el baile, los hombres y el carromato. Y, en un instante, está levantada y arremetiendo con el hombro contra la puerta. La madera cruje, pero no cede. Está sola, arrancada de la compañía de su hermano. Camina de un lado para otro, se sujeta los brazos, se imagina siendo exhibida por las calles de un pueblo. Su única aptitud es recoger flores y, aun en eso, tan solo es un engranaje más. Le resultaría imposible actuar. Y si no puede actuar... Se imagina una peana sobre ruedas, tirada por caballos. Unas manos empujándola, tirando de ella. Se ve tropezando, con las rodillas llenas de tierra. Abucheos, manzanas podridas golpeándola, el tono desafinado del organillero. Acróbatas describiendo círculos vertiginosos, monos revoltosos y aquella carne, fétida y putrefacta, en un palo untado con grasa.

Su padre la ha vendido.

La han comprado como si fuera una violeta cortada.

La rabia le bulle en el pecho y araña la puerta. Todo es pasto de sus dedos, que desgarran, rasgan, destrozan. Raja cojines, provocando una explosión de plumas, como si hubiera atacado a un ganso. Grita hasta que le duele la garganta. Se rasca las marcas de nacimiento de los brazos, se las restriega hasta que le sangra la piel. Sus manos abren de golpe los cajones y tres libros caen al suelo.

«Libros».

Nunca ha poseído uno. Solo ha tenido dos en las manos. El de los cuentos de Andersen y los hermanos Grimm, con la cubierta rayada y gastada, y la Biblia, el único volumen de su iglesia, pesado como una losa. Aprendió a leer en su finísimo papel. Historias de transformación, de génesis, de milagros. Cuero manchado de verde, bordes dorados, preciada como el aliento.

Y entonces sus manos se acuerdan y los libros no son más que combustible para la máquina de su rabia, y retuerce los lomos, los rompe y los arruga con los puños hasta que queda rodeada de pequeñas bolas de cañón de papel.

«Estoy aquí —se dice a sí misma; tiene cortes en las palmas—. Soy real».

Oye voces de mujeres aproximándose.

—¿Quién está ahí?

—Una pequeña manada de elefantes, por lo que parece.

—¿Un nuevo prodigio?

Nell interrumpe su arremetida, con el pelo pegado a la cara y los brazos arañados por el tocador astillado. Una carcajada. Se marchan; vuelve a estar sola.

Acerca el ojo a un hueco entre los listones. La niebla y el humo de la hoguera cubren los campos. El grupo de mujeres ha formado un círculo tranquilo, como si se cerraran a los hombres que corren, gritan y tiran de las cuerdas para levantar la carpa.

La giganta que esquivaba los cuchillos está cortando seda roja y enhebrando una aguja. La mujer pequeña que iba en el carruaje está limpiando una trompeta. Las trillizas se persiguen entre sí serpenteando entre los carromatos con las manos extendidas. «¡Te pillé!».

No hay redobles de tambores, ningún jefe de pista diciendo lo extrañas y novedosas que son esas mujeres. No hay público vitoreando. En ese momento son muchachas corrientes, como las mujeres de su pueblo que se sientan alrededor de la olla de cocina o que empaquetan narcisos. Nell se toca la magulladura de la mejilla y apoya la barbilla en las rodillas.

Su padre la ha vendido.

Piensa en el mar y anhela sumergirse en él, sentir su imperiosa fuerza. Recuerda al hombre que la vio nadar y se pregunta dónde puede estar y si podría ayudarla. Le dio la impresión de tener algo de dulzura, de nerviosismo.

Pero está segura de que no lo necesitará; pronto aparecerá Charlie. Le habrá sonsacado la verdad a su padre y habrá pedido prestado un caballo a Piggott. Seguirá el rastro que han dejado: lentejuelas caídas como migas de pan, excrementos secos de elefante indicando los caminos que tomaron. Luchará con ellos si es necesario, la liberará. Es una doncella atrapada en una torre. Llevarla a casa es la misión de un hombre.

En el suelo, a su lado, ve el dibujo de una de las páginas arrancadas. La recoge. Es un ser encorvado formado por partes del cuerpo cosidas. Entrecierra los ojos para leer el texto al pie.

—Fui benévolo y bueno; la desgracia me convirtió en un desalmado.

Su padre...

La ha vendido.

No pensará en él.

No, no pensará en él.

Cierra los puños. Huirá, y pronto.

La mañana pasa ruidosa. Órdenes dadas a gritos, martillazos para clavar estacas, la inmensa carpa elevándose hacia el cielo. Por el hueco entre los listones, Nell observa a la mujer pequeña, que lleva un gancho que usa para abrir las puertas de los carromatos y cargar bridas tan grandes como ella mientras suelta brusquedades a cualquiera que trate de ayudarla. «También te gustaría limpiarme el culo, ¿eh?». Algo le resulta familiar a Nell: la negativa a que se compadezcan de una, esa actitud desafiante, y casi esboza una sonrisa.

Cuando la carpa está levantada, huele a carne cocida, que desprende un humo denso y grasiento. A Nell le gruñe el estómago y se lo toca con la mano, como si quisiera silenciarlo. Si le traen comida, no comerá. No aceptará nada de ellos.

Se sobresalta al oír un ruido en la puerta. Es el empresario circense, que entra llevando una bandeja con dos yemas de huevo temblorosas y un bistec cortado en pedacitos tan pequeños como corazones de pollo. Un bistec. Puede ver que la grasa está crujiente y ennegrecida y la carne, rosada. Una mosca revolotea sobre la chuleta, se posa en ella y empieza a mover las patas.

Es un hombre alto, con la barbilla totalmente afeitada y una cara que podría considerarse atractiva. Lleva lentejuelas rojas cosidas en el frac y unos pantalones de terciopelo del mismo azul pálido que sus iris. Sus botas relucen como piedras mojadas. Mantiene la postura sólida de una estatua, con los pies muy separados.

—Comida —dice.

—No tengo hambre —replica, aunque la tripa se le está quejando.

Se vuelve para que no pueda verle la marca de la mejilla. No quiere que ponga sus ojos en ella para valorarla, como un granjero evaluando una vaquilla premiada. Nota la brisa de la puerta abierta y calcula: «¿Podría correr lo bastante deprisa?».

—Aquí puedes triunfar —asegura el hombre—. Si te lo permites.

Nell emite un ruido con la garganta, pero él la ignora. La mosca se da un golpe contra la pared del carromato.

—Te pagaré diez libras a la semana cuando estés preparada para actuar. Trato con justicia a mi compañía. —Se apoya despreocupadamente en la pared, como si ese dinero no significara nada para él.

«Diez libras. —Nell se rodea un dedo con un mechón de pelo y tira de él—. ¿Actuar?».

—No quiero su dinero.

Las puntas del bigote del hombre se elevan cuando se ríe.

—Me apuesto a que difícilmente ganas eso en un año. Y aquí tendrás comida, alojamiento, amigos y, espero, fama. Éxito. Puede que pronto.

Habla como si supiera esas palabras de memoria, como suponiendo que la fama es algo con lo que ella ha soñado. No sabe lo mucho que se ha esforzado por permanecer oculta.

—Mi enana no alcanzaba las bobinas de las fábricas donde trabajaban sus hermanos. La descartaron, la hicieron a un lado. Yo la he transformado en alguien importante. —Deja la comida en el suelo—. Puedo hacerte brillar. Podemos consagrarnos el uno al otro.

Su mirada es distante, como si tuviera los ojos puestos más allá de ella, en otra persona. Habla con enorme convicción, con la entonación de un hombre que sabe lo que dice, y su seguridad es casi reconfortante. Cada movimiento es deliberado.

«Solo soy una chica —quiere decirle—. Solo soy Nell. Se equivoca conmigo. Devuélvame a mi lugar».

—Mi hermano vendrá —asegura—. Él me llevará a casa.

El hombre suelta una carcajada y las charreteras le centellean.

—Me aseguraré de esperarlo. A no ser, claro, que quisiera una parte del dinero.

—No —asegura Nell poniéndose de pie—. Vendrá. Ya lo verá.

Pero sus palabras parecen las objeciones de una niña y él se limita a encogerse de hombros, como si supiera algo que ella no sabe.

«América». Quizá Charlie pueda permitirse ahora los billetes del vapor. La casa de labranza con la que soñaba, la casa con columnas. Mary, con su vientre creciendo, llenaría el espacio que Nell ocupó en su día.

«No —se dice a sí misma—. Es imposible», pero el veneno de esa idea empieza a extenderse, a infectar todos los recuerdos que tiene de él.

—Te vi bailar —comenta Jasper— y lo supe. Supe lo deslumbrante que podrías ser.

Da un paso hacia Nell y ella retrocede. Otro paso. No tiene adónde ir. Las paredes se le vienen encima. El tocador se le clava en la espalda. El carromato es muy pequeño, muy oscuro y caluroso, está repleto de libros destrozados y de plumas con las cañas rotas. El hombre se humedece los labios como si se preparara para besarla. Nell siente una punzada en el vientre, tiene náuseas. Él podría dominarla, y con facilidad. A lo largo de su vida ha acabado reconociendo el olor de la violencia masculina y ha aprendido a disiparla, a esquivarla. Una mirada de Piggott que podía acabar en paliza. Una sonrisa de un viajero que podía terminar en violación. Las conjeturas han moldeado su vida de forma sutil. Los sitios a los que no ir, los senderos más transitados que seguir, siempre en casa al anochecer. Su hermano a su lado.

«No puede querer nada conmigo», se dice a sí misma, pero nota el sabor del miedo en su boca.

La mosca recorre los listones y se va.

«Huye —piensa—. Ahora».

Se lanza hacia la puerta. El hombre no tiene ninguna posibilidad de agarrarla. Cruza el umbral, baja como una bala los peldaños del carromato, pasa junto al grupo de mujeres, Stella, el Ave Cantora, y la mujer pequeña con su gancho. Se oyen gritos, silbidos. El elefante se detiene con la trompa a medio camino de la boca. Nell se marcha en dirección al bosque. Su respiración es dificultosa, tiene los pulmones ardiendo, pero sigue, impulsada por su propio atrevimiento. Vuela, sus pasos son seguros. Unos estorninos se echan a volar desde las ramas.

Oye un crujido tras ella, un grito, el ruido rápido de unos pies.

—¡Detenedla!

Gira a la izquierda, a la derecha. Ya está en el bosque, saltando troncos caídos. ¿Debe esconderse entre los arbustos o seguir corriendo? Tienen caballos, muchos. Sigue adelante, a toda velocidad; tiene a un hombre demasiado cerca. Le arde la garganta, le abrasan las piernas. Libre. ¡Libre!

Las ramas cortan el cielo en mil pedazos y el brazo le sangra cuando se pincha con unas zarzas. Sigue corriendo más y más deprisa. Su ventaja aumenta, el sonido de los pasos del hombre es cada vez más tenue. Lo está dejando atrás sin problemas. Sonríe. Siente el rubor del calor. El rocío del océano. Baja por un estrecho camino costero, más llano en esa zona, sin acantilados. El mar está oscuro, reluciente. Pronto estará de vuelta en casa, con los cajones de embalaje marcados con las palabras «Paddington, Londres», un lugar tan remoto que podría estar en la luna. De vuelta con Charlie...

Con su padre...

«No —piensa—. No».

¿Ha tropezado adrede? Ha visto el tocón y, sin embargo, no lo ha saltado ni lo ha esquivado. El dolor es inmediato, la hierba se prepara para recibirla. Mientras cae, recuerda aquellas palabras: «Puedo hacerte brillar». Un golpe brusco, una torcedura de la pierna, el hombro contra la tierra compacta. Él está ahí, encima de ella. Arranca unos tallos de hierba cana y ajo silvestre y los lanza al cielo.

—Levántate —dice él, y la sujeta por el brazo.

Tiene el látigo en las manos. Nell se estremece, preparándose para su rápido chasquido. Nota el calor de la respiración del hombre en su mejilla.

—Solo una idiota preferiría ese pueblo. Solo una idiota desperdiciaría lo que tú tienes.

El mar golpea sin cesar la playa.

—He dicho que te levantes —dice.

Ella alza la cabeza. No va a lastimarla.

Se dice a sí misma que tropezó sin querer. Pero cuando ve la primera nota de color del campamento, cada vez más cerca (las caravanas de madera pintada, los niños estirando las piernas y practicando sus acrobacias), siente algo cercano al alivio.

También está el carromato de las fotografías, un poco separado del resto. El elefante tiene una cuerda alrededor del pie. «Como domar un caballo». Nell huele el aroma de las cebollas fritas y el pan de jengibre.

Ahí, el horizonte que ella tan bien conocía es diferente. De algún modo, es más amplio, fragmentado por colinas desconocidas, y todo es nuevo.

12

Jasper

Jasper quita la barra de hierro de la puerta del carromato de Nell.

—No la he cerrado —le indica, pero ella no responde.

Entreabre unos centímetros y se va. La muchacha no volverá a escaparse; sabe que la magia de ese mundo ya ha hundido los dedos en ella.

El día es largo, demasiado caluroso en la carpa, y los espectadores se muestran peleones, dispuestos a estropear una actuación con abucheos y lanzamientos de fruta. Al final, Violante se ve obligado a hacer sangrar la nariz a un chico para calmar al público. Durante todo el día, Jasper dirige los ojos hacia el carromato de Nell y piensa: «Ahí está». Corta la mejor carne de la cebra que están asando y ordena a Stella que la deje en el peldaño superior de la caravana de la muchacha. Un minuto después, una mano tira del plato hacia dentro. Mientras las libélulas rondan los charcos de agua estancada, la recuerda bailando entre aquel puñado de campesinos harapientos. El cabello ondeante, las extremidades perfectamente extendidas, lo electrizante que era.

Sabe que podría asustarla si la visita de nuevo demasiado pronto, de modo que, cuando termina el espectáculo vespertino y los caballos están metidos en sus establos, se tumba en la hierba junto a Toby y a Stella. Los peones han preparado una hoguera, los carteristas están metiendo lo obtenido en una gorra. Brunette está cosiendo un nuevo tocado para Minnie; cuando lo ve mirándola, sus dedos se aceleran.

Jasper se vuelve hacia Toby.

—Pon tu manaza en el suelo.

Su hermano lo hace sin quejarse, ofreciendo su mano muy abierta.

Jasper va clavando la punta de su cuchillo entre los dedos de Toby, cada vez más deprisa. Hay una pequeña cicatriz en el pulgar de Toby de una vez que falló. Es un juego de confianza. Cada día, hace un juego similar con su público, pero este no se da cuenta. Los artistas se catapultan sobre sus cabezas, se lanzan dagas, se disparan pistolas, sueltan un león. Pero los espectadores están ahí sentados, lamiendo sus manzanas de caramelo, porque creen que todo es una ilusión.

—¿Confías en mí? —pregunta Jasper a Stella.

—Ni hablar —responde ella apartando la mano—. No lo haría por nada del mundo.

—No siempre fue así, no cuando tenías a Dash —dice Jasper lanzando el cuchillo hacia una mata de hierba.

Ve que Toby se estremece, el nombre planea en el aire. Dash. Stella mira al suelo y arranca un manojo de dientes de león.

—¿Recuerdas cuando éramos pequeños y padre nos llamaba «los hermanos Grimm»? —comenta Jasper—. Las historias que nos inventábamos, las ideas que teníamos... —Juguetea con uno de los rizos de Stella—. Podría inventarme cualquier historia sobre ella. Podría convertirla en cualquier cosa. La chica leopardo.

—¿A quién? —pregunta Stella.

Jasper señala el carromato de Nell.

—Ah, ¿es eso entonces? ¿Dónde la encontraste?

—Bajo una piedra. Salió de un huevo. La trajo un pájaro. No lo he decidido.

—¿Dónde la encontraste realmente?

—En el último pueblo. Será mi actuación estrella. Podría

comprar una piel y atársela encima. Brunette podría coser unas frondas a modo de tocado.

—No sé... —comenta Stella—. Hay chicas leopardo a patadas. Hazla diferente.

—Yo podría hacer pasar a un arenque ahumado por una ballena.

—No si los demás empresarios circenses hicieran lo mismo.

—Puede ser. —Jasper recoge su cuchillo y apoya la punta en uno de sus dedos—. Tiene porte, pero poca técnica —dice. Trata de pensar en otros animales con manchas. Gallinas y perros, jirafas. Hienas.

—Podrías... Podrías hacerla volar —sugiere Toby ruborizándose—. O saltar. Como un... un hada.

—¡Un hada! —se burla Jasper—. Todas las chicas quieren ser hadas.

Pero esa noche, cuando la luna se eleva en el cielo primaveral y empieza a refrescar, Jasper lo sopesa, piensa en las curiosas marcas que ensombrecen el rostro de la muchacha. Se sienta en los peldaños de su carromato contemplando como las estrellas perforan el horizonte mientras las nubes plateadas se deslizan ante la luna y la eclipsan. Un gorrión describe una pronunciada uve. Jasper se chupa el labio, chasquea los dedos.

Ya puede ver el movimiento de los espectadores, los murmullos, como el aire restallará cuando él salga pavoneándose de detrás del telón. Silencio, tan solo el ruido que hacen sus botas con espuelas al aplastar el serrín. Piensa en las palabras que dirá, en las diferentes formas en que puede vestirla. «Les presento...». ¿Qué presenta?

Toby ha sugerido un hada. Las ideas de su hermano suelen ser buenas, pero las expone con tanta inseguridad que resulta fácil descartarlas. «Un hada volando». Jasper analiza la idea, como si fuera un objeto que puede sujetar a contraluz. Se da golpecitos con los dedos en la rodilla.

La Reina de las Hadas; no, la Reina de la Luna y las Estrellas, sus marcas son como mil constelaciones. Podría balancearse, volar sobre la pista con unas alas en la espalda. Podría surcar el aire a tres metros de altura con una cuerda atada a la cintura. Ojalá su carpa no fuera tan pequeña, ¡podría recorrer todo el campo!

Se pone de pie de un salto y comienza a dibujar en el primer papel que encuentra (un envoltorio de mantequilla, un trozo de papel pintado), y la cabeza le funciona como la máquina que es. Esboza las poleas que necesitarán, las mismísimas alas. Calcula ángulos y trayectorias. Siempre ha tenido una inteligencia rápida para el diseño y la ingeniería. Ya de niño, dibujaba motores para caballos y bombas hidráulicas, fraguas y grúas. Sabe qué metales funden y a qué temperaturas, disfruta del rompecabezas de montar un motor. Durante la guerra, construyó puentes usando cuerdas, postes y barriles de carne, y lo llamaban para arreglar desperfectos en los vapores de ruedas. Por las noches, le llevaban rifles destrozados y él los desmontaba y los reconstruía con la misma facilidad con que una mujer remendaría un cojín.

Mientras dibuja semicírculos y pernos, piensa en todos los hombres que han tenido ideas espléndidas antes que él. Se pregunta si es así como se sentía Victor Frankenstein al dibujar su criatura en pedazos de papel, al colarse en osarios y cementerios para robar trozos de carne y huesos. El entusiasmo le hierve en las puntas de los dedos, embelesado como está por el potencial de todo eso. Piensa en la aguja del médico cosiendo el monstruo; piensa en Dédalo, encerrado en su torre, atrapando alondras y halcones, arrancando plumas de sus cuerpos rosados, el aire perfumado con el aroma de las velas de cera de abeja derretida. El montaje de dos grandes inventos: unas alas en el caso de Dédalo, un monstruo en el de Frankenstein. A Victor, el orgullo le martillea los oídos al ver a su criatura terminada. Dédalo, situado en el borde de un precipicio abismal que se abre a sus pies, se prepara para saltar sin la certeza pero con la esperanza de elevarse en el cielo y cambiar su vida. De pequeños, en la escuela, discutieron sobre la moraleja de ambas historias. Toby, obligado por el maestro a hablar, tartamudeó que esos relatos eran una advertencia acerca de no ser demasiado ambicioso, de no volar demasiado alto. Jasper se había mofado. Para él, eran una exhortación a intentar cosas, a construirlas. Mejor inventar un monstruo extraordinario que estar atrapado en una vida mediocre. Mejor volar y caer que permanecer encerrado en esa torre.

Cuando ha terminado su dibujo, va rápidamente a ver a su herrero. El hombre, que tiene la cara del color del jamón debido al calor, deja la herradura que está martilleando. Jasper presiona frenéticamente el papel con el dedo, dibuja figuras en el aire. Allí están las junturas que hay que soldar, la forma que hay que cortar, los radios que harán avanzar la máquina y que permitirán que esas alas se abran y se cierren. Serán enormes, pero hermosas como las de un tordo.

—Quiero que empieces ahora mismo, Galem —dice Jasper agitando el diagrama.

Su herrero lo mira fijamente mientras se seca la frente con un brazo rollizo.

—Es tarde —empieza a replicar—. Está oscuro...

—¡Ahora! —ordena Jasper, rozando con el látigo los zapatos del hombre. Galem le toma el diseño de la mano—. Lo quiero terminado en dos días. Me da igual si los caballos están mal herrados o si las yuntas están rotas. Quiero que te pongas con esto.

Finalmente, el hombre asiente con la cabeza ante el fuego candente. La leyenda de Jasper también se forjará ahí, llegará más alto gracias al éxito de Nell. Cuando se marcha, recuerda el momento de inspiración no como la sugerencia tímida de Toby, sino como el instante en que él alzó los ojos y vio las estrellas dispuestas en el cielo. Todo ha sido idea suya, su creación. Nell toma forma en su mente, una máquina cuidadosamente elaborada.

Su imaginación va más allá, un espectáculo en Londres, una multitud murmurante. No importa que tarde un año entero en poder permitirse un terreno; los meses pasarán y ese día llegará.

«Les presentamos a la Reina de la Luna y las Estrellas, el

duende que pone el broche al espectáculo, el punto final al día, y esta noche volará como ninguna otra maravilla que hayan visto hasta ahora...».

Imagina que se corre la voz, que la reina quiere recibirlo. El espectáculo de Jasper ha reavivado su amor por el circo y los fenómenos, perdido, según ha oído, desde la muerte del príncipe Alberto. Él la animará, despertará en ella esa sensación infantil de asombro. Casi puede oler los salones del palacio de Buckingham, a donde está seguro de que será invitado después. El aroma a limpiador de plata, a velas de cera de abeja y libros viejos. «Es usted maravilloso —le dirá la reina—. Qué espectáculo ha creado».

Su compañía ya se ha retirado a sus respectivos carromatos. Aparte de él y del herrero, las únicas que siguen fuera son las trillizas, cuyas siluetas menudas se desvanecen en el bosque para ir a comprobar sus trampas para liebres o faisanes.

Jasper se dirige hacia el carromato que ahora ocupa Nell. Acerca el ojo al agujero que hay entre los listones y vislumbra su cabello sobre la almohada. Se alegra de no ver el verde fuerte de sus iris, su mirada acusadora. Cuando duerme, sus rasgos son hermosos y delicados, sus labios fruncidos, casi infantiles. El estómago se le retuerce de deseo, de euforia por lo que ella le aportará.

Se vuelve y lo observa todo, cada una de las cosas que conforman su rutilante espectáculo. Los postes de madera, la tela tensa de la carpa, los animales metidos en carromatos como sardinas en lata... Conoce el nombre de todos los artistas, mozos y peones; incluso el del bebé alquilado al que hacen pasar por un descendiente ilegítimo de Peggy, su enana. El espectáculo es una máquina perfectamente engrasada. Mientras otea el horizonte, Jasper se siente tan eufórico como si también le pertenecieran los árboles y las colinas, el océano con sus conchas abiertas y sus cientos de mejillones pegados a las piedras. Piensa en el anfiteatro Astley y en el museo de P. T. Barnum, reducidos a cenizas; en el de Pablo Fanque, derruido; y no sabe cómo pudieron seguir viviendo después de tales desastres. Arruinados. Siendo unos donnadies.

Alza la mano y se pasa un dedo por la muñeca. Se pregunta si habrá alguien más que se sienta tan inmortal como él ahora. Tiene demasiados pensamientos, demasiadas ideas, demasiadas ambiciones como para morir. Cuando su tío fue enterrado en el cementerio de Highgate, Jasper recorrió la avenida Egipcia con sus cuidados caminos, sus mausoleos con sus poleas y sus tumbas oscuras, y oyó a un hombre que decía bastante alegremente: «Pronto este cementerio estará lleno de personas que creían ser indispensables». Y Jasper se quedó allí, bajo el sol de media tarde, sin poder moverse durante un minuto entero.

Se frota el mentón con la mano. La luna brilla y el mundo gira levemente sobre su eje. Entra en el carromato de Stella.

—Déjame sitio, bisoñita mía —dice, y ella bosteza y lo toma en sus brazos.

Él la mueve para situarla debajo de él y se quita los pantalones. Cuando la penetra, piensa en los ríos de tinta que saldrán de las plumas de las redacciones de los periódicos de Fleet Street, en su nombre yendo de boca en boca. El Circo de los Prodigios de Jasper Jupiter. El corazón de Londres palpitando con su nombre, recorriendo calles y callejones, llegando a oídos de la reina. Jasper Jupiter. Jasper Jupiter. El dinero llenándole los bolsillos. Imagina a Nell balanceándose por encima de la reina, batiendo las alas metálicas a su espalda, con los brazos extendidos. «Lo he diseñado yo —le dirá a Victoria en su palacio—. Yo la he creado. He hecho las alas, he encontrado a la chica en un pueblo costero. Todo es obra mía».

—Hummm... —murmura Stella con los ojos entrecerrados, en éxtasis.

Jasper la observa. Conoce esa expresión, ha visto como la pone para los clientes cuando se quita la ropa bajo una lámpara de cristal rojo. La cabeza echada hacia atrás, mordiéndose el labio con los dientes. Se pregunta si se acuesta con él porque también quiere sentirse cerca de Dash, una cercanía que ambos han perdido.

Cierra los ojos, gime, se deja caer sobre ella.

—Apártate —dice ella antes de encender un puro y darle unas chupadas—. Estaba pensando... —suelta como de pasada, como si retomara el hilo de una conversación—. Yo podría engatusar a tu chica leopardo.

—La Reina de la Luna y las Estrellas.

—¿Quién?

—Así se llama ahora. Está decidido.

—Hummm —dice Stella, y suelta humo por la comisura de los labios. Se da la vuelta—. Se te ha caído algo.

Jasper cree que es dinero, pues ella siempre le birla billetes de la bolsa cuando él termina, afirmando: «La vida es una transacción, y yo sería un payaso más grande que Will Kempe si no fuera recompensada por mi trabajo». Pero Stella recoge algo pequeño y centelleante. Es el anillo. Se le debe de haber caído del bolsillo. Él se lo arrebata de la mano.

—¿Es el de Dash? —pregunta Stella tapándose la boca con la mano.

—Es mío —responde demasiado deprisa—. Era de mi padre. Parecen iguales.

Se pone los pantalones y sale del carromato antes de que ella pueda decir nada más.

13

Nell

Dos días después hay movimiento en el circo por la noche. Desmontan la carpa, retiran y doblan la tela, recogen los postes de madera, los apilan. Nell es consciente de los artistas que zigzaguean por la hierba delante de su carromato. Jasper grita órdenes, un hombre pequeño lima las garras de un tigre adormilado, la mujer alta se ríe de una broma que ella no alcanza a oír... Pero es a Charlie a quien ella espera. ¿Dónde está su hermano? ¿Por qué no la ha encontrado? No sería difícil ensillar un caballo, y debe de haber volantes pegados en los árboles en kilómetros a la redonda.

«A lo mejor...».

Se interrumpe a sí misma.

«No —se dice—, no puede estar implicado en lo del dinero». Charlie no podría hacerle eso.

Oye unos crujidos y acerca el ojo al hueco entre los listones de su carromato. Están poniendo la jaula de la leona junto a ella. El animal camina arriba y abajo, gruñendo suavemente. Arriba y abajo, arriba y abajo. Está casi al alcance de su mano, separada solo por su pared de madera y los barrotes de la jaula del animal. Los ojos negros le brillan, los dientes le relucen a la luz de la luna. Nell se mira las marcas de los brazos. Se pregunta dónde habrán atrapado a esa bestia, como conseguirían meterla en su pequeña jaula.

Un golpe sordo en su carromato la sobresalta y da un brinco hacia atrás. Ve a una persona acorralada contra él. Es Stella, un aldeano la está aprisionando y tiene su barba en la mano.

—¿Por qué no te la cortas, monstruo? —sisea el hombre echando el puño hacia atrás.

Por todas partes hay ruido, el sonido de las yuntas, las órdenes gritadas, y Nell sabe que nadie la oirá si chilla. Mira a su alrededor en busca de cualquier cosa que pueda usar como arma: ¿una pata de la silla que rompió?, ¿un cajón? Pero entonces oye una carcajada rápida. El hombre se cae al suelo sujetándose la entrepierna con las manos. Stella se saca un puro del bolsillo.

—¿Y estar en el vertedero con el resto de las ratas como tú en lugar de en este escenario?

Cuando el hombre se va cojeando, Stella se vuelve y dice:

—Nadie te tiene encerrada, ¿sabes? Tenemos un bol de ponche si te apetece.

Nell se muerde el interior de la mejilla.

—Como quieras —sentencia Stella.

Observa como Stella se va contoneándose, feliz con su cuerpo. Nell solía cruzar su pueblo como si anduviera sobre la cuerda floja, con miedo a caerse. Pero esa mujer balancea los brazos, da largos pasos. Se detiene para recoger un ranúnculo y se lo pone en la barba. Nell se pregunta cómo puede hacer eso; cómo puede soportar convertir su diferencia en un rasgo propio, mirar al mundo a los ojos.

Y Stella tiene razón, no está encerrada. Está segura de que Stella no se quedaría escondida dentro. No pasaría nada por salir solo un instante. Empuja la puerta. Se abre. A Nell se le acelera el pulso, que le retumba en los oídos. Se sitúa en los peldaños, se baja las mangas para taparse las manos. La leona camina arriba y abajo sin cesar en su jaula; un pelaje amarillo que recubre unos huesos marcados. Una chica pasa corriendo con un barril lleno de coles. El hombre forzudo y la giganta guardan ropa y cacharros en baúles que amontonan en los carromatos. Nadie la señala ni la mira boquiabierto. Piensa en lo que Jasper dijo sobre la mujer pequeña, sobre que en las fábricas no la querían, la vida de una persona descartada porque no encontraban un lugar para ella. A Nell esa idea no se le había pasado antes por la cabeza. Ella se ganaba la vida en el campo, pues su cuerpo era considerado productivo. Contempla a la mujer alta recostada en un barril, frotándose la cabeza como si le doliera, y Nell tiene una sensación extraña, algo parecido a la vergüenza.

Poco después de regresar, su carromato da una sacudida hacia delante, las ruedas crujen, los cascos golpean la tierra. Nell se acuesta en el colchón y observa los altos setos oscuros a través de los listones. Siente una opresión en el pecho. Imagina una cuerda tensa que le une un brazo a su hogar y el otro al circo. Cada golpe de cascos le sacude el cuerpo, la descuartiza, le desgarra la carne, le divide la mente.

Cuando paran en una posada a por agua, oye gritar el nombre del pueblo. Nunca ha oído hablar de él. Si huyera ahora, está segura de que sería incapaz de encontrar el camino de vuelta a casa.

La despiertan unos golpes en su puerta. No se ha dormido hasta el alba y ya debe de ser la última hora de la tarde. Se levanta de un salto. Es Jasper, que carga un paquete de papel marrón con ambas manos. Examina el pequeño desastre que ella todavía no ha ordenado: los libros rotos, las plumas partidas. Nell levanta el mentón desafiante.

Jasper deja el paquete en el escritorio y sujeta el cordel.

—¿Puedo?

No aguarda la respuesta; tira de él y el papel se abre.

—Para que actúes —indica—. No puedes llevar siempre esos harapos.

Nell tenía pensado decirle algo mordaz, desafiarlo, lanzarle el regalo a la cara, pero cuando ve que se trata de la prenda de seda verde que la mujer alta ha estado cosiendo con tanto esmero, se detiene.

—Sabía que te gustaría —asegura Jasper—. Y esto es solo una parte. Póntelo ahora. Mi hermano te fotografiará. Todo artista necesita una *carte-de-visite*.

«Solo una parte», se sorprende. Mientras él la espera fuera, Nell acaricia la tela con el dorso de la mano. Es del mismo color que el mar en invierno. Hay unas figuras cosidas en la parte delantera, estrellitas y una gran luna blanca, que recuerdan las marcas que le cubren la cara. Piensa en arrancar esas puntadas, pero ve entonces el montón de libros destrozados y de repente la recorre una oleada de tristeza. Saca el atuendo. Dos prendas: unos bombachos cortos y un jubón sin mangas, como el de Stella. Los brazos y las piernas le quedarán al descubierto. Se quita el vestido con unas enormes ganas de llorar, agachándose como si quisiera protegerse de unos ojos invisibles. Se mide las marcas de nacimiento con las manos. Siempre ha tenido mucho cuidado de ocultarlas y ahora se supone que van a consagrarla.

—Date prisa —la apremia Jasper—. Antes de que se ponga el sol. Necesitamos luz.

Nell traga saliva con fuerza. Está cansada de luchar; muy cansada. Pero tras su obediencia hay curiosidad. ¿Qué aspecto tendrá vestida así? Su vestido sucio, remendado, queda hecho un guiñapo en el suelo.

«Puedo hacerte brillar».

Se pone el atuendo de seda, toquetea los corchetes y los botones y abre la puerta antes de que le dé tiempo a cambiar de parecer. Nota la brisa en su piel desnuda. Le resulta balsámica; las manchas le pican menos que antes. Se sumerge en la luz amarilla del día.

—Sí —dice Jasper empapándose de ella—. Es tal como lo había imaginado. —Decapita un diente de león con su bastón—. Ven.

El rocío está empezando a cubrir la hierba y Nell ve a la compañía por el rabillo del ojo. Unos niños vacían sacos de serrín en el suelo, arreglan carteles, todos ellos con la cara de Jasper. Un mozo de cuadra despedaza bueyes muertos con un hacha e introduce los trozos en la jaula de la leona. El animal se abalanza sobre ellos, descuartizando cabezas, jarretes y corazones.

—Ven conmigo —indica Jasper, y ella aprieta el paso, medio corriendo a su lado, hasta llegar a un carromato negro, donde él se detiene y da golpes en la pared—. ¡Toby, date prisa! —grita.

Nell lee la ampulosa descripción: «Capture la imagen antes de que sea tarde. Tobias Brown. Fotógrafo de Crimea».

—¡Toby! —dice Jasper con una cordialidad repentina cuando la puerta se abre.

Es el hombre con aspecto de oso que Nell vio en la playa. «Y es hermano de Jasper», piensa sobresaltada, aunque empieza a ver el parecido en sus labios carnosos y en sus ojos del color de la endrina. Es más joven de lo que recordaba; tendrá poco más de treinta. La mira como la otra vez, con aquella mirada larga, triste, y Nell nota que está sorprendentemente nerviosa, acalorada.

—Espera a ver esto, Nell —comenta Jasper con las manos apoyadas en una tela—. La segunda parte de tu atuendo. —Aparta la tela haciendo una floritura.

Al principio Nell cree que es una máquina para capturar animales, quizá zorros, con una especie de mandíbulas montadas para hincarse en la carne. Es un artefacto hecho de metal sin brillo con radios y ruedas dentadas, y cubierto de plumas blancas. Tres cintas de cuero cuelgan de él. Es tan grande como ella, un barullo de soldaduras y hierros.

—Tienes que ponértelas —afirma Jasper sosteniéndolas en alto. Tira de una pequeña palanca y el metal chirría cuando dos planchas aletean atrás y adelante—. Son unas alas.

—¿Para qué son?

—¿Para qué? —repite Jasper—. Bueno, vas a ser mi reina. Una reina que hace avanzar la luna por el cielo.

Ella se lo queda mirando. Es como si le hubiera dicho que el cielo es verde.

—¿Yo? —pregunta—. ¿Cómo?

—Ven —dice. Sonríe, se carcajea y Nell puede atisbar el niño que hay en él, como si hubiera olvidado su lugar por un instante—. Levanta los brazos. Así. Sí. Sí.

Cuando le roza la espalda con los dedos, Nell procura no retroceder. Jasper le sujeta las cintas alrededor de la barriga y bajo los brazos y ella se encorva bajo el peso del metal. Las alas le sobresalen de la espalda como las de una mariposa. Tienen las puntas afiladas y relucientes: cuatro segmentos perfectos. Desea verse reflejada en un charco, pero puede que ni siquiera se reconociera a sí misma.

—Espléndido —comenta Jasper respirando regularmente—. Espléndido. Una maravilla. ¿No te parece, Toby? Una maravilla. Las cuerdas pasarán por aquí y te elevarán hasta el cielo. Vas a volar, Nell. Vamos a hacerte volar.

Le gustaría que hablara más despacio, que le diera tiempo para asimilar el significado de sus palabras. «Volar. Nell. Reina». Se apoya en el carromato, recuerda como solía pararse al borde de los acantilados para contemplar como el mar golpeaba las rocas a sus pies. Charlie le suplicaba que retrocediera, que no fuera tan imprudente. Ella tiraba tierra de un puntapié y veía como se precipitaba hacia el fondo, hasta que el impulso de caer era casi mayor que el de quedarse donde estaba.

—¿Qué dices, Toby? —suelta Jasper.

—Está muy bien —responde Toby, pero no alza los ojos.

—Tráeme la fotografía cuando hayas terminado. —Da una palmada y se va bramando por el campamento—: ¡Acorralad a esa cebra si no queréis que os parta el cráneo con una estaca!

Es fácil que te digan qué hacer. Toby le dice cómo ponerse y durante cuánto rato, pero sigue sin mirarla. Las alas le pesan. Tiene los brazos y las piernas tan desnudos... Ni siquiera Piggott podría permitirse que le hicieran un retrato, y aquí está ella, con la caja mirándola y el telón de fondo desplegado tras ella. Imagina de repente que los aldeanos la ven, que ella entra en el pueblo vestida así, abriendo y cerrando sus alas. ¿Los horrorizaría, los asombraría? A lo mejor no se creerían que era ella.

Levanta los brazos como le indica Toby, mira hacia arriba, procura evitar que le tiemblen los labios. Él le toquetea el jubón para alisarle la seda de debajo de las cintas, disculpándose cuando le roza el hombro desnudo con el pulgar. A Nell, el corazón le martillea en los oídos. Toby retrocede, desliza la placa en la cámara y se agacha bajo una tela mientras el ojo negro la observa.

Cuenta los segundos.

—¡Una idea encantadora, novedosa! —grita uno de los niños.

Nell no se mueve. La están transfiriendo a ese vidrio: una *carte-de-visite* que la gente podría comprar. ¿Qué diría su hermano si se la enviara? ¿Y Lenny...? ¿La admiraría o se reiría de ella?

—Nueve, diez —dice Toby, y retira la placa.

Le desabrocha las alas. Nell oye su respiración dificultosa, huele el humo de puro en su piel. Tras dejar el armazón de metal en el suelo y taparlo con la manta, comenta—: Después se las llevaré a Jasper.

Empieza a subir los peldaños de su carromato. Nell quiere detenerlo, hacer que se quede con ella un poco más.

—¿Puedo verla? —pregunta.

—Ahora no hay nada... —responde Toby agitando la placa.

—¿Puedo ver cómo lo haces?

—No sé —dice él torciendo la boca y mirando al otro lado del campamento—. Si te das prisa —comenta, y Nell se pregunta de quién la esconde.

Cuando cierra la puerta tras ella, Nell se da cuenta de que no hay ninguna ventana y de que los huecos entre los listones están sellados. El carromato es muy pequeño, caluroso y oscuro. Huele un poco como las pastillas que vendían los charlatanes, ricas y amargas. Nell tropieza con algo blando y una botella tintinea.

—¡Cuidado! —exclama Toby con la respiración entrecortada. La roza al pasar y se disculpa.

Poco a poco empiezan a aparecer unas formas grises. Un banco de trabajo. Cacharros. Botellas tapadas con corcho, imágenes pequeñas colgando de una cuerda. Recipientes con productos químicos. Un colchón puesto de costado. Debe de dormir en el suelo.

Él le cuenta cómo aplicó clara de huevo al vidrio y ella repite en voz baja las palabras nuevas que él utiliza. «Colodión, nitrato de plata», y entonces él toma una pizca de líquido y frota con él la placa.

—¿Qué es esto? —pregunta Nell levantando un tarro tras otro—. ¿Y esto?

—¿Por qué estás susurrando?

—¿Y tú?

La oscuridad parece tan secreta y prohibida como la iglesia en la Candelaria. Ve libros en su estante y entrecierra los ojos para leer los lomos en la penumbra. Títulos que no conoce. Y entonces, ve los cuentos de Andersen y los hermanos Grimm. Lo saca. Siente una punzada en el estómago.

—Mi hermano y yo solíamos leerlo —comenta.

Tras devolverlo a su lugar, ojea un libro de *cartes-de-visite*: Jasper, con las manos en las caderas, sobre un elefante borroso; un enano junto a un hombre alto; una mujer con un solo brazo. Se ven curiosamente íntimas; los sujetos posan, pero están cómodos. Sus ojos traspasan la cámara.

—Tú no sales en ninguna.

—¿Y por qué iba a salir? No tengo nada interesante.

Podría contradecirlo, pero en ese extraño mundo, puede que tenga razón. Echa un vistazo al cuello del chaleco de cuero de Toby y después a su jubón de seda.

—Aquí es donde pego los volantes —dice Toby mostrándole la parte posterior del libro—. ¿A que son bonitos?

«¡La mayor curiosidad viviente! Una mujer oso, ¡lo nunca visto!». Levanta la página. Nell observa como él se ve reflejado en un cristal y hace una mueca como de dolor.

—«Extraordinaria» —lee—. «Original. Maravillosa».

Con las comisuras de los labios inclinadas hacia abajo, Toby se gira hacia el baño de productos químicos.

—Mira, aquí estás —suelta de repente—. Ya estás apareciendo.

Le tiemblan las manos. Nell se pregunta si está nervioso porque está con ella. Siente unas ansias súbitas de abrazarlo, de reconfortarlo, pero no se mueve. En lugar de eso, mira el papel con él.

Una aparición. Un espectáculo. «Esta noche, Nellie saldrá a escena...».

Toby levanta la imagen del recipiente, la sostiene, la sostiene a ella, entre el índice y el pulgar. Gotea. Se la da, enciende un cigarrillo y el brillo repentino de la llama la hace parpadear.

Su contorno se materializa primero, reluciendo a partir de la nada. Los triángulos de sus alas, sus pies descalzos, su cabello. Sus marcas. Nell contiene el aliento. Unas piernas y unos brazos esbeltos, con los pies un poco hacia adentro. El mentón levantado. Los ojos muy abiertos y la boca con las comisuras ligeramente hacia abajo. Su semblante medio ensombrecido por la mancha de nacimiento.

Piensa que no puede ser ella; esa chica no puede ser ella. Es un truco. Durante años, ha evitado mirar su reflejo en los charcos y en los cristales convencida de que vería algo feo. Los aldeanos trataban sus marcas como un problema que había que solucionar, como una aberración, incluso como un mal presagio. Esa chica, Nellie, la recogedora de flores, quería pasar desapercibida. Jamás habría podido posar así, jamás habría sido alguien que una niña pudiera anhelar ser.

Toby cuelga la imagen en una cuerda, en un hueco entre una jorobada y un encantador de serpientes. Ella toca la esquina del papel. Desde que tiene uso de razón, le han dicho que lo tenía difícil para cambiar su vida, que se quedaría para vestir santos, que su historia se iría apagando. Pero ahí podría transformarse en cualquier cosa. Un hada, una reina. Un ser que vuela por el cielo. Podría ganar su propio dinero, y mucho, y llevar una vida más resplandeciente y relevante de lo que cualquier mujer de su condición podría esperar.

Se le ocurre que nunca podrá volver a casa. Su vida ha cambiado irremediablemente. Su padre la vendió; ¿cómo podría volver a ocupar su lugar en aquella casa?

Valora la idea, como cuando se aprieta un diente con la lengua y se comprueba que está podrido. El tejado con goteras, las rutinas agobiantes y las granjas tapiadas, el olor acre de las hojas de guisantes y verduras hervidas... ¿No era, de hecho, insoportable? ¿No era su vida realmente tan limitada como esos campos tapiados?

Arruga un poco la imagen al sujetarla.

—Cuidado —pide Toby, y le roza los dedos con los suyos. Ella no suelta el papel.

Esa chica con las alas mecánicas es ella, capturada en el tiempo como un insecto en la resina. Puede que haya desconocidos que compren esa *carte-de-visite* y la coloquen en la repisa de la chimenea.

Siente entonces una fuerza, una agitación en su interior, como si fuera capaz de cualquier cosa. Como si esa chica de la fotografía pudiera volar por la carpa con sus lámparas temblorosas y notar el calor de cien ojos clavados en ella sin que le importe en absoluto.

14

Nell

Cuando Nell regresa a su carromato, su viejo vestido ya no está en el suelo, donde lo dejó. Busca bajo el colchón, mira después en los cajones. No está. Cae en la cuenta de lo que debe de haber pasado, de quién se lo debe de haber llevado. Se tira del jubón como si pudieran salirle mágicamente mangas. Le afecta más de lo que debería perder lo último que la vinculaba a su antiguo yo.

—Puedes ponerte alguna de mis camisas. Tengo unos pantalones que pueden ser lo bastante pequeños.

Se vuelve y ve a Stella de pie en el umbral, con la pipa entre los dientes y una mano en la cadera.

—Bonnie está asando un cerdo. Ya no hay más actuaciones hoy.

La amabilidad en su voz es demasiado para Nell; por un instante, piensa en contrarrestarla con una palabra sarcástica, en cerrar la puerta de golpe y recluirse de nuevo en ese espacio silencioso. Se aferra al suelo con los dedos de los pies, como para anclarse en su sitio. Siente ese deseo irresistible de dejarse caer.

—No tienes por qué estar tan aterrada —suelta Stella con una carcajada—. Tú comerás el cerdo asado, no al revés.

—Preferiría quedarme aquí —dice Nell mientras trata de recordar el aspecto que tenía en la tarjeta, con las alas metálicas y el mentón levantado, pero solo se acuerda de que tenía los pies hacia dentro.

—Es empoderador —asegura Stella rodeándose un dedo con un rizo de su barba.

—¿El qué?

—Actuar. Tú controlas cómo te ven. Tú eliges ser diferente. Nadie más tiene mi aspecto, y eso me alegra.

Nell no puede mirarla a los ojos.

—¿A qué estás esperando? —pregunta Stella.

—A mi hermano —empieza a decir Nell.

Stella se mofa, pero su voz sigue siendo amable:

—¿Crees que va a venir a buscarte? —Ladea la cabeza—. Puedes pasarte toda la vida con una familia que te adora y a la vez te considera diferente.

—Él no es así —asegura Nell demasiado deprisa.

Stella se encoge de hombros, recoge una pluma rota y juega con ella. Esa era la mujer cuya figurita compró Piggott, la que se balanceaba por la carpa y cotorreaba y reía, la que Charlie fingía ser cuando se subió en el columpio.

—Únete a nosotros —pide Stella.

La chica de la fotografía no se lo pensaría: la reina con sus alas afiladas. Nell da un paso adelante. No puede ser peor que estar sentada sola.

Stella sonríe, pero ella no le devuelve la sonrisa. Sin alzar los ojos, nota el frío de los peldaños de madera bajo sus pies descalzos. La hierba está húmeda; es una fría noche de mayo. Siente la calidez repentina de un brazo tomando el suyo, el apretón de la mano de Stella. Piensa otra vez qué pensarían de eso la gente de su aldea, qué pensaría Lenny si supiera que esa mujer quiere estar a su lado.

Nota unos ojos clavándosele en la piel como anzuelos de pesca.

—Todo el mundo me está mirando —susurra.

—Solo sienten curiosidad.

«Curiosidad». Examina esas miradas en busca de lástima, de horror, pero no encuentra ninguna de las dos cosas.

Junto al fuego, unos cuantos artistas están apoyados en las ruedas de los carromatos frotándose grasa en las articulaciones. El hombre forzudo tiene la cabeza metida en un barril con manzanas flotando. Se incorpora con el cabello empapado y una manzana entre los dientes, exultante.

—Déjame probar a mí —grita una de las trillizas. Él le sujeta la cabeza bajo el agua hasta que la muchacha le abofetea los brazos—. ¡Cabrón! —chilla aspirando aire frenéticamente y dándole puntapiés en las espinillas—. ¡Cabrón!

Allí está el cerdo, poco más grande que un bebé. Tiene la piel ennegrecida y crujiente y una manzana cocida humeándole entre las mandíbulas. Las gotas de grasa caen al fuego levantando llamas blancas. La chica que tragaba brasas está girando el espetón. Nell creía que lo que hacía tenía truco, pero puede ver que tiene unas ampollas rojas en las comisuras y los labios ensangrentados.

—Los vistazos cuestan un chelín cada uno —suelta mirando a Nell con el ceño fruncido.

—Perdona —se disculpa Nell retrocediendo.

—Déjala en paz, Bonnie —interviene Stella antes de medio abrazar a la chica.

Bonnie corta un pedazo de cerdo y se lo da a Nell. Resuena un chisporroteo. Lo que daría Charlie por una comida como esa, por una noche sin verduras hervidas.

—Siéntate aquí —dice Stella instalándose entre dos mujeres.

Nell se alegra de estar en el suelo, donde la gente no se fijará en ella. La giganta interrumpe su costura: una prenda de seda azul que brilla en su regazo. La mujer pequeña deja de acariciar la cabeza del bebé. Nell da un mordisco al cerdo y la grasa le inunda la boca.

—Nos preguntábamos qué tenía Jasper ahí dentro —comenta la mujer haciendo saltar al bebé sobre sus rodillas—. Huffen dijo que le parecía que era una ballena en un acuario. Pero después te vimos, corriendo por la hierba como una bala.

—¿Es pintura? —pregunta la giganta. Su voz es educada, como la de las hijas de Piggott—. ¿O piel pegada?

La mujer alarga una mano para acariciar la mejilla de Nell. Stella la aparta de un manotazo.

—Solo quiero mirar.

—¿Te gustaría que ella te midiera esos huesos tan grandes sin pedirte permiso? —pregunta Stella, pero la giganta se limita a reír.

—Ella es Brunette —dice Stella.

Luego le presenta a los demás artistas. Violante, el hombre forzudo. Bonnie, la tragafuegos. Peggy, la mujer pequeña. Y muchos nombres más que Nell no consigue recordar. Algunos intercambian trucos, lanzando cuchillos y haciendo malabares. Observa cómo mueven las manos, dejando caer cosas, atrapándolas, y, para sorpresa suya, sus aptitudes ya no le parecen imposibles, sino algo que ella podría aprender.

—¿Dónde te encontró? —quiere saber Peggy.

Entonces Brunette empieza también a preguntar. Es un clamor de preguntas: «¿Cómo te llamas?», «¿qué número haces?», «¿te conozco del espectáculo de Winston?». Las caras la observan, aguardando a que hable. Nell encoge las piernas y dirige una mirada a su carromato. De repente, desearía no haber salido, estar segura allí dentro. Piensa en su casa, en el oleaje del mar, en las tierras lejanas que imaginaba cuando estaba nadando.

—Jasper te encontró en ese pueblo, ¿verdad? La granja de flores —sugiere Stella.

Nell asiente.

—¿Una granja de flores? —pregunta Peggy—. ¿Rosales? ¿O invernaderos?

—Flores en miniatura —explica Nell en voz baja—. Para ramilletes y glaseados.

Le hacen más preguntas, pero con dulzura, con cuidado, como si temieran ahuyentarla. Nadie le había preguntado nunca por su vida, jamás la habían tratado como un secreto que había que desentrañar. Al principio, tartamudea y se tapa un poco la boca con la mano por miedo a decir algo equivocado, a que conviertan sus palabras en pullas.

—Narcisos y violetas —dice—. Eso es lo que cultivábamos. Todos esperan, y su voz empieza a ser más alta, más firme. Pierde su temblor. Les cuenta lo del anuncio del circo y cómo Toby la vio nadando en el mar. La llegada del espectáculo, cómo lo vio desde la parte trasera de la carpa. Es una liberación explicarlo tal y como sucedió.

—¿Y quisiste unirte a nosotros? —pregunta Brunette—. Encontraste a Jasper y él te contrató por una temporada, ¿verdad?

Nell baja la vista.

Recuerda el pinchazo de las astillas, unas manos magullándole las muñecas. La música del violín elevándose en la noche. A su hermano desviando la mirada. ¿Cómo expresar esas cosas con palabras, cómo darles forma? Es demasiado para compartirlo, para darle sentido; una vez se ha liberado una historia, no puedes recuperarla. Mentir es más fácil.

—Sí —responde—. Fue idea mía.

Nadie la mira a los ojos, pero nadie la contradice tampoco. Aquella primera noche aporreó la puerta hasta que le dolieron los brazos, hasta que se le hinchó la garganta. Todos la vieron salir disparada del carromato, cruzar el campamento corriendo. Seguro que saben la verdad, seguro que lo han visto antes y saben lo que no puede decirles.

—A mí me pasó lo mismo —afirma Peggy—. Quería trabajar en la fábrica, abrirme camino en la vida. Pero dijeron que no era apta para ello. —Se encoge de hombros y maldice a uno de los peones cuando un cuchillo le pasa rozando—. Brunette, en cambio, tenía dinero. Era la hija de dos metros y trece centímetros de un hacendado. Él solía encerrarla...

—Puedo contarlo yo misma —espeta Brunette.

Se frota las largas espinillas mientras habla. Le cuenta a Nell que la encerraban con llave en su dormitorio cuando había visitas por si perjudicaba la posibilidad de sus hermanas de encontrar marido. «¿Quién querría casarse con ellas si podían traer al mundo a otro monstruo de la naturaleza?». Le explica que solían matarla de hambre con la esperanza de que eso detuviera su crecimiento, que llamaron a médicos y la obligaron a beber ampollas de un líquido amargo que la enfermaba y la agotaba. Le ataban los pies y las piernas. Brunette aprieta una margarita entre sus dedos.

—Cuando el circo vino a mi pueblo, yo tuve la idea. Creía que mi familia me detendría —le falla la voz—, pero se alegraron. Vieron que este era mi lugar.

—¿Y tú estás contenta? —pregunta Nell inclinándose hacia delante.

Brunette se queda callada.

—Yo quiero ser tan famosa como Lavinia Warren —interviene Peggy—. Encontrar a mi propio Charles Stratton y salir en la portada de todos los periódicos de gran formato.

Nell mira a Brunette. Se levanta una costra con cuidado.

—Este sitio te gustaba antes de que Abel empezara a husmear por aquí —asegura Stella.

—No es verdad —replica Brunette—. Toda esa gente tocándome, observándome. Para ellos soy un espectáculo curioso, pero para mí es mi vida...

—Abel es su admirador —la interrumpe Peggy volviéndose hacia Nell.

—Nos sigue como una maldita plaga —dice Stella.

—Dice que la ama —añade Peggy.

—Y ella es lo bastante tonta como para creerlo.

Nell la mira fijamente. Amor; no parece posible. Baja los ojos hacia sus piernas, hacia las marcas que florecen en ellas.

Lenny la encontró una vez sola en casa; su hermano estaba con Mary y su padre había ido a vender sus baratijas. Lenny le dijo que estaba buscando a Charlie, pero no se marchó cuando ella le informó de que no estaba allí. Nell estaba sentada en el suelo, a punto de freír un huevo, mientras la manteca de cerdo chisporroteaba en la sartén. Él se puso en cuclillas a su lado. Ella hizo girar el huevo en la palma de su mano, frío y ligeramente moteado. Él puso su mano sobre la de ella. Nell se sobresaltó tanto que no pudo moverse. Fue un roce; un anhelo, un deseo, un nudo en la boca del estómago. Los dedos de Lenny subiéndole por el brazo, deteniéndose en el hueco de su cuello, recorriéndole el contorno de las costillas. Se oyó un portazo y él apartó la mano de golpe, horrorizado por lo que había hecho. «No le digas a nadie que he estado aquí y lo que... lo que... ha pasado», dijo, y ella asintió porque no conocía a nadie que fuera a creerla si lo hacía. ¿Y qué había pasado, después de todo? Él apenas la había tocado, aquello no significaría nada para cualquier otra persona.

—Es que me ama —suelta Brunette.

—Lo vi cerrando un trato con Jasper —comenta Stella—. Por tus huesos.

—Sé que solo dices esas cosas porque no puedes soportar que yo tenga lo que tú perdiste. Por lo de Dash...

—No te atrevas a decir su nombre —suelta Stella levantando un dedo.

Nell las mira: el aire entre ellas puede cortarse. Y entonces Stella toma del brazo a Brunette y la situación se relaja. De nuevo, el cariño repentino. Brunette tira suavemente de un rizo de la barba de Stella para colocarle una margarita.

—Ahí está —dice Peggy, y Nell dirige la mirada hacia donde está señalando. El brillo naranja de un puro. Una silueta que sale de detrás de los árboles.

—No permitas que Jasper lo vea —comenta Stella.

—¿Por qué? —pregunta Nell.

—Somos suyos —ríe Peggy—. Somos de Jasper mientras estemos en su espectáculo.

Brunette se pone de pie sonriendo ingenuamente y guarda su costura en una cesta.

—Sabía que vendría —dice—. Sabía que estabas equivocada, Stella.

Todos observan como Brunette se va.

—Nada bueno saldrá de ahí —murmura Stella—. Pero luego que no me venga llorando.

—Creo que él la ama —asegura Peggy.

—Tú solo ves lo que te conviene, como un buitre solo ve carroña.

Más tarde, cuando todo el mundo se ha acostado, Nell sale a hurtadillas de su carromato. Huele a algas podridas, la costa no puede estar lejos. Solo quiere ver el mar, sentir su fría presencia cerca de ella.

—¿Adónde vas?

Es Jasper, con el rostro medio oculto en la penumbra.

De fondo se oye el trino de un avefría, el aleteo de unos murciélagos que vuelan en el bosque.

—Quiero ver el mar.

—Ya lo verás mañana —dice Jasper acercándose a ella—. Todo el mundo se ha acostado.

Ella retrocede hacia su carromato.

—No te haré daño —asegura Jasper, que alarga la mano, pero ella se zafa. Vuelve a sentirlo, aquellas ansias de atrapar y poseer—. No tienes por qué asustarte.

Nell intenta adoptar la actitud que adoptaría Stella, con las piernas separadas y el mentón alto.

—Déjame en paz.

Jasper suelta una carcajada, pero hay amargura en ella, como si no estuviera acostumbrado a que le negaran nada.

—Estoy buscando a Brunette.

—No la he visto.

—Muy bien.

Jasper hace restallar el látigo contra la hierba corta y se vuelve hacia el bosque. Brunette estará allí con el hombre que la ama. Nell piensa en los ruidos que su hermano y Mary hacían en su casa cuando la mandaban esperar fuera, en el patio. Jadeos como de animales salvajes, el sonido de dos cuerpos chocando uno contra otro, el roce de las telas.

«Dice que la ama».

La envida anida en su pecho.

Observa que la lámpara de la caravana de Toby sigue encendida. Recuerda sus dedos, el modo en que rozaron los de ella mientras sujetaba la fotografía. El olor de los extraños líquidos, el libro con los volantes y las *cartes-de-visite* que le enseñó. Una habitación tan oscura que Nell no podía ver su expresión.

Un caballo relincha y Nell da un brinco. Corre de vuelta hacia su carromato, con el cabello ondeando en su espalda.

15

Toby

Alguien le dijo una vez a Toby que el hecho de tomar una fotografía era una agresión. En la guerra, rodeado del olor de la pólvora y la sangre, de los perros que se daban un festín con las entrañas de los que acababan de morir, la idea resultaba ridícula, pues, por el contrario, él parecía ser el único que no combatía. Pero ahora, siempre que Toby se encorva tras su cámara, tiene la sensación de estarse apropiando de algo. Cuando descuelga la imagen de Nell de la cuerda, se pregunta si está robando algo que le pertenece a ella.

Un momento capturado en el tiempo, una chica atrapada en un papel. Mira el contorno de su barbilla, sus ojos, que parecen inseguros y desafiantes a la vez.

Ya tendría que haberle llevado esa fotografía a su hermano, pero se entretiene ordenando su carromato, limpiando las botellas. Cada dos por tres, echa un vistazo a la imagen de Nell, como para comprobar que sigue ahí. En dos ocasiones la coge y se dirige hacia la puerta, pero se detiene y, en lugar de salir, saca el libro que ella miró antes. Los cuentos de Andersen y los hermanos Grimm. Podría cruzar sigilosamente la hierba hasta su carromato y dárselo. Tal vez la reconfortara. Sería algo inofensivo, no significaría nada. Jasper no tendría por qué saberlo, pero lo sabría. Su hermano detecta cualquier engaño en el movimiento de sus ojos, en la expresión de sus labios. Se pregunta si Jasper se enteraría si él pensaba en la forma en que Nell lo había mirado, si podría presentir que su pulso coincidía con el de ella. Se imagina a su hermano como un carnicero, levantando su corazón de un lecho de hielo enrojecido, apretujándolo en su puño, acercándolo a su oreja para escuchar la contracción de sus cavidades. Sacude un poco la cabeza, sopesa el libro de cuentos y lo lanza al fondo de su armario. Aterriza junto a una caja de pequeñas dimensiones, medio oculta. La saca. La madera está hinchada y tiene que esforzarse para abrirla.

Dentro hay fotografías de llanuras, de hombres satisfechos bebiendo. Las ojea. Soldados apoyados en sus armas, con las charreteras centelleando como estrellas. Esa imagen fue enviada a Londres en un paquete junto con un correo del general y apareció en la revista *Illustrated London News*. Más fotografías: soldados sentados ante un polloasado entero, riendo delante de sus tiendas. Va pasando imágenes hasta llegar a las del fondo, las que nadie ha visto, aparte de un oficial que lo sujetó por las solapas y lo echó de la sala. Una pelvis rota. El suelo cubierto de fragmentos de cráneos. Un hombre muerto con la boca retorcida por la agonía.

Cuando Jasper se incorporó al ejército, Toby supo que eso significaba que las cosas dejarían de ser como antes, que aquel era un lugar al que ya no podía seguir a su hermano. Vio sus caminos separarse como siempre había sabido que sucedería: uno hacia la gloria, el otro hacia la mediocridad. Él no estaba hecho para una resplandeciente carrera militar; en lugar de eso, su padre le encontró un puesto en una oficina.

Cada noche, Toby regresaba a su nueva y más pequeña casa, en Clapham. La hilera de casas adosadas parecía recién salida de los estantes de una tienda. El papel pintado de la pared tenía el olor a almendras del arsénico. El pasamanos brillaba por el barniz. Cada día, Toby bajaba las escaleras y tomaba un autobús que lo llevaba a una oficina estrecha y mal ventilada cerca de Fleet

Street, donde anotaba cuentas y llenaba columnas con números que no significaban nada para él. Jasper los visitaba cada vez menos a menudo, ya que prefería las cenas en el cuartel y en el club White's y las partidas de *whist* y de *hazard*. De modo que Toby se sentaba solo en su dormitorio, escuchando el triste ruido de los pasos de su padre en el piso de abajo. Tenía las palabras en la punta de la lengua: «No puedo ser oficinista porque voy a dirigir un espectáculo con Jasper». Pero aquella parecía la fantasía ociosa de un niño, una fantasía que hasta Jasper parecía haber olvidado.

Todos los días recibían *The Times* y Toby echaba un vistazo a los reportajes de William Howard Russell sobre Crimea. Se acomodaba en el nuevo diván de tela e imaginaba que Jasper se uniría a esa guerra en tan solo dos semanas. Podía verlo con el rifle al hombro, sacando a hombres medio ahogados de ríos, con la bayoneta reluciente. «Mi hermano es un héroe —se imaginaba a sí mismo diciendo—. Dio órdenes con valentía cuando otros no pudieron hacerlo».

La tinta le dejaba las puntas de los dedos sucias.

«Del fondo del puerto emergieron cadáveres que cabeceaban tristemente en el agua o llegaban del mar, a la deriva. Flotaban rígidos y espantosos bajo el sol».

Pensó en Jasper muerto. «Cabeceando tristemente». No podía dejar de leer.

«Los gemidos de los agonizantes perturbaban mi sueño».

«Otra noche de agonía indescriptible».

Era horrible. Pero también lo era su vida. Cada noche, doblaba el periódico de grandes páginas y subía las nuevas escaleras hasta su habitación. Sin Jasper, era como si todas las velas de la casa se hubieran apagado, solo sus pasos retumbaban en el pasillo. Veía su vida extenderse ante él como una carretera de un solo carril, realizando cada jornada las mismas tareas, que se repetían un día sí y otro también. Sus manos rollizas encargándose mecánicamente de las cuentas. Sus pies deteniéndose en el peldaño que crujía. Su cuerpo ofrecido silenciosamente al servicio de los demás. La suya era una existencia desprovista de color.

Y entonces, unos días antes de partir hacia su destino, Jasper anunció que llevaría a unos amigos a cenar. Les presentó a varios conocidos nuevos del cuartel y a Toby le pareció tremendamente mayor; veintiún años y la autoridad de un adulto.

—Disculpad lo desvencijado del lugar —dijo Jasper a sus amigos con una rápida carcajada—. ¡Hay que ver lo bajo que han caído los poderosos! Hoy en día prácticamente tenemos que servirnos a nosotros mismos. Si no hubieras traído a Atkins, Dash, nos habríamos asado las codornices con velas. —Presentó a sus amigos—. Y este es Dash —soltó, y su voz contenía el mismo orgullo que la de Toby cuando decía «Este es mi hermano»—. Edward Dashwood. Su padre posee caballos en Newmarket y su tío se está haciendo un nombre en el Parlamento. ¡El Parlamento, ¿has oído?! Tiene contactos que no te creerías.

La risa de Dash estaba llena de falsa modestia.

—Por favor, Jasper, me harás subir los colores —soltó—. ¿Cómo estás, Toby?

El hombre era exageradamente apuesto, con la casaca militar colgada del hombro. Toby no dijo nada cuando Jasper lo acomodó en la silla que normalmente ocupaba él durante la cena. Cogió la copa de la que ya había bebido y la dejó un poco más allá en la mesa. Se fijó en que Jasper sonreía cuando lo hacía Dash, en la frecuencia con que mencionaba los contactos de Dash, su finca con un riachuelo con truchas, su tío dedicado a la política. Dash rezumaba dinero e influencias: la cadena de plata de su reloj de bolsillo, las referencias despreocupadas que hacía a la moda de París, a un sobretodo florentino y a su viaje por Europa. Toby también se inclinaba hacia él, todos parecían plantas que crecían en dirección al sol.

—De camino hacia aquí, le comentaba a Jasper que los reportajes de Russell son una auténtica vergüenza —le dijo a Toby.

Toby asintió entusiasmado. Podría haber recitado la mayoría de los artículos del reportero de memoria.

—Estoy de acuerdo —dijo, y era verdad.

La manera en que el Gobierno estaba manejando las tropas era una vergüenza, algo que Russell reafirmaba en cada artículo. Toby iba a expresarlo en voz alta cuando lo interrumpió un hombre de patillas anchas.

—Es un vulgar irlandés de origen humilde. Un individuo taimado.

—Era más fácil antes del puñetero telégrafo, ¿sabéis? Cuando podíamos encargarnos de nuestras guerras sin ese escrutinio infernal —añadió Dash.

—Una vergüenza —repitió Jasper.

—Puede cantar una buena canción, beber brandi y fumar tantos puros como el que más, pero solo lo hace para obtener información, especialmente de los jóvenes —dijo el de las patillas.

—¡El Valle de la Muerte! ¡Seiscientos muertos! Nosotros no perdimos más que a ciento cincuenta.

Toby deslizó la mano por la copa de vino.

—Nos hace parecer unos chapuceros. Hay protestas generalizadas. Pero tenemos el antídoto para su veneno —aseguró Dash.

—Ah, ¿sí?

Toby vio que su hermano se inclinaba hacia delante.

—Mi tío ha puesto a un hombre a trabajar en ese asunto. Roger Fenton, un fotógrafo. Pero llevará tiempo, ¿sabes? Es posible que no pueda ir allí hasta la primavera. No quiere pasarse el invierno tiritando. Mi tío está indignado, claro, pero qué se le va a hacer.

—¿Fenton? Nunca he oído hablar de él.

—Ha viajado a Kiev, Moscú, y sitios así. Le hemos encargado que fotografíe los campos de batalla. La revista *Illustrated London News* ha aceptado publicarlas. Verás, una fotografía puede contar la verdad de una forma que las palabras simplemente no pueden.

—¿La verdad?

—Bueno, la verdad tal como nosotros decidimos mostrarla.

—Dash hizo un marco con las manos para simular una fotografía—. Hileras ordenadas de tiendas, soldados riendo, ese tipo de cosas. Ninguna de esas tonterías perjudiciales de Russell. Hay más de un modo de contar una historia.

Dash bostezó mientras se levantaban y se dirigían al pequeño salón con sus feos sofás nuevos. Toby llevó una bandeja con puros, oporto y unas copitas de cristal.

—¿Te haces pasar por mayordomo? —preguntó Dash, y sonrió—. Gracias, señor.

Jasper se detuvo y se acomodó junto a Dash. Miró a Toby.

—Bueno, ¿y qué tal Toby? Sabe manejar una cámara fotográfica.

—No lo he hecho desde que era niño y solo fotografiaba cosas absurdas, como árboles o...

—¿Qué? —Dash se inclinó hacia delante—. ¿Sabes cómo... —hizo una pausa mientras agitaba vagamente las manos—... funciona todo eso? Para mí son un montón de pociones y cachivaches.

—¿Qué te parece, Toby? —preguntó Jasper girándose en su asiento—. Podrías viajar después que nosotros, incorporarte a nuestra pequeña aventura. Podrías estar allí en cuatro semanas.

Por una vez, Jasper no hablaba por él, sino que aguardaba su respuesta. La araña de luz relucía y las velas goteaban, y Toby apenas se lo pensó. Vio a su hermano reírse de una broma, tan atractivo como cualquier caballero encopetado de los que paseaban por Savile Row. Recordó su sueño compartido del circo y supo que su hermano lo mantendría a su lado, que no lo dejaría pudrirse en una oficina. Tuvo que esforzarse por contener las lágrimas.

«La verdad», pensó, pero solo por un instante.

«Hay más de un modo de contar una historia».

Después deseó habérselo pensado más, haberse parado a reflexionar en la influencia que tendría su obra. Pero en ese momento no se le ocurrió. Solo pensó en unirse a su hermano, en que su vida cambiaría, en que aquella era una de las últimas veces que se sentaba en aquella butaca con la tapicería andrajosa y apoyaba la cabeza en aquel antimacasar de encaje nuevo.

—Mi vieja cámara fotográfica estará bastante anticuada a estas alturas —comentó. Fue la única indecisión que expresó.

—Oh, por Dios, mi tío te comprará otra —aseguró Dash—. Es la afición de todos los ingleses hoy en día. No son difíciles de encontrar.

Y la decisión se tomó así de fácil.

—¿Has visto a Brunette?

Toby se sobresalta, cierra la caja de golpe, pero unas cuantas imágenes caen al suelo. Jasper está de pie, en la entrada de su carromato.

—¿Brunette? Estaba junto a la hoguera con Nell...

—Eso fue hace una hora. —Jasper se frota la barbilla—. ¿Crees que habrá huido?

—¿Por qué iba a hacerlo?

—No puedo permitirme perderla. ¿Por qué no estaban los peones vigilándola?

—Iré a buscarla —se ofrece Toby levantándose—. No creo que se haya ido.

Cuando baja los peldaños, ve su figura esbelta cruzando el campamento.

—¿No es ella? —comenta.

—Pues sí. —Jasper le da unos golpecitos en el hombro—. Bien hecho —dice mirando las fotografías del suelo mostrando hileras ordenadas de tiendas—. ¿Qué pasa?

—Nada.

—Estás pensando en Dash, ¿verdad?

Toby se encoge ligeramente de hombros.

—Acabará consumiéndote. Tienes que encontrar una forma de reprimirlo. De olvidar.

—No es tan fácil —dice Toby.

Jasper le da toquecitos en el brazo antes de echar un vistazo al pequeño carromato con la lámpara centelleando en el rincón.

—¿No está lista la *carte-de-visite* de Nell? —pregunta.

Toby agacha la cabeza y le entrega a su hermano la tarjeta.

Jasper la sujeta a la luz de la vela.

—Sí. Sí —dice—. Es perfecta. La forma en que la luz la ilumina aquí. —Pasa la uña por las piernas de Nell—. Parece medio irreal, como un fantasma. Será maravillosa, lo sé. —Se sienta en la pequeña silla de mimbre del carromato de Toby para servirse un brandi—. He pensado en su actuación. Podemos elevarla en posición horizontal, con cuerdas. Tres lazos. Uno bajo sus brazos, otro alrededor de la cintura y un tercero en la parte alta de sus muslos. Si logra mantener el equilibrio, si puede hacerlo, bueno..., puede que estemos en Londres la próxima primavera, incluso antes de lo planeado. ¡Mi propia reina!

—Sí.

—Vamos a izarla mañana, a ver cómo lo hace.

Jasper sigue charlando, sobre el desconcertante gusto del lobo por las patatas fritas, sobre contratar a otro niño expósito para Peggy porque el actual ya casi tiene seis meses. Pero Toby no puede dejar de pensar en la expresión de Jasper al decir «Mi propia reina». Piensa en todos los prodigios cuyos volantes ha coleccionado. Charles Stratton, el hombre pequeño que ahora posee una cuadra de caballos purasangre. Chang y Eng Bunker, los hermanos siameses con una plantación propia. Artistas que tienen dinero, oportunidades que no tendrían de otro modo. Y todavía viven, su historia no ha acabado todavía. Hay otros cuyos finales son de sobra conocidos. Sara Baartman, la Venus hotentote. Toby había leído sobre ella cuando era pequeño, pasando sus ojos por unas líneas que lo dejaron sin aliento, que le revolvieron el estómago. Fue vendida como esclava en Sudáfrica y exhibida en una jaula en Inglaterra y en París. Después fue comprada, finalmente, por el naturalista Georges Cuvier, que diseccionó su cuerpo y conservó sus genitales. Más adelante, Jasper le habló de Joice Heth, la exesclava que hizo famoso a P. T. Barnum.

—Barnum hizo que le extrajeran los dientes para poder exhibirla como la mujer más vieja del mundo —le explicó Jasper, y se rio al ver la mueca de horror de Toby—. ¿Te parece mal? —preguntó. Había algo próximo al regocijo en su voz—. Cuando murió, Barnum cobró cincuenta centavos a quien quisiera ver su autopsia. ¡Fue realizada ante mil espectadores! —Jasper hablaba con una expresión distante, casi pensativa—. Barnum es un hombre que sabe cómo atraer al público. ¡Es el mejor empresario circense del mundo! —Toby se presionó el estómago con la mano y se levantó demasiado deprisa, mientras veía desenfocada la habitación.

Toby piensa en la chica desafiante de la tarjeta, en su mentón levantado, en sus alas metálicas extendidas a su espalda. ¿Qué será de ella? Jasper no es Barnum ni Cuvier. No es malo. Pero ¿qué pasa si Nell no está a la altura de las expectativas de Jasper? ¿Le pedirá Toby explicaciones? ¿Lo hará alguien?

Toby acepta la copa que le ofrece su hermano. Tamborilea el cristal. Pone los ojos en el armario abierto, en el libro de cuentos que pensó en llevarle a Nell.

—De aquí a unos meses, podría haber ahorrado lo suficiente para anunciarla —comenta Jasper, y sonríe.

Su buen humor es contagioso. Toby choca la copa con la de su hermano. A Toby le basta con estar en su compañía, con ser su confidente.

16

Nell

Las cuerdas se clavan en la piel de Nell. Le rodean la cintura, el pecho, las piernas. Lleva las alas sujetas a los brazos y al torso. Está atada, en cuclillas sobre una plataforma de metro ochenta al borde de la pista. Un peón se pelea con las cuerdas, le cuenta que solía navegar en grandes clíperes que transportaban té, que sabe qué nudos aguantarán. Ella apenas lo escucha. Tiene un nudo en la garganta y la boca seca. Jasper le hace una señal con la cabeza. Le gustaría decirle que ha cambiado de parecer, que la idea es absurda. Sobre ella, las garras de la polea chirrían, la cuerda se tensa. Tiene que inclinarse hacia delante, distribuir uniformemente su peso.

El chico chasquea los dedos.

—¡Ahora!

No puede hacerlo. No puede dejarse caer. La carpa es tan calurosa como un horno y el sudor le mancha el jubón.

—¿Por qué no se mueve? —pregunta Jasper acercándose.

—No puedo hacerlo —le susurra Nell con lágrimas en los ojos al chico—. No puedo.

—No es diferente al trapecio —grita Stella—. Incluso es más seguro, diría yo.

—Ayúdala —grita Jasper.

—No —gime Nell.

Si no se mueve, alguien la empujará, así que se inclina lentamente, nota que las cuerdas le presionan el pecho. Al levantar los pies de la plataforma, lanza un grito. Las cuerdas le aprietan como la mano de un monstruo, dejándola sin aire. Se balancea, llega al punto más alto, retrocede de un tirón. Su peso está mal distribuido, tiene la cabeza demasiado abajo. Las cuerdas se le clavan en la delicada piel bajo los brazos. Tiene los ojos medio cerrados y solo puede ver contornos tenues: el serrín rastrillado de la pista, las hileras de bancos vacíos, los caballos que pacen en la hierba bañada por el sol. El estómago le da un vuelco cada vez que llega a la cúspide de la parábola con los brazos inertes, las alas de ángel desplegadas. Le llegan órdenes lanzadas desde abajo: «Agita las piernas». «Levanta la cabeza». «Cambia el peso de sitio».

Lo único que puede hacer es permanecer allí colgada, mustia, mientras las cuerdas le abrasan la piel. Piensa en cómo Stella se balanceaba en el trapecio, en cómo surcaba el aire como un pájaro, como si estuviera hecha solo de plumas. Cómo sonreía, cotorreaba y piaba.

Le pasan por la cabeza las muertes de diversos artistas. La noche anterior, Peggy le contó un sinfín de ellas, deleitándose con cada relato, narrándolos con una voz cargada de regocijo. Richard Sands, que andaba por el techo de los teatros con unas ventosas de caucho pegadas a los pies, pero que perdió la vida al caer cuando el material cedió. Blondin, una funambulista que se resbaló y murió estando embarazada de siete meses. ¿Cómo se debió de sentir al surcar rápidamente el aire, agitando las extremidades, acariciándose el tenso vientre con las manos hasta estrellarse con fuerza contra el suelo?

—Se parece más a un convicto en la horca de la prisión de Newgate que a una habitante del cielo —brama Jasper—. Haz que se mueva.

La enoja la culpa que siente, no poder, después de todo, reprimir sus ansias de complacer.

«Puedo hacerte brillar».

Piensa en aquel día, de pie en la roca, con la pulla de Lenny retumbándole en los oídos. Se quitó los zapatos y cayó, recta. El agua la succionaba mientras ella, con los brazos extendidos, luchaba contra la corriente. Una medusa le picó en los muslos, la arena se le pegaba en la barriga y ella alargaba la mano hacia algo que no sabría definir.

Cierra los ojos. Ve esa playa larga con sus olas picadas, se ve nadando a través de ellas. Levanta más la cabeza, encuentra el equilibrio como hizo en el agua; el esfuerzo le provoca dolor en el pecho, en las pantorrillas. Se dice a sí misma que es fuerte, que tiene una espalda resistente de tanto agacharse sobre las flores, unos brazos robustos de levantar las cajas de madera llenas de violetas, de cavar zanjas. La cuerda tiembla, oscila, y ella da una patada, desliza los brazos por el aire.

Abajo se hace un silencio repentino; los ojos están clavados en ella. Hasta los arrapiezos que rastrillan el serrín se detienen. La miran a ella.

«Tú controlas cómo te ven».

—Abre las alas —indica Jasper, y ella forcejea con la palanca hasta que logra abrirlas y cerrarlas.

Una ráfaga de aire, una discordancia al culminar cada arco y ser impulsada hacia atrás, el vaivén de las olas.

Esa mañana ha ordenado su carromato. Ha devuelto los cajones al tocador, amontonado los papeles en un rincón, alisado su colcha. Al terminar, ha tenido una sensación de propiedad sobre esa habitación, un pequeño espacio que le pertenece, una puerta que puede abrir y cerrar a su gusto. Y en ese momento, ese aire es suyo; el recorrido es cada vez más amplio al impulsarse con las piernas.

—Bajadla —ordena Jasper, y los peones descienden la cuerda.

Ya ha acabado; ha hecho todo lo que ha podido. El suelo sale a su encuentro. Trata de mantenerse de pie, pero las alas son demasiado pesadas y ella está demasiado mareada por el balanceo continuo. Se frota las axilas, las costillas, donde la cuerda le ha dejado unas señales púrpura. Jasper está de pie a su lado, haciendo crujir sus dedos. Su expresión es distante, difícil de descifrar.

Quiere preguntarle si lo ha hecho bien, pero le parece demasiado lamentable.

—¿No estás contento, Jasper? —suelta Toby—. Ha estado maravillosa, a mi entender.

Jasper no contesta. Está a punto de estallar de furia, tiene el cuello rosado. Levanta la mano y se marcha.

Es Toby quien recoge la cuerda, quien deshace los nudos y la ayuda a quitarse las alas. El dolor le despierta el cuerpo como si hubiera estado dormido, los tendones y los músculos, sus pequeños senos donde la cuerda se le clavó.

—Lo he intentado —asegura.

—Lo sé —dice Toby. Mira al suelo, con su ancha espalda encorvada, el pelo en los ojos, y ella tiene que contenerse para no alargar el brazo hacia sus grandes manos y entrelazar sus dedos—. No sé qué quería.

«A otra persona —piensa Nell—; él imaginaba a otra persona».

17

Jasper

Jasper cayó en la cuenta en cuanto Nell se enderezó en el aire: él era un donnadie. Al salir de la carpa, solo ve defectos, igual que un alfarero que se fija solo en el lugar donde el pulgar se le ha resbalado y ha dañado la arcilla. La lona de la carpa tiene mil cortes y parches, manchas que cubren los triángulos blancos. Su leona está ajada y escuálida. La gorguera de Stella está raída, de modo que va tan andrajosa como una actriz de Drury Lane. Los dolores de crecimiento de Brunette conllevan que a veces esté demasiado enferma para actuar, excusas que está seguro de que ningún otro empresario circense toleraría.

Cuando camina arriba y abajo por entre las hileras de carromatos, los peones se apartan porque perciben su estado de ánimo como el olor a hierro. Encuentra a un mozo tumbado en el heno con un puro, y el muchacho lo apaga deprisa y se levanta de un salto.

—¿No tienes nada que hacer? ¡Los arreos están asquerosos! Hace meses que no se enceran las sillas.

Jasper se quita el cinturón y lo golpea, solamente para sentir el poder que eso le da, el desgarro de la carne, el cuero caliente en la palma de su mano, el costado del chico todavía con las costras de sus últimos azotes. La piel se rasga con la misma facilidad que el papel.

«Un año —piensa mientras lo zurra con el cinturón—. ¡Un año, un año, un año!».

Un año hasta que pueda permitirse un terreno en Londres. ¡Doce meses enteros por esos pueblos de mala muerte, actuando para una cuadrilla andrajosa de afiladores de cuchillos y palurdos! ¡Un año desmontando y volviendo a montar, un año recogiendo, cargando, viajando!

El muchacho gime y Jasper aparta el cinturón de él. Entonces ve a Toby saliendo de la carpa. No soporta su modo de andar, ese avance lento y pesado, esa cintura tan ancha. Tan soso, tan poco extraordinario. Corre tras él alzando la voz:

—¿Por qué no está limpia la carpa? ¡Hace semanas que no se pintan los carromatos! Eres un inútil, un inútil redomado. —Ver la cara triste y herida de su hermano le molesta todavía más, y se aprieta los ojos con los nudillos.

Cuando Nell se elevó con las cuerdas, le sorprendió su esplendor. Surcaba el aire con los brazos extendidos como si el cielo le perteneciera. Tenía una soltura, una magia..., aquella gracilidad que había atisbado cuando la había visto bailar. Ha pasado de tener potencial a ser algo real, algo valioso, algo que podría catapultarlo a Londres. ¡Nell podría despertar pasiones en la capital! Pero no se lo puede permitir; sabe lo que dice su libro de contabilidad. Cruza el campamento, cierra la puerta de su carromato de golpe al entrar y pasea un dedo por las columnas de números. No hay ninguna sorpresa. Mil cincuenta libras, redondeando. Eso es todo lo que tiene en el mundo; eso es todo lo que ha construido. Le daría para pagar un terreno durante una semana y unos cuantos anuncios reducidos en una publicación periódica.

Se toquetea el bigote. Si tuviera más dinero, podría empapelar la capital con anuncios. Londres podría gritar su nombre desde los autobuses, desde las velas de las embarcaciones fluviales, desde todos los periódicos de gran formato. «El Circo de los Prodigios de Jasper Jupiter les presenta a Nell, la Reina de la Luna y las Estrellas». Podría hacerla actuar a más altura, hacer que surcara el cielo desde una plataforma situada a seis metros.

Desde la barquilla de un gran globo. En esa carpa baja parecía encerrada, casi melancólica.

Coge una pluma y presiona la punta en la palma de su mano. «Si pudiera...».

Pero hay una forma.

Piensa en la última apuesta de su padre: dos barcos que naufragaron en las rocas de la costa de las Indias Orientales. Cajones de té y de seda empapándose, hundiéndose en el mar. Una fortuna arriesgada y perdida.

Piensa en Dédalo en su torre, en como tuvo el coraje de saltar, de lanzarse a lo desconocido. En Victor Frankenstein esforzándose por conseguir algo más, anhelando hacerse un nombre.

Hay un hombre, un usurero del Soho, que le prestaría mucho más que cualquier establecimiento del West End. Su agente de prensa se lo ha mencionado varias veces. Un hombre dispuesto a compartir el riesgo. Jasper nunca ha dependido de ningún crédito, siempre ha sentido que su compañía tiene suficiente éxito. Así ha sido hasta ahora. Ha visto ascender a Barnum aceptando inversiones, saldando sus deudas. Winston, su principal rival, pidió una vez prestado y al cabo de un año estaba dirigiendo un espectáculo con cien caballos. A lo mejor él es imbécil, no porque su carpa sea andrajosa o sus animales estén ajados, sino porque no ha aprovechado la oportunidad de ser más importante.

Y puede, también, que no estuviera preparado. Puede que sus fenómenos salgan airosos de las tranquilas calles de Somerset, Hampshire y Wiltshire, pero la gente del campo se contenta con una zampoña y un perro de tres patas. Los londinenses son diferentes, tienen paladares refinados y buen gusto. Las novedades se marchitan y se pudren antes de haber florecido siquiera.

«Pero ahora... —piensa inclinándose hacia delante—. Nell es algo excepcional, algo realmente original. Tiene un talento innato. Sus marcas de nacimiento son como constelaciones, su actitud la de una acróbata. Solo necesita el respaldo de un empresario artístico».

Coge la fotografía de Nell y da golpecitos con ella en su escritorio. Se arma de valor, se coloca el pañuelo del cuello y hunde la punta de la pluma en la tinta.

«Recientemente he adquirido una actuación magnífica —escribe mientras el ojo de pavo real cabecea—. Una maravilla poco común que posee, además, una gran habilidad para actuar. Estoy convencido de que, si puedo conseguir el capital para hacerla ascender, su nombre y el mío estarán en boca de todos los ayudantes de cocina, de todas las gobernantas y de todas las duquesas del país. Le estaría muy agradecido si pudiera transmitir mi solicitud al usurero que mencionó la última vez que nos vimos y hacer indagaciones para encontrar un terreno adecuado para nuestro espectáculo. Actualmente mi compañía cuenta con once artistas, pero ambiciono multiplicar por dos esa cifra. Ambiciono, en resumen, ser el mejor empresario circense del país».

«Gran riesgo, grandes ganancias», piensa. Eso es lo que Dash siempre decía, pero él disponía del colchón de la riqueza y los privilegios, y su padre hacía desaparecer todas sus deudas de juego. Jasper se toca el anillo que guarda en el bolsillo. «E. W. D.».

Una vez terminada la carta, saca otra hoja de papel que tiene el mismo potencial que un lienzo en blanco. Mientras fuera aumentan los ruidos de la juerga y una chica vomita ante su carromato, él deja que sus velas se consuman. En su cabeza, ya ha conseguido la inversión. No; en su cabeza, ya ha devuelto la inversión. Su pluma emite cartas para todos los periódicos de Londres, para todas las compañías de autobuses y, por último, para la mismísima reina.

Llevará a su compañía a Londres.

Nell estará magnífica y él será todavía más importante.

18

Toby

Esa noche, Toby está de nuevo solo, manoseando el libro de cuentos. Sabe que Jasper se ha encerrado en su carromato furioso. ¿Cómo ha podido su hermano no ver la fuerza, la genialidad de Nell? Mientras ella se balanceaba en el aire, Toby casi se olvidó de respirar. Se había vuelto a sentir como un niño que creía que todo era posible, que no había ninguna cuerda sujetándola, que podía volar de verdad. A lo mejor ahora está sentada en su carromato, sola y disgustada.

Da un golpecito en el libro, y otro, y sale corriendo por la puerta antes de cambiar de idea. Rodea las caravanas, atento a las pisadas rápidas de Jasper. El viento silba como unos labios en una caña. Oye el estruendo de unas botellas al romperse. Da un brinco. Huffen Black y Violante están bebiendo junto a la hoguera. Ese es uno de los emplazamientos que todos valoran, porque las funciones se llenan y no es necesario trasladarse durante unos días.

El carromato de Nell está más adelante; la luz se cuela a través de los listones. Toby sube deprisa los peldaños y llama a la puerta. Una pausa. Sujeta con fuerza el libro.

—¿Quién es?

La puerta se abre.

—Es que... —Carraspea—. Te he traído un libro. El que miraste antes.

Agacha la cabeza. Las manos le sudan, manchará la piel de becerro.

Nell lo coge, pero no le da las gracias.

—Puedo leértelo —sugiere a toda velocidad—. El libro, quiero decir, si tú no sabes hacerlo.

—En mi pueblo conocíamos el fuego y también la rueda... —ríe.

Toby se sonroja y alza las manos.

—Lo siento. No quería decir...

Pero ella abre más la puerta para dejarlo entrar. No se lo esperaba. Mira a su alrededor. Ahora sería una grosería negarse. Cruza el umbral. La habitación está ordenada. Sus ojos van del tocador al colchón, sin saber muy bien dónde posarse. Una pequeña lámpara en el rincón, un jarrón con plumas de pavo real rotas. Lleva ropa nueva. Unos pantalones rojos de cantinera que deben de ser de Stella. Una camisa arrugada. Se pasa un mechón de pelo por detrás de la oreja y se sienta en el borde de la cama. Da unas palmaditas a su lado.

—¿Lo has leído? —pregunta.

—Sí —responde Toby. Casi le cuenta que su padre los llamaba «los hermanos Grimm». Jasper era Wilhelm, seguro de sí mismo y sociable. Toby era Jacob, introvertido. «Podría inventarme cualquier historia sobre ella», había dicho Jasper. Se toquetea la manga—. La que más me gustaba era la historia sobre el erizo. Pero siempre me gustó más como erizo. Imagínate deshacerte mágicamente de un traje de púas.

Nell sacude la cabeza, como si liberara el recuerdo.

—Leamos «La sirenita» —pide con demasiada brusquedad.

Toby se sienta a su lado, sin rozarla. Se pregunta si ha sido buena idea; si les resultará embarazoso sentarse uno junto al otro, leyendo en silencio; si sería mejor leer en voz alta. Si, incluso, hacer eso es infantil y absurdo. Las palabras se mueven y tiene que leer cada frase dos, tres veces. Solo capta vagamente el sentido de cada historia. Asiente cuando ella le pregunta si puede pasar la página. Siempre le gustó ese libro. Sus relatos de transformación, de magia, de una chica cerrando un trato con una bruja del mar que daba de comer a un sapo de su boca. Su cola de pez cortada...

—Para ser atractiva —comenta Nell. Se roza la mejilla. Hace una pausa y lo repite—: Para ser atractiva.

Toby quiere decirle que él cree que es atractiva. Pero Nell cierra el libro de golpe y cierra los ojos.

—¿No te gusta? —pregunta Toby—. Me refiero a la historia.

—Ya no lo sé.

Lo mira con la cabeza ladeada. Se humedece los labios, que brillan a la luz de las velas. A él le late el corazón con tanta fuerza y a tanta velocidad que seguro que Nell puede oírlo. Nunca ha habido una mujer: nadie, una vida de no querer. Su cuerpo es algo funcional (está aquí para levantar, cargar y montar), y eso le ha bastado siempre. Imagina que Nell alarga la mano y le acaricia la mejilla. Imagina que lo abofetea, que lo castiga por lo que siente y sabe que está mal. El contacto de sus uñas en la espalda, su beso nada suave, sino lleno de dientes.

«Es de Jasper —se dice a sí mismo—. No puedo tenerla».

—Mi padre me vendió —dice Nell.

Su voz es aguda, al borde de las lágrimas. Ese es el momento en que él tendría que consolarla, rodearla con el brazo. Pero no puede hacerlo. Se levanta tan deprisa que la cabeza le duele y se le nubla la vista.

—Tendría que... Tengo que encontrar a mi hermano —dice.

Su deuda con Jasper es una montaña que jamás puede socavarse.

—Espera —pide Nell.

Pero él ya ha salido por la puerta y está cruzando el campamento. Una vez en su carromato, se apoya en la pared. Le tiemblan las piernas, el corazón le late enérgico. La culpa lo consume. Imagina todo lo que podría haber hecho. Con los ojos cerrados, se toca con la mano, y es un alivio silencioso.

Cuatro días después, le sobresaltan los gritos de su hermano hablando por el megáfono, insistiendo en que tienen que recoger ya los carromatos y dirigirse a toda velocidad a un terreno en Londres. Toby se viste deprisa para reunirse corriendo con Jasper.

—Mi agente —explica Jasper sin aliento—. Dice que hay un sitio para nosotros, un nuevo jardín de recreo en Southwark. Pero también se lo han ofrecido al espectáculo de Winston. El primero que llegue se lo queda.

Toby lo mira fijamente.

—Pero Londres... —dice—. No podemos permitírnoslo.

—Podemos —asegura Jasper sonriendo—. He encontrado un modo.

—¿Cómo? —pregunta Toby, y entonces cae en la cuenta—. ¿Un usurero? —pregunta. Recuerda los barcos hundidos, el riesgo que su padre asumió y que lo mermó.

—Esto es distinto —suelta Jasper con brusquedad y se aleja gritando que hay que uncir los caballos, recoger los carromatos.

Es un aluvión de preparativos. Mientras los chaparrones caen sobre ellos, Toby trabaja con la espalda doblada hacia el suelo. Tira y hace girar enormes fardos de cuerda, levanta postes de hierro del suelo, envuelve en papel los cuchillos que lanza Brunette, introduce con la horca cantidades descomunales de heno en la caravana de la elefanta. Todo lo que toca pertenece a su hermano. La tela mojada que le dobla la espalda, incluso las astillas que se le clavan en las palmas de las manos. Jasper lo ha construido todo de la nada.

«Pero un usurero...», piensa presa del pánico. ¿Cómo puede su hermano haber olvidado la lúgubre tristeza de su padre sentado en su nueva casa dibujando ceros en su libro contable, mirando en el vestíbulo si había tarjetas de visita e invitaciones que jamás llegaban? La vergüenza que finalmente le paró el corazón. Su dinero, su éxito, desaparecidos.

—¡Recoge eso! —brama Jasper chasqueando el látigo—. Más rápido, más rápido, más rápido.

Toby atisba a Nell trabajando al lado de Stella, cargando serrín en un barril con una pala. Cuando se la pasa a él, lo mira, y el corazón le da un vuelco. En su carromato, coge las botellas con sus manazas para envolver cada frasco de cristal con guata y prepararlo para el traslado.

La voz de su hermano atraviesa las paredes, convincente, animada por el deleite que siente.

—A este paso, un caracol llegaría antes que nosotros a ese terreno. ¡Un oso perezoso sin patas! ¡Más rápido he dicho!

Se van en mitad de la noche, en cuanto pueden, recorriendo como alma que lleva el diablo caminos angostos y carreteras más anchas, cruzando aldeas dormidas ajenas a la curiosa brigada que pasa por ellas a toda pastilla. Llega el alba y Toby está sentado junto a Jasper en el pescante, con los cuerpos tocándose de modo que el calor compartido resulta reconfortante. Sabe que superarán eso juntos; hará todo lo que pueda para que su hermano triunfe.

Jasper entrelaza su brazo con el de Toby, levanta la mano derecha y chasquea el látigo cada vez con más fuerza. Los carromatos traquetean, la leona gime.

—¡Joder! —exclama Jasper cuando pillan un bache. Lleva puesto un tricornio, imitando a Dick Turpin.

Toby se sujeta con fuerza al pescante. Se atraganta con el polvo que se levanta del camino.

—Si mantenemos este ritmo, estaremos allí en dos días —asegura Jasper. Encantado como está, saca la pistola y dispara dos veces al aire. Los caballos salen al galope, más y más deprisa; una hilera de cuarenta coches dando botes, de cebras mezcladas con caballos bayos.

Toby piensa que pueden hacerlo. Si alguien puede desafiar las expectativas, ese es Jasper.

—Ganaremos al villano vestido de negro, a ese individuo lascivo, estoy seguro de ello —suelta Jasper saludando con el sombrero a un pastor, que se queda boquiabierto cuando los ve pasar como una bala—. ¿No te gusta ver como nos admiran los campesinos? ¿Ver lo mucho que querrían ser como nosotros?

«No quieren ser como yo», piensa Toby bajando los ojos hacia su chaleco remendado de cuero y dirigiéndolos después hacia Peggy, con su abrigo con borlas, y hacia Brunette, la giganta, acomodada en su asiento demasiado grande hecho a medida. Los espejos plateados centellean y giran, creando remolinos de mil colores. A Toby se le revuelve el estómago y trata de concentrarse en la silueta gris de las colinas. Se alegra de estar en marcha, como si estuvieran dejando atrás lo que ha hecho. Ve que los demás peones se relajan a medida que el rastro de sus crímenes se enfría.

—¡Hola! —suelta Jasper cuando Stella los adelanta con Nell sentada detrás de ella a lomos del mismo caballo.

Parece estupefacta, un poco asustada, se aferra con las manos a la cintura de Stella. Jasper no ha mencionado nada más sobre sus planes para Nell, pero la ha hecho practicar cuando no había espectáculo, la ha hecho saltar de la plataforma una y otra vez. Toby la ha observado, sus movimientos cada vez más naturales, más suaves. Poco a poco, se han dado cuenta de que Jasper está contento con ella, encantado incluso. Su rabia ha dado paso a las carcajadas, a los gritos de «¡Sí, así! ¡Los brazos, muévelos también, y las alas..., no olvides las alas! ¡Maravilloso!».

—¡Hola! —repite Jasper.

Pero Stella se va con el caballo sin mirarlo siquiera.

—¿Os habéis peleado? —pregunta Toby.

Jasper descarga el látigo sobre los lomos veteados de los caballos de tiro. Frunce los labios.

—No —responde.

—No habrá sido por Dash, ¿verdad? —insiste Toby en voz baja—. ¿Estás seguro de que no lo sabe?

—Seguro.

Toby mira como esquivan a medio galope los matorrales de la cuneta. Nell tiene el cabello enredado y va descalza, con los dedos encogidos como pequeñas conchas y los pantalones subidos hasta los tobillos. No parece la misma de hace una semana.

Debe de notar sus ojos en ella porque se vuelve y sonríe. Él la saluda con la cabeza sobresaltado. Se pregunta cuánto tiempo pasará antes de que Jasper lo descubra, de que se dé cuenta de que la visita todas las noches, aunque solo se sienten en silencio y lean un libro juntos. Hace una mueca, se toca los brazos como si su piel fuera transparente y su cuerpo estuviera ahí para que su hermano lo abriera y hurgara en él. Pero Jasper está mirando hacia delante con los ojos entrecerrados, haciendo chasquear el látigo con una violencia despreocupada.

—Por Dios, Londres se quedará de piedra cuando Nell llegue —murmura Jasper—. No podrás abrir un periódico en el país sin ver su cara. «La nueva actuación de Jasper Jupiter, la Reina de la Luna y las Estrellas». —Sonríe mirando al cielo—. Mi Nellie causará furor en la ciudad. Todo el mundo vendrá a ver mi espectáculo. Va a ser mi consagración, ya lo verás.

«Mi Nellie», piensa Toby, y recuerda el microscopio que anhelaba poseer.

19

Jasper

La niebla de Londres es tan baja que puede saborearla. El sol luce pálido como un limón envuelto en gasa. Jasper salta del caballo, sonríe. El terreno es suyo. A su alrededor se oye el sonido de más botas golpeando la tierra; los peones y los mozos aguardan sus órdenes. Una vez detenidas sus jaulas, la colección de fieras empieza a gemir y a rugir.

—Ahí —grita señalando un gran claro situado a un lado del terreno—. Instalad ahí los carromatos. —Junto a él hay un amplio círculo de césped donde construirá su gradería.

La verja alta del jardín dibuja elaboradas florituras. Jasper recorre la otra mitad del terreno, con emparrados, extravagantes torres y pagodas, y con una réplica imponente del esqueleto de un iguanodonte. En una semana, esos jardines rebosarán de gritos de marionetas, y de damas, y de caballeros con levita. Las lámparas brillarán como velas. Los espectadores cenarán en largas mesas, beberán boles rebosantes de ponche en sus tranquilos enclaves y formarán colas serpenteantes para ver su representación.

«¡El Circo de los Prodigios de Jasper Jupiter, el espectáculo más nuevo de Londres!».

Olisquea el aire aromático de Southwark y hasta eso da la impresión de estar cargado de potencial. Huele a comercio, a lucha por sobrevivir, a cuerpos esforzándose por superarse, por vender más, por actuar mejor que otros cuerpos. Le recuerda al primer hombre al que disparó, cómo miró al cosaco, vestido con un *beshmet* blanco, a través del ocular. Apretó el gatillo. Pum. Pasó una fracción de segundo entre el movimiento de su dedo y la caída del soldado: el hombre vivo y, acto seguido, muerto.

—¿Montamos la carpa? —le pregunta un peón.

—No habrá carpa —responde disfrutando con la sorpresa del hombre.

Una carpa solo constreñiría a Nell, como una mosca que se golpea contra una ventana cerrada. Su agente le ha hablado de una gradería de madera que un espectáculo en dificultades ofrece por una miseria. Veinte hileras escalonadas de bancos curvados que rodean la pista, con un toldo para protegerlos de la lluvia. Pero aparte de eso, es abierta, lo que significa, y eso es un triunfo personal, que puede comprar un globo y amarrarlo para que vuele solo a doce metros del suelo. Nell se balanceará debajo de él vestida con su jubón verde, luciendo sus piernas y sus brazos moteados como estrellas.

Echa un vistazo a su reloj de bolsillo. Todavía es temprano. En tres horas, se plantará el sombrero de copa en la cabeza, cruzará el puente, irá a pie hasta el Soho y regresará con veinte mil libras.

Fue Dash quien empezó a hacerlo; Dash, cuyos dedos arrancaron el primer crucifijo de plata de la garganta del cadáver de un ruso.

«¿Lo ha hecho? —se preguntó Jasper—. ¿Es posible que...?».

Pero sus escrúpulos desaparecieron cuando Dash lo vendió y cenaron cerdo regado con champán francés. Se dio cuenta de que todo el mundo lo hacía; los hombres, con los bolsillos llenos de crucifijos y relicarios de santos, enviaban a sus madres relojes fabricados en París.

Su apetito creció y con él las ansias de destrucción. A veces robaban, otras simplemente disfrutaban viendo arder cosas. En el museo de Kerch, hicieron pedazos contra el suelo piezas de cerámica de un valor incalculable. «¡Arramblo con todo lo que veo!», gritó Dash enarbolando una horca, y ese se convirtió en el grito de guerra de su regimiento, una forma de manejar las pérdidas que infligían y en las que incurrían a diario. Eran vínculos forjados a fuego, una relación más estrecha que la de los hermanos. En una gran mansión, Jasper fue de habitación en habitación clavando la bayoneta en cojines y almohadas de seda. Se abrió paso entre un manto de plumas de ganso de treinta centímetros de altura, aplastando espejos hechos añicos. Lanzó frascos de medicinas al suelo, partió un piano de cola con un hacha y dañó sus costillas metálicas. Cuando salió tambaleándose, Dash estaba disparando con su revólver hacia un corral de pavas reales. Le sujetó el brazo y se pusieron a bailar, se separaron y rieron. Eran como zorros, matando por diversión. Al final del porche, encontraron la despensa, repleta de pescado seco y de sacos de pan negro, y la incendiaron. Luego se internaron en el viñedo, cruzaron valles de maleza y enredaderas, comiendo melocotones hasta que sus excrementos eran agua. En la batalla, arrebataban vidas como amuletos y robaban a los caídos antes de que llegaran las camillas tiradas por mulas y las ambulancias. ¿Cómo podía toda esa muerte hacerlos sentir vivos? Veían al enemigo como si fuera un monstruo, un ser que había que destruir. Dash lo llamaba la Hidra; le cortabas una cabeza y en su lugar crecían otras tres, y ellos seguían cortando, cortando y cortando. Comían bien, bebían bien, compraban la mejor comida del establecimiento de Mary Seacole. El mundo era suyo y les sonreía.

Frente al estrecho edificio de ladrillo de Beak Street, bajo un letrero con tres esferas, Jasper tiene la misma sensación. «Se presta dinero». El polvo brilla como el oro en el aire, las ventanas relucen como diamantes cortados. Jasper solo tiene que entrar y meterse el botín en el bolsillo.

—Caballero —dice un hombre haciendo una reverencia, y

Jasper lo sigue por una angosta escalera donde unas velas derraman sebo de cordero en las paredes—. Ahora mismo lo recibe.

Jasper retrocede al ver al hombre. Es..., no puede ser..., Dash está muerto. Cuando sus ojos se adaptan, el parecido desaparece. El cabello del hombre es rubio mientras que el de Dash era oscuro, además de tener los ojos demasiado juntos. Simplemente se sienta como él, con la misma naturalidad, y tiene las mismas mejillas rosas y un cutis tan terso que parece engominado.

—Señor Jupiter —dice el usurero señalando un asiento delante de él.

—No tengo mucho tiempo —comenta Jasper uniendo la punta de los dedos. Estar ocupado significa tener éxito y tener éxito significa ser rico. Una sencilla ecuación que sabe que ese hombre captará. Conlleva que es un candidato serio—. Hemos llegado a Londres esta misma tarde y tengo muchas cosas que preparar.

—Sí, sí, su agente de prensa mencionó que podría estar cansado. —Toca un manojo de llaves—. Bueno, ¿por qué no me explica qué tiene en mente? Su agente me ha contado solo lo básico.

—Quiero... —dice Jasper—. Quiero... Estoy llevando mi espectáculo a cotas más altas. Ya es un éxito. El año pasado gané cinco mil libras que reinvertí en su mayor parte en existencias: reemplazando a los animales que fallecieron, reparando trajes, reclutando dos actuaciones nuevas. —Aguarda la aprobación del hombre, pero como esta no llega, sigue fanfarroneando—. Puede ganarse una buena fortuna. La fascinación del público por los fenómenos está creciendo. No hay ninguna duda de que está creciendo. La demanda no muestra ningún indicio de disminuir. Las compañías americanas están empezando a hacer giras aquí. Y, con esa competencia, tenemos que innovar. Barnum ganaba veinticinco mil dólares al año con Charles Stratton..., con Tom Thumb, mejor dicho. Y el año pasado invirtió cincuenta mil en su museo.

—Su museo está ahora reducido a cenizas —comenta el

hombre acariciándose la barbilla—. No es más que cocodrilo estofado y canguro asado, por lo que me han contado.

—Pero si el fuego no hubiera prendido... —suelta Jasper antes de añadir—: Y ahora está fuera de combate. Ahora es el momento oportuno, ya que hay menos riesgo de que venga aquí de gira y se lleve a nuestros espectadores.

—¿Y usted quiere superar lo que él ha logrado?

—Sí —asegura Jasper—. Exacto. Si pregunta a cualquier niño si conoce a Barnum, es muy probable que le diga que sí. O a Astley, a Sanger, a Wombwell o a Winston. Pero mi espectáculo es todavía demasiado pequeño y está tardando mucho en despegar. Quiero una colección de fieras que deje a Wombwell fuera de combate. Quiero un espectáculo ecuestre que haga llorar a Astley. Quiero fenómenos que hagan que los médicos pierdan la cabeza. —Flexiona los dedos—. Tengo a una nueva artista, una chica. Estoy convencido de que es una carta segura, pero tengo que publicitarla. Tengo que montarle un espectáculo; he pensado en una máquina aérea para que surque el aire desde la barquilla.

—Interesante —comenta el hombre sonriendo un poco—. Dígame, pues, señor Jupiter, cómo puedo ayudarlo a hacer realidad ese sueño.

«Ayudarlo». Jasper se fija en ese detalle y endereza la espalda un poco más.

—Me gustaría pedirle prestadas veinte mil libras.

—¿Veinte mil? —dice el hombre—. Bueno, señor Jupiter, es una buena cantidad...

—Tengo que gastar dinero en publicidad, montar las actuaciones. Si triplicamos el aforo sustituyendo la carpa por una gradería, obtendremos el triple de ingresos...

—Sí, sí —lo interrumpe el hombre haciendo un gesto con la mano—. Ya veo. Son cálculos simples. Pero debe tener en cuenta mi tipo de interés.

—Espero que...

—Un setenta y cinco por ciento.

Jasper se aferra a la silla. Las financieras del West End cargan un cincuenta por ciento y este es un local apartado del centro, pero aun así... ¡un setenta y cinco por ciento!

—Si le presto veinte mil libras, me devolverá treinta y cinco mil. Espero un pago semanal de mil libras durante treinta y cinco semanas.

Jasper asiente.

—Y pongamos por caso que usted no paga su deuda, ¿qué seguro, qué garantía, qué capital posee?

—Mi compañía y mis artilugios, tal como están, valen veinte mil libras. Lo he ido levantando todo poco a poco.

El usurero sorbe aire por la boca.

—Yo hago negocios del modo mejor y más justo. Yo no voy a buscar a la gente. Es cosa suya, y culpa suya, si vienen a verme.

—Lo entiendo.

—Yo mismo soy, antes que nada, un hombre de negocios. No me interesan las causas de los indigentes, de los que sufren. En resumen, no me interesan las excusas si no hace un pago. —Mete la mano bajo el escritorio y saca un pequeño cráneo con una tapa plateada—. ¿Rapé?

Jasper asiente, coge un poco de polvo y lo esnifa. Es más fuerte que el simple tabaco, lleva algo más mezclado. Se sacude los restos de los orificios nasales.

—¿Es el cráneo de un mono?

—Es evidente que dirige un circo.

El hombre empieza a explicar los preámbulos, hablando tan deprisa que Jasper a duras penas capta sus palabras. Sabe que tendría que prestar atención, pero las brasas están humeando y la habitación está demasiado caldeada. Mira las grandes cuencas de los ojos del cráneo, los dientes amarillentos, la perfecta sutura en la frente. Oye «escritura de venta», «bienes materiales», «plazos mensuales», «principal e intereses».

—Señor Jupiter —dice el hombre por fin—. Esto no es el juego del trile. He sido muy claro sobre mis expectativas. He hablado con su agente, que confirma todo lo que usted me ha contado. Puedo concederle el préstamo en cinco minutos si quiere, y entonces tendrá el dinero. Pero la decisión será totalmente suya.

Jasper sonríe. Solo piensa en el dinero. Solo piensa en la fama, en el éxito. En el espectáculo, el triple de grande, mostrando un conjunto de prodigios de la naturaleza. Animales curiosos, fenómenos humanos y Nell, su actuación estrella. Se balanceaba bajo la carpa como si estuviera surcando el agua, como si estuviera escapando de una fuerza que pudiera engullirla. Tenía un espíritu de lucha, una energía, un anhelo, que eran un reflejo de su propia ambición. Al alzar los ojos hacia ella, pensó: «Somos iguales». Ella era Ícaro y él le había construido esas alas de hierro. Imaginó la expresión de Winston cuando viera lo que había descubierto. Su furia, su envidia, su incapacidad absoluta para competir con ello. Jasper se llevaría a sus espectadores como sardinas en una red.

El hombre coge la llave y la deja en el escritorio. A Jasper se le hace la boca agua.

—Antes de ocuparme de su negocio, me gustaría darle a conocer mis métodos, señor Jupiter.

—Por supuesto —dice Jasper, pero cada segundo le parece eterno. En cualquier momento, el hombre podría cambiar de idea.

—Hay otros prestamistas, financieras, usureros, o como quiera llamarlos, que lo enviarán a la prisión de deudores si incumple sus pagos. Esos no son mis métodos. Retener a un hombre encerrado en la cárcel no llevará mágicamente monedas a mi cartera, especialmente si no tiene familiares adinerados.

—Cierto.

—Pero si lo zarandeas, le saldrán monedas de la garganta.

—Comprendo.

—Debería saber que me llaman el Chacal —afirma el hombre alegremente—. No juegue conmigo. Obtendré mi rendimiento. Estaré más contento si es gracias a su éxito. Yo, como usted, soy un hombre de negocios con un establecimiento que mantener a flote.

—Lo comprendo.

—Si lo prefiere, puede visitar a algún caballero de uno de los establecimientos financieros del West End que conduzca un coche tirado por cuatro caballos, pasee por Savile Row y para el que prestar dinero sea un mero entretenimiento. Un caballero que lleve su negocio de un modo igual de caballeroso. No me ofenderé si prefiere que alguien así lleve su negocio si yo no soy de su agrado.

—No —dice Jasper, lleve porque sabe, y sabe que el hombre sabe, que no lo tocarían ni con pinzas—. Me satisface seguir adelante.

—Muy bien, señor Jupiter —sonríe el hombre—, veo que estamos de acuerdo.

Y dicho esto, ya está. Dicho esto, Jasper toma una pluma y garabatea su nombre al final de un contrato, espera su dinero, estrecha la mano del hombre y se va con un puñado de billetes nuevecitos y de cheques bancarios. Al salir, lo único que lamenta es no haber acudido antes al Chacal.

El día es azul y blanco. Las casas apretujadas del Soho están bañadas por el sol, las calles, sembradas de viejos envoltorios y excrementos de caballo. Las avispas están suspendidas en el aire, como si unos hilos las sostuvieran. Un chico con un cartel atado al cuello pasa tambaleándose. «¡Un fenómeno extraordinario! Pearl, la Niña Blanca como la Nieve. Expuesta viva en la Regent Gallery, de Regent Street...». Al otro lado de la calle, un carnicero está montando su puesto con las manos púrpuras por los cortes lustrosos de corazón de buey, los menudos de cordero y los pequeños pulmones ennegrecidos de los pollos de ciudad. Pedazos cortados de animales. Jasper se toca el pecho, nota como se le expande la caja torácica.

—Diez riñones por tres peniques —brama el carnicero, y Jasper sonríe.

Piensa que es un hombre de negocios, como él. ¿No sabe que solo tiene que cruzar la calle para descubrir riquezas incalculables? Esa puerta verde es un portal a otra vida. Mañana, ese carnicero podría abrir una tienda en el mejor local de West London, y para ello basta con su firma.

Una mano le tira de los pantalones. Da un brinco hacia atrás.

—Señor, señor —dice una niña señalándose el muñón de la pierna. Carga una cuchara de madera envuelta en un chal como si fuera un bebé—. Un penique, por favor, señor.

Normalmente, Jasper fruncíría el ceño y apartaría a esa pillina de un puntapié, pero este no es un día normal.

—¿Qué te ha pasado? —pregunta sintiendo curiosidad por la mentira que la granuja se inventará.

Puede ver que la niña lleva la pantorrilla atada detrás del muslo, de modo que los dedos de los pies le asoman por la parte superior de los pantalones. Un truco clásico de mendicidad.

—La máquina me la cortó, señor, en la fábrica donde me ganaba honestamente la vida, señor, y ahora soy una *indilgente*, y tengo que cuidar de mi hermana agonizante.

—Ten —dice Jasper con una sonrisa mientras le pone un chelín en la mano.

La niña lo coge y sale pitando calle abajo, cojeando con sus muletas hechas de trozos de madera inservibles. Puede que tenga buen instinto. Jasper se vuelve para mirar el letrero con las tres esferas y acelera el paso. Piensa en Dash, en ese breve instante en que pensó que era él quien estaba sentado tras el escritorio. Pero Dash está muerto; Jasper vio su cuerpo destrozado bajo las almenas, sus dedos hinchados y calentados por el sol. Jasper escupió en ellos y trató de quitarle el anillo.

«Nadie lo sabe —se dice—. Nadie excepto Toby». Pero recuerda los ojos de Stella puestos en su anillo y en que apenas le ha dirigido la palabra desde entonces. Recorre deprisa un callejón. Es mejor estar lejos y en marcha.

TERCERA PARTE

Miles de personas acuden en tromba a ver a Tom Thumb. Se empujan, se pelean, gritan, se desmayan, piden socorro, chillan como locos y exclaman «¡oh!» y «¡ah!». Ven mis carteles, mis anuncios, mis caravanas, y no los leen. Tienen los ojos abiertos, pero la mente cerrada. Es una insensatez, una plaga, una locura, un furor, un sueño. No lo habría creído de los ingleses.

Entrada en el diario de B. R. HAYDON del lunes de Pascua de 1846 sobre la exposición de sus cuadros en el Salón Egipcio, en la sala junto a Charles Stratton. Stratton era un niño de ocho años con enanismo, cuyo nombre artístico era Tom Thumb. Un mes después, Haydon se suicidó.

20

Nell

—Y ahora les presentamos a la octava maravilla del mundo, la exhibición más extraordinaria nunca vista de la naturaleza, la Reina de la Luna y las Estrellas de Jasper Jupiter...

Nell tiene los ojos entrecerrados y lo ve todo borroso: la estructura de madera, las luces danzarinas de las lámparas de gas, la barquilla del globo. Unos muchachos corren por la pista para recortar mechas y encender más velas de sebo. Los quemadores de Argand arden en sus tubos de cristal convertidos en antorchas del color de la luz del sol. Un peón levanta una araña de luces con una polea.

Las velas tiemblan. Los tambores vibran. Hay un estallido de luces. Petardos. Están esperando. Cientos de personas, ataviadas con crespón, seda y encaje, están ahí para verla. Están sentadas en esa gradería escalonada y pronto el globo se elevará desde detrás del telón: una cortina de terciopelo que cuelga al fondo de la pista y de cuyos lados han ido saliendo los artistas galopando, haciendo malabares o balanceándose.

Esa mañana, Jasper enseñó a Nell un montón de periódicos y le señaló con el dedo un recuadro. La asombró ver un dibujo de ella misma bajo otro más grande de Jasper. Sus marcas de nacimiento aparecían claras y exactas, tenía los pies y los brazos extendidos, como si su menuda figura estuviera nadando entre hileras de letras impresas. «La nueva exhibición Jasper Jupiter, la actuación de la que todo el mundo está hablando». Pensó que no podía ser cierto: ¿cómo iba nadie a hablar de ella? Recorrió con el pulgar el dibujo de esa chica y tuvo la sensación de que era una persona distinta, alguien a la que solo había conocido brevemente. Una invención, como los personajes de los libros que Toby y ella leían juntos.

—Esta noche podríamos tener la mayor audiencia hasta ahora —dijo Jasper.

El espectáculo lleva representándose seis días. Casi una semana surcando el aire sobre el público, disfrutando de los crecientes aplausos; casi una semana de anuncios en los periódicos de gran formato. Los artistas no saben cómo lo ha hecho Jasper, de dónde ha sacado tanto dinero. Peggy susurró que Jasper se arruinará, que la nueva gradería debe de haber costado más de mil libras, igual que el globo, hecho como está de metros de seda y papel fino.

—Tal vez —añadió— no pueda pagarlos.

El aire gime tan fuerte que el último bebé alquilado de Peggy empieza a berrear. La barquilla se eleva. Nell se dice a sí misma que ha practicado y que cada noche ha ido como la seda. Ha surcado el aire una y otra vez hasta que las alas le han hecho pequeños cortes en los omóplatos. Pero, aun así, se le hace un nudo en el estómago cuando es izada mientras pedalea en el aire y la cuerda oscila desde la parte inferior del globo. Procura encontrar ese equilibrio en que su cuerpo se mantiene plano. Sobre ella, Toby está en la barquilla para tirar de sus cuerdas con las manos y hacer que se balancee. Es una operación complicada; Nell no debe enredarse con las cuerdas que amarran el globo al suelo.

—¡Aquí está! La Reina de la Luna y las Estrellas está apareciendo. Su piel está salpicada con las constelaciones que están bajo su dominio...

El metal se le clava en las axilas y siente un dolor en los hombros. Le zumban los oídos. Y entonces, un tirón cuando las cuerdas que sujetan el globo se tensan. ¿Qué pasaría si las estacas cedieran, si el globo flotara a la deriva? Se imagina las cuerdas partiéndose, el aire soplando a su alrededor, se ve a sí misma aterrizando hecha una maraña de huesos y metal. Se imagina colgando en el cielo nocturno sobre toda la ciudad, balanceándose bajo la barquilla.

Un grito ahogado. Ahora puede verlas: hileras de caras vueltas hacia arriba para mirarla, manos a medio camino de sus correspondientes bocas. Hay quien está subido al banco para verla mejor. La vuelven evanescente simplemente con mirarla. Ya está: se ha puesto en horizontal, con el estómago tenso, pataleando, creando la ilusión de que lo hace todo sin esfuerzo. Tira de la palanca y sus alas chirrían al abrirse y cerrarse en su espalda. Toby empuja más su cuerda y ella dibuja arcos cada vez más amplios, columpiándose hacia atrás y hacia delante. Sonríe. No puede evitarlo. Se le escapa un gorjeo. El viento, al soplar a su alrededor, le recuerda la fuerza de la corriente del mar, la forma en que se dejaba llevar por ella. Vuela más alto, presa del terror. Los espectadores se empequeñecen hasta que puede imaginar que están solo Charlie y ella, como cuando hacía el tonto en el agua para hacerlo reír. «Mírame», le decía haciendo el pino y moviendo los dedos de los pies. Dibujaba figuras, agitaba las piernas y se detenía para comprobar que él seguía deleitándose con su pequeño espectáculo. A veces, saltaba de las rocas altas solamente para asustarlo.

«Mi padre me vendió...».

Se le hace un nudo en el estómago y traga bilis. Piensa que su hermano se quedó parte del dinero y que ahora está en América...

—¡Nellie Luna! —grita una mujer.

Es un nombre que Nell no ha oído nunca.

Alguien se hace eco y pronto el público lo está coreando, aclamándolo.

—¡Nellie Luna, Nellie Luna, Nellie Luna!

Se levantan todos, aplaudiendo como focas. Ella mantiene

los pies extendidos. Si mira de reojo, puede ver el Támesis tras ellos, los faroles de las embarcaciones y a los pescadores nocturnos, agujas de iglesia como cien mástiles en el puerto.

Londres vive debajo de ella, a su alrededor. Londres: un lugar de cuento de hadas, un sitio en el que apenas creía y cuyos grandes brazos la acunan ahora. Cada mañana se despierta y lo ve reluciente desde su carromato.

Ha llegado el momento de recitar los versos de *La tempestad* que cierran el espectáculo y Nell los lanza hacia la noche; palabras que no comprende del todo, pero que le resultan ahora tan familiares como su propio nombre.

> *Nuestra fiesta ha terminado. Los actores,*
> *como ya dije, eran espíritus*
> *y se han disuelto en aire, en aire leve,*
> *y, cual la obra sin cimientos de esta fantasía,*
> *las torres con sus nubes, los regios palacios,*
> *los templos solemnes, el inmenso mundo*
> *y cuantos lo hereden, todo se disipará*
> *e, igual que se ha esfumado mi etérea función,*
> *no quedará ni polvo. Somos de la misma*
> *sustancia que los sueños, y nuestra breve vida*
> *culmina en un dormir.*

Aplausos, ensordecedores. Alguien lanza flores al cielo. Un ramo asciende y cae. Nell contempla a esas personas llenas de asombro. Han visto a una giganta hacer malabares, a una mujer barbuda gorjear como un mirlo, a una enana montar un poni, a acróbatas y contorsionistas, a una tragafuegos y a unos caniches danzarines, y ella es la apoteosis final. La admiran, quieren ser ella. Siempre se ha mantenido como un capullo, discreto, encerrado en sí mismo y sin voz. No se había percatado del potencial que tenía en su interior, de que podía desplegarse y, con los brazos extendidos, hacerse un lugar en el mundo.

Cuando los peones la bajan junto con el globo, tiene la vertiginosa sensación de que, durante toda su vida, la Tierra ha estado girando mientras ella permanecía quieta. Ahora está en el centro de todo. Ahora comienza su vida.

Hasta que no toca el suelo con los pies, no nota el dolor, que se le extiende por los hombros y bajo los brazos. En el jubón tiene sangre de los cortes que le han hecho las alas.

—Has vuelto a hacerlo —dice Stella, y entrelazan las manos riendo.

El payaso, Huffen Black, le da palmaditas en el hombro.

—¡Tendrías que haberlo visto! ¡El modo en que te elevaste allí arriba! —exclama Brunette con el cuello echado hacia delante como si quisiera encogerse.

—Hay un cerdo asándose —anuncia Violante—, y salchichas y cerveza.

Es el solsticio de verano y los árboles que rodean el circo han sido decorados para parecer un invernadero. Piñas, sandías y plantas artificiales colocadas en postes. Ahora, con la penumbra, las junturas de cartón piedra quedan ocultas y la suave luz de las velas y de las lámparas multicolor disimulan el truco.

Embargada por la emoción del espectáculo, Nell tiene un nudo demasiado grande en el estómago como para tener apetito. Sigue a Stella hasta la sombra de los carromatos y se sienta en la manta que Peggy extiende en el suelo. Brunette empieza a trenzarle el pelo, tirándole del cuero cabelludo con las manos. Cierra los ojos un instante, los abre de golpe y ve que tres chicos las están mirando.

—¿Queréis un poco de plomo o vais a dejar de mirarnos? —brama Stella alzando la pistola, y se ríen cuando los chicos salen corriendo.

—Debías de ser temible en Varna —comenta Peggy.

—Me gustaba estar donde estaba la acción. Llevar dos pistolas en el cinturón. —Stella finge cabalgar y disparar con los dedos—. Me sentaba con las demás mujeres en la colina de Cathcart y me pasaba días contemplando la batalla. Dash montaba un hermoso corcel blanco. Me encantaba mirarlo. Siempre lo buscaba, incluso antes de conocerlo. Era uno de nuestros predilectos —dice, y alarga la mano para llenar el vaso de Peggy porque el barril queda fuera del alcance de la mujer menuda.

—Puedo hacerlo yo —le espeta Peggy.

—Solo intentaba ayudarte —se disculpa Stella.

—No soy ninguna niña —insiste Peggy arrebatándole su vaso antes de volverse hacia Brunette—. Abel ha venido antes a verte.

—Ya lo sé —dice Brunette, que tira con tanta fuerza de la trenza que Nell hace una mueca.

—¿A qué viene esa cara? —pregunta Stella, y empieza a hacerle cosquillas a Brunette—. Tienes un secreto. Lo sé. ¿Qué es? Venga, ¿qué es?

Brunette se zafa y le da un manotazo.

—Para —suelta.

—Dímelo —pide Stella.

—Muy bien, muy bien. —Se alisa las arrugas del vestido—. ¿Me prometes que no te reirás de mí?

—Yo jamás me reiría de ti —dice Stella con fingida inocencia—. No es asunto mío que tu enamorado te quede a la altura del sobaco...

Brunette la fulmina con la mirada.

—Te lo prometo, te lo prometo —asegura Stella.

—¿Qué es? —pregunta Peggy.

Brunette inspira antes de responder:

—Quiere casarse conmigo.

Stella se queda inmóvil, a Peggy se le borra la sonrisa de la cara.

—¿Qué? —dice.

—¡Cáspita! —susurra Peggy—. No lo harás, ¿verdad?

—Solo quiere exhibirte —asegura Stella—. Convertirte en la próxima Julia Pastrana.

—Lo que pasa es que me tienes envidia porque alguien me ama —dice Brunette entrecerrando los ojos.

—Yo no cambiaría esta vida por nada —se burla Stella—.

Tendrías que ir con cuidado y no echar a perder lo que has construido.

—Puede que no quiera a una multitud mirándome todo el día. Puede que solo quiera un lugar donde vivir, un lugar donde pueda estar en paz.

—¿Y hay hadas también en ese mundo de ensueño? ¿Y una luna de queso? Es fácil decir que quieres un lugar donde vivir, pero ¿quién lo pagará? ¿Crees que una fábrica o una buena casa te contratarán? Mira a Peggy. El mundo decidió que no encajaba, que no era útil. Esta vida es mejor que todo lo que tenía antes.

—No hables por mí... —empieza a decir Peggy, pero Stella la corta.

—Eres demasiado alta y te pondrán de patitas en la calle en cuanto te pongas enferma, cuando te duelan los huesos...

—¿Quién es Julia Pastrana? —pregunta Nell, en parte para interrumpir la discusión.

—La mujer oso —responde Stella. Adopta el acento suave de un empresario circense—. La embalsamada.

—Tenía barba, como Stella —añade Brunette.

—Parad las dos —suelta Peggy.

—¿Quién era? —quiere saber Nell.

—Olvidaba que antes vivías aislada del mundo —suspira Stella.

Nell escucha mientras Stella le cuenta que Julia era una mujer con la cara y el cuerpo cubiertos de un tupido vello y cuyo marido la exhibía como «la mujer babuino» o la «mujer con cara de perro». Cuando ella y su bebé murieron a los pocos días del parto, su marido vio una oportunidad mejor: la ocasión de hacer una gira con su cadáver. Nell quiere preguntar cómo, pero Stella sigue hablando, con una voz tan fría que podría estar simplemente diciendo: «¿A que hace buen día?». Explica que el cuerpo de Julia fue conservado, embalsamado, ataviado con el viejo vestido rojo que ella misma se había confeccionado con sumo cuidado. Su diminuto bebé fue colocado en una campana de cristal a su lado, con un trajecito. Los exhibió por toda Europa, incluido Londres.

Hace una pausa. Nell traga saliva con fuerza. Su marido hizo todo eso.

—Yo la vi —afirma Stella—. Fui a verlos a ella y a su hijo. No sé por qué. En la Regent Gallery, hace cuatro años. Dickens había ido, y Collins también. —Enciende una cerilla y se la acerca a la pierna para quemarse la punta de los pelos—. No pongas esa cara. Has preguntado tú. Podría contarte historias igual de terribles sobre amos y esclavos en las fábricas. —Se encoge de hombros—. Todos elegimos esta vida, aunque no fuera así al principio, ¿no? —comenta antes de volverse hacia Brunette—. Tú te fuiste de casa por esto. Y Peggy buscó a Jasper cuando apenas tenía doce años y le suplicó que la convirtiera en la siguiente Lavinia Warren. Yo lo volvería a hacer. ¿En qué otro sitio nos van a ensalzar por quiénes somos?

—Por el aspecto que tenemos, no por quiénes somos —la corrige Brunette.

—Chorradas. Yo era una muerta de hambre que no valía nada. Y gracias a esto, la fuente de todos mis poderes —afirma sonriente tocándose la barba—, he estado en Viena, en París y en Moscú, y he hecho lo que he querido. He ganado dinero suficiente como para que mi madre se revuelva en su tumba. Podría darte mil nombres de fenómenos cuyas vidas son más ricas, más importantes y más brillantes gracias a espectáculos como este. —Alarga la mano hacia el brazo de Nell y le acerca la cerilla encendida para chamuscarle el vello. Nell observa la mano de la mujer en su muñeca, la llama blanca. No se inmuta. Se oye un siseo, un humo acre le llena las fosas nasales—. En América, algunos fenómenos ganan quinientos dólares a la semana. ¡A la semana!

—Stella puede hacerse la valiente —asegura Brunette con una rápida carcajada—, pero le dan miedo los naturalistas y los médicos. Por eso menciona a Julia todo el rato. Cree que quieren su cara. Que se la despellejarán y la sumergirán en ginebra cuando se muera.

—Cierra el pico —suelta Stella—. Abel tendrá tus huesos como los del gigante Byrne.

Se quedan calladas y Peggy empieza a tararear. Pero, a pesar del miedo que se ha instalado en sus entrañas y de la historia de Julia, Nell se da cuenta de que es más feliz de lo que ha sido nunca. Stella echa un brazo hacia atrás y lo apoya en la pierna de Nell mientras Brunette vuelve a trenzarle el pelo. Unos pasos; Nell se vuelve, esperando ver a Abel, pero es Jasper, que se acerca tambaleante hacia ellas. Sonríe, y la luz de las velas se le refleja en los dientes.

—Nellie Luna —dice extendiendo los brazos. Está tan borracho que arrastra las palabras—. Menuda actuación la tuya. Quiero que conozcas a alguien.

—Pero...

Le sujeta los brazos; es inútil resistirse. Las mujeres retroceden, observan como se va. Nell nota el olor a ginebra en su aliento cuando la mete en su carromato.

—Señor Richards —dice Jasper con dificultad.

Hay un hombre dentro, sujetando un bloc.

La caravana de Jasper, que es más grande que la de Nell, tiene el suelo cubierto de alfombras turcas y cientos de volantes con su cara colgados en las paredes. Sonríe desde una lámpara, desde una caja de puros, incluso desde una pipa.

—Ah, Nellie Luna —exclama el hombre dejando el lápiz. Sus ojos le recorren las piernas, los brazos—. La octava maravilla del mundo.

—Nellie Luna. Ese nombre se me ocurrió a mí, ¿sabe? —suelta Jasper. Nell frunce el ceño pensando si debería destapar su mentira—. ¡En qué espectáculo la he convertido! Lo supe en cuanto la vi bailar. Puede que otro no se hubiera percatado, pero yo tengo ese don.

—Dentro de poco, todo el país estará aquejado de un caso grave de Nelliemanía.

Jasper suelta una carcajada, pero sus ojos no sonríen.

—Jaspermanía, querrá decir.

Nell retrocede hacia la puerta, pero Jasper le rodea los hombros con un brazo.

—Este hombre va a convertirte en una figurita de yeso —explica.

Nell nota el aliento de Jasper en su cuello.

—Pero tiene que obtener tu modelo para luego poder darte forma —dice Jasper sujetándola con más fuerza.

—Ya puedo verlo —afirma el hombre moldeando un bloque imaginario de yeso con las manos.

Le habla sobre las figuras de famosos que su fábrica de Stoke ha producido en serie: estatuillas del asesino Palmer, de Dickens, de la mismísima reina y de la señorita Nightingale sujetando su farol, que adornan ahora la repisa de las chimeneas de la clase media de Fulham, Battersea y Clapton.

—Envidio cualquier negocio que funcione con máquinas. Sin puñeteros trabajadores escaqueándose ni artistas suplicando más dinero —dice Jasper—. Oh, y asegúrese de añadir las alas, tal como estaban en la actuación. Sin ellas, sería otra chica leopardo del montón.

Pero el hombre no levanta el lápiz. Se queda mirando a Nell.

—¿Asustó un leopardo a su madre durante el parto?

Nell casi se echa a reír. «Por supuesto —piensa—, la culpa siempre es de las madres».

—No hay leopardos cerca de Hastings, señor.

—Un espectáculo ambulante. Podría haberlo visto allí. O tal vez un marinero local capturó un aterrador pez moteado en sus redes. —Asiente con la cabeza, entusiasmado con su idea—. Mi padre solía estudiar teratología. La ciencia de los monstruos, ya sabe.

—Con mi pequeño monstruo me está yendo muy bien —afirma Jasper—. Apenas tengo tiempo para ningún otro asunto. Hoy mismo había planeado visitar a mi prestamista para hacerle un pago, pero un periódico de gran formato quería entrevistarme.

«Un prestamista —piensa Nell—; eso explica su repentina riqueza».

—¿Un prestamista? —pregunta el hombre.

—Es un hombre maravilloso. Regenta un local en Beak Street. Ha cambiado mi suerte.

—Tenía un amigo que murió asesinado por un hombre que hacía negocios allí. Chacal le gusta que le llamen. De vez en cuando, da ejemplo con un hombre que sabe que no pagará su deuda. Ándese con cuidado.

—¡Cuidado! —exclama Jasper—. Creo que el hombre puede esperar un día para cobrar. Le haré efectivo el pago mañana. —Da golpecitos en el bloc—. ¿No tendría que estar dibujándola? No sé por qué no puede trabajar a partir de su *carte-de-visite*.

—Puedo ofrecerle también cajas de cerillas con su imagen. Fundas de cojín. Pianos incluso. ¡Paraguas!

—Sigamos con esto —gruñe Jasper.

A Nell no le queda más remedio que quedarse allí de pie mientras el hombre dibuja largas líneas con el lápiz, mientras la disecciona con la mirada, mientras se empapa de sus piernas y sus brazos desnudos. La lámpara es de cristal verde, lo que le causa la extraña sensación de estar atrapada bajo el agua. Piensa que Jasper es la bruja del mar que le proporciona otra forma de existir en el mundo, una forma que ella anhela y teme a la vez. En la que encaja y no encaja a la vez.

—¡Listo! —exclama el hombre cerrando el bloc de golpe.

Cuando Jasper le dice que puede irse, Nell sale dando traspiés. Nota las marcas fantasma donde le ha apretado el brazo, sigue sintiendo el susurro de su aliento en el hombro. Se estremece. «¡En qué espectáculo la he convertido!». «Mi pequeña monstruo». Pero la ha elevado por encima de todas sus demás actuaciones. La ha convertido en alguien. Incluso ha pillado a Stella mirando el volante con algo parecido a la tristeza; en aquel espectáculo ella había sido la principal atracción.

—¿Qué pasa? —pregunta Violante, que deja de hacer rodar un barril de hidromiel.

—Nada —responde Nell sacudiendo la cabeza.

Los arbustos huelen a fragancias rociadas, los árboles, con lámparas de aceite colgadas, asemejan arañas de luces. Hay flores en barriles, exprimidas para obtener su perfume. Imágenes que Nell jamás habría creído, como si el mundo entero estuviera encantado. Un hombre con zancos, pasteles con estorninos vivos, un oso conducido por un bozal de cuero. Está como achispada, aunque no ha bebido nada. Alguien la ve y la señala.

—Es ella —le oye decir—, Nellie Luna.

Las mujeres han abandonado su lugar junto al carromato. Las busca, igual que ellas a ella, para comprobar que está bien. Allí está Stella, levantando un brazo para saludarla en silencio. Peggy está montando un camello y Brunette, hablando con Abel junto a los árboles. Sabe que un fenómeno puede ser muy valorado por un dandi borracho; Stella le ha contado que existen locales donde van los caballeros para que jorobadas y gigantas, o chicas con las manos encogidas, les hagan un servicio. Todas esas otras vidas acechan entre las sombras rechinando los dientes, extendiendo dedos como tentáculos para engullirla. Existencias mucho peores que la que llevaba en su pueblo. Sería muy fácil caer. Un resbalón en las cuerdas y su vida se desangraría en el serrín. Un resbalón en la vida y ocuparía una cama sucia en una calle lúgubre con un hombre vigilando la puerta. Un médico midiéndole la piel con calibres; un hombre que se autodenominaría teratólogo. Todo el tiempo, Jasper tiene su vida en sus manos, se pasea entre los carromatos a sabiendas del poder que ostenta. Él la compró, la arrancó del lado de su hermano. Nell se toca el costado como para contener una herida.

Corre por un camino salpicando grava a su paso. Y entonces ve a Toby, con los hombros encorvados, como si su hermano ya hubiera ocupado también su espacio en el mundo. Se le encoge el corazón. Toby. Sus ojos azul negruzco, su cabello indómito.

21

Toby

La piel del cerdo chisporrotea y se ennegrece mientras Toby hace girar el espetón y unta el cuerpo con manteca. Corta pedazos de carne que deja en un plato para un caballero con levita. El hombre lo mira como si no existiera, como si la comida se le hubiera aparecido de pronto y el cerdo diera vueltas solo. Pero Toby está acostumbrado a ser invisible; se limita a encogerse de hombros y a aceptar las monedas del hombre.

Se oye un pum, pum, pum y Toby se lleva enseguida las manos a la cara. «Petardos —piensa—, solo son petardos». Estallan en el cielo, silbando como morteros. Quiere estar de nuevo en ruta, no parar demasiado tiempo en ningún sitio, dejar atrás sus recuerdos. Pero estos siempre lo alcanzan; siempre llegan hasta él y le susurran a través de los listones de su carromato.

«Cobarde. Cobarde. Cobarde».

Ve una mancha de oporto que se expande como si fuera sangre por el vestido de Brunette. Se sujeta el vientre. «Es solo oporto». Si Jasper estuviera ahí, lo tranquilizaría.

—Yo también estuve allí —diría—. Y no me persiguen visiones de lo que vi. Y en cuanto a Dash... —Una pausa—. Eso ya pasó. Simplemente ya pasó. No se puede devolver la vida a un hombre.

Recuerda el día en que su vapor llegó a Balaklava, justo después de una tormenta. Armas que tronaban desde las baterías, naves con los mástiles partidos como palillos. Un puerto lleno de restos. Un tronco flotando como un cadáver. Lo miró más atentamente, retrocedió. Era un cadáver. Y entonces vio a Jasper de pie en el pontón con los brazos pegados a los costados y soltó un grito de reconocimiento.

—Hola —dijo Jasper, que vio la cara que ponía y sonrió—. Esto es la guerra, ¿qué te esperabas? ¿Maitines cantados por un coro enorme de niños?

Jasper rio y Toby también lo hizo, pero la carcajada se le atragantó como si tuviera una espina de pescado atrapada en la garganta.

—Te he echado de menos —dijo por fin.

Pero sus palabras se perdieron; Jasper estaba saludando a un hombre que estaba en la orilla.

—¡Dash! —llamó, y Toby intentó disimular su decepción—. Aquí.

El hombre se unió a ellos. Sin apenas saludar con la cabeza a Toby, se adelantó con Jasper. Toby captaba solo fragmentos de su conversación. Hablaban sobre hombres que él no conocía, sobre escenas que él no había presenciado. Abrió la boca, pero resultó que no tenía nada que decir. Un ramalazo de rabia le recorrió el cuerpo al ver que Dash ni siquiera intentaba incluirlo, que su hermano parecía tan distante. Que, en unas pocas semanas, otro había ocupado tan fácilmente su lugar.

—Me quedaré aquí, tienen que traerme el carromato. Mi caballo, mi cámara, ya sabes —comentó Toby esperando que su hermano se ofreciera a aguardar con él.

—Como quieras —dijo Jasper encogiéndose de hombros.

Se marcharon y oyó que Dash decía:

—Esa emboscada..., ¡los rusos! ¿Viste al tipo que el caballo tiró al suelo...?

Mientras Toby se abría paso entre hombres desesperados con expresión de perros famélicos en medio de un barro que parecía succionarlo y tirarle de los pies, se imaginaba entrando en la pista a lomos de un camello con Jasper a su lado. Respiraba a través de un pañuelo. Gangrena, esqueletos medio enterrados, hedor a mierda y a vómito.

Por todas partes había pruebas de la veracidad de los reportajes de Russell.

El segundo día, un general le ordenó que encontrara a un par de soldados sanos. Encontró a Dash y a Jasper, un poco borrachos.

—¿Te han contado que la tormenta hizo sonar el bombo del regimiento en territorio ruso? —soltó Dash y se rio.

Toby se sentía distanciado de ellos, distanciado de todo aquello. No alcanzaba a comprender cómo podían pasárselo bien allí, cómo podían seguir estando tan animados. Tal vez la riqueza de Dash los mantenía aislados de la peor parte: su entoldado era el más grande, el más resistente. Tal vez su regimiento no había participado en las batallas más sangrientas y todavía estaban verdes, deslumbrados por la novedad. O tal vez les daba igual la truculencia de la guerra; les gustaba la libertad que esta les ofrecía, la emoción y la cercanía del combate, una vida muy distinta a la de dar vueltas por los calurosos salones de Londres. Era eso lo que hacía sentir a Toby más solo todavía; que la misma situación pudiera hacerlos sentir a él y a Jasper de un modo tan distinto.

Jasper alargó la mano, dio unas palmaditas en el hombro de Dash y Toby se estremeció. Había estado separado de su hermano menos de un mes. ¿Cómo había podido reemplazarlo Dash con tanta facilidad?

—¿Está bien así, Tommy? —dijo Dash.

«¿Tommy?». Toby estaba demasiado sorprendido como para decir nada. Mientras yacía despierto pensando en Dash, dominado por los celos, comprendió que él no significaba nada en absoluto para ese hombre. Ni siquiera despertaba en él los sentimientos suficientes como para resultarle irritante. Habría preferido su odio.

—Toby —lo corrigió Jasper, y sonrió—. Tu memoria es espantosa.

A Toby se le ocurrió también que Dash no recordaba su nombre porque Jasper nunca hablaba de él; hasta el último mono de la antigua oficina de Toby lo sabía todo de Jasper. Bajó la cabeza y despejó la zona para su primera fotografía. El cielo era tan azul que dolía mirarlo. Apartó de un puntapié un cartucho roto y una mandíbula humana y dio a su hermano y a Dash unas botas nuevas. Se agachó bajo la tela y vio que Jasper no miraba a la cámara, sino a Dash. Lo contemplaba como si no se pudiera creer que fueran amigos. Toby conocía esa mirada; la conocía porque era la misma que él le había dirigido siempre a Jasper. «Es mi hermano, ¿has oído?». Una idea lo sacudió como una patada en las costillas. «Jasper elegiría a Dash por hermano».

Cuando reveló la imagen en una pequeña cartulina, casi podía creerse la historia que estaban contando. Una escena de satisfacción. Dos chicos alegres, unidos por las cosas que habían visto. En menos de un mes, esa fotografía podría aparecer publicada en mil periódicos que abrirían caballeros de todo el país. Llegarían a la conclusión de que la situación era buena. ¿No estaba esa tienda bien cuidada? ¡Apenas un arañazo en esas botas, pardiez! ¿Y eso era whisky caliente? ¡Qué bien se lo estaban pasando! ¡Russell era el príncipe de las patrañas, un vendedor de mentiras, poco más que un empresario circense!

Bajo sus pies, había líneas telegráficas que se extendían desde Balaklava hasta Jútor, mensajes que crepitaban bajo la tierra. En unos segundos podían contarse y transmitirse mil historias, mil formas de interpretar una sola batalla. Esa era una nueva guerra, una guerra con máquinas en la que los periodistas se mezclaban con los soldados, en la que nuevos inventos proporcionaban poder. Las fotografías de Toby contarían una historia como nunca había sido contada. Simpson podía pintar sus acuarelas, Russell podía hilar sus palabras, pero la gente confiaría en una fotografía más que en ninguna otra cosa.

—Es..., no sé, parece un engaño —dijo Toby a Jasper unos días después—. Una mentira.

—Toda historia es una ficción —replicó Jasper hundiendo

un trapo en aceite y puliendo el cañón de su rifle—. Ya te lo he dicho. Todo el mundo miente, ya sea consciente o inconscientemente. Es lo que se llama sesgo, ¿sabes? Tú podrías describir la vida aquí como insostenible y deprimente y yo decir que hay emoción en la lucha; ¿y quién puede decidir cuál de los dos tiene razón? O yo podría decir que Dash es un tipo excelente y la esposa de un soldado al que disparó podría afirmar que es un monstruo. No hay verdades absolutas.

—Un monstruo —dijo Dash—. Me gusta.

Jasper tocó el brazo de Toby.

—Les das demasiadas vueltas a las cosas.

Y por un instante todo fue como había sido antes; recordó el circo que habían planeado juntos, la proximidad que existe solamente entre hermanos. Estaba seguro de que en un mes su relación se recompondría.

Esa noche, bajo la luz temblorosa de su lámpara, Toby volvió a mirar la fotografía que había tomado. Se le revolvió el estómago al ver a Jasper y a Dash riendo así mientras él permanecía oculto, invisible. Pasó el pulgar por el pecho de Dash y, durante un segundo, imaginó una bala rusa alojada en el corazón de ese hombre. Se imaginó ocupando ese espacio vacío junto a su hermano, llenándolo de nuevo. Frunció el ceño y tiró la imagen al suelo, horrorizado de sí mismo.

«Cada historia es una mentira».

Dash no era un monstruo. Toby sabía que simplemente era alguien a quien no lograba gustarle. Lo odiaba porque a Jasper le caía muy bien.

Y la fotografía no era una mentira, no más de lo que podría ser cualquier otro relato. La satisfacción de Dash y de Jasper era real. Toby tan solo cumplía órdenes. Movió los hombros, como para aliviar el peso que los oprimía.

Cuando Nell aparece ante él, no puede interpretar su expresión. Le falta el aliento, lleva el pelo suelto.

—¿Qué pasa? —pregunta dejando las tenazas.

—Ven conmigo —dice ella en voz baja.

Mira a su alrededor en busca de Jasper.

—Está en su carromato.

Nell se da cuenta entonces de que no quiere que su hermano se entere de su cercanía. Lo invade una sensación de culpa no del todo desagradable. Nadie los está mirando. Las trillizas están bailando en el centro de un círculo mientras unos hombres aplauden y silban. Peggy, de espaldas a ellos, está ofreciendo paseos en camello por un chelín a unos soldados ebrios.

Sigue a Nell, parpadeando para adaptarse a la penumbra, tropezando con parte de un seto podado. La sangre le bombea en los oídos. Solo puede tambalearse tras ella por el camino de grava, por delante del esqueleto del iguanodonte, con sus huesos medio destrozados. Nell se dirige al extremo del jardín, hacia el estrecho emparrado con los bancos de madera y una sola lámpara.

Se detiene y él casi choca con ella. Los ojos le brillan a la luz de la luna. Están muy cerca; solo ellos y el tenue sonido de vítores. Quiere preguntarle por qué lo ha llevado hasta ahí, pero tiene el corazón desbocado, la lengua trabada. La tierra está húmeda de rocío y la luna está partida en dos.

Intenta comprobar si alguien los ve. Se le pasa fugazmente por la cabeza que Jasper le ha mandado hacerlo, que está esperando en la penumbra con una media sonrisa en la cara para ver si Toby lo traiciona.

—Toby —susurra Nell.

Le roza la muñeca con la mano. Le acaricia el brazo, tímida al principio y con más fuerza después, como si estuviera dibujándole enredaderas o figuras en la piel. Nell cierra los ojos. Tal vez quiera imaginarse que es otro hombre.

El instante se alarga, suspendido de un hilo. Tiene miedo de respirar, de hablar, como si al hacerlo fuera a romperlo. Si fuera Jasper o Dash, la estrecharía entre sus brazos, ya habría tirado de ella hacia él. Pero ¿y si lo ha entendido mal y ella lo rechaza? ¿Y si la horroriza? Y, de algún modo, eso es suficiente; no necesita más. Las puntas de los dedos de Nell alcanzan su tórax y él se concentra en el movimiento de sus manos, en su calor, que ahora se aprieta contra él. Huele dulce, a humo de madera y a clavo.

Ninguna mujer se ha acercado tanto a él, aunque una vez visitó un burdel con Jasper y Dash antes de que conocieran a Stella. Pagó lo que le pidieron porque habría sido una grosería negarse y se sentó con la chica en un suelo rastrillado de barro con una pequeña hoguera humeando en el rincón. Hacía mucho frío. Ella era una muchachita tímida de cabellos negros y, cuando iba a cumplir con su tarea, él sacudió la cabeza. Se encontró contándole cosas absurdas sobre las flores que había visto en los campos, dalias y anémonas, mustias a finales de otoño, eglantina y espino blanco, perejil silvestre y menta, y como, cuando la infantería marchaba, quedaban aplastadas a su paso y el aire se llenaba de su fragancia. Por supuesto, la muchacha no entendía qué estaba diciendo. Él ni siquiera sabía cómo se llamaba la lengua que esa chica hablaba. Podía oír a Jasper y a Dash gritándose uno a otro a través de las paredes. «¡Arramblo con todo lo que veo!».

Le desconcierta la sensación de la mejilla de Nell contra la suya. Su grito ahogado, casi silencioso, le resulta sorprendente. La calidez de Nell, el miedo que le causa. Ella tira de él hacia ella para juntar sus cuerpos y él quiere besarla, pero teme hacerlo mal y provocar su risa. Está tan acostumbrado a estar al margen, con la cabeza agachada bajo una tela negra, convertido en un mirón. Cierra los ojos. Lo invade la confusión; es incapaz de pensar, de concentrarse, siente la necesidad de gritar. Es imposible que Nell lo quiera, no cuando podría tener el cariño de Jasper.

Oye su nombre gritado desde el otro lado de la pérgola. Su hermano querrá que vaya a verlo para tomarse una copa con él o para contarle alguna novedad.

Sujeta a Nell con más fuerza. ¿Qué haría Jasper si lo encontrara así? Da igual que Toby la viera primero, que suela ver a Jasper saliendo del carromato de Stella a altas horas de la noche. Su hermano lo ha protegido y tiene que darle su vida a cambio. Es una simple transacción.

«Somos hermanos, unidos por un vínculo indisoluble».

—Quédate —susurra Nell.

Ella no lo entiende, no puede entenderlo. Se aparta de ella. Tiene que hacerlo; no tiene otra opción. Lo invade un miedo oscuro, rutilante; miedo de no ser capaz de soltarla si se queda un segundo más. De anhelar siempre eso, de que pasen los años y la quiera con una intensidad dolorosa.

Mientras recorre a toda velocidad los emparrados, siente el roce de Nell pegado a la piel, como si sus dedos fueran pinceles. Lo conmociona ver bajo la luz que sus brazos son los mismos de siempre: blancos como la leche, sosos y sin apenas pecas. Ve a su hermano a lo lejos y en ese instante lo odia. Quiere estar solo. Necesita entender lo que ha pasado. El mundo lo ha sometido, lo ha dejado asustado como a un niño pequeño.

—¡Aquí estás! —exclama Jasper tambaleándose sobre un tronco envuelto en musgo artificial.

Toby da un paso atrás. Hay pánico en los ojos de su hermano. «Lo sabe», piensa con un creciente temor. Los ha visto juntos. Y si no lo ha hecho, él debe de llevar el secreto escrito en la cara.

—Perdona —dice.

—¿Por qué? —Jasper se le acerca toqueteándose la piel del cuello—. Alguien ha matado una de las cabras.

—¿Cómo? ¿Por qué?

—La ha degollado.

—¿Quién? ¿Winston?

—No —dice Jasper—. Sé quién ha sido. No creí que... ¡maldita sea!

Sigue a Jasper hasta el animal. Este yace de costado, con el tupido pelaje enmarañado y apelmazado por la sangre y los ojos ya nublados. Moscas y avispas se congregan en la herida. Tiene una moneda sujeta entre las mandíbulas.

—¿Quién ha hecho esto? —pregunta Toby.

Jasper suelta el aire despacio.

—El Chacal —responde.

22

Nell

Nell está acostada en su colchón dándole vueltas a lo que ha iniciado. Se lleva los dedos a los labios. El cuerpo de Toby contra el de ella, su calor y su fuerza. Oye a Stella, Brunette y Peggy volviendo del jardín, hablando voces altas y cantarinas. Una de ellas está tocando la armónica. A menudo, entran en su carromato y se quedan dormidas en su cama con las extremidades entrelazadas.

—¿Sigues viva? —pregunta Stella dando golpes en su caravana.

—Todo bien —responde Nell.

Sus risas se desvanecen y Nell se tapa la cabeza con las mantas. Se pregunta qué dirían sobre Toby si lo supieran. Si la detendrían. Si creerían que él puede desearla; si incluso ella misma puede creerlo.

Apenas duerme, repasando una y otra vez el momento entre los árboles, su atrevimiento. Espera que pronto haya más y mejores recuerdos para sustituir ese. Por la mañana volverán a verse. El corazón se le acelera al pensarlo. Imagina que está sentada junto al fuego, friendo beicon, que él se acerca a ella y le coge la mano. El libro que leerán por la noche mientras mengua el espacio que los separa. El roce electrizante de su mano en la de ella.

Pero a la luz brillante del alba, está asustada, insegura. Se mira fijamente las manchas de las piernas y los brazos antes de ponerse los pantalones. Con esa ropa nueva, las marcas le pican menos, su cuerpo no está tan caliente como antes. Fuera, el jardín está en calma. Nadie más está despierto, ni siquiera los mozos. Sabe que no es seguro estar sola, que un grupo de milicianos borrachos atacó a una chica hace tan solo dos noches, pero todo parece muy tranquilo. Pasea arriba y abajo por el emparrado, lleno ahora de botellas, envoltorios y una raspa de pescado, como si quisiera tocar a los fantasmas de Toby y de ella para recordarse que fue real. No lo buscará; aguardará a que él la busque.

El día pasa entre arrebatos de esperanza y de repentina tristeza. Observa la cola frente al carromato fotográfico de Toby, toda la gente de la ciudad esperando a que les haga un retrato. ¿Son imaginaciones suyas o hay más chicas de lo habitual, dándose codazos, riendo? La consume pensar en él viéndolas a través de la lente, captando sus suaves mejillas pálidas, su cabello brillante, sus brazos sin manchas.

Sus ojos no se detienen en ella durante la actuación cuando se sube a la barquilla y se balancea debajo de él, y se siente extenuada, desdichada.

—Nellie Luna —canturrean—. Nellie Luna.

Una vez terminada la función, Jasper le enseña un periódico. Le señala un dibujo en la esquina que muestra la cabeza de una chica en el cuerpo de un leopardo y a Jasper tirando de la criatura con una correa. Luce una sonrisa simple, dócil.

«La nueva actuación de Jasper Jupiter —indica—. Una encantadora criatura en una era de monstruos».

—Aquí —dice golpeando el periódico con el dedo—. ¡Aquí estoy!

Le enseña más artículos, abre la revista *Punch* ante ella.

—Las críticas no son todas positivas —comenta—, pero la cuestión es que hablan de nosotros.

Nell levanta el periódico para acercarlo a la luz.

«Con Nellie Luna, el gusto por lo monstruoso parece, por

fin, haber alcanzado su punto álgido. La chica se suma a un bullicioso Salón de la Fealdad...».

Las palabras se vuelven borrosas.

«No alcanzamos a entender el motivo del predominante gusto actual por las deformidades, que parece crecer gracias a aquello de lo que se alimenta».

Se mira las manos, flexiona los dedos.

¿Monstruoso? Es solo una chica. Se le hace un nudo en la garganta de la rabia.

—Eso atraerá al público —asegura Jasper recortando el artículo.

Nell no dice nada, ignora los gritos de Stella, que le dice que tendría que ir a beber algo con ellas, y se retira a su carromato. Espera que Toby vaya a verla y a leer con ella, pero pasa una hora, dos, y no aparece. Para distraerse, ojea el libro de cuentos. Las chicas son recompensadas con reinos; las deformidades se presentan como castigos. El codicioso jorobado es maldecido con una segunda joroba en el tórax; una hermana malvada es castigada con una segunda nariz. Recuerda ese día en el mercado con su hermano y su padre, la forma en que la gente se protegía de ella, como si fuera algo que había que temer. ¿Pensaban acaso que sus marcas eran un castigo por alguna maldad que acechaba en su interior? Era una niña de apenas cuatro años. ¿Qué poder podría haber ejercido, qué daño podría haberles causado? Sigue leyendo. Hans mudando sus espinas. La Bestia transformada en un hombre perfecto. Las manos de la doncella creciéndole de nuevo de los muñones de sus muñecas. La armonía recuperada, como si ser corriente fuera la mejor forma de existir en el mundo, como si fuera la recompensa por su bondad. Se acuerda de Charlie gesticulando para hacer desaparecer mágicamente sus marcas de nacimiento. ¿Está mal haber dejado de querer que su piel sea pálida y uniforme, alegrarse de sus marcas? Piensa en todas las cosas que no hizo, en todos los bailes que rehuyó porque todos los demás la hacían sentir avergonzada. Las palabras de Stella le retumban en la cabeza: «Puedes pasarte toda la vida

con una familia que te adora y a la vez te considera diferente».
Cierra el libro de golpe.

Mientras está allí, oye a Toby y a Jasper riendo en su carromato. Copas de cristal que chocan. Los celos le clavan sus garras. Una rabia atenazadora, una furia que ha anidado en ella desde que su padre la vendió y que, ahora que lo piensa, lleva bien guardada y sepultada en su interior desde hace años. Echa un vistazo por un hueco entre los listones. Hay luna llena y la contempla. Parece un ojo que la mira, benevolente como una madre.

Su tristeza remite y, cuando las dos semanas en Londres se convierten en tres y después en cuatro, le importa menos, acepta que, o Toby no la quiere, o siempre elegirá a su hermano. También disfruta con los gritos de los espectadores, los cánticos que se elevan cada noche. «Nellie Luna, Nellie Luna». La sensación de ser admirada, importante. El cuerpo le duele, con más intensidad por la emoción de actuar, hasta que deja de notar lo cansada que está.

Están las figuritas, los volantes con su cara pegados en los tablones de los autobuses. Un hombre achaparrado con un traje manchado de salsa de carne les lleva un cajón con cajas de cerillas. Nell coge una. Ella aparece pintada en la caja, en pleno vuelo, con los pies extendidos y las alas de metal sujetas a sus costados. Piensa en Bessie, la chica impresa en los paquetes de violetas escarchadas.

—«Cerillas Twister» —lee, y debajo de eso—: «Iluminan la habitación como Nellie Luna».

Cuando va a encender una, la sobresalta una mano en el hombro. Se vuelve y en ese primer instante no lo reconoce. Piensa que es alguien del público: tan corriente, tan normal, haciendo girar la gorra entre sus manos, el dobladillo de los pantalones raído como la piel de una patata vieja.

Luego deja caer la cerilla con un grito ahogado.

—¿Charlie? —dice. Tendría que abrazarlo, pero sus pies no

quieren moverse—. Charlie —repite. Hasta su nombre le resulta extraño después de tanto tiempo sin usarlo—. ¿Qué haces aquí?

—No tenemos mucho tiempo. —Se toca un cuchillo en el cinturón, y el gesto es tan inocente que Nell casi se ríe—. ¿Dónde está?

—Charlie...

—Deprisa, antes de que Jasper nos vea. —Echa un vistazo a su alrededor—. ¿Hay alguien vigilándote? Les dije que venía a reparar una silla de montar.

Nell sacude la cabeza.

—Pero... Pero no quiero irme —suelta.

—¿Qué?

—Me gusta estar aquí, Charlie. Soy feliz.

Él se la queda mirando. Hay algo en su voz, como si se estuviera esforzando por no llorar.

—Me lo he gastado todo —dice—. Me lo he gastado todo, todo el dinero que había ahorrado; no sabía a dónde habías ido. —Dirige rápidamente los ojos hacia los carromatos que disfrutan del calor, hacia los caniches que husmean el puesto de pan de jengibre. Nell comprende que esperaba encontrarla prisionera, una chica encadenada, encerrada en una torre.

—Si eras feliz, ¡podías haberme escrito! Podrías habérmelo hecho saber.

¿Cómo puede decirle que creía que estaba involucrado en lo del dinero, que la había vendido para irse a América? Agacha la cabeza.

—Lo siento —dice.

—Pensaba que podrías estar muerta.

No puede mirarlo, no puede ni imaginarse lo que ha sufrido.

—¿Cómo me has encontrado?

—No ha sido difícil —responde riendo con amargura—. Padre dijo que te habías escapado, pero después, borracho, me contó la verdad. Había volantes por todas partes, de modo que los seguí, y entonces me dijeron que Jasper se había ido a toda prisa a Londres. Tu cara... la vi en un autobús. —Arrastra los pies—. Y he venido aquí, a donde los anuncios decían que estarías.

—Para llevarme a casa.

—Para llevarte a casa.

La mira como si la viera por primera vez. Sus pantalones rojos, su camisa remangada hasta los codos. Nell recuerda el grueso vestido de algodón que llevaba en los campos todos los días, cómo se le pegaba a los muslos cuando estaba empapado.

Se obliga a sonreír.

—Ven —dice—. Te enseñaré la colección de fieras.

Pasean entre los animales enjaulados. El tigre sujeto por el collar, la llama atada a una estaca. Se detienen frente a la jaula de las «Familias felices»; el lobo gime mientras describe círculos rápidos y la liebre está sentada con las orejas gachas.

Los animales le proporcionan algo de que hablar, y lo hace demasiado deprisa, demasiado tiempo, mirando la camisa sucia de su hermano. Huele a perfume manufacturado de violeta, a la tierra y el polvo del pueblo.

«Ojalá no hubieras venido», piensa, y cierra los ojos ante su propia crueldad.

—Este es mi carromato —dice, y apenas puede disimular su orgullo. «Nellie Luna», reza en letra ampulosa.

—¿Es todo tuyo? —pregunta su hermano, pero no parece impresionado.

Dentro parece mareado. Nell se da cuenta de que es demasiado fulgurante. Quiere atenuar el brillo de las botellas hexagonales, de los espejos, de las cintas de seda. Ve reflejada su imagen por todas partes.

Charlie levanta su figurita de yeso y la hace girar en su mano. Su cara está pintarrajeada con una única pincelada.

—Las venden después de las funciones —dice ella hablando muy rápido—. Puedes quedártela. Si quieres. —Se detiene, se da cuenta de que no le ha preguntado nada sobre él—. ¿Y cómo está Piggott? ¿Y Mary? ¿Cómo va todo por el pueblo?

—El pueblo —repite Charlie.

Nunca lo llamaban así. Lo llamaban «casa».

—¿Cómo está Mary? Oh, eso ya te lo he preguntado...

—Ahora estamos casados. Ya se le nota la tripa. El bebé llegará en unos cuatro meses, según dicen.

—Oh. Eso está bien.

Una dolorosa pausa.

—Y las flores..., ¿cómo están los campos?

—Como siempre.

A Nell le parece que hay desdén en su expresión, tiene los ojos demasiado abiertos. Quiere recordarle que era él quien soñaba con huir, que no tiene ningún derecho a juzgarla. Era él quien señalaba los vapores que surcaban la bahía y decía «Nueva York o Boston, me parece», y no apartaba la vista hasta que no eran más que unos puntitos blancos. América. Y hablaban sobre la casa de labranza que él ansiaba tener, con su campo de trigo y su porche de madera, como la que vio una vez en una fotografía. «El trigo está esperando a que tus dedos lo recojan».

Quizá quiera retenerla en el pueblo, donde está a salvo a su sombra.

Cuando él la mira, Nell descubre que no tiene nada más que decirle.

Tras la función de esa noche, Violante saca el violín y Huffen Black toca el tambor. Stella es la primera en ponerse a bailar junto a la hoguera y da vueltas hasta tropezar. Nell alarga la mano hacia la de Charlie, pero él sacude la cabeza. Ella deja que la música la invada. Sobre ellos, las velas relucen en los árboles, y la pintoresca torre está iluminada con lámparas de gas. Observa a las demás mujeres: Peggy jugueteando con una gallina blanca que ha atrapado; Brunette fumando un puro. Los ojos de Nell se clavan en Toby. Su cuerpo está siempre sediento de él, como si el deseo existiera fuera de ella, tan primario como la necesidad de comer y descansar.

—Baila, por favor —le dice de nuevo a Charlie.

—No quiero hacerlo.

—Siempre eras el primero en bailar. En casa. —Se acerca las rodillas al mentón.

—Esto es distinto —asegura.

Charlie era siempre el alma de su pueblo, pavoneándose por ahí, diciendo unas breves palabras a todo el mundo. Pero ahora es él el intruso, el que no parece encajar. Peggy mueve las piernas al ritmo del tambor, zapateando, y Brunette rodea a Stella con el brazo en un burdo vals.

—¿Cómo puedes soportarlo? —pregunta Charlie.

—¿El qué?

—Que todo el mundo te vea así —responde señalando su jubón y sus bombachos cortos—. Convertida en un espectáculo.

—No es así —asegura—. Todo el mundo me veía diferente antes. Aquí por lo menos me admiran. Y no me avergüenza mi aspecto. Ya no.

—Yo no pensaba que fueras diferente.

—Tú te fijabas en mis marcas de nacimiento, más que yo incluso —replica arrancando una margarita—. Creías que podías protegerme.

—Eso era solo por Lenny...

—Creo que se burlaba de mí porque le gustaba. No me di cuenta hasta más tarde.

—¿Le gustabas?

—Una vez me tocó. Me pasó la mano por el brazo, cuando estábamos solos.

—No creo...

Nell fija los ojos delante de ella. La furia ha regresado, abriéndose paso bajo su cuero cabelludo. ¿Qué puede decir cuando su hermano niega su versión de las cosas, lo que ella sabe que es cierto?

—Quiero que vuelvas conmigo —dice Charlie.

—¿Por qué?

—No me gusta esto. No me gusta en absoluto. Me parece...

—Retuerce una brizna de hierba—. Me pone nervioso. Algo... Tengo un pálpito. —Toma la mano de su hermana, es la primera vez que se tocan—. Tengo la sensación de que te pasará algo si te quedas. La forma en que Jasper Jupiter te mira... No sé, hay algo que no va bien.

Nell ríe, pero está inquieta. Sabe a dónde lleva todo eso y quiere cortarlo, impedir que diga cosas que ella no pueda olvidar.

—Podrías quedarte y hacer sesiones de espiritismo.

—Para. —Le clava los nudillos en la palma de la mano y tuerce el gesto, asqueado—. Por favor, ellos son...

Algo más allá, Stella se ríe con la boca abierta de par en par mientras Brunette vierte un chorro constante de ponche en ella. Nell siente una punzada de amor, de protección. Se pasa los dedos por las marcas de la muñeca. Recuerda todos esos años en los que los aldeanos la marginaban. Charlie le habría dado también la espalda si no hubiera sido su hermana.

—Estas personas son mi familia —suelta Nell con frialdad—. No vuelvas a pedírmelo.

Esa noche, cuando su hermano duerme en el suelo, Nell sigue oyendo el redoble del tambor resonándole en los oídos.

«Tengo la sensación de que te pasará algo si te quedas».

Piensa en el dibujo del leopardo con la correa, en la mirada de Jasper midiéndola, valorándola, en los cortes de las alas en sus hombros.

Charlie chasquea la lengua mientras duerme.

Su ira desaparece. Lamenta lo cortantes que han sido sus palabras, la cara que ha puesto Charlie cuando le ha dicho que ellos eran su familia. Seguro que se habrá preguntado en qué lo convierte eso a él. Ha sido reemplazado, ya no es nadie, todos sus ahorros gastados para encontrar a su hermana tan transformada.

Por la mañana, Charlie se zampa la chuleta de cerdo y rebaña los huevos con los dedos. Nell recuerda el hambre que pesaba en sus vientres como una piedra, durante años, sin carne, comiendo lapas crudas succionadas de sus conchas y manzanas ácidas que los hacían defecar. Tiene un par de zapatos con hebillas doradas en el suelo. Un sombrero colgado en el tocador. Libros. Se frota los ojos. Casi se había olvidado de eso, de todo lo que ha amasado en poco más de un mes.

Antes de poder cambiar de opinión, coge la funda de almohada y le rompe las costuras. De su interior salen billetes: tres semanas de ingresos que apenas ha tocado. Cuando empezaron las funciones en Londres, Jasper le aumentó el sueldo a veinte libras a la semana, una cantidad tan grande que apenas podía creérselo.

—Aquí hay casi sesenta libras —dice metiéndolas en una bolsa de tela—. Para ir a América, cuando Mary haya tenido al bebé. Es suficiente para el vapor, y puedes destinar el resto a comprar un pedazo de tierra.

—¿De dónde has sacado este dinero? —pregunta Charlie horrorizado, con los ojos abiertos como platos.

—Aquí me pagan. Me pagan bien.

—Pero tanto...

—Por favor, acéptalo. Pronto ganaré más.

Él asiente y se mete la bolsa dentro del chaleco.

—¿Sabes que queríamos que vivieras con nosotros? ¿Conmigo y con Mary? Sé que no nos creías.

Nell le toma la mano y se la aprieta porque no soporta decirle que no, no ahora que se va, no ahora que quizá no vuelva a verlo nunca.

Lo ve partir con el fardo remendado cargado al hombro. El cabello negro le sobresale, lacio, de debajo de la gorra, inclinada hacia delante. Al llegar a la entrada del jardín, Charlie mira a su alrededor como si se hubiera desorientado; un niño solo en el mundo.

De vuelta en su carromato, Nell se da cuenta de que la figurita de yeso no está. Quizá él la exponga en su nueva casa en América. Se pregunta si estará orgulloso de ella, si le dirá a la gente que es su hermana.

«Queríamos que vivieras con nosotros».

Le da vueltas toda la mañana. Se pregunta si es verdad. Podría decir muchas cosas sobre cómo Charlie la mantenía apartada de los demás aldeanos sin darse cuenta siquiera, sobre cómo libraba sus batallas con tanta furia que todo el mundo se sentía incómodo cuando estaba con ella. ¿O era ella la que se mantenía apartada, la que imaginó una distancia que luego se volvió real? Lenny no se burlaba de ella porque lo horrorizara, sino que se burlaba de ella para llamar su atención. ¿O tenía Charlie razón y, en realidad, Lenny la temía y la odiaba por lo distinta que era? Podría verlo todo desde un nuevo punto de vista, reescribir totalmente su historia. Pero tiene la impresión de estar pensando en el pasado de otra persona, y ya no es importante.

23

Jasper

Jasper ve como el hermano de Nell dobla la esquina y cruza la calle con el pequeño fardo colgado del hombro. Hizo bien dejándolo entrar, evitando que los peones lo echaran a patadas. Sabía que Nell querría quedarse, que lo elegiría a él. No es ninguna sorpresa después de todo lo que ha hecho por ella. La ha forjado, ha transformado a una campesina en Nellie Luna, y ahora el oro entra a raudales en sus arcas. Quinientas libras cada noche, a veces más.

Se dirige hacia su nueva caravana, donde guarda las baratijas con su marca.

Los estantes están llenos de joyeros, cojines, guantes, todos ellos con su cara. Ha hecho que lo pinten en platos y cajas de rapé. Su nombre está grabado con tinta en peines de carey, camafeos, vitolas. Recorre los objetos cuidadosamente con las manos, sonriendo. Estamparía su nombre en el césped, en los árboles, en las piedras, en las flores si pudiera. Una vez oyó a Huffen Black bromear con que solo los pájaros del cielo se libraban de sus anuncios y al día siguiente pintarrajeó «J. J.» en tres palomas sobresaltadas. Las ató con una correa y las sacó a la pista; el público las aclamó al verlas contonearse como un par de rameras con zapatos de tacón.

Tras la función de la tarde, llena una carretilla con un montón de sus baratijas y las pasea por el jardín, pregonándolas entre juerguistas borrachos.

—¿Tiene algún cojín de Nellie Luna? —pregunta una vieja sirvienta toqueteando un cojín con borlas. Por detrás de su mano asoma la cara bordada de Jasper.

—Ah, pero yo soy el empresario circense. —Mulle el cojín—. Le quedaría precioso apoyado en...

La mujer lo aparta.

—Quiero a Nell —dice haciendo un mohín.

Jasper esboza una sonrisa, demasiado tensa, y le vende una baraja de cartas «Jasper Jupiter» a un caballero encopetado.

Ni siquiera él puede negar el magnetismo de Nell. Eso lo complace; por supuesto que sí, pero también lo irrita ligeramente. Siempre supo que ella sería popular, pero jamás esperó algo así. Y, lo que es más importante, es incapaz de explicarse por qué; qué cualidad posee, cuál es el truco tras su éxito. El público se paraliza cuando ella empieza a surcar el aire, se queda con las castañas a medio camino de la boca. Es cierto que hay una suerte de libertad en sus movimientos, como si se estuviera liberando de algo, como si hubiera dejado su cuerpo atrás. Siempre tiene los ojos cerrados y Jasper se pregunta si sabe que tiene público. Puede que sea en eso en lo que radica su magia, en su absoluta falta de artificios. Es natural, real. Pero Jasper sabe que no es probable que un éxito tan repentino dure; tiene que diversificar su compañía, encontrar una nueva actuación que rivalice con la de ella. Tal vez también sea por eso que les encanta. Vuela como Ícaro, y están aguardando a que caiga.

Esa noche, tras vender unas cuantas sombrillas con su cara y todas sus existencias de figuritas de Nell, sueña con ella. Se ha transformado en una araña negra y pone huevos alrededor de la pista. Mil cuerpos frágiles salen de ellos y se liberan. Acróbatas, funambulistas, trapecistas. Sus crías tejen telas. Empieza a envolver moscas, a paralizar y a succionar. En sus redes quedan atrapados gorriones, halcones. Un mono retorciéndose. Jasper levanta la mano para la apoteosis final, pero ella se vuelve hacia él y le sujeta los brazos a los costados con vendas de seda. Cuando le clava los colmillos, toda la carpa aplaude.

Se despierta rígido, con un hilillo de saliva que va de sus labios a la almohada. Se dirige hacia el carromato de Nell y contempla cómo duerme, con el cabello dorado extendido sobre el edredón. No la comprende. Si le rodea el cuerpo con un brazo, como podría hacer con Peggy o Brunette, ella se escabulle. Su timidez lo desarma. No se le ocurre cómo meterla en cintura.

A la mañana siguiente, da comienzo julio, pegajoso y caluroso. Jasper sabe que no puede depender exclusivamente de Nell para atraer al público, que tiene que montar una compañía alrededor de ella. Abre su libro de contabilidad, con sus gruesas columnas de números grandes. Le tiembla la mano al leerlos, el corazón le late deprisa ante las posibilidades. Ganancias de dos mil libras a la semana, el doble de lo que le debe al Chacal. Ha sido precavido, ha ahorrado dinero, pero no es el momento de dejarse llevar por la autocomplacencia; tiene que aprovechar la ocasión, impulsarse mucho más arriba.

Durante los quince días siguientes, se reúne con agentes, comerciantes, artistas. Contrata tantas curiosidades interesantes que tiene que comprar nuevos carromatos para albergarlas. Es una urraca que se apodera de todo lo que brilla. Le hace una prueba a Hogina Fartelli, una mujer que puede interpretar *La Marsellesa* y apagar una vela desde un metro de distancia soltando ventosidades. Contrata más enanos, dos videntes, un extraordinario ermitaño que se recluyó diez años en un iglú en Dalkeith, un *fantoccini* que ha actuado con sus marionetas ante la baronesa Rothschild, una chica langosta que ha viajado por Rusia, América y Francia. La coloca en un acuario que calienta con lámparas de aceite. El público enloquece, silba, golpea el suelo con los pies. Su circo se convierte en el más extraño, alcanza las cotas más altas.

Para cada nuevo prodigio construye una historia en la que lo fabuloso se mezcla con lo científico. Al hacerlo, los inventa, los fabrica, los crea. La madre de la mujer león fue atacada por un gato salvaje durante el parto. La madre de la chica langosta se desmayó un día al ver una gran captura.

Sus apariciones en la prensa se hacen famosas. Navega en una barca de remos por el Támesis, sentado frente a su leopardo domesticado con las mandíbulas desdentadas. Monta una cebra y recorre Savile Row, y más tarde uno de los espectadores le dice que es lo único de lo que los caballeros encopetados y las señoras han hablado en días.

Diseña un intrincado esquema de lámparas de gas: lámparas de pie, a los lados y suspendidas del techo. Crea un sistema de control con un regulador principal, ramales, conductos, otros reguladores secundarios y válvulas. Puede aumentar o reducir el brillo de las lámparas de alrededor de la pista solamente con una rueda, así que despide a los muchachos encargados de las velas.

Cada semana, le escribe cartas a la reina en las que menciona todo aquello que los pueda relacionar, como que Toby fue un «afamado fotógrafo de Crimea» e hizo el retrato del príncipe Eduardo de Sajonia-Weimar en Varna a petición suya. Le explica que él atacó Sebastopol, que montó ese circo con los restos de la guerra, que algunos de los caballos todavía llevan la marca de un regimiento ruso. Le cuenta que su espectáculo está lleno de prodigios vivos, de números que nunca ha visto, y le suplica que vaya a verlo. Otros empresarios circenses aseguran que es imposible engatusarla para que salga; que se ha envuelto en crespón negro y se ha encerrado, pero él no se lo cree.

Piensa que a lo mejor tendría que aumentar también su colección de fieras, que ese es el señuelo que la atraerá. Una tarde lúgubre, visita los almacenes que bordean el Támesis en los que adquirió a Minnie. Lo conducen hasta unas salas con el techo abovedado y paredes que rezuman humedad, donde los animales andan de un lado a otro, arañan y gimen. Recorre tranquilamente las jaulas, acaricia pelajes, plumas y escamas. Se mete la mano en el bolsillo y ofrece billetes a cambio de diez cebras, una tortuga gigante, dos leones marinos, un tapir, cuatro tucanes y un león más grande que ninguna bestia que haya visto antes. Trescientas libras por ese animal del color del sebo, con los músculos tensos por la rabia contenida. Lo mira fijamente a los ojos. El animal no parpadea. Sus ojos son tan grandes y negros como ciruelas.

—El rey de las llanuras —dice—, en el Circo de los Prodigios de Jasper Jupiter.

Pero cuando recoge la jaula y la lleva por Londres con una cuadrilla de trompetistas, el animal, tembloroso, apenas puede sostenerse de pie.

Y aun así... Y aun así, a pesar de haberse gastado casi todo el dinero, sigue visitando a su agente, arrellanándose en su roñosa butaca y preguntándole si tiene algún prodigio realmente excepcional en sus libros.

—Todavía me queda algo de pasta, Tebbit —afirma—. Y necesito otro prodigio tan extraordinario como Nell.

—Tengo un gigante y dos esqueletos vivos...

—No, no, no —dice Jasper—. Tiene que ser algo que la reina no haya visto nunca. Algo verdaderamente novedoso.

—Comprendo —dice Tebbit quitándose pelos de gato de su traje manchado—. ¿Por si otro empresario circense te roba a Nell?

—¡No! —exclama Jasper horrorizado. Se seca la frente—. Dios no lo quiera. Tendría grandes dificultades si alguna vez se fugara.

Se frota el cuello y piensa en sí mismo degollado como un cerdo y con un chelín sujeto entre los dientes. Es la tarjeta de visita del Chacal, según le han dicho. Un caballero encopetado fue asesinado la semana pasada porque debía cinco pagos. Pero desde el incidente de la cabra muerta, Jasper ha hecho sus pagos a tiempo, el último ayer mismo. Tiene una semana para reunir mil libras más y está seguro de poder ganar el doble de eso, puede que incluso el triple.

El agente saca un álbum lleno de *cartes-de-visite* de «artistas, todos ellos disponibles, todos ellos a punto, los mejores de la industria». Jasper echa un vistazo rápido a extremidades mal desarrolladas, cráneos encogidos, faquires y suelta:

—No estoy interesado en ninguno de ellos. Te he dicho que quería algo verdaderamente novedoso. Si quisiera un manco, iría a una tienda de Whitechapel.

—¿Y encontrarte con uno de tus viejos compañeros?

—No digas tonterías —suelta Jasper.

La idea lo pone enfermo. Inspira hondo. Que alguien tan cercano a él, que incluso él mismo si el destino le hubiera deparado una suerte distinta en la guerra de Crimea, pueda ser exhibido, ridiculizado e incluido en esos carteles como un prodigio...

—Una auténtica maravilla —repite Jasper retomando el hilo—. Eso es lo que estoy buscando.

Tebbit hace una pausa y se pasa las palmas de las manos por la barba incipiente. Le cuenta que hay una niña a la que ha incluido hace tan poco tiempo en sus libros que todavía no ha calculado su valor de mercado. Su madre ha empezado recientemente a exhibirla en una galería, cerca de Piccadilly.

—¿Y qué tiene de novedoso?

—Es albina. Una maravilla poco común. Exquisita. Es la mejor pequeña mortal que se ha exhibido jamás, según me dicen.

—¿Cuántos años tiene?

—Cuatro.

—¡Cuatro! No quiero incorporar a una niña.

—A una niña la puedes controlar. Es tuya. Puedes decirle que eres su padre si quieres. Mantenerla pegada a ti. Charles Stratton tenía esa misma edad cuando Barnum se lo alquiló a sus padres.

—Hummm...

—Míralo de este modo —suelta el agente inclinándose hacia él. Se frota las manos como si se las aclarara de un jabón invisible—. No querrás ser eclipsado, ¿verdad? En Estados Unidos hay una niña albina, Nellie Walker...

A Jasper le irrita el nombre.

—... de nueve años. Exhibida junto con su hermano como los Gemelos Blanco y Negro. Si es que es realmente su hermano... Bueno, eso no importa. A lo que me refiero es a que la novedad solo dura un tiempo. Si Nellie hace gira aquí, habrás perdido tu oportunidad. Esta es tu ocasión de rebañar el entusiasmo. —Hace el gesto de pasar un pedazo de pan alrededor de un cuenco.

—Y esta niña de tus libros, ¿es auténtica? —pregunta—. ¿No es ningún engaño? ¿No una madre con un tarro de tiza? No puedo permitirme un paso en falso, no ahora que mi espectáculo está creciendo, que mis finanzas todavía no son seguras...

El agente pasa rápidamente las páginas hasta el final del álbum y presiona una pequeña imagen con el pulgar.

—Aquí está. Mírala tú mismo. Se llama Pearl.

Jasper se pone los quevedos. Trata de ignorar la respiración entrecortada del hombre, el sonido áspero del aire al pasar a través de la mucosidad.

—¿Y bien? —quiere saber Tebbit.

La niña mira a la cámara con los ojos entrecerrados, la cara forzada. Sus ojos y sus pestañas son pálidos. Lleva una cinta atada alrededor de la frente. Tiene un ligero prognatismo y un cabello blanco que recuerda un diente de león. Un ángel. Adquirirla sería un riesgo; solo le quedan unos cientos de libras. Bastaría con un pequeño incendio, una enfermedad, una semana de lluvias...

Le resulta conocida. Está seguro de haberla visto antes. ¡Pues claro! Chasquea los dedos. Un chico pregonaba noticias sobre ella tras la primera visita de Jasper al Chacal. «¡Un fenómeno extraordinario! Pearl, la Niña Blanca como la Nieve. Expuesta viva en...».

—Está siendo exhibida en la Regent Gallery, ¿verdad? —pregunta Jasper.

El agente asiente.

—¿Quieres que organice una reunión? —dice.

Jasper se da unos golpecitos en el bolsillo donde guarda los billetes, al lado del anillo.

—No te molestes —responde tras una pausa—. A estas alturas casi todo Londres la habrá visto.

24

Toby

—Creo que esta es mi favorita —afirma Jasper tomando una pipa que luce su cara. La enciende y chasquea la lengua—. Como si me ardiera la chistera.

Toby lo mira mientras recoge las demás baratijas. El humo se espesa en el carromato y las palabras y los gestos de su hermano desaparecen en él. Toby se lleva la copa a los labios. Está pendiente de los sonidos del exterior: la voz de Nell, los pasos rápidos de ella y de Stella al volver del jardín. Oye su risa y se estremece.

Tras el encuentro en el emparrado, se plantó delante del espejo. Notaba el rastro de las manos de Nell, recordó como había dibujado unas largas enredaderas en su cuerpo, rodeándole el ombligo como una abeja polinizadora. Se levantó la camisa. Su barriga, salpicada de vello oscuro, era grande pero no estaba flácida. Su piel era pálida. «Normal y corriente», pensó. Ojeó su libro de artistas, posando el dedo en sus imágenes favoritas. Minnie, cuya piel había cubierto de flores. La pintura humana del espectáculo de Winston. Lo cerró con cuidado, le dio la vuelta al espejo y lo dejó de cara a la pared. Él no sería suficiente para ella. Era Nellie Luna. La había visto surcar el aire bajo la barquilla, había oído los cánticos que le llegaban desde la gradería y leído los exquisitos artículos que hablaban de ella en todos los periódicos de gran formato. Todo Londres la quería; ¿quién era él para tenerla? Los días posteriores le producía un placer perverso negarse a dirigirle una mirada siquiera. Entonces pensó que la muerte de Dash había servido para algo: había repercutido en su infelicidad.

—Tengo la impresión de que está ocultando algo. ¿Crees que tiene un enamorado?

Toby, sobresaltado, siente una punzada de miedo en el pecho.

—¿Nell? —pregunta.

—Nell, no. —Su hermano lo mira con los ojos entrecerrados—. Estoy hablando de Brunette.

Toby trata de esbozar una sonrisa. Vuelve a tener la sensación de que su hermano sabe lo que piensa. Se baja las mangas.

—Yo la veo como siempre —comenta, pero habla con dificultad.

Ha bebido demasiado. La vela proyecta sombras con forma de enredadera que dibujan una selva tropical en las paredes. Levanta el brazo, se imagina esas figuras danzando sobre su cuerpo.

—No me puedo permitir perderla —asegura Jasper—. No cuando la situación es tan precaria. Puede que Nell sea la principal atracción, pero gran parte del público viene también por Brunette.

—¿Precaria? Pero estás llenando la gradería dos veces cada noche. El dinero entra tan rápido que casi no podemos ni contarlo. —Le viene algo a la cabeza. Se inclina hacia delante—. ¿Cuánto pediste prestado, Jasper? ¿Cinco mil?

La sonrisa de Jasper se desvanece.

—¿Cinco mil? —repite en un tono algo burlón.

—¿Cuánto?

—Veinte.

—¿Veinte mil? —Toby se queda boquiabierto—. ¿Veinte mil libras? ¿A un usurero de los barrios bajos?

—No me mires así.

—¡Pero si son unos carniceros! Te despellejarán. Te matarán

para cobrarse hasta el último penique. Te hundirán. —El corazón le late con fuerza—. ¿Cómo has podido ser tan insensato?

—¿Insensato? —suelta Jasper poniéndose de pie.

Toby tendría que parar, pero no puede.

—¿Qué harás cuando llegue el invierno? —dice gritando cada vez más alto, la voz más afligida—. Siempre hay un bajón en el negocio...

—Alquilaré un hipódromo.

—¿Cómo? ¿Dónde?

Jasper da un puñetazo en la mesa haciendo saltar su copa.

—¿Acaso no es magnífico mi espectáculo? ¿Acaso no está todo el mundo hablando de él? Estamos llenando la gradería...

Toby mira fijamente a su hermano, que de repente parece insignificante, vulnerable. Tiene la piel de la garganta pálida, tensa en la zona de la nuez de Adán. Piensa en cuando eran niños y Jasper se colaba en su habitación y lo abrazaba. Dos corazones que latían juntos. Tan próximos que se sentían como dos flores en un mismo tallo.

—Tú no lo entenderías. No sabrías cómo asumir un riesgo, lo importante que este espectáculo me hace sentir.

Toby agacha la cabeza. Siente un dolor agudo, como si se le estuvieran agrietando las costillas. La sombra de la vela llena de dibujos sus brazos. Sabe que su hermano tiene razón.

25

Jasper

Después de irse Toby, Jasper no puede dormir. Debería estar feliz, satisfecho con la expansión de su espectáculo, con sus nuevos artistas y animales. Pero el miedo de su hermano le preocupa; mira su libro contable, la salida constante de libras y guineas que no ha considerado. Comida adicional para los animales, reparación de carromatos, aumento de sueldos; pequeños gastos que aumentan rápidamente. Algo parece desatado, fuera de control; imagina la puerta de la jaula de su lobo abierta y a su animal paseando sigilosamente por Londres.

Se pone las botas y va deprisa a ver a los animales, saludando con la cabeza a los mozos que los vigilan por la noche. El vértigo se apodera de él, como si un abismo se abriera bajo sus pies y tuviera todo lo que ha construido amontonado tras él. Por un instante, anhela absurdamente su viejo espectáculo, cuando conocía los nombres de todos los que participaban en él, cuando tenía tan poco que perder.

Sigue adelante, pasa frente a los leones, frente a los leopardos, que caminan de un lado a otro, y frente a los leones marinos, que se deslizan por su acuario de metal. Levanta la cortina que cubre la jaula de sus animales favoritos, busca el cerrojo. Está bien cerrado. Exhala su alivio. «Familias felices», lee, escrito con letra armoniosa. Con la repentina luz artificial, la liebre y el lobo alzan la cabeza con los ojos entrecerrados. Ve como la liebre mueve las extremidades para apretujarse contra el lobo, dejando al descubierto su vientre blanco. Desea brevemente que el lobo ataque, que ejerza su verdadera naturaleza. Demasiados años de ansias reprimidas. Está gordo porque no puede permitirse que tenga hambre.

«¿Quién es el lobo y quién la liebre?», le había preguntado a su hermano, como si hubiera alguna duda.

Y entonces, con una claridad repentina, se da cuenta de lo que le inquieta. Su espectáculo está asegurado, sus finanzas se recuperarán, y pronto. Es Toby; eso es lo que está fuera de lugar.

Se acerca al carromato de su hermano, con su pintura negra desconchada y el conocido olor a productos químicos que desprende la ropa que lleva. Piensa en Toby, encorvado, incapaz de mirarlo a los ojos. La tristeza de su voz. Su hermano le está escondiendo algo. Pero él se lo sonsacará, lo observará más atentamente si es preciso. La última vez que se olvidó de Toby, todo su mundo se partió por la mitad.

Saca el anillo de oro y lo hace girar entre sus dedos. «E. W. D.». Edward William Dashwood. Recuerda la discusión que tuvieron Toby y él aquella fría noche en que Dash conoció a Stella.

Había corrido la voz sobre las veladas de Stella, fiestas depravadas en las que los hombres se despertaban vestidos con bombachos de mujer o con el bigote afeitado. Todo el mundo tenía algo increíble que contar sobre ella:

—La mujer de las mil mentirijillas —bromeó Dash—. Thomas me ha contado que lleva pantalones de hombre y que su caballo se murió porque le dio demasiado champán. Hasta he oído que tiene barba.

—Barba —dijo Jasper—. ¡No es posible!

—Me gustaría conocer a ese torbellino y comprobarlo personalmente —comentó Dash.

Jasper esperaba que los rumores hubieran distorsionado tanto su imagen que fuera imposible reconocerla, ya que, en realidad, se trataba simplemente de la esposa de un soldado más con gusto por la depravación. Crimea estaba llena de mujeres después de todo, unas con reputaciones más desenfrenadas que otras. Damas que hacían turismo, enfermeras exhaustas de manos rosadas, abastecedoras del ejército y lavanderas, *cantinières* francesas con sus bonitos pantalones rojos. Seguidoras que habían extraído un guijarro blanco de una bolsa con otros negros a las que se les permitía unirse a sus maridos en la marcha. Algunas de las esposas de los oficiales se sentaban en los vapores a beber champán, dándose aire con abanicos de seda; otras despreciaban esa forma de vida y se vestían con trajes de cuero. Tenían sus preferidos: hombres a los que disfrutaban viendo en combate.

A veces, cuando Jasper arengaba a sus hombres antes de entrar en batalla, miraba de reojo a Dash, y era como si su propia cara se reflejara en él: otro empresario circense que se lanzaba a aquellos valles cubiertos de hierba.

Juntos, mataban a rusos con gestos exagerados, rajando, cortando y segando vidas, como si los hombres fueran campos de heno que había que cosechar. Notaban los ojos de las espectadoras sobre ellos, observándolos, admirándolos, y eso convirtió todo el asunto de la muerte en un juego. Jasper se preguntaba si, en caso de no haber público, habría visto la guerra de otro modo, como algo real, si los gritos le resonarían después en la cabeza, si los cadáveres lo perseguirían en sus pesadillas.

—Esta noche celebra una velada —dijo Dash.

Estaba entusiasmado e ilusionado como un niño cuando entraron en la tienda de Stella. Toby los siguió hasta allí. A Jasper le encantaba ver con qué facilidad podía hacer sonreír a su hermano, simplemente entrelazando su brazo con el de él.

La tienda de Stella era como una carpa turca. Unas esteras de color chocolate cubrían el suelo. Había bancos llenos de cuencos de plata con varias clases de ciruelas, jarrones con flores de papel de seda. Se sentaron y sorbieron champán de tarros de mermelada. Todo el mundo observaba a Stella y la barba que le crecía en las mandíbulas. Ella se puso a cantar como un pájaro.

—Canta como un petirrojo —soltó alguien, y ella interpretó perfectamente su trino.

—¡Un ruiseñor! —gritó Jasper.

Stella adoptó una expresión altiva.

—El brandi es la ruina de muchas buenas enfermeras. —Cogió una lámpara de la mesa para imitar a Florence Nightingale, el Ruiseñor de Florencia—. Ahora dejadme recorrer las salas con mi puñetera lámpara. ¡Enfermera! ¡Enfermera! Deje de charlar con ese soldado herido o le meterá los dedos entrepierna arriba antes de que yo pueda decir amén.

—Florence, Florence, Florence —empezaron a corear los hombres mientras golpeaban las mesas con sus vasos.

En ese momento, Jasper se dio cuenta de que la guerra había empezado a pasarle factura: el invierno le provocaba dolor en las articulaciones y siempre estaba rodeado del hedor de hombres coléricos. ¡Hay que ver lo mucho que necesitaba una velada así para recuperar el ánimo! Se volvió para compartir una carcajada con Dash, pero él estaba mirando fijamente a Stella. No apartó los ojos de ella ni cuando le dio un codazo. Y entonces vio que ella también se había fijado en Dash y que le dirigía miraditas entre acrobacias y melodías piadas.

—Un día Toby y yo tendremos una compañía y ella será la actuación principal —aseguró Jasper; al oírlo, su hermano se animó.

—Entraremos montados en camellos —añadió Toby—. Con capas rojas.

—Pondré a Stella sobre un columpio o sobre una cuerda floja —dijo Jasper.

—No si me caso antes con ella —soltó Dash, e hincó el diente en una ciruela en conserva rasgando su suave pulpa roja.

—No digas tonterías —soltó Jasper, y rio—. ¡Casarte con ella!

Se calló cuando Stella se acercó a ellos. Alargó la mano, pero ella la rehusó y se aposentó bajo el brazo de Dash, como si ese fuera su sitio. Dash se inclinó hacia delante y le besó la frente. Fue un gesto tan tierno que Jasper tuvo que desviar la mirada.

—No me has dicho que ya os conocíais —dijo Jasper—. ¡Serás cabronazo!

—No nos conocíamos —respondió Dash.

Ella les dijo que lo había visto en la colina de Cathcart: Dash, a lomos de su caballo blanco. Le gustaba cómo luchaba. A ella le gustaría poder combatir también, pero tenía que conformarse con verlo todo a través de un catalejo.

—¿Y a mí? ¿Me has visto? —quiso saber Jasper, pero Stella no pareció oírlo.

Ella y Dash hablaron tanto rato que los hombres empezaron a gruñir que se les había prometido un espectáculo y querían ver el final. Stella tomó un trago de vino y les espetó que se buscaran una rata hambrienta en una bodega que hiciera lo que le pidieran, que ella no era un mono de feria para bailar a su son. Jasper siguió intentando captar la atención de Dash cuando Stella inclinó su frente hacia la de él; pensó que aquello tenía que ser una broma.

Finalmente se rindió. Se volvió hacia Toby para hablar con él y vio en el rostro de su hermano una expresión que fue incapaz de interpretar, como si estuviera encerrado en sí mismo. Se asustó un poco. Le sacudió el brazo.

—¿Toby? —dijo, y su hermano parpadeó como si se hubiera despertado de pronto.

Empezó entonces a hablar de las fotografías, de las mentiras que estaban contando. Jasper bostezó; Toby parecía no saber hablar de otra cosa, y además él estaba intentando escuchar la conversación de Stella y Dash.

—Supongo que querréis estar solos —comentó esperando que su amigo lo contradijera.

Pero no lo hizo, y él y Toby regresaron a su tienda sin Dash, adormilados y borrachos de champán. Hacía frío, la escarcha hacía crujir la tierra y los hombres tiritaban bajo las delgadas lonas de las tiendas.

—Parece que tendrás que conformarte conmigo ahora —dijo Toby, y Jasper lo vio disimular una sonrisa.

—¿Qué? —Rio entre dientes—. Oh, Dash solo está bromeando. Mañana se partirá de risa. ¿Una mujer barbuda?

Pero había algo en la actitud posesiva de Toby que le irritaba, como que se alegrara de que Dash lo dejara colgado. La bebida le había afilado la lengua y las palabras le salieron fácilmente, más cortantes de lo esperado.

—Tú siempre estás tan callado, ¿verdad? Tan atento.

—¿Qué?

—¿En qué piensas mientras nos rondas cada noche? Te quedas sentado ahí, como un oso estúpido, sin decir una palabra. —La expresión vacía de Toby lo espoleó. Cogió un palo y lo tiró hacia un árbol—. Es como si fueras una gran y pesada... —extendió los brazos en busca de la palabra—... sombra. ¡Estás vacío! No hay nada ahí.

Habría sido más fácil si Toby hubiera respondido a sus palabras con un gruñido, si hubiera alzado incluso un puño, pero se limitó a agachar la cabeza.

«¡Lucha, maldita sea —quiso decirle Jasper—, muestra algo de carácter! ¡Algo de vida!».

Pero era como si su amistad con Dash le hubiera hecho ver aquello de lo que su hermano carecía, aquello que él deseaba que fuera. Se acostaron en sus respectivos colchones y ninguno de los dos habló.

Esa noche soñó con cadáveres putrefactos, con una mano muerta en su cuello. Se despertó tembloroso y se sirvió un vaso de vino blanco del Rin. No sucumbiría al miedo, no se hundiría como tantos otros hombres. Como Toby. Se dijo que Dash y él eran distintos, más fuertes; ellos habían decidido disfrutar de esa guerra y ese era el único modo de sobrevivir a ella. Se puso las botas y salió sigilosamente antes de que Toby se despertara. Se encontró a Dash y a Stella comiendo juntos pan y beicon hervido, su aliento convertido en un gélido vaho y sus cuerpos acurrucados uno contra otro.

—Voy a casarme con ella —anunció Dash.

—Va a casarse conmigo —repitió Stella, que tenía las mejillas manchadas de colorete.

—Por supuesto —dijo Jasper, y se plantó entre los dos.

A la mañana siguiente, Jasper mira a Toby por el rabillo del ojo, prestando solo una vaga atención a sus tareas habituales. Cuando apenas son las diez, lo ve cruzar la verja.

No le cuesta nada seguirlo. Su hermano sobresale una cabeza por encima de la mayoría de la gente. Cruza el Támesis y Jasper lo sigue. Enfila el Strand y Jasper va tras él. Pasa por el Lyceum Theatre, donde vio actuar por primera vez a Tom Thumb, recorre el laberinto de Covent Garden. Entonces Jasper dobla hacia New Street y ve que su hermano ha desaparecido. Corre hasta el final de la calle y vuelve sobre sus pasos. No hay ni rastro de él. Echa un vistazo en la panadería, en el afilador, en una trapería que vende mercancía robada. Vacíos. Toby tiene que estar en el edificio siguiente. Unas cortinas de encaje sucias cuelgan de la ventana. «Hombres y mujeres tatuados», reza el letrero.

Jasper sonríe. ¡Un prostíbulo! El muy perro, ¡un establecimiento tan vulgar además! Por eso se comporta de un modo tan peculiar. Ha estado guardando ese sórdido secretito, el de que va ahí a escondidas cada mañana. Es la vergüenza lo que le hace apartar los ojos de los de Jasper, lo que le hace moverse y retorcerse nervioso en su silla.

Podría esperarlo, pero no quiere que sepa que lo ha seguido. Además, tiene un espectáculo al que dar forma y no le gusta el aspecto que tiene una pequeña multitud de niños.

—¡Largo! —brama dando golpecitos con el bastón de marfil, y ellos le enseñan los dientes; tienen las caras tan delgadas que parecen calaveras sonrientes.

Se dice a sí mismo que lo tiene todo bajo control; Toby se equivocaba al alarmarse por la deuda, por la inversión que ha asumido. Ha construido su mundo con tanto esmero que no puede derrumbarse.

26

Toby

—Por aquí, caballero —dice la mujer a Toby.

Es menuda y rubicunda. Lo conduce hasta una sala donde unos boles humeantes de aceite caliente disimulan poco el olor a vómito. Dirige la mirada hacia el diván sucio, la mesita con agujas con el mango de marfil, una pipa de opio con brasas.

—Mi vivero —dice con orgullo.

Helechos y orquídeas descansan en tarros de cristal tiznados y hay un terrario con pequeñas serpientes rayadas, lagartos y ranas.

Toby se sujeta la muñeca, el pulso le late con fuerza.

—Dígame, caballero —prosigue—. ¿Qué desea?

Toby abre la boca, pero no encuentra las palabras. En la oscuridad de su carromato, la idea parecía muy sencilla, pero ahora se sonroja, mira fijamente la puerta y se plantea marcharse.

—¿Señor? —pregunta la mujer dando unos golpecitos impacientes con el pie en el suelo—. ¿A qué ha venido?

—Quiero... —dice tartamudeando—. Quiero que me pinte todo el cuerpo.

—No es pintura. No se va al lavarse.

—Ya lo sé —asegura Toby.

—¡Y todo el cuerpo! —Hace una mueca—. Es usted un hombre corpulento, si me permite que se lo diga. Un hombre voluminoso. Llevará tiempo, y dinero. Por lo menos seis de mis chicas trabajando a la vez durante semanas. Y es más doloroso de lo que se imagina.

—Por favor —dice Toby, y cuando se lleva la mano a la bolsa, a la mujer se le iluminan los ojos.

—Muy bien —dice.

Toby se acuesta en la cama y la mujer empieza a trazarle el contorno de varias flores con tinta. Un jardín le florecerá en los muslos, un bosque encantado en la espalda. Toda su vida ha quedado relegado a un segundo plano. Ha clavado estacas, sacado fotografías, cargado tablas, fijado yuntas de carromatos; tiene el cuello entumecido por el peso de la deuda. Siempre con el ojo tras la lente, observando sin participar jamás. El resentimiento ha hecho mella en él. Pero Nell le ha hecho anhelar algo más, una vida diferente, una historia diferente. Quiere ser igual que ella, igual que Stella, que Jasper, que Violante. Se está transformando en un espectáculo, está saliendo de la sombra de Jasper. Es un acto tan atrevido que lo enferma solo pensarlo. ¿Se pondrá furioso Jasper, estará agradecido, horrorizado? Tal vez le dé por fin una oportunidad. Ahora podría entrar montado a camello como imaginaron en su día, con la piel reluciente y captando la luz proyectada por las lámparas de aceite. Podría llevar una capa roja y botas doradas, y cuando el público aplaudiera a rabiar, podría mirar a su hermano. Entonces serían iguales.

La mujer levanta un espejo y él vuelve la cabeza para verse.

—Peonías y orquídeas —dice orgullosa presionando la parte derecha de su columna vertebral, la parte posterior de sus costillas—. Granadas. Un tordo. El huevo de un petirrojo. Y una serpiente para el paraíso.

Después de eso, enciende una pipa de opio y hace que le dé una calada.

—Para el dolor —le explica.

Toca una campana y aparecen cinco chicas más, despeinadas como si acabaran de levantarse. Prostitutas, probablemente. Toby recuerda a la chica de cabello negro de Varna.

Cuando el primer espasmo de dolor le sube por la espalda, gime, retuerce las piernas. Ese jardín lo liberará. Piensa en la Sirenita, en como le cortaron la lengua por amor y en como cada paso era como si pisara una hoja afilada. Ella cambió su cola por unas piernas y unos pies; y lo hizo por amor, porque anhelaba algo que no tenía, porque quería un nuevo cuerpo y una nueva vida con él. Las agujas le rasgan la piel. Eso lo volverá extraordinario.

Con la cabeza vuelta hacia un lado, observa la alquimia con la cabeza nublada por el dulce humo del opio. Cenizas agregadas a un polvo brillante, una mezcla tan delicada como la de los líquidos que él usa en su carromato para las fotografías; escenas prístinas inmortalizadas en papel.

—Una fotografía vale más que mil palabras —dijo un comandante cuando Toby le entregó su quinto paquete de imágenes.

El hombre afirmó que la desaprobación pública estaba menguando. Al mirar esas fotografías, cualquier idiota podía ver que los soldados se lo estaban pasando espléndidamente, que cualquier preocupación era una soberana tontería. Añadió que era asombroso el cambio que habían supuesto las máquinas modernas. Ofrecían una impresión exacta de cómo eran las cosas y la hacían llegar a millares de salas de estar en quince días.

Toby asintió, reconfortado por los elogios. Había cuidado sus imágenes como si fueran exposiciones de jabones o de frascos de perfume. Había preparado escenas soleadas con hombres rollizos, bien equipados. Pero en lugar de eslóganes como «¡Jabón de azufre de Bonnie! Embellece el cutis», podrían rezar «¡Guerra de Crimea de Inglaterra! ¡Mejor que la Navidad!».

Sin embargo, esa noche Toby tembló en su tienda mientras oía los gemidos de los agonizantes, el estruendo regular de las armas. Cerró los ojos e imaginó su casa en Mayfair, donde habían crecido, y como cada noche Jasper entraba a hurtadillas en su habitación, se metía en su cama y sus cuerpecitos entraban en calor bajo las sábanas.

Dio un brinco al oír explotar un proyectil. El colchón de su hermano estaba vacío. Seguía fuera, de juerga con Dash y Stella.

Habían dejado de invitarlo; hacía mucho que se había olvidado del atisbo de esperanza de que Stella y Dash excluyeran a Jasper y que, de ese modo, los hermanos volvieran a estar juntos. De hecho, los tres eran inseparables. Empezaba a preguntarse si aquello no sería solo una fase, si no terminaría cuando la guerra hubiera acabado. Se dio la vuelta, medio dormido. Le acudieron a la cabeza unas imágenes: Dash asesinado por un francotirador ruso. Dash despedazado por un proyectil. El consuelo que Toby podría dar a su hermano.

Para reducir su miedo se recordó a sí mismo el circo; un día se haría realidad. Se aferró a la idea como un hombre que se ahoga lo hace a una balsa. Después de eso, todos los días imaginaba las escenas tal como las había descrito su hermano. Los leones marinos manteniendo pelotas en equilibrio sobre el hocico. Un espectáculo de variedades, con actuaciones como la de Charles Stratton y los siameses Bunker. Jasper y él con los brazos entrelazados, con chisteras a juego. Durante varios minutos seguidos era capaz de olvidar el sonido de las mulas con camillas que transportaban los cadáveres a las fosas comunes. Pequeños fragmentos de luz, color y música le explotaban en la mente, tan cautivadores como un truco de circo.

El día de Navidad no hubo alegría, solo palabrotas de los hombres que se esforzaban por encender sus estufas, pues la delgada placa de hierro era demasiado endeble para sus brasas. Toby no dejó de mirar al suelo mientras se dirigía hacia la tienda de Stella, que había pagado a un soldado francés para que cocinara una oca.

—La cacé ayer por la mañana —anunció Stella.

—Esa es mi chica —soltó Dash—. ¿Te puedes creer que mi padre querría que me casara con una muchacha enclenque y callada que tocara el clavicémbalo?

—No tienes que rechazar los encantos de otra chica solo para adularme —dijo Stella haciéndole cosquillas bajo el mentón.

—Tú no conoces a lady Alice Coles. —Esbozó una sonrisa afectada y cruzó las manos.

—Y no me apetece hacerlo. —Les sirvió jarras de brandi—. ¿Le gustaré a tu padre?

—¡No, por Dios! —exclamó tan enérgicamente que Jasper se echó a reír—. Pero que me aspen si me importa.

Fue curioso el odio que invadió a Toby. Si eso lo hubiera dicho Jasper, lo habría admirado, pero en boca de Dash sonó a postureo. Tan puñeteramente galante como siempre. Deseó que Dash hubiera dicho algo infame; algo que hiciera que todos retrocedieran horrorizados, que demostrara que era el malvado que Toby creía que era. ¿Cómo podía Toby despreciar a alguien a quien todos los demás consideraban tan bueno, tan heroico? Y aun así lo hacía, con tanta intensidad que le oprimía el corazón.

Llegaron más soldados, que pagaron un chelín para entrar. Stella encendió la estufa y la tienda se caldeó. Unas *cantinières* llevaron soperas con pato salvaje y una paletilla de cordero con clavo. Stella cortó la carne, que sangró ligeramente en la bandeja de trinchar.

—Tengo un regalo para ti —dijo después de que los hombres estuvieran servidos, y dio a Dash una cajita azul—. Para tener la absoluta certeza de que tu padre no va a volver a hablarte.

Dash lo desenvolvió con cuidado. Toby se acercó más. Era un sello de oro, seguramente birlado del bolsillo del cadáver de algún ruso. Ella le había hecho grabar unas nuevas iniciales: E. W. D.

—¿Quieres marcar territorio? —preguntó Dash, y le dio un beso en la mejilla.

—Puedo ser tu testigo —afirmó Jasper—. Y después puedes encontrarme a mí también una muchacha disoluta, con barba o sin ella. Estaría bien darle un poco de vida a mi padre.

—No estoy enamorado de Stella porque quiera enojar a mi padre. No puedo evitarlo, como no puedo evitar la puesta de sol —soltó Dash.

La frase parecía extraída de una novela de amor. Toby tensó la mandíbula y los dedos se le pusieron blancos de tanto apretar el tenedor.

—¡Qué poético! —exclamó Jasper, e hizo ademán de vomitar.

Tras la comida, se sirvieron vasos de vino, oporto y jerez, y Toby se recostó en los cojines. Los demás empezaron una partida de cartas de un juego que él desconocía, por lo que pensó que podría echar una cabezadita. Alguien empezó a cantar villancicos y los hombres se le unieron con labios manchados de vino, arrastrando las palabras. Él se dedicó a escuchar a medias la conversación que tenía lugar a su lado sobre telegramas y cables cortados.

—Supongo que no escribirás a casa, a tu querido *Times*, sobre este banquete —dijo un hombre volviéndose hacia otro.

A Toby casi se le cayó la copa de oporto. ¿Sería él? ¿William Howard Russell?

—Insúltame si quieres, Thomas. No será la primera vez que oiga cualquiera de las calumnias que puedas lanzarme.

—No son calumnias —interrumpió alguien.

El oficial se secó los labios con una servilleta y se dirigió a él.

—Yo no llamaría calumnia a señalar que tus graznidos...

—¡Graznidos! ¿Es graznar exponer los hechos?

—Los hechos —repitió el hombre agitando una mano—. ¿Qué diantre son los hechos?

Russell pinchó una alita de pollo y señaló con ella al hombre. Pero en ese momento, un sargento sacó una trompeta y empezó a tocarla, y todo el mundo se quedó callado. Era una melodía triste, y Toby se sorprendió llorando.

La sala giraba a su alrededor, su hermano rodeaba a Dash con un brazo, Dash rodeaba a Stella con un brazo, todos los hombres se mecían hacia atrás y hacia delante. Todos eran amigos. Él estaba solo en un rincón. La desesperanza lo abrumó.

«Hechos», pensó.

«Toda historia es una ficción».

Miró a su hermano. El pequeño trozo de alfombra que los separaba podría haber sido un abismo. No sabía cómo solucionarlo, cómo encontrar la salida del laberinto oscuro y solitario en el que estaba atrapado.

27

Nell

Pasado otro mes en Londres, Jasper empieza a ofrecer audiencias privadas con Nell en casas de Mayfair y Chelsea. Un duque le escribe para suplicarle un mechón de su pelo. Le envían regalos espléndidos: collares de plata, ramilletes, frascos de perfume, un champán excelente con cuatro copas de cristal «con la forma de los pechos de María Antonieta».

Una noche, Jasper le pide a Toby que lleve a Stella y a Nell a una fiesta en Knightsbridge. Es casi medianoche cuando abandonan el jardín. Toby, sentado en el pescante, rasguña el esmalte mientras ella se sube al coche. Es solo Jasper quien la mira, Jasper quien le toca la muñeca demasiado rato cuando la ayuda a salir del carruaje una hora después. Le coloca las alas de alambre y plumas, más pequeñas, que lleva a compromisos como ese.

La casa parece idéntica a las que ha visitado hace poco, como una tarta cuidadosamente glaseada. Paredes verde azuladas, enlucido blanco, un desfile de mayordomos peripuestos y de bocaditos. Cangrejo con tostada, postre helado y merengues diminutos, manjares cuyos nombres solo conoce porque se los anuncian.

Cuando entran, el barón da una palmada.

—¡Aquí están los prodigios! —exclama con los labios carnosos manchados de vino—. ¡Aquí están!

Todo es rosa, desde la comida hasta las velas y los lavafrutas. Hay un salmón sin escamas expuesto en la mesa con rodajas de remolacha. Las señoras se sirven su carne suave y apartan las espinas con los cuchillos.

Nell sujeta con fuerza la mano de Stella y entra a trompicones. Los ojos están puestos en ella, los dedos la señalan, se oyen gritos ahogados.

—Tuvimos aquí al pequeño monstruo —dice uno de los hombres—, Tom Thumb. Amenazamos con hornearlo dentro de un pastel, incluso lo llevamos a la fuerza hasta la despensa.

Se ríe con ganas y pone las manos en el brazo desnudo de Nell a la vez que le acerca la mejilla barbuda a la oreja. Stella se sitúa entre ellos.

Durante las horas que pasan ahí, no paran de desfilar los títulos: el duque de Belford, la duquesa de Kinnear, la baronesa Rothschild. Pero no significan nada para Nell. Stella se mete cosas en la bolsa y ella la tapa para que no la vean. Un reloj en miniatura, unas pinzas para el azúcar y un abanico dorado que venderán mañana a un trapero.

—Arramblo con todo lo que veo —susurra, y guiña un ojo.

Una mujer sentada en una *chaise longue* chasquea los dedos.

—Venid —dice—. ¿O tendría que silbarles? Siempre tiene unos *lusus naturae* exquisitos en sus fiestas, Coles.

—Me gustaría estrangularla con sus propias perlas —susurra Stella.

La mujer chasquea de nuevo los dedos.

—Que alguien le lleve más vino a Alice; parece estar algo indispuesta. Coles, excelencia, su hija...

Una mujer pálida se recuesta en los cojines.

Stella inspira hondo.

—Debe de ser el susto de ver a estas criaturas —asegura un caballero.

—Vamos, querida Alice, vamos. —Una mujer le abanica la mejilla.

—Son unos cerdos, ¿verdad? —susurra Nell, pero Stella se

suelta el brazo y cruza la sala tan deprisa que casi tropieza con una mesita—. Discúlpenme, por favor.

Desde el vestíbulo, Nell le grita:

—¡Espera!

Stella sube los peldaños de la escalera de dos en dos. Nell la sigue. Nunca se dejan solas la una a la otra, especialmente cuando los hombres están tan borrachos.

—¿Qué pasa? ¿Qué ocurre?

Stella la introduce en una pequeña habitación. Está oscura, sin velas encendidas.

—Son idiotas —dice Nell—. ¿No dices siempre que no hay que hacerles caso?

—No es eso —responde Stella—. Me importa un comino lo que digan de mí. —Se seca los ojos como si esperara encontrar lágrimas.

Si se tratara de Peggy o Brunette, Nell la abrazaría, la reconfortaría, pero Stella es tan... Stella. Le pone una mano sobre el hombro, pero Stella se la aparta.

—No —pide.

—¿Qué ha pasado?

—Esa chica... —comenta Stella—. Esa chica... Su nombre era Alice Coles.

—¿Quién es?

—Estaba prometida con alguien a quien yo conocía. Con alguien a quien yo amaba.

—¿Dash? —pregunta Nell.

Stella asiente.

—Él murió cuando cayó Sebastopol.

—Vaya...

—Dijo que se casaría conmigo en lugar de con ella. Dijo que no la quería. —Alza los ojos hacia Nell, los tiene llenos de lágrimas. Se los seca con el dorso de la mano, se da una palmadita en la mejilla—. Menuda tontería, ¿no? ¿No es eso lo que los hombres te dicen siempre? ¿Que se casarán contigo? Tal vez si hubiera sobrevivido, habría descubierto cosas de él que no sabía.

Jamás se habría casado con un fenómeno como yo, aunque me hubiera quitado esto.

Nell la mira fijamente.

—Stella... —dice.

—No quiero tu lástima. —Se tira de los mechones de la barba—. Yo le pertenezco a mi público, ¿no? ¿Qué derecho tendría yo a casarme?

—Puede que él...

—No sabes nada —suelta Stella—. Eres una ingenua. Eres como Brunette, que cree que el mundo puede cambiar. Pero no va a hacerlo. —Alza la vista—. Hace tiempo creía que tendría mi propio espectáculo, que yo podría ser la empresaria circense.

—Podrías...

—No me hagas reír. —Hay un brillo apasionado en sus ojos—. Solo los hombres como Jasper llevan las riendas, eso es así. Solo su voz importa. —Se acerca más a Nell—. Esa mujer nos llamó *lusus naturae*. Me apostaría algo a que ni siquiera sabes qué significa.

—Por favor... —pide Nell, que parpadea para contener sus lágrimas.

—Al principio, creía que *lusus* significaba «luz». Suena parecido. —Hace una pausa—. «Broma». Eso es lo que significa, «broma de la naturaleza» —dice poniéndose de pie; las lágrimas le han dejado surcos en el colorete.

Nell se queda en la habitación oscura mientras los pasos de su amiga se alejan. Da un puntapié a una cómoda. Se sobresalta al oír el ruido que hace y respira regularmente para intentar tranquilizarse. Abre el cajón.

En el piso de abajo, alguien está recitando a voz en cuello un poema, unos versos que Jasper adaptó a partir de una canción compuesta para Jenny Lind.

Todo lo monstruoso habido y por haber,
gracias a ti, Jasper, aquí podemos ver:
como salidas de épocas pasadas,

criaturas altas, repugnantes y aladas.
Una chica langosta y una mujer osa,
un lobo, una liebre y su amistad hermosa.
De tu ilustre mano a nosotros han llegado,
y ahora a Nellie Luna has incorporado.

Le llegan sonoras carcajadas, aplausos.

«¿Quién es mi dueño?», se pregunta Nell metiendo la mano en el cajón. Recuerda lo que dijo Charlie, que le sucedería algo malo. Se dice a sí misma que está a salvo, que su vida ahí es deseable. Todos los días, Jasper cuenta a los periódicos más historias sobre ella. Nell lee cómo salió del huevo de un dragón, cómo fue hilada con luz de luna, cómo nació en un mar de fuego y calor. La sosa realidad de su vida, la granja de flores, el mar y Charlie, ha empezado a nublarse y desvanecerse. Hasta la verdad sobre cómo Jasper dio con ella, el dolor de su secuestro, queda borrada, convertida en una historia que no puede contar. «La encontré cogiendo estrellas del cielo y apagando sus pequeños fuegos en sus brazos». Jasper ha convertido su vida en la de él y con su pluma ha distorsionado la verdad. Se siente como una flor arrancada, con las raíces cortadas.

Piensa en bajar como un huracán, estrellando las licoreras de cristal contra la pared, volteando la mesa, tirando el salmón al suelo. ¿Se quedarían mirándola, chillarían? ¿Cómo contarían después esa historia, cómo la reformularían? Tal vez les gustara; sustituirían todo lo que rompiera con un gesto rápido de la mano y ella pasaría a ser simplemente una anécdota, un relato sobre una pequeña monstruo y su arrebato, alguien a quien no se puede controlar ni contener. Inclina la cabeza. No piensa darles esa satisfacción.

El cajón cruje. Acaricia la seda de bombachos, sombreros y cintas. Sus dedos tropiezan con una cajita. Será una sortija, un collar o dinero, algo que sería excesivo robar. Juguetea con el cierre. Es una navaja con el mango de nácar. La saca y prueba la hoja en su mano.

Antes de cambiar de opinión, se la guarda en el bolsillo y regresa corriendo al piso de abajo.

Stella se comporta como si no hubiera pasado nada entre ellas, como si la herida ya hubiera sanado y Nell se hubiera imaginado ese atisbo de tristeza. Los duques y las duquesas, borrachos, han abandonado su actitud estirada y se muestran tan obscenos como cualquier crápula o chica de revista. Un hombre quema el brazo de Nell con un puro y Stella se lo arrebata de la mano rechoncha y lo apaga en su copa de oporto. Nell espera que se enfade, pero él se echa a reír y se acerca aún más a ella. Una señora saca una jaula con un mono que parlotea; lleva una correa de seda al cuello.

—Mi querido animalito —le dice—. Mirad qué carita tan rara.

Cuando las velas se han consumido casi del todo y empieza a rayar el alba, Nell y Stella se van.

—Es un sueño —exclama Stella mientras bajan la escalera de mármol como si no hubiera estado llorando en la habitación oscura.

—Un sueño —repite Nell, y un hombre sale tras ellas con la camisa desabrochada.

Sujeta la mano de Stella.

—¡Déjame, animal! —suelta ella, y el hombre se ríe y le besa la mano.

Nell lo empuja, con la suavidad suficiente como para que no se ofenda.

Fuera, Jasper y Toby esperan en el pescante. El hombre estrella una botella de champán contra el carromato y vierte su contenido sobre el lomo de las cebras.

—Cuidado —dice Jasper, pero se ríe porque el hombre es rico.

Toby mira a Nell, apenas un segundo. Ella ansía alargar la mano, tirar de él hacia ella, oír su respiración rápida en su mejilla, sentir sus labios en su cuello, su cuerpo acurrucado contra el de ella. Quiere echar a Jasper del asiento, hacer el viaje junto a Toby y notar el aire denso de Londres en la cara. Pero él desvía la mirada y clava sus ojos en sus pies.

—¡Mírame! —grita, pero Stella la hace callar.

Cuando su amiga la acompaña al coche, ve que Toby sacude levemente la cabeza.

—Entra —dice Stella dándole un empujón. Jasper la mira con una sonrisa dibujada en el rostro—. Deja de portarte como un animal en celo. Estás borracha.

Pero Nell golpea el techo con la mano lo más fuerte que puede. Toby no la quiere.

—Para —dice Stella bajándole las manos—. Tienes que olvidarlo. Y tener cuidado.

—¿Por qué?

—Si eres lo bastante tonta como para no darte cuenta, no voy a ser yo quien te lo diga.

—¿El qué?

Stella sacude la cabeza y le muestra una bolsa tintineante.

—Mira lo que he birlado —comenta mientras va sacando cucharillas, pisapapeles de porcelana y monedas.

—¿Por qué tendría que tener cuidado?

Stella la ignora. Coge unas pinzas para el azúcar.

—Mira lo que me he llevado —dice.

—¿Son de plata?

—Arramblo con todo lo que veo —suelta Stella, y rodea los hombros de Nell con un brazo—. Un día, toda esta plata me permitirá comprar una compañía magnífica.

Tal vez sea su forma de olvidarse del disgusto de antes. Nell la mira y decide seguirle el juego.

—Entraremos montadas en elefantes —asegura.

—Te enseñaré a hacer acrobacias sobre el trapecio.

—¿Cómo nos llamaremos?

—Las Hermanas Voladoras.

—Y nos perteneceremos solo a nosotras mismas.

Golpean con los pies los asientos acolchados del carruaje; allí dentro solo están ellas dos. Solo ellas mientras atraviesan la ciudad entre sacudidas, pasando ante edificios tan grandes y tan blancos como la luna. A Nell se le deshace el nudo que tenía en el estómago, y se ríen sin motivo alguno.

28

Jasper

Se dirigen a toda velocidad hacia el puente de Londres. Las barrigas anchas de las cebras se bambolean.

«¡Mírame!», gritó Nell, y Jasper vio su cabello suelto, las lágrimas en sus ojos. Mostró cierta falta de comedimiento que no le había visto nunca. Ahora la oye reírse dentro del carruaje. Ha estado a punto de visitarla muchas veces en su carromato por la noche, pero hay algo que lo detiene, una parte de ella que se resiste a ser sometida. Como si al tocarla, fuera a romperla.

Antes solía visitar a Stella, pero la ha estado evitando desde la noche en que sucedió lo del anillo. Le da vueltas. El oro está deslustrado. E. W. D. Edward William Dashwood. Recuerda las extremidades magulladas, los dedos fríos, la dificultad de deslizar el anillo por encima del nudillo. Sujeta el brazo de su hermano y lo aprieta.

—¿Qué pasa? —pregunta Toby mirando a las cebras—. ¿Qué te preocupa?

Jasper mira a su hermano y ve que no puede responderle.

—Es por el usurero, ¿verdad? —sugiere Toby dándole palmaditas en el brazo.

—Mañana le pagaré.

—¿Cuánto?

—Mil libras a la semana. —Jasper trata de no fijarse en el respingo que da Toby.

—¿No estás inquieto?

—No —contesta Jasper. Da unos golpecitos con el pie—. No. Mi espectáculo crecerá seguro.

Sabe que ambos están pensando en su padre.

Jasper se quita esa idea de la cabeza. Después de todo, tiene bastante, lo suficiente para pagar al Chacal. Por la mañana irá andando hasta el Soho y le dará el dinero, como ha hecho muchas veces ya. El Chacal echará un vistazo rápido a los billetes, se los meterá en el bolsillo y sonreirá. Sus dientes, diminutos en esa cara tan rolliza, le recordarán a terrones de azúcar en medio de una masa. Entonces la puerta verde se cerrará, el cielo lucirá hermoso y él estará a salvo. A salvo durante un poco más de tiempo.

Se arrebuja en la capa y nota la pistola que lleva metida en el chaleco. Avanzan por el puente de Westminster. Jasper dirige una mirada rápida a la izquierda y después a la derecha. Pasan traqueteando por delante de pensiones baratas, ante falsos caballeros con ropa de confección. Ante palacios de ginebra y fumaderos de opio con los clientes desplomados en la puerta. La luna está suspendida en el cielo como una mariposa nocturna. La pierna de su hermano está en contacto con la suya.

Delante de ellos, la verja está abierta. La luz del alba rasga el cielo. Un chico corre hacia él con una nota en la mano. En el rostro una expresión de... ¿qué? ¿Pánico? ¿Euforia?

—¿Qué pasa? —pregunta con el corazón en un puño.

«El Chacal», piensa. ¿Se habrá equivocado de día? ¿Querrá más?

Coge la carta y la abre con una navaja. Un blasón desconocido, papel grueso. Una letra pulcra, angulosa. Siente una opresión en el pecho.

—¿Qué es? —pregunta Toby.

Jasper tarda en contestar, vacilante, casi temeroso de decirlo en voz alta. Tose.

—La reina quiere ver nuestro espectáculo. —Habla más alto—: La reina, Toby. ¡La reina!

Su hermano sonríe, rebosa una alegría tan inocente que Jasper lo abraza. Quiere a ese hombre; lo quiere como si formara parte de él.

Salta del asiento levantando polvo.

—¡¿Te lo puedes creer, eh?! —grita de nuevo.

Es la confirmación de que tenía razón al asumir la deuda. ¡Hace solo dos meses estaba actuando ante un grupo reducido y vergonzoso de pastores y pescadores! Hay que arriesgar mucho para ganar mucho, y a él le ha tocado el premio más gordo de todos.

Golpea el gong y ve como sus peones y artistas avanzan dando traspiés por la hierba, medio dormidos. El entusiasmo le tensa el cuerpo. Ellos susurran entre sí, se preguntan qué está pasando, por qué los han hecho saltar de la cama. Pide botellas de vino, ordena que se cocine beicon, que se sacrifique y se ase una cabra.

Camina arriba y abajo, disfrutando de tener los ojos de todo el mundo puestos en él, del estremecimiento que flota en el ambiente.

—La reina —anuncia por fin—. La reina asistirá a nuestro espectáculo. —Los artistas se abrazan entre sí, se ríen. Hay parloteo, vítores, Huffen Black se da golpes en la espalda. Empieza a sonar un violín. Él sostiene la carta en alto, la agita—. Será el primer espectáculo al que asista desde la muerte del príncipe Alberto. Mi espectáculo. Nuestro espectáculo.

Cuando sale el sol y la ginebra, el curasao y el champán vuelven borrosa esa letra inclinada, Jasper sabe con certeza que tiene la fama asegurada.

Se despierta con la boca seca. Ve el papel pintado enfocado y desenfocado por momentos. Rojo, dorado y azul. Mil versiones de su cara le sonríen. Gruñe, se incorpora. Todavía lleva las botas puestas.

«El Chacal», piensa, y se pone de pie tambaleándose.

Solo entonces se acuerda de la carta, de la noche de euforia, de las copas de licor, de como todos bailaron a la salida del sol. La reina vendrá a ver su espectáculo y, aun así, su corazón no se calma. Tiene la desagradable sensación de que revocará su oferta; de que lo ha soñado; de que solo ha sido una broma. Busca la carta, la lee más atentamente. Observa la suave textura del papel, la letra elegante; es real. Pero el corazón le late con fuerza y tiene un nudo en la garganta. Tose y escupe una flema en un recipiente de cristal.

«No puedes hacerlo».

Se sobresalta. Es una sensación extraña, desconocida. La duda. Lo único que ha sentido siempre es que tiene derecho a triunfar, a conseguir todo lo que desea. ¿Es así como se siente su hermano? Se ríe irónicamente. Pues claro que puede hacerlo, pero su cabeza parece una habitación que no se ha ordenado en meses, con las superficies cubiertas de polvo. Se frota los ojos. Debe de ser el pago lo que le preocupa, la inquietud por lo que el Chacal pueda hacer. En cuanto le haya pagado, su desazón remitirá. Así que se viste, se pellizca las puntas del bigote con pomada y cruza rápidamente la verja del jardín.

«La reina —se dice a sí mismo—. Pronto actuaré ante la reina». Apenas serán las once de la mañana; el sol no ha llegado a su punto más álgido. El Támesis es del color del peltre deslustrado. A su alrededor, los carniceros afilan sus hojas y los fruteros rasgan el aire con sus gritos:

—Naranjas y limones, cardillos, berros, berros, berros...

Todo el mundo compite, se esfuerza por ser visto y escuchado. Piensa en la mujer que quería un cojín con la cara de Nell y respira con dificultad.

Los niños lo observan, clavan sus ojos en él como si fuera un pez que ha mordido el anzuelo. No tendría que haberse puesto sus pantalones de piel de leopardo; se da golpecitos en el bolsillo para comprobar que los billetes siguen allí. Dos niños se convierten en tres, en cuatro, en un embrollo de cabellos enmarañados y extremidades sucias. Una niña levanta el dedo y lo señala. Está acostumbrado a que lo observen, a que lo admiren, pero esa mirada es para valorarlo, como si fuera una pieza que hay que trinchar, una casa embargada que hay que subastar. Los imagina sopesando su vida con sus puñitos. «¿Por cuánto venderíamos semejante chaqueta? ¿Cuánto vale una vida?». Si supieran que lleva mil libras encima, lo matarían diez veces.

—Apartaos —brama ondeando el bastón cuando uno se le acerca danzando, pero los niños se ríen.

«La reina», se dice a sí mismo. Pero la alegría de la noche anterior parece ser de otra persona.

Hay más niños ahora, diez o doce, que se mueven como una manada de perros. Se rascan la cabeza llena de piojos. Él da golpecitos al fajo de billetes. Sigue ahí. No tendría que tocarse el bolsillo; eso solo atraerá su atención, pero apenas un instante después vuelve a hacerlo.

Los niños se dan codazos entre sí, se acarician las piernas como si se imaginaran que la piel de leopardo adorna su cuerpo.

Delante está la puerta del Chacal, recién pintada de verde. Acelera el paso, se dice que no debe correr. Se imagina al hombre abriendo la puerta, esos dientecillos, cómo le explica la falta de aliento con una breve carcajada. «¡No me han asustado, claro! —dirá—. Solo he querido marearlos un poco...».

Llama a la puerta, gira sobre sus talones. También le quitará importancia al riesgo de pagar tarde: «Aunque si le apetece degollar a una de mis cabras esta noche, me ahorrará el trabajo, y nunca diré que no a eso». Pronto estará dentro, y a salvo.

—No está.

Jasper da un brinco. Ve a la niña con la cuchara de madera a modo de bebé apoyada en su muleta.

—No se levantan hasta mediodía, a no ser que tenga usted cita.

Suspira exasperado. Tras él, los niños susurran, se acercan arrastrando los pies. Se rodea un ojo con la mano y mira a través del cristal. Las contraventanas están cerradas.

Saluda con la cabeza a la niña y sigue su camino. En Regent Street puede parar un taxi, deshacerse de los niños. Podría incluso entrar en un asador y esperar una hora o así hasta que el Chacal esté despierto.

«¡Niños! —se dice a sí mismo con un bufido—. Son unos granujillas inofensivos». Pero entonces recuerda como los golfillos que se reunían en Balaklava torturaban y herían a los cosacos con la misma facilidad con que se lo hacían a un renacuajo.

Echa a correr ligeramente. Oye el ruido de pies descalzos tras él, unos breves susurros. El sudor le perla la frente. Toca los billetes y, acto seguido, suelta un taco. Sabrán dónde darle, dónde buscar y robarle. ¿Y si no se ha cosido lo suficientemente bien el bolsillo y ya se le han caído los billetes al suelo? Se habría dado cuenta, ¿no? Se vuelve a dar golpecitos en la chaqueta; el fajo es grueso. Más niños se acercan a él como para bloquearle el paso; juraría que son los mismos de antes, greñudos, rascándose las picaduras de pulga. Alarga la mano para parar un taxi, pero este pasa de largo a toda velocidad.

Y entonces, al enfilar Regent Street, casi choca con un chico que lleva colgado un anuncio al cuello.

«¡Un fenómeno extraordinario! La mayor maravilla del mundo. Pearl, la Niña Blanca como la Nieve. Expuesta viva en la Regent Gallery...».

Toma una decisión repentina. Entra en el local y paga la entrada. Los niños se detienen en seco y a él le cuesta contenerse para no dirigirles una sonrisa triunfal.

«Canallas —piensa—. Muertos de hambre».

Se sacude el polvo de la chaqueta. Hay poca gente: un trío de estudiantes de medicina que arremeten unos contra otros para medirse la nariz con sus calibres, unas señoras que han ido a pasar el rato. Los sigue hasta la siguiente sala y allí está la niña, sentada en un podio. Es menuda para tener cuatro años. Tiene los ojos de una tonalidad violeta y las pestañas blancas y lleva un vestido hecho con plumas de paloma. Le irrita que vaya ataviada como un pájaro, pero lo cierto es que no tiene punto de comparación con Nell y sus enormes alas mecánicas. Una de las señoras pincha a la niña con su sombrilla, pero la pequeña ni siquiera pestañea. Los estudiantes de medicina la miran como si le estuvieran tomando medidas para meterla en un tarro. Los ojos le parpadean. Jasper se da cuenta de que es medio ciega.

Le alegra no haberla comprado. Duda que a la reina le parezca gran cosa; recuerda cómo reprobó a los aztecas Máximo y Bartola, con sus discapacitados, por ser unas «monstruosidades» horrendas que «daban escalofríos».

Le viene una idea a la cabeza. ¿Y si reprueba a Nell? Pero eso es imposible; Nell deleita a todo el mundo. Se imagina el placer de la reina, llena de asombro, mientras le presenta una colección de maravillas. Sus manos suspendidas sobre las prendas plateadas imaginarias. «Majestad, os presento a la Reina de la Luna y las Estrellas».

Si no fuera por la multitud de golfillos, ya se habría ido. La niña no es nada excepcional. Una anciana con un sombrero de piel de tejón con cola le da un folleto.

—Es mi hija —dice.

Si eso es cierto, piensa Jasper al ver la piel curtida de sus mejillas, debería ser ella el prodigio sentado en ese podio.

Ojea ociosamente el volante. Contiene las habituales paparruchas mediocres que normalmente él relaciona con las maravillas rurales. Nacida del huevo de un ánade (¡ajá, la vieja bruja contradice su propia información!) fruto de un apareamiento entre un lord pervertido y su cisne. Bosteza sin ni siquiera molestarse en taparse la boca.

Si hubiera tenido energía para ello, les habría dicho una o dos cosas sobre cómo exhibir algo. El mundo está saturado de fenómenos. Cualquier muchacha de campo con un bulto o una cojera se acomoda en una habitación de una posada y suelta: «Un chelín por verme». Y el público se está cansando. Los fenómenos necesitan tener, además, aptitudes, una actuación. Necesitan a un empresario circense que pueda idear una buena historia sobre ellos. No es bueno que se quede ahí sentada en una silla mientras las señoras la pinchan o los niños le tiran de los dedos de los pies.

Cuando va a marcharse, oye una voz que reconoce. Es Tebbit, su agente.

Tebbit está guiando a un hombre hacia la sala. Jasper se inclina hacia delante; por todos los santos, es Winston. Se desliza rápidamente tras un biombo. No sería un encuentro agradable. Hace unas cuantas noches, sus peones se colaron en la compañía de ese hombre y soltaron a sus cebras. Jasper se partió de risa cuando se lo contaron.

—Hace tan poco tiempo que la tengo en mis libros que todavía no he calculado su valor de mercado —dice el agente.

Jasper se sonríe con suficiencia. Tebbit le soltó el mismo rollo hace un mes. No puede quitársela de encima, y no es extraño. La niña es tan inexpresiva como un autómata.

—Es joven. Maleable. Suya si quiere.

Jasper entorna los ojos.

Pero Winston parece asentir.

—¿Sabía que en ciertas culturas se los conoce como niños luna? Piensan que nacieron así porque sus madres contemplaron horas seguidas el cielo nocturno durante el parto. Tengo justo la historia que podría hacerme famoso, y a ella también; que podría, creo, eclipsar fácilmente a esa espantosa chica del globo.

—No tiene aptitudes —coincide el agente.

Jasper se toca el cuello. Lo tiene caliente.

«Eclipsar —piensa—. Eclipsar».

No va a echar por tierra su duro trabajo con tan poco esfuerzo. Cualquier imbécil puede ver que esa chica no tiene el menor encanto.

Y, sin embargo, ¿qué estaba pensando él hace apenas cinco minutos? «Lo que cuenta no es el espectáculo, sino la historia que inventas».

¿Qué relato podría generar Winston sobre esa niña? A Jasper no se le ocurre nada. A lo mejor quiere ganarle jugando a su propio juego, balancear a la niña desde un globo más alto que el de Nell. Tiene dinero para hacerlo, ¡miles de libras de sobra!

La niña empieza a tararear. Es perturbador, como asistir a una sesión de espiritismo con un falso vidente. Admite que es bonita, una niña perfecta. Tan preciosa y nacarada como una concha.

«Eclipsar».

Lo ha visto antes: gigantes encontrados en rincones remotos de Escocia, medio centímetro más altos que la maravilla del momento. La atracción cambia de sitio, las salas se vacían, el único espectador presente es un ratón que corretea por el suelo.

—Estoy prácticamente convencido de quedármela —afirma el hombre—. Pero permítame que sopese la cantidad. Le haré llegar mi oferta esta misma noche.

Jasper arruga el folleto que tiene en la mano, rompe el papel. Ve como Winston se va. Tebbit le sonríe encantado a la anciana y levanta los puños de placer. Jasper respira por la nariz. Se acaricia el fajo de billetes del bolsillo.

Tiene cien libras que puede gastar además de las mil que debe al Chacal. Quizá Tebbit acepte eso y se dé por satisfecho.

Pero ¿y si le pide más?

Se toca la frente. Sabe que la línea que separa el éxito del fracaso es muy delgada. Si Winston compra a la niña, los daños podrían ser mucho peores que si se salta un pago. Seguro que es mejor faltar de nuevo a su palabra que perderlo todo, ¿no? El Chacal lo entenderá si se lo explica. ¿Acaso no dijo que era un hombre de negocios?

Lleva una pequeña navaja plateada en el chaleco con la que corta las puntadas del bolsillo. Los billetes están ahí, en la palma de su mano. El corazón le da un vuelco. Sale despacio de detrás del biombo y finge estar entrando entonces en la sala.

—¡Ah, Tebbit! —dice, y las palabras le salen de los labios con la misma suavidad con que se traga una ostra—. ¡Qué oportuna sorpresa! He venido a ver a la niña, como te dije que haría, y resulta que me gusta mucho. Voy a actuar ante la reina, como tal vez hayas oído. Recibí una carta ayer por la noche.

Le cuesta mil libras. El agente le dice que se la entregarán esa misma noche, después de que haya asistido a una velada en casa de un duque. No acepta alquilársela por un breve período de tiempo, sino vendérsela.

—No cuando hay tanta demanda. O es suya o no lo es.

Jasper sale tambaleándose a la calle.

«La reina», se dice a sí mismo, pero la palabra se le vuelve amarga en la boca.

Se gasta unos peniques en oporto y un pastel caliente. Una mujer se le acerca en la barra, le besa la mejilla, buscándolo ansiosa con las manos. Cuando se ha ido, Jasper se toca el bolsillo y ve que lo tiene vacío.

29

Toby

Toby ha presionado con los dedos cada flor y cada enredadera. Ha observado brotar lentamente cada pequeña planta, cada urraca, cada hoja, la transformación gradual de su torso. Por la noche, se examina a la luz de las velas, respirando con dificultad al recordar el dolor, con la piel hinchada como si le hubiera picado un mosquito. Una serpiente le desciende por la pantorrilla y le lame con la lengua el tobillo. Los tatuajes le terminan en las muñecas, en la nuca, y serán su secreto hasta que decida mostrarse.

Dejará de ser Toby Brown, el hermano zopenco de Jasper Jupiter, poco más que un lastre. Será un artista, un jardín viviente, con la historia que él elija. Podría ser un muchacho concebido en una rosaleda. El fruto del apareamiento entre una mujer y un lirio al esparcirse polen sobre la piel de ella cuando yacía desnuda en un prado. Un niño secuestrado por marineros que le pintaron emblemas extraños.

Está tumbado en el diván sucio del local haciendo muecas de dolor, mordiendo con fuerza una tira de piel de becerro que sujeta con la boca. Su viejo chaleco de cuero cuelga de una silla como el caparazón desechado de otra vida. Observa a la serpiente del terrario, abultada tras tragarse un ratón.

«Somos hermanos, unidos por un vínculo indisoluble».

Se pregunta si, de algún modo, Jasper siente esas punzadas

de dolor en su propia piel. Si se mira las caderas cuando se desnuda y ve la sombra de una rosa floreciendo en ellas.

—Ya está —dice la mujer levantándose—. Terminado.

Le da las gracias, le paga y se viste deprisa, sin atreverse a mirarse, todavía no. Las campanas tocan las dos. Tiene que darse prisa para dar de comer a Grimaldi y preparar la pista para las funciones de la tarde.

Regresa a casa cojeando, cabizbajo; los muslos le arden por los pinchazos de la aguja. Ve a los vendedores ambulantes ofreciendo montones inmensos de cangrejos, chillando para captar la atención. Chicos harapientos dando volteretas con la esperanza de obtener algunos peniques. Señoras en carruajes esmaltados, con estrás reluciéndoles en las mangas como el plumaje de un loro. Todo el mundo se pavonea, esforzándose por ser visto y escuchado. De pronto tiene una idea tal como podría haberla tenido su hermano, y en su interior crece una confianza prestada. Sus dedos remolonean en los botones de su camisa. Se desabrocha uno, y después otro, hasta el estómago. La camisa se le abre. Extiende los brazos. Algunos ojos empiezan a posarse en él. Una mujer da un codazo a su hijo y lo señala. Tiene la sensación de irradiar luz. Es una maravilla, un prodigio. En el colegio, andaba deprisa, con la cabeza gacha, vestido de gris y marrón. En la guerra de Crimea, se escondía tras su cámara fotográfica. En el circo, dispone los decorados, monta los artilugios. Toda la vida, Jasper ha avanzado fanfarroneando y Toby lo ha seguido. Se imagina montado en ese camello, con esa capa roja, los espectadores se quedan inmóviles...

—Mírenlo —grita alguien—. ¡Su piel! ¿Lo han visto?

Podría surcar el cielo como una cometa, hacer saltos mortales en el aire. La luz del sol se refleja en las ventanillas de los carruajes, en las relucientes charreteras de los mozos de cuadra. Un hombre a caballo reduce su marcha y se queda mirándolo. Se le llenan los ojos de lágrimas. Imagina que es Nell quien lo contempla y el deseo lo sacude con tanta fuerza que se toca el pecho.

Cuando llega al jardín, los bancos siguen apilados boca abajo y los mozos están recostados sobre fardos de heno fumando gruesos rollos de la hierba india.

—¿Qué pasa? —pregunta—. El espectáculo comienza en dos horas.

Peggy señala el carromato de Jasper.

—¿Está enfermo?

Tiene la angustiosa sensación de que se encontrará la caravana de Jasper vacía, de que su hermano ha desaparecido, de que sus tatuajes han obrado algún tipo de magia y han borrado la vida de Jasper.

Pero cuando llama a la puerta, encuentra a su hermano encorvado sobre su escritorio, con los ojos enrojecidos. Nota la peste a alcohol, a sudor.

—¿Qué pasa? —pregunta Toby.

Jasper sacude la cabeza y su cráneo se balancea flácidamente sobre su cuello.

—¿Qué ha pasado? —insiste Toby—. ¿Y la función?

Le viene un recuerdo a la cabeza: su padre inclinado sobre su escritorio de su nuevo y abarrotado salón de Clapham hundiéndose los pulgares en la frente como si estuviera trabajando arcilla.

—He... he cometido un terrible error. —Jasper le esconde el libro de cuentas a Toby.

—¿Estás arruinado? —pregunta Toby tras tragar saliva con fuerza.

—No lo sé —dice su hermano con un hilo de voz. Hace una pausa y apura la última gota de líquido de la botella—. ¿Qué será de mí?

—La reina —suelta Toby desesperadamente—. Va a venir a ver nuestro espectáculo. Piensa en los espectadores, en la fama, en el dinero...

—Estoy muy cansado —dice Jasper.

Cuando su hermano lo mira, la piel que le rodea los ojos le recuerda a papel crepé; tiene los labios curvados hacia abajo. Se le ocurre que Jasper va a morir, que exhalará su último aliento con la misma facilidad con que un perro viejo se da la vuelta. No sabe si podrá soportar la muerte de su hermano, si podrá vivir sin él. Le sujeta la mano.

—No puedes estar arruinado —asegura—. ¡Mira todo lo que has levantado!

Su hermano le alarga el libro para que lo lea.

Todo está prácticamente a cero. Toby vuelve a tragar saliva.

—Tiene que haber algún modo de recortar las cosas superfluas del espectáculo. —Examina la página recorriendo las columnas con el dedo. Hace mentalmente unos cálculos torpes. Habla despacio, con más seguridad de la que siente—. Si podemos acortar la función, hacer un tercer pase cada noche, ¿no podríamos recuperarnos en tres días?

—Pero y si... —La voz de Jasper es fría—. Tú mismo dijiste que es un carnicero.

—¿No le has pagado hoy?

Silencio.

Toby cierra los ojos.

—Si puedes demostrar que entra dinero, puede que, a lo mejor, sea generoso. ¿De qué le sirves si estás muerto? —pregunta Toby, pero el corazón le late con fuerza. El zarcillo de una enredadera le asoma por la manga. Aparta la mano, aunque Jasper está mirando al vacío. Carraspea—. Si estás demasiado cansado, me sé tu papel, Jasper. Puedo ser el jefe de pista esta noche...

—No —suelta Jasper, que fulmina con la mirada a Toby, respirando con dificultad. Hay crueldad en sus ojos, recelo—. Pequeño impostor.

—Es solo que... —Toby señala la botella vacía de ginebra antes de sacudir levemente la cabeza—. Lo siento.

—Impostor —masculla Jasper de nuevo.

Entonces coge la botella y ríe hacia su interior, por lo que su voz suena alta y distorsionada.

Cuando se va, Toby pide a Huffen Black que lleve pan y agua a su hermano y ordena a los mozos y a los peones que preparen la función. Observa como dan la vuelta a los bancos, como dejan salir a las cebras de sus jaulas. Prepara su cámara fotográfica, desenrolla el fondo nuboso. La luz brilla lo bastante como para reducir el tiempo de exposición a unos segundos. Llama a los nuevos artistas, los fotografía con su atuendo colocando una placa de vidrio engrasada tras otra. Una chica langosta en un acuario con ruedas, un muchacho obeso, unos ancianos gemelos, una mujer con una curiosa protuberancia en el tobillo que hace muecas de dolor. Ella le habla sobre sus tres hijos, sobre el dinero que ganará para darles educación.

Los espectadores se van congregando. Toby oye murmurar, gritar el nombre de Nell.

—¡Nellie Luna! ¡Queremos ver a Nellie Luna!

Se estremece al recordar como Nell le apoyaba la barbilla en el hombro. Como saltó de aquella roca y él quiso alargar la mano y atraparla antes de que tocara el agua.

En su carromato, revela las placas sumergiéndolas en recipientes de cerámica. Está especialmente torpe y tira algunas botellas, baña una de las imágenes demasiado rato. Las cuelga en la cuerda con manos temblorosas. Pronto él también podría brillar en el líquido, ser el papel mojado sujeto entre el índice y el pulgar. «Toby Brown, el Lienzo Viviente».

Busca su caja de fotografías y las ojea rápidamente. Hombres alegres. Soldados con petacas de whisky humeante. Un hombre con un par de calcetines nuevos en la mano. Y, a continuación, un cráneo junto a un diente de león.

Después de ver a aquel reportero en la velada navideña de Stella, empezó a buscarlo, a rondarlo, como decía Jasper entre carcajadas. Observaba al irlandés jugar a las cartas o deambular entre las tiendas. Esperaba que, si permanecía más tiempo cerca de él, podría absorber algo de su coraje. Veía como los soldados lo insultaban, le llamaban «sapo» por su voz ronca, pero a él no parecía importarle. Ese hombre y Toby tenían allí la misma tarea: informar sobre la guerra. Y, sin embargo, la meta de Russell era la verdad y la de Toby era el engaño.

«Toda historia es una ficción», pensó.

Pero desde aquella comida navideña, ya no podía ocultar el hecho de que cada una de sus fotografías contaba una historia falsa.

Una tarde, a principios de abril, unció un par de caballos y llevó su carromato fotográfico más cerca de la batalla. Por el camino, pudo oír los gruñidos de hombres coléricos desde el interior de sus tiendas, el aire apestaba a desechos humanos. Él se estaba volviendo insensible a todo aquello y ya no se fijaba ni le preocupaba como los primeros días. La muerte estaba por todas partes, el sufrimiento y el dolor eran algo habitual. Plantó la cámara en el lugar y se agachó bajo la tela.

«Camellos —pensó estremeciéndose—. Entraremos montados en dos camellos con capas rojas sobre los hombros».

Capturó un cráneo con un jirón de tela al lado, medio sepultado en el barro. Un puerto en el que flotaban vísceras y cadáveres de perro.

«Habrá una elefanta llamada Minnie».

Un cartucho destrozado.

«Nuestro espectáculo será el más importante del país, del mundo. Toby y Jasper. Los hermanos Jupiter. Estaremos juntos en ello».

Reveló las imágenes tembloroso y vio la verdad de las escenas, la abyecta belleza, el modo en que había grabado el dolor en un pedazo de papel. Volvió a sentir el horror arraigándosele entre las costillas. Lo tranquilizó saber que no era ningún monstruo desprovisto de compasión. Pensó que aquello era dejar constancia de la historia real, plasmarla.

No fue ninguna sorpresa que, cuando entregó las fotografías al oficial una semana después, este las rompiera por la mitad y le dijera que se marchara de su puñetera vista. Lo extraño fue que, mientras estaba allí plantado bajo la luz melosa y un avispón zumbaba al mismo tiempo que la banda militar, se dio cuenta de que no le importaba.

Agazapado en la barquilla, Toby lanza los sacos de lastre y el globo se eleva despacio. Observa como las cuerdas que sujetan a Nell se tensan y la izan también mientras ella mueve las piernas para encontrar el equilibrio. La barquilla asciende más y cuando el público atisba a Nell, el aplauso es ensordecedor. Él se asoma y empieza a tirar de las cuerdas que la sostienen para balancearla hacia atrás y hacia delante.

Ella se mueve como lo hacía en el mar la primera vez que la vio, como si solo ella controlara la situación. Surca el cielo agitando las alas, pataleando. Toby tira más de la cuerda y ella suelta un «uyyy» de placer. El público lanza un grito ahogado, silba. Puede que Nell note sus ojos puestos en ella, porque gira el cuello para mirarlo un instante. Se siente como si tuviera un pececillo atrapado en el pecho golpeándole el corazón con la cola. Toby carece de toda esperanza dada la imposibilidad de tomar lo que es de Jasper. Si la tocara, destruiría al menos a uno de los dos.

Abajo, Jasper vocea su discurso, y apenas tiene la menor dificultad al hablar. Toby articula en silencio cada palabra:

—Y esta noche yo (el Príncipe de las Patrañas) les he presentado a prodigios que jamás habrían imaginado...

Después, cuando los han bajado y la segunda función ha terminado, cuando todo el mundo está cansado y se queja de que los han hecho trabajar como esclavos, Toby mira a Nell sentada junto al fuego. Ella, Stella, Peggy y Brunette están jugando al *whist*, echando las cartas con fuerza. Ella lo mira de reojo, con esa expresión de anhelo que él recuerda de la primera vez que la vio.

Si tirara de nuevo de él hacia ella, no sería capaz de contenerse. Nell se ha ido abriendo paso hacia su corazón como un cuchillo. Y esa indefensión le resulta agradable, es como si hubiera traspasado la responsabilidad de la decisión a otra persona.

30

Nell

Cuando Stella le pasa un vaso de ron, Nell sacude la cabeza. Se contenta simplemente con sentarse junto a la hoguera y ver como las botellas pasan de una mano a otra, como Violante canta y los niños despliegan las baratijas que han birlado a los espectadores. El estado de ánimo es alegre, expectante. Dentro de cinco días, actuarán ante la reina, y su prestigio crecerá un poco más. Las trillizas ensayan su número junto a los carromatos, se suben a lomos unas de las otras, saltan, hacen volteretas.

—Nada puede salir mal —les ha dicho Jasper con la saliva acumulada en la comisura de los labios—. Ni un solo salto a destiempo. Ni una bola de malabares caída. El espectáculo será inmaculado.

Brunette se mantiene algo apartada; cuando Peggy empieza a tocar el violín, se pone de pie. Sus movimientos son lentos, dolorosos, su cuerpo tiene que soportar el tormento del crecimiento. Nell dirige la vista hacia los árboles y ve que Abel la está esperando.

Stella levanta la cabeza.

—Ten cuidado —dice.

Brunette le toma la mano, se la aprieta y se marcha cojeando hacia el bosque en el que se encuentra el esqueleto del iguanodonte.

—¿Qué le has dicho? —pregunta Peggy bajando el arco—. Si has vuelto a ser cruel con ella...

—Vete a freír espárragos, ¿quieres? —suelta Stella.

Nell coge otro palo y lo echa al fuego.

—Ayer se casó con él —dice Stella en voz baja.

—¿Con Abel? —pregunta Nell, y le sorprende la envidia que siente—. ¿Dejará el espectáculo?

—¿Dejarlo? —Stella se ríe entre dientes—. ¿Dejar el espectáculo? Nadie deja el espectáculo. Jasper la encontraría. No es que pueda pasar desapercibida.

Nell mira el suelo y hace girar una piña pintada bajo los dedos de un pie. Quiere preguntar «¿Y qué ocurre entonces?», pero le da miedo la respuesta.

—Brunette no sería tan estúpida —asegura Stella, pero no parece segura.

Una boda, un matrimonio. Nell trata de imaginarlo: la piedra mohosa, las velas temblando en sus candelabros. En los relatos que Nell ha leído, son momentos de alegría, una excelente resolución de la vida de una persona en la que la magia del amor hace desaparecer cualquier diferencia. Piensa en Brunette con un diente de león prendido en el vestido, dos cabezas más alta que el pescador que está a su lado, deseando no tener que cambiar, sino que lo haga el mundo. Unas alianzas sencillas de estaño. El pastor tartamudeando los votos, lanzando miradas de soslayo a la novia de dos metros y trece centímetros. Un santo espectáculo.

—Lo que Dios ha unido que no lo separe el hombre...

Un beso con el que los sueños de Brunette deberían hacerse realidad, que los demás cambien y también el modo en que la ven. Pero entonces tropieza, los carruajes reducen la marcha y la señalan con el dedo. El lento regreso al espectáculo que detesta. ¿Podría irse? ¿Se atrevería a hacerlo?

Por el rabillo del ojo, Nell ve que Toby la observa, pero no tiene el valor de devolverle la mirada.

Nell espera a que los artistas empiecen a acostarse. Pasea sola por el jardín. Las plantas están maduras, a punto de estropearse: las rosas, marrones y secas, necesitan que las poden, las ciruelas damascenas se convierten en una especie de pasta en el suelo. Alarga la mano hacia una, suave y amarilla, y la hace girar en su mano. Está madura, en su punto. Siente un dolor agudo en el dedo, grita, y una avispa sale despacio, borracha de azúcar, del escondrijo donde estaba metida.

Una vez ha chupado el veneno, sigue el camino de vuelta hacia los carromatos. Se detiene. Brunette está junto a un roble, con la frente de Abel apoyada en su caja torácica. Nell no tendría que curiosear, pero no puede evitar mirar. Se acerca sigilosamente. Brunette está llorando, pero el hombre le acaricia la espalda, se pone de puntillas para susurrarle al oído. Agacha la cabeza de Brunette y le besa la mejilla. Nell siente un anhelo tan grande que tiene que desviar la mirada.

Retrocede de puntillas, recorre los caminos de astillas de madera hasta los carromatos. Algo se mueve tras ella: un peón. ¿La estaba vigilando para asegurarse de que no huía? A lo mejor también estaba dando un paseo simplemente. Al pasar por donde están los animales, los hombres que los custodian la saludan con la gorra y un mono se golpea el pecho y chilla. Hay más peones despiertos que de costumbre, con los ojos puestos en la verja, como si estuvieran esperando algo. Nell pisa un volante y lo recoge. Ella aparece en el centro, bajo la cara de Jasper.

Esa chica es ella. A menudo tiene la sensación de que su vida deambula por caminos marcados por otras personas. Dondequiera que vaya, se topa con los sueños de los demás. El del circo espléndido de Jasper, el de la casa de labranza en América de su hermano, el de Stella de tener una compañía propia. Sus deseos han quedado atrapados; su mente, nublada por la incertidumbre de lo que quiere y de quién es. Pero al mirar esa fotografía, su cabello rubio ondeando tras ella, la postura decidida de sus pies, se le ocurre que tiene el control de su propia vida.

No tener a Toby la corroe, la lleva a anhelar su cuerpo contra el de ella; un deseo preciso y punzante.

El carromato de Toby está a oscuras y, aun así, tiene el presentimiento de que él también está despierto y esperando que pase algo. Se acerca rápidamente, llama con suavidad y susurra:

—¿Estás despierto?

Lo oye murmurar y abre la puerta.

Huele a los productos químicos de sus fotografías. Choca con un tarro, se engancha en la cuerda de la que cuelgan las imágenes y maldice. Escucha un ruido de sábanas a sus pies.

Es sorprendente lo rápido que sucede, cómo en un momento es ella sola y al instante está entrelazada con otra persona, acostada a su lado, tan en contacto que es casi insoportable. Unas manos se deslizan por su cuerpo, siente la textura fuerte de la espalda de Toby, los músculos a cada lado de su columna vertebral. El brío inverosímil de sus labios en los de ella. Su fuerza; lo corpulento que es, una cintura tan ancha que apenas puede abarcarla con los brazos. Descansa las manos en la suave hendidura sobre sus caderas. Él hace una mueca, como si le doliera.

—Nell —murmura—. Esto no puede ser... es...

Pero no se detiene, no se aparta de ella. Hace gala de una gran torpeza, sus palmas son duras como astas. Sus mejillas rozan con aspereza las de ella. Sus manos impactan en su cuerpo, deslizándose entre sus piernas. El mundo de Nell queda reducido a la textura, al sabor de sus labios, a su grito a modo de respuesta. Lo sitúa sobre ella, se acomoda debajo de él.

—Nell —dice.

Ahí están, en el suelo del carromato, las botellas de cristal traquetean. Ella le clava las uñas como si estuviera conquistándolo, comprobando su poder, como un pajarillo que pone a prueba el vigor de sus nuevas alas. Nota un sabor salado en la lengua, el cuerpo desnudo de Toby, el lóbulo de su oreja en su boca. Todo va demasiado deprisa, demasiado rápido: el tiempo transcurre como breves segundos. Le gustaría ralentizar cada momento hasta convertirlo en meses y en años, encontrar una forma de vivir en él.

Cuando Toby se queda quieto, ella yace a su lado con la cabeza apoyada en el hueco de su axila. Los dos están sudando, llenos de vida gracias a saber lo que han hecho.

—Quiero mostrarte algo —dice Toby.

Nell oye el ruido de una caja de cerillas.

—No, por favor —pide.

—No es por ti —replica Toby—. Quiero que me veas.

Parpadea ante el repentino resplandor. Suelta un grito ahogado y se lleva la mano a la boca. La piel de Toby está viva. Flores, enredaderas, frutas, pajarillos con los picos hundidos en melocotones. Le recorre el cuerpo con los dedos, abrumada por su secreto, por haberlo imaginado tan distinto. Se estremece.

—¿Te duele? —pregunta Nell.

—Solo aquí, donde es reciente.

Le enseña las zonas más tiernas, aquellas en las que la herida está hinchada y rosada. Violetas como las que ella solía recolectar aparecen dibujadas en su piel. Un jardín entero que puede seguir con la mano.

—¿Lo ha visto Jasper? —pregunta.

Una pausa.

—No.

Le coge la barbilla con las manos y la besa, y una lágrima le resbala por la mejilla. Fuera, el viento sopla entre los carromatos emitiendo un silbido estridente.

—¿Toby? —dice, pero él no responde.

Ve su mano descansando en su cintura.

La forma en que la sujeta es definitiva. Ella sabe que tiene que marcharse, que es tarde y no pueden arriesgarse a que Jasper los descubra. Fuera hay una cierta conmoción, y es una sorpresa para Nell recordar que el mundo existe aparte de ellos dos. Cierra la puerta al salir. Un humo procedente del césped le llena los pulmones y ella inspira ese aire oscuro, húmedo. Se oye un ruido, una carreta que llega.

—¿Qué está pasando? —pregunta a un peón.

Es difícil ver nada, la niebla oculta la luna.

—Una nueva artista —dice el hombre señalando con la cabeza la carreta—. La última adquisición de Jasper.

Las últimas semanas han llegado muchas actuaciones nuevas y el campamento está repleto de carromatos y de los restos de hacer malabares con manzanas. Entrecierra los ojos para ver la última incorporación. Una niña baja de la parte posterior de la carreta y tantea el suelo con los pies. Cuando el peón acerca una linterna a su cara, Nell ve que tiene la piel tan pálida como la panza de un pez. La niña se encoge de miedo ante la repentina luz, sus ojos grises se dirigen de un lado a otro. Se muerde el labio inferior, con la punta de los pies hacia dentro.

—Es medio ciega —comenta el peón.

Nell piensa en el carromato, en las manos que la asieron, y se toca el pómulo, donde su padre la golpeó. Lloró y bramó, arañó la puerta, sollozó con tanta fuerza que apenas podía respirar. Sin embargo, esa niña está muy quieta y calmada. Se limita a estar allí de pie, aguardando, como si eso fuera lo que espera de la vida: que la compren, que regateen su precio y que la vendan.

—Puede dormir con las trillizas —dice el peón.

—Espera.

Nell no sabe por qué lo hace. Da un paso adelante y toma a la niña de la mano. Supone que ella la rehuirá, pero, en lugar de eso, levanta los brazos. Nell la levanta. Es tan ligera como un cubo de leche. La niña se acurruca contra ella y rodea con sus manos una de las trenzas de Nell. Su respiración es rápida y áspera.

—¿Cómo te llamas? —pregunta.

La niña guarda silencio.

—Yo le puse Pearl —responde una mujer a la que Nell ve por primera vez. Lleva un sombrero raído de pieles, con una cola de tejón que le cae por la espalda como pelo apelmazado—. Aquí tiene su ropa. Sus plumas. —La mujer avanza y Pearl se apretuja contra el pecho de Nell—. ¿No le vas a decir adiós a tu propia madre?

A la niña se le acelera la respiración, sus dedos se aferran con más fuerza al pelo de Nell.

Nell pasa junto a la mujer como si no la viera.

—¡Una despedida muy bonita! —grita la mujer tras ella—. ¡Muy bonita, desde luego!

Nell abre la puerta de su carromato de un empujón. La niña se ha pegado a ella como una lapa y le cuesta arrancársela de encima.

—Vamos —dice Nell mientras la deposita en la cama. ¿Qué va a hacer con una niña pequeña?—. Dormirás aquí solo esta noche —le advierte, pero la niña ya se ha acomodado y sus parpadeantes ojos grises le devuelven la mirada.

31

Jasper

¿Qué va a hacer con ella? ¿Con una niñita tímida? Oye el traqueteo metálico de la carreta, a la vieja bruja graznando: «Una despedida muy bonita. Muy bonita, desde luego». Cierra los ojos y se estremece al recordar lo que pasó en esa galería. En el fajo grueso de billetes sucios, en la sonrisa dentuda de su agente, en el frío que sintió en el estómago porque, ya entonces, supo que no tendría que haber comprado la niña. ¿Qué podría haber planeado Winston para ella? ¿Un pollito de cisne mirando la luna con unas alas como las de Nell? ¿Una aparición... para las sesiones de espiritismo del vidente? Pero sabe que la niña lloraría si la atara a alguna polea, tartamudearía y se encogería de miedo si la metiera en una habitación pequeña y oscura con una bola de cristal y una pared de ectoplasma. Tal vez podría sentarla en un podio cerca de los animales enjaulados... Sacude la cabeza, frunce el ceño. Su espectáculo combina los prodigios humanos con actuaciones de gran habilidad; ¡para hacer eso podía deshacerse de todo y quedarse con un escaparate destartalado en Whitechapel!

Se frota la barbilla con la mano, trata de acallar las preocupaciones que lo asaltan.

«Un error —murmura la voz interior—. Comprar la niña ha sido un error...».

¿O acaso el error es suyo por no tener ningún plan para ella, por no saber ver su potencial? Winston sí tenía un plan; Winston veía una forma de hacerse famoso con ella.

Un día de ginebra le ha dejado la garganta reseca y dolorida y el estómago revuelto.

«Solo son mil libras», se dice a sí mismo, pero sabe que es más que eso, que una mala decisión podría llevar a otra. Sabe también que ha demorado un día su pago y que sus arcas están casi vacías. ¿Debería escribirle al Chacal, plantarse ante su puerta, suplicar? Si le mostrara la carta de la reina, seguro que lo entendería y vería que sus perspectivas eran buenas, ¿no?

Se estira y las articulaciones le crujen, se ríe de sí mismo con una breve carcajada. Ya decidirá qué hacer con la niña de aquí a una semana; hasta entonces, tiene cosas más importantes en las que pensar. La reina irá a ver su espectáculo y él está perdiendo el tiempo preocupándose por unas cuantas libras perdidas, por una niñita estúpida. Se toca el corazón como si quisiera desatar las cuerdas que lo oprimen. Hace un mes, habría ido a ver a Stella, se habría reído con ella. Se da golpecitos en el bolsillo, nota el anillo. Cuando ella lo vio la otra noche, tan solo debió de vislumbrarlo a media luz; ¿podría haber tenido la certeza de que era el de Dash? A lo mejor cada noche se acuesta en el colchón preguntándose por qué ya no la visita. Irá a verla ahora, se aliviará. Ha pasado demasiado tiempo desde que sintió esa sensación embriagadora.

Se pone una capa y recorre deprisa las hileras de carromatos. Un mozo se aparta de su camino. Un niño que hace malabares deja caer las bolas alarmado.

No llama a la puerta de Stella, sino que la abre de golpe. Silencio.

—¿Quién es? —Se da la vuelta, parpadea.

Una vela sigue ardiendo en su candelero.

—Soy yo —dice Jasper.

Espera que una expresión de satisfacción le ilumine la cara al reconocerlo; que lo coja de la mano y tire de él hacia ella. Pero

Stella se tapa con la colcha hasta el mentón y se incorpora. La luz se le refleja en la barba.

—Te he echado de menos —asegura Jasper dando un paso hacia ella.

Se imagina sus brazos extendidos hacia él, la calidez de su cuerpo. Ella le recordará lo genial que es y lo abrazará como abrazó tiempo atrás a su amigo. Ella lo calmará, lo tranquilizará.

—¿Stella? —susurra.

La voz de Stella es tan baja que él no capta sus palabras.

—¿Qué? —pregunta.

—He dicho: ¿qué le hiciste a Dash?

—¿A Dash?

El nombre de su amigo en sus bocas.

—Tienes su anillo.

Ha pensado cuidadosamente su respuesta y sus palabras suenan tan dulces y sencillas como todas las historias que se ha inventado.

—Oh, el anillo. Jugamos la noche antes de la caída de Sebastopol y se lo gané.

—Mentira —suelta Stella; su voz es baja y está cargada de veneno—. Mentira. Dash jamás se habría desprendido de él.

Jasper parpadea. No puede quedarse ahí a discutir con ella. ¿Qué va a decirle? La verdad es que no hay una respuesta sencilla; no sabe con certeza si Dash cayó o fue asesinado. No podría decirlo. Abre y cierra la boca, siente una debilidad en su interior, como si sus huesos fueran frágiles y pudieran dañarse con facilidad.

Muchas veces se ha preguntado qué podría haber hecho para impedir lo que sucedió, si podría haberlo previsto y haber intervenido. Desde que tiene uso de razón, ha provocado en secreto la envidia de su hermano. Si Toby está celoso de él, entonces su vida tiene algún valor. En Crimea hubo veces, cuando lo perseguían los cuerpos mutilados y caídos, en las que se sentía muy desorientado, muy frío y muy vacío. Pero su vida se iluminaba cuando la veía a través de los ojos de Toby. Su creciente fama en combate, su uniforme reluciente, su amigo. Puede que fastidiara a Toby con Dash; puede que necesitara que su hermano estuviera celoso de él. Y todo fue cuestión de eso, como ha reflexionado cada noche: Jasper tendría que haber sabido lo lejos que Toby llegaría para hacer oír su voz, para darse a ver. Si lo hubiera pensado más detenidamente, habría recordado otro día, uno en el que echó en falta su microscopio y vio un trocito de cristal centelleando entre las tablas del suelo. Al principio estaba desconcertado, no podía creerse que su dulce hermano pudiera ejercer semejante violencia, que pudiera destrozar algo que no era suyo.

—Quiero que te vayas —dice Stella, y cada palabra es una puñalada.

No puede hacer nada más. Jasper baja a trompicones los peldaños, regresa entre las hileras de carromatos. Más adelante, ve una refriega, dos peones junto a su caravana.

—¿Qué sucede? —brama—. ¿Qué estáis mirando?

Extienden los brazos para detenerlo, pero es demasiado tarde. Tropieza con algo duro y pegajoso, retrocede. Un hedor le invade la nariz. ¿Cómo ha podido pasar eso si apenas lleva fuera cinco minutos? ¿Cómo es posible? La cabeza del cerdo reluce bajo la luz de la lámpara. Se acerca más. Está podrida y los gusanos se abren paso entre su carne gris. Tiene una moneda de oro sujeta entre los dientes.

A la mañana siguiente está decidido a hacer que las cosas sean distintas. Dará órdenes, repintará los carromatos, dará instrucciones a Brunette para que cosa nuevos atuendos. Encargará tarros grandes de aceite de macasar para cepillar el pelaje de los camellos y las cebras. Hará confeccionar un telón más grande, bordado con las mismas estrellas y lunas que cubren el jubón de Nell. «El Circo de los Prodigios de Jasper Jupiter», rezará, y cada letra tendrá la altura de Brunette. Lo de ayer fue un lapsus momentáneo, un simple desliz; después de todo, no es un autómata. Golpea un tambor mientras avanza entre las caravanas.

—¡Vamos, todo el mundo arriba! —grita.

Los artistas salen tambaleándose de sus carromatos, se desperezan. Él camina arriba y abajo. Todos los ojos están puestos en él. Se dice a sí mismo que puede hacer eso; puede hacerlo. Pero el mundo le parece confuso, como si sus labios formaran burbujas en lugar de palabras, como si sus pies flotaran sobre el suelo y nadie pudiera verlo.

Les hace ensayar el espectáculo desde el principio a pesar de que están cansados, a pesar de que actuarán ante el público en tan solo seis horas.

—De aquí a cuatro días, la reina verá nuestro espectáculo. Tiene que ser perfecto. Tiene que ser inmaculado. Ni una nota disonante, ni una pelota caída; este es mi momento, nuestro momento. ¡La reina tiene que quedarse embelesada, estupefacta, anonadada!

Observa, por un instante, que Pearl no está, que alguien debe de mantenerla oculta, y se alegra de ello. Hace que Stella trine desde el trapecio hasta que se le queda la voz ronca, y no le importa que lo fulmine con la mirada, llena de resentimiento. La chica langosta permanece sumergida en su acuario con su tubo de respiración tanto rato que se le arruga la piel. Todo el tiempo, él entrecierra los ojos y se pregunta: «¿Es esto lo bastante bueno?». Le inquieta estar demasiado metido en su espectáculo y que eso le haya hecho perder la capacidad de juzgarlo. «La chica del globo». Si alguien puede valorar una verdadera novedad, esa es la reina, una fanática de los fenómenos.

Le da igual si se quejan, lloran o hacen muecas. Les ha dado mucho. Piensa en todos los fenómenos que ha habido antes, a lo largo de cientos y cientos de años: gigantes con los cráneos partidos por el crecimiento de sus huesos; enanos metidos en jaulas de pájaros en las colecciones de fieras reales; niños oso reducidos y apedreados en sus pueblos. Muchos bebés fueron dejados a la intemperie para que murieran. Él les ha dado a todas esas personas un hogar, comida, una paga. Les ha proporcionado una plataforma, un medio para elevarse por encima de una vida sometidas al ridículo y a la exclusión. Les ha enseñado técnicas para que no se pudran en un pedestal, como un mero espectáculo.

—¿Dónde está Brunette? —pregunta echando un vistazo a su alrededor—. Le toca a ella. —Aparta el telón—. He preguntado dónde está Brunette. Será mejor que no esté otra vez en cama con dolor de cabeza. Que alguien vaya a buscarla...

Oye unos pies que se arrastran, unos papeles que se mueven, ve que las mujeres se alejan. Nell, Stella, Peggy. Se frota una quemadura del sol en el cuello.

—¿Está durmiendo? ¿Enferma? ¿Dónde está?

Todos le rehúyen la mirada. Sujeta el látigo con fuerza. Un peón avanza. Es Danny, el chico al que una vez pegó por haberse escapado.

—No hemos podido encontrarla...

—¿No habéis podido encontrarla? ¡A una mujer de más de dos metros! No puede decirse que sea invisible.

El hombre hace girar la gorra entre sus manos.

—Creo que se ha ido. Huido.

—¿Cuánto hace que lo sabéis? —pregunta Jasper fulminándolo con la mirada.

Nadie habla. Solo oye el chirrido de las ruedas de los carruajes en la calle, el crujido de la gradería con la brisa.

—He preguntado que cuánto hace que lo sabéis —suelta con voz fuerte, temible.

—Desde esta mañana, cuando nos llamó...

—¡Esta mañana! ¡A estas horas podría estar a medio camino de Southampton!

Sujeta a Danny por la camisa y lo empuja. El hombre cae al suelo. Los demás peones retroceden y forman un amplio arco a su alrededor. Jasper hace restallar el látigo contra el suelo. El impacto levanta algo de polvo como si fuera humo. Ve oscilar el horizonte mientras las manos le tiemblan con una violencia que no puede controlar. Mueve el brazo con la precisión del martillo de un herrero, arriba y abajo, con desenvoltura, como si el látigo fuera una extensión de su mano. Oye el crujido de la carne, un quejido reprimido del hombre, gritos ahogados a su alrededor. A Jasper le gustaría estar de vuelta en Crimea, donde podía pasar cualquier cosa, donde se quitaba la vida a los hombres con tan solo apretar un trocito de metal, donde Dash le daba palmaditas en el hombro y juntos incendiaban casas y recorrían las laderas con sacos llenos de cosas robadas cargados a la espalda, donde su afinidad con Dash era su vida, era el aire que respiraba, lo era todo para él.

Unos brazos lo sujetan, le arrancan el látigo de la mano. Se retuerce, se gira con el gesto torcido, dispuesto a levantar el puño al hombre que se ha atrevido a intervenir. Su hermano le devuelve la mirada. Jasper deja caer la mano a un costado; no se lo puede creer. Se tambalea, se endereza. El sudor le baja por la nariz, por la espalda, y trata de recuperar el control, de recuperar la voz. Inspira hondo.

—¡Encontradla! —brama—. ¡Encontradla!

32

Nell

Retroceden, se alejan de Jasper, cuya ira irradia fiereza a su alrededor. Todo el mundo se va con gran determinación: a lavar a los animales, a pintar los carromatos, a pulir los bancos de madera para preparar la función para la reina y mantenerse fuera de la vista de Jasper.

—¿A dónde ha ido? —susurra Nell a Peggy mientras cruzan el jardín.

Peggy se encoge de hombros.

—¿Qué hará Jasper si la encuentra?

—No lo sé —responde Peggy en voz baja—. Abel era de un pueblecito pesquero. A lo mejor encuentran un lugar tranquilo, alejado de todo. Puede que tengan suerte. —La mujer pequeña toma una escoba, que descuelga de su gancho con un atizador. Llena un cubo y empieza a fregar las losas del suelo—. Haz algo —sisea lanzando un hueso de pollo a la hierba de un puntapié—. Aparenta estar ocupada. Cuando está así...

Huffen Black le da una brocha y un tarro de pigmento rojo a Nell y ella empieza a pintar las yuntas de los carromatos, los marcos de las ventanas. Por el rabillo del ojo está pendiente de Toby, que despliega un nuevo fondo ante su cámara fotográfica. Bajo esa camisa, tiene un jardín entero pintado por todo el cuerpo. Los recuerdos la asaltan con la fuerza de un puntapié entre las piernas. La mano de Toby en su muslo. El contacto de sus dientes en el labio. No se atreve a mirarlo; ¿y si vuelve a ignorarla? No podría soportar que ese rescoldo de esperanza se extinguiera por segunda vez. Trata de concentrarse en aplicar la pintura, en los gritos de Jasper.

—Da comienzo la caza de la giganta —vocifera tambaleándose entre ellos. Nell se inclina sobre su trabajo con la mirada baja. Se pregunta si estará borracho o si es solo la agitación de la furia. Su voz posee un matiz que Nell no reconoce: pánico—. La encontraré. La traeré de vuelta a rastras como a un perro. Me aseguraré de que jamás vuelva a trabajar para ningún otro empresario circense.

Encarga anuncios, ofrece recompensas; Nell lo ve apuñalando con el dedo a sus agentes de prensa, alardeando de cantidades ingentes de dinero.

Hay alguien detrás de ella; da un brinco, convencida de que es Jasper, y espera una orden, una reprimenda. Se lleva la mano al pecho, pero el corazón le sigue latiendo con fuerza. Tiene las palmas de las manos calientes.

—Me has asustado —dice.

Toby no dice nada, ni siquiera sonríe, tan solo la mira tal como hizo aquel primer día, como si quisiera grabarla en su memoria.

—¿Qué pasa? —pregunta Nell.

El alivio de saber que la quiere basta para hacerla reír con un cosquilleo en la parte posterior de la garganta. Pasa un pulgar por la pintura desconchada y el cepillo le resbala en la mano.

—Nos verá —dice alzando la voz—. Tendrías que irte.

Toby da un paso adelante. Ella casi retrocede, la cabeza se le llena de pensamientos remotos. El recuerdo del cuerpo desnudo de Toby, el entusiasmo de su propio atrevimiento. Las manos de Toby le rodean la muñeca, la sujetan. Seguro que puede sentir como el pulso le late a toda velocidad. Quiere hablar, romper el silencio, acallar las punzadas en la parte baja de su vientre. El pulgar de Toby le tantea la piel suave entre los dedos.

—No dejo de cometer errores —asegura—. No puedo pensar.

Nell ya está sedienta de más, de promesas susurradas como las que Abel le hizo a Brunette, de que su vida siga la trama de los romances que ha leído.

—Lo oigo —comenta más apremiante, y Toby da un paso atrás.

Nell suelta el aire con fuerza, lentamente.

Se miran más tiempo del que resulta cómodo. El semblante de Toby es suave y poco marcado, como si alguien le hubiera pulido los bordes. Jasper dobla la esquina. De repente, Nell sumerge el cepillo en la pintura. Ve el contraste del color rojo en el viejo marco de la ventana. Oye como Toby se va. Se da cuenta de que está temblando, y el horizonte le parece impreciso, como si se hubiera derramado de un vaso volcado.

Hay estofado para almorzar, una salsa de carne viscosa con trozos de grasa flotando. Nell toma un bol y se lo lleva a su carromato. La niña duerme en la cama con el pulgar en la boca y el cabello blanco esparcido sobre la almohada. El ruido la despierta y echa un vistazo frenético a su alrededor.

—Chisss —suelta Nell sentándose a su lado.

Le acaricia la mano y la niña se tranquiliza. El susurro de su respiración es como el de un animalito. La niña despierta algo en Nell, algo primario, la necesidad de proteger. Es frágil como una taza de porcelana que puede romperse con suma facilidad. Piensa en ella cuando tenía su edad, en sus imaginarios reinos subacuáticos de perlas y conchas, de banquetes, compañeros y bailes.

—¿Tendré que ponerme pronto mis plumas? —pregunta la niña.

—De momento te quedarás aquí —responde Nell, y se le ocurre que tiene que mantener a la pequeña alejada de Jasper, con la esperanza de que la olvide—. O cerca del carromato. Te he traído estas canicas.

Alarga la mano y ve que la niña frunce el ceño al esforzarse por ver lo que le ofrece. Le pone la canica más pequeña en la palma y se la cierra. Pearl ríe y se pasa la bolita de cristal de una mano a otra.

—Una canica —susurra la niña—. Una canica.

Oye gritar a Jasper en el exterior:

—¡He dicho que limpiarais esos leones, no que les quitarais el polvo como si fueran baratijas!

Nell se pregunta cuánto tiempo pasará antes de que la eche en falta, antes de que se dé cuenta de que Pearl no está entre la compañía.

Pronto se pondrá el sol y estará sujeta con las cuerdas, con el arnés bajo la tripa, en los muslos y en los hombros. La invade el entusiasmo al pensar que en unos días será la mismísima reina quien pondrá los ojos en ella, quien la verá surcando el cielo. Anhela, de repente, ese momento en el aire en que su mente se queda en blanco mientras vuela, ebria de aplausos. El calor de mil rostros girados hacia ella, la seguridad de que ella vale algo.

—¿Te gustan las historias? —pregunta Nell, y la niña asiente. Coge el libro de cuentos y lo sopesa. Recuerda a Charlie moviendo las manos para intentar arreglarla, para intentar hacerla normal. Lo vuelve a dejar, inspira, y se pone a hablarle a Pearl sobre una sirena con una cola de escamas azules—. Su cola era tan hermosa que si los hombres la capturaban —susurra—, la sacarían del agua y la colocarían tras un cristal para que miles de desconocidos pagaran por verla. —Le cuenta que la sirena nadó hacia aguas profundas, donde nadie pudiera encontrarla—. Como tú en este carromato —dice.

Pearl sonríe y ella prosigue. Le explica que el viento desvió el barco de un príncipe de su rumbo y que este se enamoró de ella. Él deseaba tanto tener cola que fue a ver a una bruja que le arrancó las piernas del cuerpo y le cosió las escamas de un pez con una aguja afilada.

—¿Le dolió? —pregunta Pearl con los ojos abiertos como platos.

—Oh, mucho, muchísimo —contesta Nell, y la niña sonríe encantada.

—Pero cuando la sirena lo vio deslizándose por el agua con su ridícula cola de caballa, se rio de él y se marchó nadando.

Pearl suelta una risita, algo vacilante. Mira a Nell como si quisiera comprobar si eso está permitido, si es la respuesta adecuada. Nell comprende por primera vez lo que le fue arrebatado cuando su madre murió, lo que no sabía que había perdido.

Sabe que esa niña jamás estará a salvo. Jasper la ha comprado. Para él, solo es una novedad con la que comerciar. Nell se da cuenta también de que lo mismo podría decirse de ella.

—Y ahora, les presentamos a la espectacular Nellie Luna, la octava maravilla del mundo, que pronto surcará el aire ante los ojos de la reina en persona...

Se produce ese tirón, tiene las piernas demasiado altas y se esfuerza por encontrar el equilibrio. Mueve la tripa y se balancea. Puede oler el azúcar quemado de las manzanas de caramelo, el pestazo de los animales, demasiado cerca unos de otros.

Oye el estruendo de los aplausos mientras la elevan. La aprobación de los espectadores se le sube a la cabeza, tan potente como el opio. Pero esa noche, algo cambia; tal vez sea la idea de la niña sentada en el carromato con sus canicas, o de la mano de Toby en la de ella, o de Brunette, escondida en el campo. La invade la tristeza. Ya no puede ver caras en la masa ondulante del público. Los espectadores rugen como uno solo que agita sus miles de extremidades y la devora con los ojos. Los imagina con cuchillos relucientes, fileteándola con cuidado, chupando sus huesos hasta que no queda nada.

¿Y si resbala ante la reina? ¿Y si no encuentra ese equilibrio constante, si se le enredan las cuerdas? ¿Y si se cae esa noche? Lo imagina con la claridad de una profecía. Bastaría un nudo mal hecho para que los sacos de lastre se movieran. Una súbita ráfaga de aire, el repiqueteo metálico de sus alas, la reina contemplándola tapándose la boca con la mano. Y su nombre destacado en los periódicos, susurrado junto a las hogueras, saboreado y paladeado como un dulce.

«¿Te has enterado de cómo murió...?».

«¿Te has enterado de lo de Nellie Moon...?».

«¿Te has enterado...?».

«¿Te has enterado...?».

«¿Te has enterado...?».

Para calmarse, alza los ojos hacia Toby, que está asomado a la barquilla. El amor se mezcla con el murmullo de la actuación y Nell anhela construir un espacio con ese hombre, un lugar que sea suyo. Una niña, Pearl, con ellos también. Reconoce la curva de la nariz de Jasper en la de Toby, el parecido de sus ojos demasiado juntos. Eso la estimula. Jasper se la arrebató a su hermano y ahora ella le está haciendo lo mismo a él.

33

Toby

El día anterior a la visita de la reina, Toby se despierta a las ocho en punto de la mañana. Los artilugios brillan como lluvia caída del cielo. Los carromatos están recién pintados. Los caminos, limpios. Jasper ya no envía a los artistas a almuerzos en apartamentos privados, sino que retiene allí a todo el mundo y solo permite salir a Toby para que entregue al Chacal el importe atrasado. En cuanto regresa, hay más cosas que hacer, más órdenes dictadas.

Toby hace lo que su hermano le manda y ve que sus males desaparecen mientras levanta, sierra y transporta. La llegada de la reina significa poco para él; no lo verá actuar. En cambio, Nell ocupa tanto sus pensamientos que se pregunta si le queda algo de vida propia. Cada noche, ella se cuela en su carromato y le recorre la piel con los dedos. Leen juntos con una vela sobre el pecho de Nell, las hojas van pasando como si fueran plumas. Su amor es a veces tranquilo, a veces furioso; a veces le deja un labio ensangrentado, un arañazo en la espalda. En los libros que leen, el amor aparece una y otra vez. En las páginas parece magnificado, previsible. Pero lo que él siente va más allá de las palabras. Encuentra afinidad con cada historia, pero también cierta distancia, como si su experiencia fuera única y él fuera la primera persona que se siente de ese modo. Cuando se despierta y ve que Nell ha vuelto a su carromato con Pearl, se mira en el espejo. Enredaderas sinuosas, bocas de dragón amarillas, una serpiente rayada subiéndole por el brazo.

Lo conmueven cosas pequeñas. Una flor medio pisada. La forma en que la luz cae sobre una taza desconchada. Una imperfección inmaculada en la que jamás se había fijado. Cuando se acuesta en el colchón y oscila entre el sueño y la vigilia, se imagina una casita con el techo de paja y una puerta azul. Está rodeada de bosque y hay arbustos silvestres con fresas y pollos en el corral. Nell está junto al hogar y los niños se abalanzan sobre él. «Levántanos, papá», suplican, y él los hace girar más y más hasta que gritan de felicidad.

Pero a veces su alegría se trunca. Cuando los labios de Nell remolonean en su mejilla, imagina que ella descubre lo que ha hecho, y se queda sin aliento. Es incapaz de mirar a Stella ahora que comprende lo que la pérdida de Dash debió de haber significado para ella, lo que él mismo podría haber provocado.

—¿Qué pasa? —pregunta Nell la noche antes de la llegada de la reina. Él se limita a sacudir la cabeza. Nell está agotada tras la función, tiene cortes de las alas en los omóplatos. Él se los besa, inhala la potente fragancia del ungüento—. Pasa algo —insiste ella.

Toby quiere hablarle sobre la casita, sobre el futuro que espera que sea suyo. Pero tiene miedo de parecerle posesivo, de que se dé cuenta de que su amor es más fuerte que el de ella.

—Es que he pensado una tontería —comenta.

—¿Sí?

Con voz entrecortada le habla de la puerta azul, del hogar de ladrillos, de un bosque donde nadie podría encontrarlos. Ella no dice nada durante un rato.

—Parece un cuento. Una chica encerrada.

—Tú no estarás encerrada —asegura Toby.

—¿Y qué hay de Pearl?

Toby guarda silencio mientras piensa en la niña que le mantienen oculta a Jasper. Le cae bien, desde luego. Pero sabe, igual que Nell, que, al no tener ninguna utilidad en el espectáculo,

Jasper la venderá. ¿Cómo puede decirle, sin resultar insensible, que no debe encariñarse demasiado con la niña, que es cruel también dejar que la niña dependa de ella?

—Pearl —repite.

—Ella también tendría que estar ahí. En nuestra cárcel del bosque.

Suelta una carcajada forzada.

—Si no te gusta la casita, ¿cómo quieres que termine la historia? —No se ve con fuerzas de decir *nuestra* historia.

—Tal vez Stella me quiera en su compañía.

Nell se lo está tomando a broma. Toby vuelve la cabeza en la almohada para esconder su decepción, su vergüenza por querer demasiado. Ella lo rodea con los brazos, le dice que lo siente y por un momento se siente arropado. Sus manos le exploran la espalda, las enredaderas que ya no están abultadas e hinchadas, el pájaro del hombro. La excitación se despierta en él y se vuelve hacia ella, asombrado de su capacidad de satisfacer, de dar placer. Una idea le viene a la cabeza: la sensación inquietante de que no podría estar sin ella, de que su vida no significaba nada antes de que Nell llegara. Cierra los ojos para bloquearla; la detesta por como lo ha destruido por completo.

Mientras están acostados, piensa en la ciudad que se extiende a su alrededor. Decenas de millares de vidas subsistiendo. Buscadores de tesoros en la orilla del río que tropiezan con un anillo de oro forjado en una fragua romana. Ancianos que exhalan su último aliento, chicas que fríen arenques plateados en el hogar. Nell convierte un beso en un mordisco y Toby la penetra con más fuerza. Una ciudad llena de dolor, de alegría, de oscuridad y de luz. Vidas que se consumen.

Pronto Nell se habrá ido de vuelta con la niña, una pequeña a la que cuenta historias en las que las muchachas como ella son heroínas, en las que no hay nada que temer ni se transforma a las niñas con la piel pálida, joroba o marcas de nacimiento.

Y entonces lo oyen; Jasper está llamando a Toby. Se quedan inmóviles. Toby le tapa los labios con un dedo. No sabe qué podría hacer su hermano si los encontrara juntos. Está seguro de que hace unas semanas se lo habría visto en la cara, pero ahora rebosa secretos que Jasper no ha discernido. El amor de Nell; su piel pintada. O Toby ha encontrado una forma de volverse impenetrable para Jasper, o su hermano está perdiendo su control sobre él.

—¡Enseguida voy! —grita a Jasper.

No espera a ver la expresión de Nell para saber si le importa. Se pone la camisa y los pantalones y la deja acostada en el colchón, con la cara en la almohada.

—Necesito una copa —dice Jasper cuando lo ve.

—Estoy cansado —empieza a decir, pero Jasper ya lo está conduciendo hacia su carromato y él trota para seguirle el paso.

Toby ve lo atentamente que los mozos miran a su hermano al pasar, con sus cuerpos inclinados hacia delante, como si fueran interrogantes; ve lo mucho que desean su aprobación. ¿Qué debe de sentirse al tener a la gente así de embelesada? Se levanta la manga un poco. Ve el borde rosado de una flor. Imagina que es él quien capta la atención de la compañía, quien supervisa un mundo que ha construido él solo. Muchos piensan que es fácil hacer crecer un negocio, que solo hace falta capital. No comprenden, como Jasper y él, la dificultad de gestionar algo de ese calibre, la cuidadosa planificación, el riesgo, el miedo al desastre todos los días. Gradas que se vienen abajo, como las que mataron a la esposa de Pablo Fanque. Incendios devastadores que reducen a cenizas el trabajo de toda una vida. Artistas que resbalan y sufren caídas mortales.

—¿Dos dedos de ginebra? —pregunta Jasper, y Toby asiente mientras se acomoda en la silla del rincón de la caravana de su hermano. Entrechocan las copas—. Esta noche no podré dormir. Sé que no podré hacerlo. —Se abanica—. Hace calor. Me recuerda el tiempo húmedo antes del bombardeo. La espera.

Se recuesta y enciende un puro.

¿Está jugando Jasper con él, recordándole lo que hizo? Toby da un largo trago de ginebra.

—Sí —coincide Toby—. Hace demasiado calor para dormir.

—Vivía para esos días, ¿sabes? —comenta Jasper.

—Lo sé.

—A veces echo de menos los campos de batalla. Se suponía que teníamos que ser desdichados allí, pero yo no lo era. —Se apoya un rifle invisible al hombro, apunta a Toby y finge disparar—. Sabía que estaba luchando por cada hombre que tenía a mi lado. Eso me hacía sentir bien. Importante. A ti también te gustaba, lo recuerdo.

Toby no puede estar de acuerdo con él. Hay veces en que se pregunta si su hermano vivió otra guerra, si también tuvo otra infancia. Jasper lo ha reversionado todo, ocultado pequeñas traiciones, tomado fragmentos de su vida y unido las partes equivocadas. Ha hecho que Toby se pregunte si su memoria es de fiar, si a su forma de ver el mundo le falla algo. Quizá sea más fácil así, fingir que la vida es más prometedora de lo que es, que la suya ha sido siempre una relación satisfactoria basada en la igualdad, que Toby era feliz. Pero, aun así, tiene la sensación de haber sido silenciado, anulado.

«¿Qué fue de nuestro circo, del espectáculo del que ambos íbamos a ser propietarios?», quiere preguntar. Pero no puede admitir una verdad sin admitirlas todas. El microscopio destrozado. Dash, su cuerpo despachurrado.

«Toda historia es una ficción», piensa.

Su hermano alarga el brazo hacia él y le aprieta la mano. Le clava las uñas.

—La función será un éxito, ¿verdad?

—Por supuesto —asegura Toby—. Tú siempre triunfas.

—No habrá leonas impetuosas.

—Ni una sola.

Jasper le sonríe.

Toby podría desabrocharse ahora la camisa y mostrarle su cuerpo. Podría quedarse ahí plantado ante él, un jardín viviente. Pero ¿qué diría Jasper? ¿Le gritaría, lo echaría del carromato? ¿Sonreiría, aplaudiría? Se baja las mangas hasta los pulgares, se toca el cuello de la camisa para comprobar que está lo bastante subido.

—Estaba pensando en la muchachita —dice Jasper.

—¿En Nell?

—No. —Se le ensombrece el rostro—. En Nell, no. En Pearl.

El corazón de Toby late a toda velocidad.

—¿No estarás pensando venderla?

—Esperaré hasta tener el éxito asegurado. Puede que en unas semanas. Para entonces, seré tan famoso que podré arriesgarme a vendérsela a Winston.

—¿No puede quedarse?

Jasper suelta una carcajada.

—No digas tonterías —suelta—. Me costó mil libras.

—¿Qué? —pregunta Toby boquiabierto.

—Ya lo sé. Ya lo sé. —Jasper coge su copa—. Fue una decisión impetuosa. Pero espero recuperarlas pronto. Después de todo, Winston la quiere.

Toby asiente. Se muerde el interior de la mejilla. El olor a ginebra le revuelve el estómago.

—Bebe —dice Jasper, aunque él no ha tocado su copa y le tiemblan las manos.

—Mañana irá todo como la seda.

—No sé. —Jasper pone mala cara.

—Seguro que sí. Como siempre.

Permanecen sentados y el silencio es reconfortante. Al final, Toby se estira y dice que necesita dormir.

Camina hasta la colección de fieras para comprobar que los animales están encerrados para pasar la noche. Cuando llega a la jaula del rincón, encuentra al lobo gimoteando.

«Familias felices».

La liebre debe de estar escondida entre la paja. Pero cuando el lobo se dirige hacia el fondo de la jaula, con los ojos amarillos entrecerrados a la luz de la lámpara, Toby ve la curva blanca de un hueso. Un cráneo pequeño completamente limpio.

34

Jasper

Jasper se despierta temprano, sorprendido de haber podido conciliar el sueño. Coge sus botas de piel de camello y empieza a limpiarlas. Le quita el polvo a su sombrero y examina su reluciente frac rojo para comprobar que no le falta ningún botón. Está seguro de que la reina lo convocará después en el palacio de Buckingham. Mientras desliza la mano por cada alfiler, ensaya algunas ocurrencias.

«Desde luego, estoy seguro de que los cachorros de mi espectáculo causan muchos menos estragos que los vuestros...», diría, y les guiñaría el ojo a los caballeros de la corte que estuvieran con ella.

Pronuncia en silencio las palabras ante el espejo y hace una mueca.

«Flojo».

Tal vez podría decir con expresión irónica: «Todas mis actuaciones son genuinas, a diferencia de las de Winston, que se pondría un arenque ahumado en el chaleco y diría que es una sirena».

Frunce el ceño. Ya se le ocurrirá algo en ese momento. Se abrocha los zapatos y se imagina recorriendo los mismos pasillos que pisaron discapacitados, aztecas, gigantes y enanos, y todos sus empresarios circenses. Ha leído tanto sobre la galería de cuadros de la reina que ya se ha imaginado en ella. Los murales, los divanes cubiertos de seda y su spaniel, con el que Charles Stratton había fingido batirse en duelo tras desenvainar su espada. Cuando se pone la camisa, ve que tiene un sarpullido en la parte anterior de los codos.

En el espejo, su semblante es fantasmagórico. Se aplica blanco de plomo y se pinta los labios de rojo con grasa teñida de ballena. El aroma a pescado se le pega a los dedos. Da un rápido sorbo de ginebra y eso lo tranquiliza.

Apenas hay luz. Fuera, los árboles se agitan, pero la lluvia no tamborilea aún en el techo. Se sienta en los peldaños de su carromato. Nada se mueve, ni siquiera el canario. En una hora, los encargados de la limpieza empezarán a recoger la porquería esparcida por el jardín la noche anterior: vómitos, enaguas perdidas, huesos de ternera y de pollo. Fregarán los caminos con cubos de agua.

Se estira, suspira. El rocío brilla en pequeñas esferas perfectas. Coge una brizna de hierba, doblada hacia delante por el peso de una gota. La toca con el dedo, observa como se deshace.

Ese es su día, el momento en que su nombre adquirirá más fama que nunca.

Toda la mañana se enfrasca en los preparativos, grita a los mozos para que limpien las jaulas, para que lustren zapatos, hebillas y chisteras hasta que brillen como espejos. Ordena y amenaza chasqueando a un lado el látigo, que anhela dar una paliza. Pero todo se hace tal como él manda; los arreos están tan limpios que parecen recién comprados, los pétalos de hortensia recubren los caminos para recibir los pies de la reina.

El día no parece avanzar; da la impresión de que no dejan de ser nunca las nueve. Ve que las nubes son cada vez más densas y reza para que la lluvia espere. Se muerde las uñas hasta que le resulta doloroso sujetar el látigo, hace encargos de última hora a sus agentes de prensa para los periódicos de gran formato del día siguiente.

—Tienen que poner mi nombre hasta que estén hartos de escribirlo. «Jasper Jupiter». —Se da golpecitos en la sien al decirlo—. Jasper Jupiter, Jasper Jupiter. Héroe de Crimea, propietario de circo, yo tengo que ser el centro de todo —dice, y ellos asienten mientras garabatean con sus plumas—. Todas las actuaciones son de mi propia cosecha.

A media tarde, reúne a su compañía en un semicírculo y él ocupa su lugar en el centro.

—Tenemos el mejor espectáculo del país —afirma Jasper—. Yo lo sé. Vosotros lo sabéis. Y pronto también lo sabrá la reina. Cada noche triunfamos. Cada noche tenemos más espectadores.

Les hace reír, su hermano lo observa con los ojos llenos de admiración. Hasta los animales, los pájaros, los árboles que susurran parecen guardar silencio.

—He consultado a meteorólogos de Greenwich. La lluvia se acerca, pero puede que tengamos suerte. Recemos para que el tiempo aguante —comenta, y todos alzan la vista, como si les hubiera levantado las barbillas con sus manos.

Hay cierta inquietud en el ambiente, un suave olor a metal. Las nubes son bajas, abultadas, del color del estaño, y todos saben que la tormenta se aproxima.

A las cinco en punto, Jasper prepara la pequeña comitiva que acompañará a la reina en su recorrido hasta su espectáculo. Ella irá en su propio carruaje, pero él cabalgará a su lado con su mejor caballo, seguido de Peggy en un pequeño carruaje de cartón piedra con forma de nuez. La enana lleva un par de alas de alambre recubierto de gasa y un recién nacido alquilado pegado al pecho. El bebé chilla lastimosamente, sus pulmones funcionan con la furia de unos fuelles en miniatura. Tres peones irán detrás, armados con pistolas y cuchillos.

—Y aseguraos de que los globos se iluminan en cuanto veáis su carruaje —ordena mientras monta su caballo.

Le han teñido la crin con pintura en polvo y coloreado los flancos y las patas de rojo y azul. Huffen Black le entrega el estandarte, que ondea con la brisa.

«¡El Circo de los Prodigios de Jasper Jupiter!».

El carruaje de Peggy sale del jardín, con él trotando a su lado; se mantiene erguido en la silla, balanceándose tal como Dash le enseñó. Las pescaderas se detienen con las manos en las vísceras y las cestas a rebosar de arenques. Una chica que lleva al hombro un recipiente lleno de cangrejos se para y Jasper ve como los animales con caparazón chocan unos con otros dentro. Vendedoras de berros, abastecedores de provisiones, lacayos, señoras con enormes plumas de avestruz, todos ellos se detienen y se los quedan mirando cuando pasan al trote. Los árboles susurran su ovación, el agua del Támesis golpea los muelles a modo de aplauso. Él se yergue sobre una pierna con los brazos extendidos.

—¡El Circo de los Prodigios de Jasper Jupiter! —grita—. ¡Por real decreto!

Se imagina que su nombre es voceado en todas las calles, pregonado en todos los callejones, murmurado en todos los salones y despachos de esa magnífica y bulliciosa ciudad. Unos pilluelos se alejan para atraer a más gente.

—¡Vamos, vengan a verlo!

Por un momento, las nubes grises se levantan y la luz es tan brillante que tiene que protegerse los ojos.

—¡Jasper Jupiter!

En el palacio, Peggy abre la jaula de las palomas pintadas, cada una de ellas marcada con un elaborado «J. J.». Los pájaros, de garras rechonchas, salen de golpe. Pronto un carro o un zorro las hará picadillo, pero ahora, mientras picotean la grava y se mueven como si estuvieran borrachas, son sus pequeñas insignias.

Y entonces aparece el carruaje. Jasper entrecierra los ojos para tratar de verla, pero lleva las cortinas corridas. No importa. Le basta saber que está ahí, que por fin ha captado su atención, que ha sido el primer empresario circense que ha logrado hacerla salir después de muchos años. La pequeña reina, con la estatura de una niña. Con su pasión por los fenómenos. Cuando los ponis giran y la siguen, tiene la impresión de que el día ha sido planeado con la exactitud de un mecanismo de precisión y que nada puede salir mal.

Antes de cada función, siempre hay un frufrú, un murmullo, una tensión tan brusca como una respiración contenida. Los artistas cambian el peso de un pie al otro, se quitan de encima hasta el último ápice de estrés, intercambian medias sonrisas. Los animales tocan el serrín con la pata balanceando la cabeza.

Jasper está ahí plantado, robusto, los pies alineados con los hombros. Es casi de noche, los faroles que rodean la pista parpadean como pequeños ojos. Jasper mira a través del telón. Ahí está, ataviada con su ropa de luto. Sostiene un bolso de satén bordado con un cachorro dorado. Lo está esperando a él.

Hace una señal con la cabeza a los trompetistas y estos inspiran con el instrumento apoyado en los labios. Su elefanta, Minnie, está tumbada. Él se sube a lomos del animal de un salto y se coloca bien la capa roja y la reluciente chistera. Chasquea los dedos con suavidad. Al oírlo, las trompetas suenan, el telón se abre y Minnie entra dando traspiés en la pista.

—¡Bienvenidos! —brama con la voz más segura que nunca—. ¡Bienvenida, majestad! ¡Tengo el honor de presentaros el mejor espectáculo del mundo, el Circo de los Prodigios de Jasper Jupiter! Hoy veréis actuaciones que os llevarán a cuestionaros vuestra mente, que harán que queráis poneros las gafas. Oiréis sonidos que jamás habríais soñado...

Mientras mueve los brazos y hace girar un largo látigo alrededor de su cabeza, piensa que ese es el mejor momento de su vida. Ha creado ese espectáculo de la nada, a excepción de unos cuantos caballos rusos aturdidos. Ha asumido riesgos; ha localizado cada actuación y a cada animal y los ha adiestrado con la meticulosidad de un artista. Él está en el centro de todo eso. Él, Jasper Jupiter, exultante, extraordinario.

Cuando el globo asciende y Nell se balancea debajo de él, sabe que ha sido un éxito. Petardos, buscapiés y girándulas silban y sisean en su oído.

Somos de la misma
sustancia que los sueños, y nuestra breve vida
culmina en un dormir.

Una salva de aplausos llega desde el jardín. Una muchedumbre se ha reunido tras la gradería y todo el mundo está esperando. Ondean sus banderitas de papel pintado, se unen a su ovación. Jasper casi puede oler la tinta fresca de los periódicos del día siguiente. Recibirán una avalancha de nuevos espectadores, llenarán la gradería cuatro o cinco veces cada noche. Solo tiene que quitarse el sombrero de copa para atrapar el reguero de oro.

Mueve las manos como si dirigiera las plumas de cien reporteros de Fleet Street.

«Jasper Jupiter ha divertido a la reina con un espectáculo triunfal...».

Cuando Nell toca el suelo y la barquilla del globo vuelve a estar afianzada, Jasper ordena a un peón que lleve champán. Lo beben en viejos tarros de mermelada, entrechocan las improvisadas copas. Tiene una sensación de pertenencia tan fuerte que resulta dolorosa. Esa noche, se han movido como un solo cuerpo y han superado a todos sus rivales.

No es ninguna sorpresa que aparezca un cortesano. El hombre le entrega la invitación a palacio con una rápida reverencia. Nell debe acompañarlo.

—Es magnífica, ¿verdad? —dice Jasper—. Yo la creé.

—Su majestad tiene sumo interés en conocerla.

—Lo mismo que yo a ella —asegura Jasper—. Ordenaré un carruaje. ¿Debemos ir ahora o a una hora convenida?

Una pausa. El cortesano se mueve inquieto.

—Oh, me ha entendido mal —dice—. A su majestad le ha gustado mucho su espectáculo. Pero le gustaría recibir a Nellie Luna. —Mira a Jasper como si fuera tonto—. Solo a Nellie Luna, en palacio.

35

Toby

La tormenta llega de golpe. Los rayos rasgan la bóveda celeste. Los truenos retumban, fuertes y graves. Es bíblico, la furia de Dios desatada. Llueve a cántaros y el agua empapa las velas, apelmaza el serrín. Los animales se estremecen, el león está totalmente encogido. Toby sujeta las correas y los lleva de vuelta a sus jaulas. A su alrededor, los charcos burbujean, la lluvia le gotea de la nariz, de la barbilla.

Trabaja tranquilamente, sin la premura de la muchedumbre que se dispersa, caballeros que se precipitan hacia los taxis y los carruajes, señoras tan empapadas que parece que sus vestidos las hayan sorbido. Cubre los bancos con las lonas alquitranadas, trata de rescatar algunos de los adornos de cartón piedra, que se convierten en una pasta en sus manos. La pista es prácticamente un pozo. No tiene sentido intentar salvar el telón; está tan mojado que ni siquiera Violante podría cargarlo. Suena un trueno. Los gritos de Jasper le retumban en los oídos:

—¡Lleva eso, trae eso, guarda eso, he dicho que lo guardes!

Su hermano está en el centro de la pista, con los bancos formando un arco a su alrededor. Con el pelo pegado a la cara, señala con el dedo en el aire. Nadie se le acerca. En los carromatos, Toby ve encenderse algunas lámparas. Ve a Stella llevando a Pearl a toda prisa de la caravana de Nell a la suya.

Rodea la gradería para comprobar que los animales están más calmados, que alguien les ha dado de comer. Salta un arroyo que es cada vez más ancho. Un agua maloliente borbotea en las alcantarillas. Se estremece, sube los tablones a los carromatos de los animales y arroja unas mantas secas sobre los leopardos.

Grimaldi está en la cuadra, rascando el suelo con la pata. Toby lo tranquiliza como solía hacerlo cuando las armas rugían en Varna, descansa la mejilla en el hocico suave del caballo.

—Chisss —dice Toby, y el animal empieza a calmarse.

Toby, frío por la ropa mojada, absorbe el calor de Grimaldi. Las noches de invierno, duerme a menudo junto a él con la cabeza apoyada en su vientre. Se plantea hacerlo esa noche, pero tiene que asegurarse de que no le entre agua en el carromato, de que sus fotografías estén a salvo. La lluvia martillea el techo.

—Tranquilo —dice Toby, y su caballo alza la cabeza y lo acaricia con el hocico—. Ese es mi chico.

De nuevo fuera, cruza el campamento con el agua sucia arremolinándose en sus tobillos. Un rayo que cae de repente ilumina las letras pintadas de su caravana. «Capture la imagen antes de que sea tarde». La madera de su puerta está hinchada y tiene que empujarla con el cuerpo. Dentro está todo seco y, tras suspirar de alivio, enciende una lámpara. Entonces puede ver la pequeña estancia: su colchón en el suelo, las hileras de productos químicos, un libro que él y Nell leyeron juntos la noche anterior. Nota su olor, a limón, a pintura al óleo y a tierra, en la ropa de cama y, por un momento, le irrita que Nell haya acaparado una parte tan importante de su vida que apenas pueda pensar en algo que no sea ella.

Cuando va a quitarse la ropa mojada, su puerta se abre de golpe. Su hermano está allí de pie, con la lluvia resbalándole del cabello y goteando agua en las tablas del suelo. Su furia es tan visible como el vapor que desprende su cuerpo.

—La muy puta —sisea Jasper.

Toby teme entonces que Jasper capte también el olor de Nell; que lo averigüe todo, que eso lo lleve a algo más desagradable. Pero la mirada de su hermano es frenética, sus ojos son incapaces de posarse en algo, y huele a ginebra.

—¿Cómo ha podido? ¿Cómo ha podido? —pregunta Jasper. Coge una botella vacía y la sopesa con la mano, como si fuera a romperla.

—A lo mejor... —empieza a decir Toby, pero se queda callado.

Nunca ha visto así a su hermano, nunca ha sentido el peso y la fuerza de su ira.

—¿No sabe que el espectáculo es mío? ¿No ha visto mi imagen, mi nombre, por todas partes? —Hace girar la botella en su mano—. ¡Nellie Luna! ¡Yo la creé! Esa pequeña monstruo es obra mía. La saqué de la nada, ¡de una casucha asquerosa! ¿Cómo no lo ha visto la reina? ¿Cómo no ha visto que Nell es mía, que es poco más que una marioneta, que yo soy su creador, coño?

Toby abre la boca, la cierra. Se traga sus objeciones. Se toca los labios con la esperanza de encontrar en ellos las palabras, una defensa tranquila de Nell. Otro hombre habría sujetado a Jasper contra la pared, habría interrumpido su torrente de furia. Pero Toby se limita a parpadear con sus fuertes brazos pegados a los costados. No tiene el valor de defenderla.

Jasper camina arriba y abajo una y otra vez, retorciendo las manos con ira, soltando y escupiendo insultos, y Toby procura no escucharlos, procura que le resbalen.

«Cobarde —piensa—. Cobarde».

Alza los ojos solamente cuando su hermano se calla, cuando sus pasos se detienen. Jasper lo está observando de una forma extraña, con la boca medio abierta.

Al principio Toby no lo entiende.

—¿Qué has hecho? —susurra Jasper—. ¿Qué te has hecho?

—¿Qué?

Se toca la cabeza, piensa que quizá se haya cortado.

Es entonces cuando ve que tiene el cuello de la camisa rasgado, que la lluvia la ha vuelto transparente. A través de ella, se ven unas formas tenues, el trazado pálido de unas enredaderas, una peonía carmesí floreciéndole en el pecho como un segundo corazón. Intenta alargar el brazo hacia la sábana, taparse, pero Jasper le abofetea la mano para impedírselo.

—¿Qué te has hecho? —repite Jasper, más fuerte esta vez.

Sujeta la camisa de Toby y se la rompe hasta el estómago haciendo que los botones se esparzan por el suelo.

Rosas y lirios salpican su torso, como caídos de una carretilla de Covent Garden.

—¿Qué...? ¿Qué eres?

—Pensé... pensé que te gustaría.

—¿Que me gustaría? —suelta Jasper—. Te has convertido en uno de ellos. En un fenómeno. ¿Elegirías su vida? —Lo está mirando como si no lo conociera, como podría mirar a un animal—. ¿Preferirías estar en un pedestal para que te toquetearan y ridiculizaran? ¿Elegirías eso?

Jasper levanta la mano y, aunque no lo toca, su hermano se tambalea. Cae al suelo y dobla las piernas como si esperara que Jasper lo pateara. Cierra los puños. Podría defenderse si quisiera, tumbar a Jasper de un solo golpe. Podría...

A Jasper se le apaga la voz y se da la vuelta.

—Después de todo lo que he hecho por ti, de todo de lo que te he salvado después de lo de Dash...

—Espera —suplica Toby—. Por favor...

Pero Jasper se ha ido y ha desaparecido en la penumbra.

Toby se queda solo entonces, solo mientras la lluvia golpea el techo. Se quita los pantalones dejando las piernas al descubierto, llenas de estiércol, malolientes. Contempla sus muslos, gruesos como troncos, con sus flores y sus enredaderas, y algo lo remueve por dentro. Recuerda el orgullo que sintió al abrirse paso entre la gente, el olor a pan recién horneado en el ambiente, los puestos de pan de jengibre y los vendedores de castañas, cómo todo el mundo lo observaba y se maravillaba.

Se imagina una casita en un bosque frondoso; una esposa y una hija. Podría organizar una exposición, llenar una sala con imágenes que mostraran pequeñas verdades, historias de las que solo él ha dejado constancia. Un hombre muerto, un rifle roto, un ejército desorganizado. Tiendas arrugadas como el papel. Se ve en el centro de todo eso, chasqueando los dedos como un empresario circense, revelando el truco que el mundo ha conspirado para esconder, reparando así las mentiras que ha contado. Entonces recuerda, también, lo que hizo, lo que ha mantenido oculto. Dash. Se tapa con las sábanas con las mejillas todavía mojadas por la lluvia.

36

Nell

Conducen a Nell por pasillos con techos sostenidos por pilas-
tras rosadas, amplios como casas. El lacayo camina tan deprisa
que ella casi tiene que correr para seguirle el paso. Sube una escalera de mármol con una sinuosa barandilla, recorre más pasillos, más anchos todavía, adornados con satén verde a rayas.
Mientras andan, el lacayo le lanza instrucciones:

—Nunca se dirija directamente a la reina, no le dé la espalda...

Nell tropieza con el borde de una alfombra. Todo está bañado en oro, pulido hasta relucir, y Nell ve centenares de versiones
en miniatura de sí misma reflejada en los pomos, en las brillantes cornisas, en las paredes cubiertas de espejos. Sus muslos llenos de marcas de nacimiento, el jubón y los bombachos con su
luna y sus estrellas. Se tira del dobladillo hacia abajo para tratar
de taparse un poco las piernas. Ojalá llevara un vestido o pantalones largos; ojalá Toby o Stella estuvieran con ella. No ha tenido tiempo de cambiarse después de la función, apenas se había
quitado las pesadas alas mecánicas de los hombros cuando Stella
le dijo que subiera al carruaje y que se diera prisa, que se fuera
antes de que Jasper la viera. Había algo que no le encajaba, aunque no sabía qué o por qué. Ha pedido a Stella que fuera a buscar a Pearl y le diera de cenar.

Entra en una habitación tan grande como la misma gradería, llena de esculturas acechantes como un ejército de enemigos decapitados. Inspira hondo. Las chimeneas crepitan. Hay jarrones de base ancha en pedestales, cortesanos con pañuelo al cuello que se van corriendo como ratones asustados. Se vuelve hacia la pared porque no sabe a dónde tiene que mirar. Hay un friso, un bajorrelieve de pigmeos y personas pequeñas con las piernas como palillos. «Brobdingnagianos», lee, aunque esto no significa nada para ella. Ve gigantes, enanos, prados lisos como sábanas planchadas.

Y entonces nota el contacto de un brazo que la impulsa hacia delante. Allí, al fondo de la galería, está la reina. Mientras tienen lugar las formalidades, con una reverencia y una presentación, se siente como si la estuvieran observando a través de un cristal. Hace unos meses, estaba con el lomo doblado hacia la tierra para hundir en ella el desplantador. Se toca la muñeca como para sentir el consuelo de su solidez, para recordarse que no va a romperse.

—Y tú eres la Reina de la Luna y las Estrellas —dice la reina.

Nell asiente. Se pregunta si se espera que diga algo divertido, que realice un pequeño baile o que cuente un chiste, que saque una flor de detrás de la oreja de la reina. Le vienen a la cabeza los desvaríos sin sentido de Huffen Black: «El barbero afeitó pavos calvos a dos peniques la docena, tal cual, y en cuanto vieron la crema, les dio un patatús morrocotudo».

—Tu cara —dice la reina—, ¿puedo tocarla?

Nell no responde. No siente la lengua. Pero la mujer ya está alargando una mano y poniéndole la suave palma en la mejilla.

—Ya veo que no tiene truco. —Se recuesta satisfecha con una sonrisita en los labios—. Soy experta en patrañas. —Se vuelve hacia el lacayo—. Tráeme a mi fierecilla. Creo que ella y Nellie Luna tienen el mismo sastre.

El lacayo regresa con un spaniel con una cinta rosa. La perrita es blanca, moteada con grandes marcas en la piel. Su cola cortada oscila como un péndulo.

«Un perro», piensa Nell.

—¡Son auténticas gemelas! Mis mascotas de palacio. —La reina se inclina hacia delante, da una palmada—. ¡Oh, qué divertido! Ojalá Vicky y Bertie pudieran verlo. Cógele la patita.

Nell se agacha hacia el animalito como si fuera una marioneta, como si no pudiera hacer otra cosa que someterse. Sujeta la pata de la perrita.

—Encantada —dice la reina con una extraña voz aguda que, para Nell, pretende hacer pasar por la de la perra. El animal gime incómodo, se retuerce, se queja. Todos los ojos están puestos en ella, como si fuera una sardina en una bandeja. Algo para devorar.

—¡Maravilloso! Simplemente maravilloso —afirma una de las damas de la corte—. ¡Hay que ver lo divertida que es esta pequeña monstruo!

Nell se dice a sí misma que se refiere a la perrita, aunque todo el mundo la está mirando a ella. Todavía no ha pronunciado ni una palabra. Se da golpecitos en el pecho, como si esperara encontrar las palabras ahí estancadas, dispuestas a subirle hacia la boca. Pero solo oye el estruendo de su pulso.

«Jasper me ha arrebatado la voz», piensa, pero sacude la cabeza para librarse de una idea tan absurda. Piensa en la bruja del mar, en su casa hecha con los huesos de marineros naufragados. Ella le corta la lengua a la sirenita con un cuchillo desollador.

«Yo le pertenezco a mi público», había dicho Stella.

Tiene los hombros en carne viva por el roce de las alas. A la sirenita le sangraban los pies como si anduviera sobre hojas afiladas.

—Tienes que volver a visitarme —dice la reina—. Me gustaría.

Y, dicho esto, Nell debe retirarse, desandar sus pasos por la escalera y por esos largos pasillos. Las columnas tienen el aspecto moteado de la carne procesada. Se imagina la carne introducida en una picadora para convertirse en picadillo. Unos pies sangrando. La boca de Bonnie, la tragafuegos, chamuscada por las brasas donde el protector de cuero que lleva se ha desgastado.

La recoge un carruaje y la lluvia golpea el techo con la dureza del granizo. No puede ver nada a través de la ventanilla empañada. Cuando el caballo se detiene en el jardín, se baja, esquiva los ríos de agua. La zona se ha convertido en un lodazal. Un fuerte rayo ilumina el cielo. Nell lleva el pelo pegado a la cara. En su carromato hay una vela encendida y, cuando abre la puerta, no le sorprende ver que Jasper la está esperando dentro.

Recibe un golpe de costado. Es tal el impacto contra el suelo que se queda sin aire en los pulmones. Y de repente tiene a Jasper sobre ella, sujetándole las manos contra el pavimento. Nota su aliento apestoso y caliente en el cuello.

El carromato se vuelve borroso. No piensa en el dolor de las muñecas; no piensa en que tendría que estar peleando, en lo mucho que pesa su cuerpo. Pero su mente recuerda una pequeña playa de guijarros, un farol, una red y un escurridizo animal marino moviéndose en su mano. Tienes que aturdir a un calamar para matarlo; clavarle un pincho en el espacio que tiene entre los ojos. Nell no lucha ni se revuelve, no como las caballas. A ellas es fácil despacharlas; se les pone con cuidado un pulgar en la boca y se tira hacia atrás hasta que se oye el crujido apagado de una espina dorsal rota.

Piensa que así es como se sienten las chicas que caen en manos de buhoneros en los caminos. Atrapadas como mariposas nocturnas, como calamares en las rocas. Esa es una lucha que las mujeres han librado siempre, sus cuerpos suaves convertidos en campos de batalla, sus huesos finos aplastados bajo el peso portentoso de los hombres.

Se da cuenta, con una tristeza efímera, de que eso es lo único que Jasper ha querido desde el principio: dominar con su cuerpo el de ella; de que se ha pasado de la raya sin querer; de que involuntariamente se ha situado por encima de él.

—Yo te he creado —suelta Jasper mientras le toquetea con los dedos el jubón—. ¿Cómo no lo ha visto?

Se oye el ruido de tela rasgada y a Nell le parece curioso que sea eso lo que la hace salir de su estupor, la idea de que va a desgarrar y destrozar su atuendo. Sin él no es nada, simplemente una chica llena de marcas con un vestido. Entonces muerde, da patadas. Es una caballa liberándose. Le da con el codo en el pómulo, le atiza un cabezazo en el mentón. Impulsa las manos, los nudillos, una rodilla hacia arriba. Jasper grita de dolor y ella se zafa, apenas dañada, se toca el costado y ve que su ropa solo está un poco rasgada. Sus piernas pasan a la acción y echa a correr peldaños abajo para seguir a toda velocidad entre las hileras de carromatos. Jasper no la sigue.

Podría ir a ver a Stella, contarle lo que ha pasado, dejar que la mujer le acaricie el pelo. Pero no quiere compasión, no quiere que le digan cómo debe sentirse, que toquen su cuerpo como una frágil vasija que podría romperse. Además, teme alterar a Pearl si la ve tan asustada.

Allí, más adelante, está el carromato negro. «Capture la imagen antes de que sea tarde. Tobias Brown. Fotógrafo de Crimea».

Toby se levanta cuando ella entra como una exhalación.

—¿Qué pasa? —pregunta, y Nell se abalanza sobre él, lo sujeta.

Es más un choque que un abrazo, como si intentara desprenderse de lo que acaba de ocurrir, de alejarlo en lugar de atraerlo. Usa los dientes, el pelo y las uñas. Quiere compartir su dolor, lanzárselo a otra persona. Se aferra a Toby con las uñas, se las clava en la espalda, le muerde el hombro. Siente que tiene poder, como si fuera gigantesca; siente alivio también. Olvidar, eso es lo que quiere, perderse, encontrarse; sentir. Le gustaría tener algo en la mano y ver como se hace añicos

—¿Qué pasa? —repite Toby—. Se da cuenta de que está llorando, que las lágrimas le resbalan silenciosas por las mejillas—. ¿Qué ha sucedido?

La rodea con sus brazos corpulentos, la sujeta con fuerza.

Se oye un sonido inesperado fuera del carromato, la puerta que se abre y se balancea sobre sus bisagras.

—¿Qué ha sido eso? —susurra Toby, pero no la suelta.

—Solo el viento.

—Había alguien ahí. Lo he oído.

—Habrá sido una rama, o la lluvia —replica Nell, aunque sabe con certeza quién era.

Se presiona el pecho con una mano. La ira arraiga en lo más profundo de su ser.

Cuarta parte

¿Es posible que sea usted Barnum? ¡Vaya, esperaba ver un monstruo, mitad león, mitad elefante, y una mezcla de rinoceronte y tigre!

P. T. Barnum, de un encuentro
con el señor Vanderbilt,
extraído de la autobiografía,
*The Struggles and Triumphs: or,
Forty Year's Recollections of
P. T. Barnum, 1869*

37

Jasper

Jasper lo recuerda todo borroso. La lluvia, hiriente como un aluvión de balas, el agua que le resbalaba por la espalda, el frío que le calaba los huesos. Está de pie en el centro de la pista empapada, el telón arruinado, el serrín mojado bajo sus botas. Su respiración es rápida y las palmas de sus manos están tensas y doloridas.

El cortesano, su pausa de disculpa.

«Ah, me ha entendido mal».

Ha perdido el control de su historia, ha visto cómo se ha desarrollado, cómo ha crecido, y cómo ha culminado sin él; ya no trata de él, sino de Nell. Dondequiera que mire, está ella. Su nombre en los labios del cortesano. Sus mordiscos y sus patadas, su negativa a someterse a él. Y después, esa luz brillando en el carromato de Toby. Se dirigió hacia allí a trompicones y los vio. Cuatro piernas, cuatro brazos retorciéndose. La cadencia enfermiza del éxtasis, sus respiraciones entrecortadas. El brazo lleno de dibujos de Toby rodeando la cintura de Nell. La lealtad de su hermano puesta en evidencia. Fue un jarro de agua fría. Intentó secarse la frente, pero le pesaba demasiado la mano. Estaba cansado, muy cansado. Se desplomó en el suelo y no pudo levantarse. Sentía una pesadez, una calma extraña. Estaba solo, perdido, todo el mundo se había apartado de él.

Tendría que haber estado preparado para eso. Ícaro surcando el cielo bajo el calor abrasador del sol mientras la cera se derretía lentamente. La tremenda ambición de Victor Frankenstein, cuyo monstruo escapaba a su control y le arruinaba la vida. Historias que se repiten a lo largo del tiempo sobre hombres que han luchado demasiado para construir bastiones tan altos que solo pueden derrumbarse.

Pierde y recobra el conocimiento. Solo sabe que pasan los días y que la lluvia no remite, que no hay funciones, y sin funciones, no hay dinero. «¿Cuánto tiempo —se pregunta—, cuánto tiempo pueden vivir de la nada?». Todos los días tiene que abonar el alquiler, comprar comida, pagar a su compañía; cada día es una sangría, ¡y no entra nada! Tiene una fiebre altísima. Dolor de garganta, los ojos nublados, un paño de lino frío en la frente.

Un hombre al que no conoce le abre a la fuerza la mandíbula y le introduce un instrumento frío entre los dientes. Escupe, nota el sabor de unos polvos amargos en la lengua.

—¡Largo! —grita.

Van a hacerlo pedazos, a momificarlo, a exhibirlo en una campana de vidrio. ¡Le van a arrancar la carne de los huesos! Los nombres de varios médicos se le agolpan bajo los párpados cerrados. Cuvier, que diseccionó a Sara Baartman, la Venus hotentote. John Hunter, quien ignoró los deseos del gigante Charles Byrne e hirvió sus grandes huesos amarillos para luego exhibirlos en su museo. El doctor David Rogers, que diseccionó a Joice Heth como si fuera un espectáculo y destapó el engaño de Barnum sobre su edad. El profesor Sukolov, que convirtió a Julia Pastrana en un espécimen de taxidermia...

—¡No! —grita agitando los brazos, golpeando bandejas de plata, frascos de cristal, polvos—. Han cometido un error...

—Un resfriado —dice alguien—. Ha pillado un resfriado...

Nota que le levantan la piel, que le arrancan los huesos de las articulaciones, capta el olor del líquido conservante. Oye la voz del Chacal. Unos dientes pequeños, una sonrisa que deja demasiada encía al descubierto.

—Chisss —dice un hombre—. Chisss.

Por la noche, sueña con Nell, su cuerpo escindiéndose, creciendo y ocupando toda la gradería hasta que los bancos quedan esparcidos como cerillas. No hay espacio para él; no hay espacio para nadie más.

Piensa que se despierta, pero cuando abre los ojos, se mira las manos y ve que se han reducido al tamaño de las patas de un ratón...

Se pregunta si la locura es eso: la incapacidad de distinguir entre lo que es real y lo que es una ilusión.

Oye susurros: «No se lo digas, no puede oír nada; está inconsciente, ¿no lo ves?».

Pero lo oye todo igualmente. Han robado en los carromatos, han volcado uno. Han encontrado muerta a una cebra con una moneda bajo la lengua.

«El Chacal», piensa, otro pago que no se ha hecho.

—¿Cuánto tiempo? —masculla—. ¿Cuánto tiempo?

«Siete días de lluvia», le dicen. Demasiada agua para los espectadores. No hay dinero. Hay hambre, los artistas están inquietos, impacientes por cobrar. Le han dado de comer la pobre oveja al león porque no tenían nada más.

—Chisss, chisss —dice Toby.

Jasper se da cuenta de que su hermano ha estado ahí todo el rato, de que no lo ha abandonado. Le sujeta la mano, se la lleva a la mejilla.

«Chisss, chisss, chisss».

Unas olas lamiendo la costa. El pecho de Toby latiendo por él.

«Chisss, chisss, chisss».

Busca el anillo en su bolsillo.

La noche avanza. Lo alcanzan unos rayos brillantes de luz y cuando se despierta, está en Crimea. Está allí, en la tienda de Dash; Stella está tumbada a su lado y Toby en el rincón. Abre una navaja al ritmo del tu-juit, tu-juit de la metralla, las balas y los obuses. Se palpa cierto miedo en el ambiente; saben que al día siguiente proseguirán con el ataque a Sebastopol, que tal vez no sobrevivirán. Que muchos hombres no lo harán. La novedad de estar vivos impregna sus risas. Hurgan en el pequeño cofre de cadenas y relojes. Stella se lleva un crucifijo al cuello.

—¿Qué te parece? ¿Calmaría esto a tu padre? ¿Le haría creer que soy un ángel?

Dash suelta una carcajada y la besa.

—Podríais ahorrarme el espectáculo... —comenta Jasper desviando la mirada.

—¿En nuestra última noche en este mundo? —suelta Dash.

Tumba a Stella a su lado y ella suelta un grito de horror fingido.

—Yo diría que los marmolistas pueden esperar un poco para grabar tu lápida —replica Jasper riendo con su vaso de cerveza porter en la mano.

—Eso no lo sabes. —Dash se ha puesto serio de repente.

—Bah —dice Jasper. Traga saliva, piensa en que su regimiento ha sido apodado como *Verloren hoop*. Destacamento suicida. Se vuelve hacia Stella con una sonrisa forzada—. Haz que se calle, te lo suplico. Si sigue así, rogaré a un francotirador que acabe con mi vida.

—Tengo un presentimiento. Un desasosiego. —Dash se da golpecitos en el pecho—. Aquí. Como si no pudiera respirar bien.

Stella le coge las manos, le besa los nudillos.

—Basta —dice—. No quiero oír ni una palabra más de esta cháchara morbosa.

—¿Me echarías de menos? —pregunta Dash.

—Muchísimo —responde Stella con una ligereza forzada, pero Jasper ve como vuelve la cabeza y se seca los ojos con la manga cuando cree que nadie la mira.

Se levanta, coge el uniforme de Dash y empieza a pulir los botones de oro con limón y sal, a frotar las manchas de la tela. Hasta entonces, Jasper nunca la había visto desempeñar labores domésticas; siempre deja las tareas de limpieza y la colada a su asistenta. Aplica un paño untado en aceite a las botas que Dash había dejado en el suelo y lo desliza describiendo círculos lentos. Dash la mira con una mano descansando en el tobillo de ella. Es entonces cuando Jasper siente que se está entrometiendo, que ese es un ritual tan íntimo como si Stella hubiera sacado un bol de agua y hubiera empezado a enjabonarle los pies.

Fuera, están cargando los caballos, dando órdenes. Se oye el apresurado ruido de botas en la tierra. Un hombre está llorando, un sollozo humillante que a Jasper le atraviesa el alma. Un ejército preparándose, un gato a punto de atacar. Stella sujeta un hilo, lo chupa y empieza a remendar un agujero en los pantalones de Dash. A Jasper le gustaría decir algo para acabar con esa repentina seriedad, una intimidad que nunca había visto entre Stella y Dash. Por primera vez cree que Dash la ama de verdad, que se casará con ella y que no le importará si lo repudian. Pero ver a Toby lo sume en una irritación reconfortante, en una ira incipiente. Su hermano está allí sentado, con las rodillas bajo la barbilla, y es una estampa tan patética que casi se echa a reír.

—Estoy cansado —dice poniéndose de pie, porque sabe que Dash y Stella no quieren que esté ahí.

Toby lo sigue de vuelta a su tienda. A Jasper le apetece pincharlo, discutir abiertamente sus diferencias, preguntar a su hermano por qué no se preocupa por él como Stella por Dash.

—¿Por qué no has dicho nada? —pregunta volviéndose hacia él—. ¿Por qué te sientas siempre en el rincón como un verdadero idiota?

Toby arrastra un pie por el suelo.

—Tú me trajiste aquí —responde con tristeza— y ahora te gustaría que no estuviera.

—¿Por qué le diriges esas miradas de odio?

—¿A quién?

—A Dash. ¡Como si fuera un maleante!

Toby hace un mohín y entra en la tienda detrás de él.

—¿Y bien? ¿O es que te vas a quedar callado como siempre...? Toby lo mira.

—Cree que se merece todo lo que le viene dado —suelta con voz entrecortada—. Que puede coger todo lo que quiere.

Jasper se queda mirándolo. Le cuesta entender que alguien pueda estar tan equivocado con respecto a su amigo, que Toby sea incapaz de ver su generosidad, su absoluta falta de falsedad.

—¿De verdad? ¡Él te consiguió este puesto, Toby! Lo encontró para ti. Pensaba que después de todo esto le estarías algo agradecido...

—¿Agradecido? —Hay una nota de color en las mejillas de Toby—. Su dinero y sus contactos te ciegan. No puedes ver cómo es en realidad.

—Te equivocas —asegura Jasper quitándose la camisa—. Es una pena lo equivocado que estás.

Se acuestan en sus respectivos colchones, de espaldas el uno al otro. Jasper no puede dormir, no puede soportar la respiración ruidosa de su hermano. *Verloren hoop*, piensa. Pasadas unas horas, su hermano habla en voz baja, compungida.

—Tendremos nuestro espectáculo, ¿verdad? —susurra—. ¿Todavía lo tendremos?

Jasper no responde. Podría echarle en cara algunas cosas, pero está cansado de todo ese asunto. Lo único que quiere es volver a estar al lado de Dash, galopar colina abajo, con las sillas crujiendo y los cascos de los caballos golpeando la tierra con la misma fuerza con que laten sus corazones. Quiere ganar esa guerra, aplastar a los rusos. Quiere poder decir que él formó parte de ello. Se viste deprisa, ajustando con los dedos los botones sin pulir de su casaca. El aire matutino es frío y cortante. Stella y Dash ya se han levantado; están hirviendo agua en una cazuela con las piernas entrelazadas. El sol todavía no ha salido, la fortaleza de Sebastopol luce gris y fantasmagórica a la luz del alba.

—La tomaremos, ¿no crees? —pregunta Dash.

Jasper se masajea las sienes.

—Está chupado —asegura, y Dash se ríe de su bravuconería—. No tendría que haberme bebido esa botella. Tengo la sensación de que se me va a partir el cráneo por la mitad.

Stella se disculpa y se mete en la tienda. Puede oír como orina dentro de un bote.

Jasper da un sorbo a su bebida.

—Creo que Sebastopol es nuestra. Lo creo de verdad.

Dash está callado desmontando su rifle, untando un paño en aceite.

—Si me pasa algo, cuidarás de ella, ¿verdad? —dice.

—¿Qué? —Jasper está tan sorprendido que se le derrama la petaca y suelta un taco en voz baja.

—Si me pasa...

—Ya te he oído —lo interrumpe Jasper con una carcajada rápida—. ¡Si te pasa algo! En serio, no sé qué te ha sumido en semejante pesimismo. ¿Quieres que contrate también a unos cuantos mudos de esos que van a los funerales para que se lamenten frente a tu tienda?

Dash introduce un paño con un alambre por el cañón.

—Sé que es más fácil tomárselo a broma.

—Una cosa es segura: Stella es la última persona que necesita que cuiden de ella.

—Es más débil de lo que crees.

—Ni hablar —suelta Jasper—. Los rusos se habrían rendido en una hora si ella hubiera estado al mando. Será la bebida de ayer.

—¿La bebida de ayer?

—Lo que te oprime el pecho.

Dash se pone de pie. Jasper le aprieta cariñosamente el hombro y ambos pasean a la luz del amanecer mientras les llega el olor a podredumbre de las bajas colinas verdes. Stella los sigue, le alisa la casaca a Dash.

—Dash cree que va a morirse hoy —explica Jasper, porque quiere convertirlo en un chiste para liberar la ansiedad que se ha apoderado de él.

—Eso nunca —dice Stella—. Es imposible.

—Eso es exactamente lo que yo le he dicho.

Dash sonríe, besa la punta de la nariz de Stella.

Antes de montar sus caballos, Jasper busca a Toby, pero su hermano debe de seguir enfurruñado dentro de la tienda. Se encoge de hombros, comprueba su rifle. Se palpa cierta inquietud en el ambiente, tan perceptible como el olor a herrumbre. Algunos de los soldados se han atado una pequeña etiqueta al cuello, donde indican su nombre y dirección para que pueda informarse a sus familias de su muerte. El olor metálico del miedo. Los caballos avanzan. Los hombres, silenciosos y vigilantes, aguardan sus órdenes. Jasper ya ansía, casi tanto como teme, el ímpetu y el fragor del combate, esa sensación de unión desinteresada con los hombres que lo rodean.

No ocupan el Gran Redán hasta el amanecer del día siguiente; los rusos se han batido en retirada y la ciudad está iluminada por fogonazos brillantes. El terror y el caos; una ciudad humeante y en llamas, con explosiones que sacuden el aire. El gran incendio de Sebastopol. Tres días después, entran en el casco destrozado de la ciudad, pisando cenizas calientes con las botas. Los estandartes arden. Por todas partes se oye el clamor de la infantería, el paso rápido de la banda de metales del regimiento. Dash está a su lado y juntos se encaraman a los restos de los cadáveres para entrar como una exhalación en lo que queda de una fortaleza.

—Es nuestra —susurra Jasper, y entonces lo dice más alto, un grito que se pierde entre el estruendo de las armas—. ¡Nuestra!

De lejos, los muros parecían blancos e inmaculados, pero la ilusión es efímera. Es un lugar ocupado por iglesias partidas, por edificios llenos de agujeros de proyectiles, por torcidas cúpulas verdes. Sin techo; la mayoría de paredes destruidas. Una ciudad aplastada como un insecto. Cuerpos tan maltrechos que parecen triturados por una máquina. La ciudad sigue ardiendo envuelta en un humo negro. Torsos hechos pedazos como barriles de vino y cráneos con las caras desolladas. Cuando Jasper ve un cadáver, solo se fija en la cadena de oro que le cuelga del cuello. Ve un reloj en un bolsillo. Dinero, saqueo. El corazón le late con fuerza mientras corren por las calles estrechas cubiertas de escombros. Los rusos han huido o se han metido en agujeros donde morirán como ratas envenenadas.

—¡Sebastopol es nuestra! —grita Dash repitiendo sus palabras, y una sonrisa le ilumina la cara.

—¡Qué decepción se llevará Stella cuando sepa que sigues vivo! No tendrá que buscar un nuevo marido después de todo.

—Me siento como un imbécil —asegura Dash, y ríe.

Hay tanto que llevarse que es difícil saber por dónde empezar. Ven a otros oficiales cargando butacas antiguas, servicios de porcelana, sables, que enviarán a casa. Alguien grita que ha encontrado unas cajas de brandi. Mientras el sol baña los edificios y una vieja campana toca las diez, entran las ambulancias y las camillas tiradas por mulas. Divisa el carromato fotográfico de color negro cuyos caballos avanzan dando traspiés entre los ladrillos hechos añicos.

Jasper y Dash ven como Toby se baja del vehículo, instala la cámara en las ruinas y se agacha bajo su tela. Jasper alarga el cuello para ver qué está fotografiando. Según parece, es el cadáver de un soldado aplastado bajo los escombros.

—Puedo percibir su enfado desde aquí —afirma Jasper—. Dejémoslo solo.

Se alejan de él cabalgando, ignorando que los llama, y desmontan para arrancar crucifijos de cuellos ennegrecidos por el sol. Junto a un pequeño muro derruido, Dash se detiene, se estira. Al lado hay un pequeño huerto milagrosamente intacto, con los árboles llenos de hojas.

—¿No se cansa? —pregunta Dash.

—¿Quién no se cansa de qué?

—Tu hermano. De ser tan corto de miras en todo lo referente a la batalla.

—¿Te refieres a que no vive a fondo todo esto?

—A que no vive a fondo nada. —Dash se coloca bien la casaca—. Es solo que... me da que pensar. ¿Nos seguirá siempre a todas partes? ¿A cada batalla, a cada puñetera guerra?

Jasper lo mira, observa los rizos oscuros que le caen por el cuello, su porte relajado.

—Había pensado que podríamos dejar el ejército ahora que esto se ha terminado —comenta—. Que podríamos ser propietarios de un espectáculo. Tú y yo.

Sus palabras son tranquilas, fluidas, no revelan en absoluto la inquietud que siente, la traición que suponen, lo que Toby diría si las oyera.

—¿Un espectáculo?

—Un circo, ya sabes. Caballos y actuaciones. Una colección de fieras. Stella está hecha para ello.

Dash frunce los labios.

—¿Por su barba?

—No, no —asegura Jasper, aunque era eso lo que había querido decir—. Porque es una artista. Innata. Ya has visto cómo entretiene a los hombres. —Se inclina hacia él—. Piénsalo. El Gran Espectáculo de Jasper y Dash.

—Un circo.

—¡Un circo, sí! —Se acerca más a él—. ¿Sabes cuánto gana Barnum? Miles de libras al mes. Y Fanque también. No importaría que te repudiaran. —Sonríe a Dash—. Lo haríamos de fábula. Hemos nacido para ser empresarios circenses.

—Mi padre tiene caballos —ríe Dash—. Supongo que puede vendernos algunos antes de que le cuente lo de Stella.

—Seguro.

—Podríamos actuar ante la reina.

—¡Será el mejor espectáculo del mundo! —Jasper suelta una carcajada, sintiéndose de nuevo como un niño, urdiendo sus disparatados sueños, pero en esa ocasión parece tangible, algo que podrían hacer de verdad.

Una pausa. Dash se muerde el labio inferior.

—¿Y qué pasa con Toby?

—¿Qué pasa con él?

—¿Qué diantres haría él? Se cargaría el ambiente de cualquier carpa. Es un zopenco.

—¿Un zopenco? —repite Jasper.

Se pone tenso.

—Vamos, tú mismo lo has dicho.

—Es mi hermano, Dash. Yo puedo decirlo. —Se aparta un pelo del ojo—. No sé. Siempre me ha admirado. Tú no tienes hermanos. No lo entenderías.

Dash lanza un ladrillo contra un muro y mira como se hace añicos.

—Ya lo sé —dice—, es solo que... ¡el muy jodido nunca habla! Ni siquiera me mira. —Se encoge de hombros—. No estoy sugiriendo que lo abandonemos sin más, pero ¿no puedes encontrarle otra ocupación? ¿Oficinista o algo así? Una profesión de zopencos. —Debe de percatarse de la expresión de Jasper, porque añade—: Si no queda otro remedio, podría ayudarnos a montar el espectáculo, supongo. Llevando y levantando carga, ese tipo de cosas.

Jasper guarda silencio. Ahora que ha lanzado la idea, no puede retirarla. Recuerda cuando Toby llegó en el vapor, el alivio, la esperanza que se reflejó en su rostro cuando lo vio esperándolo en el muelle. Como si Jasper pudiera arreglarlo todo con su mera presencia.

En la siguiente casa, Jasper se separa de Dash y le dice que más tarde se reunirá con él. Parpadea para adaptar sus ojos a la penumbra de una cabaña. La luz del sol se cuela por el techo abierto. Empieza a rebuscar en los cajones, a vaciar armarios, se llena los bolsillos. Capta un leve movimiento en un rincón de la habitación. Se lleva la mano a la pistola y entonces suelta una carcajada. Solo es un canario enjaulado que agita las alas contra los barrotes. Junto a él, un libro de música con el nombre de una mujer y un florero.

Alarga el dedo. El pájaro vuela hacia él silbando. Jasper sonríe y coge la jaula. Se lo quedará como mascota.

Cuando se dirige hacia la puerta, ve los zapatos de un hombre, sus piernas. Con una mano sujeta el canario y con la otra dispara su bayoneta.

Una vez fuera, con la cara salpicada de sangre, deambula por las calles de la ciudad destruida, donde las balas y los fragmentos de plomo relucen entre los guijarros. Buitres, milanos y águilas describen círculos en el cielo. Ve a Dash caminando sobre unos escombros rumbo a las almenas.

—¡Dash! —Lo llama, y su amigo se vuelve.

—La vista será espléndida desde allí arriba. A lo mejor podemos saludar a Stella en la colina de Cathcart.

Suben con cuidado una escalera destrozada.

—No hay espectáculo sin marionetas —suelta Dash, y Jasper se gira y ve que Toby los sigue, cabizbajo, tropezando con los escombros.

—... cuando nos llevó al salón y vimos los dos instrumentos...

Abre los ojos. Piensa que está en Crimea, con la boca seca; con Dash...

Es Toby, su corpulenta figura borrosa con un vaso de agua en la mano.

Jasper está de vuelta en el carromato, de vuelta en su espectáculo, sus volantes colgados en las paredes. Su respiración es fuerte y dolorosa.

—¿Jasper? ¿Estás despierto?

Se encoge de miedo, se sujeta la garganta como si esperara encontrarla rajada, se lleva la mano a los labios. Le sorprende no encontrar ninguna moneda entre sus dientes.

—Llevas muchas horas dormido.

Jasper parpadea y justo antes de que ese nudo vuelva a oprimirle el pecho, justo antes de que el dolor se apodere de sus extremidades, piensa en el Chacal y en cómo va a pagarle. Su espectáculo se está quedando estancado. Pronto llegará el invierno y el público se reducirá. Está seguro de que le será imposible seguir los pasos de sus predecesores, de que ninguna de sus ideas será jamás original, de que todas las historias están ya contadas.

Se recuesta. Es más fácil no luchar, sentir solo el sonido de sus respiraciones secas y entrecortadas. Extiende la mano y no encuentra nada.

38

Toby

Toby exprime la esponja sobre la frente de su hermano. Jasper murmura y se le acumula saliva en la comisura de los labios.

—Chisss —dice dándole unos toques en la frente—. Chisss.

Puede oír la risa de Nell, los gritos encantados de Pearl en el exterior. Cuando las ha dejado jugando bajo la llovizna, Nell balanceaba a la niña sujetándola por los brazos. Toby duerme ahora todas las noches en el carromato de Nell, los tres juntos, mientras la lluvia golpea el techo. A la luz verdosa de la mañana, leen libros o se acurrucan junto al fuego bajo una lona alquitranada.

—Mira a nuestra niña —dijo Nell ese día al salir el sol mientras Pearl corría tras una canica, y algo se le rompió en el pecho.

«Nuestra niña»; pensó en todas las cosas que había querido en la vida y no había podido tener. Ahora puede rodear a Nell con un brazo sin temer que alguien los vea y le parece un milagro ver su mano ahí, descansando entre sus omóplatos. Una pequeña forma de marcar territorio, la emoción de pertenecerse el uno al otro.

No siempre es fácil: sus días de carnes sabrosas y queso han terminado y tienen que apañárselas con cortes de carnicerías baratas acompañados de zanahorias y coles. El elefante se estremece en su jaula. Nadie ha cobrado desde hace dos semanas. La compañía está intranquila, al límite. Pero a Toby también le sorprende el pequeño remanso de paz que han encontrado todos juntos, como si la lluvia hubiera ralentizado el mundo entero. Piensa en la casita con la puerta pintada de azul y la glicina cubriendo los marcos de las ventanas. A veces, cuando ve a Nell mirando a Pearl con esa ternura en los ojos, piensa en decirle lo que Jasper le contó sobre venderla. Pero se muerde la lengua, incapaz de romper ese momento de felicidad.

Se recuesta y parpadea al impactarle de repente un rayo de luz. Vuelve la cabeza para no mirar a Jasper. Se da cuenta de que ya no puede oír la lluvia martilleando en el techo. Hay un silencio estremecedor. Se asoma a la ventana. Los niños salen de los carromatos cogiéndose de las manos, como si no se lo pudieran creer. Nell carga a Pearl a la espalda y la niña se parte de risa porque Nell finge trotar con ella de aquí para allá. Huffen Black ha dejado salir a dos cebras y está empezando a entrenarlas en la pista. Toby observa como describen círculos a medio galope. Podrían ofrecer una función si el tiempo aguantara así y ganar algo de dinero; pero entonces Jasper se mueve, dormido, y Toby se quita la idea de la cabeza.

Lleva las mangas remangadas, de modo que un mirlo le queda al descubierto justo debajo del codo. Recuerda el insulto de Dash: «Zopenco». Su hermano tampoco le permitirá llevar la vida de un artista, no soporta que invada su territorio.

¿Y si, en realidad, no habían crecido como dos niños unidos por un vínculo? ¿Y si habían crecido como dos plantas en un vivero, de modo que Jasper se quedaba todos los nutrientes, toda la luz, y Toby se marchitaba a su sombra?

Se pregunta qué pasaría si Jasper muriera. Contrataría a un marmolista para que grabara una lápida espléndida, organizaría un funeral con una esquela en los periódicos. Pero una vez hubiera acabado la fanfarria, podría haber una forma de que Jasper Jupiter perdurara, igual que las tiendas y los negocios pasan por diversas manos y conservan los nombres de sus propietarios iniciales. Jasper se ha convertido en una leyenda, en una colcha de *patchwork* cosida con mil historias diferentes.

Toby alarga la mano hacia el cojín para levantar la cabeza de su hermano. La respiración de Jasper se atasca, se detiene. Toby espera. Empieza de nuevo, entrecortada. Las plumas de ganso le hacen cosquillas en las palmas de las manos; el cojín es muy mullido. Las enredaderas estrangulan los brazos de Toby, como si tiraran de sus manos hacia abajo en contra de su voluntad. Apoya el cojín en la nariz de Jasper. Se le ocurre una idea, veloz como un rayo: «Podrías...».

Levanta con cuidado la cabeza de su hermano y le pone el cojín debajo.

—Ya está —dice—. Ahora respirarás mejor.

Pero la idea estaba ahí, y no puede olvidarla.

39

Nell

Nell ve que Toby sale del carromato de Jasper. Levanta la mano para saludarla y, sin embargo, parece algo agitado, y un poco animado también. El sol es penetrante, revelador, como una cerilla encendida en una habitación en penumbra.

—¿Pasa algo? —pregunta Toby, pero es él quien se muerde las uñas, quien no puede dejar de mirar el carromato de Jasper.

—Solo esto. —Nell señala a su alrededor. El propietario del jardín está quitando las lonas alquitranadas de las sillas, preparándose para abrir de nuevo esa noche—. ¿Cuánto tiempo podemos quedarnos aquí sentados esperando?

Peggy y Violante deben de haberla oído, porque dejan la cesta de la colada mojada y se unen a ellos.

—¿Creéis que podríamos hacerlo?

—¿Hacer qué? —pregunta Toby.

—Actuar de nuevo —responde Peggy tras esperar un momento—. Esta noche quizá.

Nell alza la vista al cielo. Casi desea que regresen esos interminables días de lluvia, cuando no había solución posible para el hambre, días de calma, sin funciones, cuando no hacer nada era lo mejor que podían hacer.

—No tenemos jefe de pista —comenta Violante.

Toby levanta un poquito la barbilla.

—Stella podría hacerlo —replica Peggy—. No hay nadie más.

—Ella no le haría eso a Jasper —asegura Violante.

—¿Cuánto tiempo se supone que tenemos que esperar? Sin dinero para dar de comer a los animales, sin dinero para nosotros, mientras el tiempo desde la visita de la reina transcurre...

Toby tose suavemente y todas dirigen los ojos hacia él y, después, desvían la mirada. Se quedan calladas, arrepentidas de haber expresado la idea en voz alta. Ve que Violante mira el carromato de Jasper, sus cortinas corridas, su ventana de cristal que los observa como un ojo entrecerrado.

—Estoy segura de que pronto volverá a estar bien —dice Nell con un afecto que no siente.

—No lo entendéis —suelta Toby.

Da un puntapié a un montoncito de tierra y Nell se pregunta si está a punto de echarse a llorar.

Más tarde, Pearl está quejumbrosa y la acuestan temprano, tapada con un montón de mantas. Ella y Stella habían atrapado un ratón por la tarde y la niña insiste en tener su jaula en el suelo. A Nell le inquieta oír sus movimientos asustados, el ruido de sus pasitos rápidos de una pared a otra.

—¿Me cuentas una historia? —pide la niña.

—¿Sobre qué?

—Sobre mí. ¿De dónde salí?

—No puedo contarte esa historia —dice Nell tras pensar un instante—. Solo tú puedes hacerlo.

Una expresión de miedo cruza el semblante de Pearl. Nell se da cuenta de que quiere una nueva historia; quiere borrar lo que pasó antes.

—Naciste de la cáscara de una nuez —empieza a contar Toby—, en un lugar donde no comían otra cosa que...

—Nata —interviene Pearl—. Y había ratoncitos por todas partes. Cientos de ratones. Ratones, ratones, ratones.

—Sí —dice Toby.

—Ratones como Benedict —añade la niña—. Ese es su nombre. Me lo ha dicho Stella.

—Muy bien —dice Toby.

Nell escucha la historia de Toby, se la sabe de memoria. La casita con la puerta azul. Las gallinas picoteando. Huevos recién puestos friéndose en una sartén. Siente un repentino anhelo, una inquietud. Desea a Toby. Su calor. La forma en que descubre cada día su cuerpo, como si fuera un país que hay que explorar, un continente que puede abarcar con los dedos.

—Se ha dormido —susurra Toby.

Contar historias hace que Nell tenga ganas de leer. Se recuesta en Toby, ansiosa por hacer algo más, pero, consciente de que la niña también está ahí, se conforma con que él la abrace. Pasan las páginas del libro de cuentos de Andersen y los hermanos Grimm. La respiración de Pearl es tranquila, su ratón duerme en su jaula. La niña está a salvo. Ellos están a salvo.

«Pronto habrá una función —se dice a sí misma—; encontrarán el modo de hacerlo».

Recuerda brevemente la impresión de las manos de Jasper en sus muñecas y sitúa la cabeza en el hombro de Toby. Él pasa a la página de «La sirenita», donde hay un grabado con una frase debajo: «Sé lo que quieres —dijo la bruja del mar—. Es una estupidez por tu parte, pero lo tendrás, y eso te causará dolor, hermosa princesa».

Descansa la cabeza en el pecho de Toby.

—¿A quién elegirías? —pregunta.

—¿Qué?

—A mí o a Jasper.

Toby mira el techo y, después, susurra algo en voz tan baja que ella apenas puede entenderlo.

—¿Qué has dicho? —quiere saber.

Él le toma la mano, se la sujeta con fuerza. Se ve la pugna en sus ojos.

—Te he preguntado si te irías. Ahora. Nosotros tres.

Nell se imagina haciendo el equipaje y cruzando la verja con Pearl aferrada a su espalda. Una casita entre los árboles, los años pasando tranquilamente, justo como antes. Dejando atrás a Stella y a Peggy. Una vida como la que su hermano quería para ella, condenada en cierto modo al ostracismo. Su cuerpo escondido como un secreto.

—No puedo —dice—. Necesito esto. Necesito actuar.

Toby le sujeta la mano de forma más apremiante.

—Algún día tendremos esa casita, ¿verdad?

Apoyan sus frentes, sus narices se tocan.

—Puede —responde Nell.

Cuando Toby se queda dormido, Nell se mira las marcas de nacimiento; cada una de ellas cuenta una historia, su historia. Y, sin embargo, es Jasper quien ha inventado cuentos y relatos sobre ella. Se zafa del brazo con que Toby la está rodeando y se sienta en el suelo con las piernas desnudas dobladas contra el pecho. El ratón de Pearl se estremece, se encoge. Nell abre la puerta de su jaula. Recuerda aquel día en el mar, cuando devolvió el calamar al agua, el alivio que sintió cuando se fue. El ratón avanza moviendo el hocico, pero después se va corriendo hacia el rincón más alejado.

«Márchate», le ordena mentalmente agitando un poco la jaula. Pero el ratón no se mueve, no sabe si porque tiene miedo o porque quiere quedarse.

40

Jasper

El mundo se vuelve borroso a ratos. Por momentos, Jasper ve con claridad: un cristal que capta la luz, las manos de su hermano levantando una esponja. Otras veces, su vista se nubla y se empaña y está de vuelta en Sebastopol, de vuelta en aquellas calles. En una ocasión, abre los ojos y Stella está sentada ahí.

—Stella —dice. Parpadea—. Perdóname.

—¿Qué tengo que perdonarte? —Su voz es gélida. Una lágrima resbala por la mejilla de Jasper y se le encharca en la oreja—. Dicen que te estás muriendo —suelta Stella—. Dicen que no sobrevivirás.

Le asombra lo poco que esa noticia le sorprende, lo poco que le importa.

—¿Te alegras?

Sigue sentada, mordiéndose el labio.

—Quiero saber qué le pasó a Dash.

—No lo sé.

—Sí lo sabes. ¡Tienes su anillo!

—No es tan fácil.

—Dime qué ocurrió —dice de nuevo.

Y él lo intenta, titubeante, porque las palabras son escurridizas y se desvanecen en el aire antes de que pueda agarrarlas. Le habla sobre el pájaro enjaulado y sobre cómo limpió la punta de su bayoneta. El olor a creciente podredumbre, las irritantes nubes de moscas, cómo subió a las almenas con Dash porque su amigo quería saludarla en la lejana colina. Trata de decir todo eso, pero puede que solo esté murmurando cosas sin sentido, porque Stella le pregunta:

—¿Le... le hiciste algo? ¿Le hiciste daño?

—¿Yo? —Sacude la cabeza. Habla con un hilo de voz—. ¿Hacerle daño? ¿Cómo puedes pensar...? —Intenta sujetarle la mano, pero ella la aparta—. Tienes que creerme. Era mi amigo. Yo nunca le habría...

Stella se pellizca la piel de la mano como si fuera de tela y las uñas le dejan unas marcas muy feas en la carne.

—Si no me cuentas lo que le pasó, ¿qué se supone que tengo que pensar? Cuéntamelo, Jasper. ¡Cuéntamelo!

Tiene una sensación incómoda en el cráneo, como si un insecto le estuviera carcomiendo el cerebro. Abre la boca y se le forma una burbuja de saliva. Quiere decirle la verdad, explicárselo todo, pero no es su historia.

«Somos hermanos, unidos por un vínculo indisoluble».

Le cuenta todo lo que soporta desvelarle. Que Dash estaba haciendo equilibrios en el borde de las almenas, que se resbaló y se tambaleó hacia delante y que todo pasó tan deprisa que no pudo sujetarlo. Que oyó el ruido que hizo al golpearse contra el suelo antes de que él comprendiera que se había caído. No le dice que Toby estaba allí también, que aquel momento fue de una extraña belleza, con el sol bajo e inclinado reflejándose en los rifles rotos, en los cartuchos y en las charreteras de los cadáveres. Que, por un instante, ninguno de los dos pudo moverse. Su respiración es áspera y agitada.

Stella llora en silencio, clavándose los dientes en la delicada piel del labio inferior.

—Pensé... —Inspira hondo—. Cuando vi el anillo y no quisiste contarme lo que había pasado, pensé que tal vez...

—No —dice Jasper, y es un alivio no tener que mentir—. ¿Cómo podría hacerlo? Fue el mejor amigo que he tenido nunca.

Sigue hablando, le dice que bajó dando trompicones la ladera y que lo encontró inmóvil y hecho un amasijo, que estaba rodeado de mil hombres más. Que oyó el estruendo constante de las camillas tiradas por mulas que se llevaban a los heridos y a los agonizantes a los hospitales, pero que Dash ya se había ido, ¿qué podía hacer? No podía llevar un cadáver de vuelta al campamento. Así que lo arrastró hasta un hueco abierto en los muros por un mortero y lo dejó dentro, alejado del calor del día.

—¿Por qué no me lo dijiste? ¿Por qué ocultaste lo que le pasó? —Stella se inclina hacia delante—. Yo podría haber ido a buscarlo, podría haberlo enterrado. Podría haberlo sabido y haberlo llorado entonces.

—No lo sé —dice Jasper sollozando—. Me daba vergüenza lo que había hecho. Le robé, Stella. Robé a un hombre muerto. Robé a mi amigo. Quería olvidarlo. No podía soportarlo —asegura. Intenta incorporarse, pero la cabeza le da vueltas—. Quería el anillo. Lo quería muchísimo. —La mira y prosigue, casi enojado—. Él también era mi amigo.

Dash tenía la mano hinchada y el metal centelleaba. Jasper escupió en el anillo para lubricarlo, pero el grueso aro de oro no quería salir, no pasaba por el nudillo. Actuó sin pensar, como si su cuerpo decidiera por él. Se metió la mano en el bolsillo y sintió el cuchillo helado. Empezó a cortar, la carne, los tendones y el hueso. Se dijo a sí mismo que se lo estaba quitando para dárselo a Stella.

¿Se lo guardó porque quería recordar a su amigo? ¿O solo porque vio el oro, algo que poseer? El canario pio en su jaula. Se guardó el anillo y no soportó quedarse allí ni un segundo más, no se vio con ánimos de cavar un agujero, de introducir aquel cuerpo destrozado en él, de admitir que la vida de Dash había llegado a su fin. Corrió con la jaula golpeándole las piernas y Toby avanzando pesadamente tras él.

—Yo podría haberlo enterrado —repite Stella con la cabeza agachada.

—Lo siento —susurra Jasper con la garganta seca y dolorida.

Regresaron al campamento y Jasper cocinó el canario como se hacía con los pájaros cantores, sumergiéndolo en una cuba de brandi y asándolo a la brasa.

—¿Dónde está Dash? —preguntó Stella, pero él la tranquilizó, le dijo que lo había dejado en el pueblo, de juerga. No pudo mirarla a los ojos; a su lado, Toby temblaba.

El canario era pequeño, apenas mayor que su pulgar. Le partió la diminuta caja torácica con los dientes. Al tragarse el último pedazo, sintió una oleada de horror, un primer atisbo de su monstruosidad.

—Toma —dice mientras una brisa repentina hace ondear los volantes del carromato. Se mete la mano en el bolsillo—. Es tuyo, ¿no? Él habría querido que tú lo tuvieras. —Le sostiene la mirada—. Pero yo no lo toqué. Te lo juro.

Stella acepta el anillo y recorre con las yemas de los dedos las iniciales que había hecho grabar en su día. E. W. D.

Cuando Stella ya se ha ido, la fatiga se apodera de Jasper. Se estremece, se sumerge en un túnel oscuro como la boca de un lobo, con las paredes frías y resbaladizas. Se deja caer. La luz se aleja hasta convertirse en un puntito brillante.

Se agita y se encuentra otra vez en Crimea, en medio de rifles disparando a su alrededor, de señoras y periodistas aclamándolo desde sus puestos de observación en las laderas de las colinas. El estrépito del acero, el estruendo de los morteros, el grito de los caballos, el ritmo de los tambores, los pífanos y las trompetas. Un león ruge...

Pestañea.

Aplausos ensordecedores.

Se frota la mejilla.

¿Un león? Allí no había leones.

Ruge, más fuerte esta vez.

Abre los ojos. Su cara, multiplicada por mil, le devuelve la mirada. Puede ver polvos y frascos de cristal. Su escritorio, su mueble para la ginebra y el curasao. Una lata de galletas. Pero, aun así, los sonidos de la guerra continúan. El redoble marcial, el brillante pífano, la trompeta...

Se le revuelven las entrañas.

Tiene que estar equivocado. Una muchedumbre vitorea. Suena música. Se mira, lleva puesta su camisa de dormir de lino y está empapado de sudor. Sus sábanas están húmedas y amarillentas. Y, sin embargo, se oye a sí mismo en la carpa soltando esas palabras que conoce tan bien.

«Y ahora, damas y caballeros, les presento lo último con lo que vamos a regalarles los ojos..., lo nunca visto...».

Traga saliva con fuerza. Cuando eran niños, Jasper entró un día en su dormitorio y pilló a Toby llevando sus pantalones de terciopelo azul y con el ojo puesto en su microscopio. Se le acercó sigilosamente con la intención de sorprenderlo, pero antes de que Toby pudiera modificar su semblante, Jasper vio que sus labios esbozaban un gruñido. Era una expresión de deseo frustrado, de amarga ambición.

«Es la mejor actuación que verán jamás. La más maravillosa, la más deslumbrante. Nellie Luna eclipsará el mismísimo cielo...».

Jasper toma un vaso y lo lanza contra la cómoda.

Echa un vistazo a su carromato y la ve surcando el aire en el último volante que ha pegado en la pared. Él la convirtió en lo que es. Él la creó. Y ahora ella y Toby lo han eclipsado, están saboreando las mieles de su fama, del espectáculo que a él le ha llevado toda la vida montar.

Recorre el anuncio con el pulgar, ese cuerpo que se rebeló bajo el suyo, que se zafó de él. La rodilla que lo golpeó entre las piernas. Lo arranca de la pared. El papel le tiembla en la mano. Coge las cerillas Lucifer. Nell aparece también en la caja.

La punta del volante prende. Ve retorcerse y ennegrecerse sus piernas, sus brazos, su cara. Deja caer el papel y lo pisa con la zapatilla. Lo único que queda son unas cenizas blancas.

Los espectadores aplauden, aclaman, silban.

Eso basta para provocarlo, para llevarlo hasta su escritorio.

Se toca la frente. Está muy mareado, ansioso, y le tiemblan las manos mientras esboza planos rudimentarios.

En esa era de los prodigios, las revelaciones se tienen en medio del éxtasis de sueños y fiebres. Mary Shelley soñó *Frankenstein*. Alfred Russel Wallace concibió la teoría de la selección natural delirando por la fiebre. Keats y Coleridge crearon sus mejores obras bajo los efectos del opio. Y ahora él, Jasper Jupiter, ha tenido una idea innovadora que lo inmortalizará. Contará esa historia durante muchos años, el momento crucial en que se le ocurrió la idea.

Tiene la solución; sabe que la tiene. Eso es lo que va a diferenciarlo del resto. Eso es lo que va a encumbrarlo.

Hunde la pluma de ganso en un tintero lleno a rebosar y su vista se agudiza.

41

Toby

El público está entusiasmado. Mil extremidades se mueven arriba y abajo, se balancean. Mil bocas se abren para soltar carcajadas. ¿Se ríen más alto que con Jasper? ¿Golpean el suelo con los pies más fuerte que cualquier otro día? Toby puede convertir los gritos ahogados en comentarios jocosos, los comentarios jocosos en suspiros. Yergue la espalda, más orgulloso y seguro de sí mismo que nunca. Da un golpecito con el bastón y los cachorros danzan sobre sus patas traseras, meneando sus gorritos rosas. Esboza una sonrisa de oreja a oreja. Cuando capta su reflejo en el acuario de cristal, se sobresalta. Por un segundo, ha pensado que era su hermano.

Mientras Nell vuela, se esconde tras el telón y se quita las botas y la camisa hasta quedarse vestido solo con unos pantalones cortos azules. Luego, entra de nuevo en la pista con la capa envuelta alrededor de su cuerpo. Cuando el globo desciende y Nell pone los pies en el suelo, nota que la atención del público se dirige otra vez hacia él. Las lámparas de aceite sisean y centellean. Pasa el tiempo. Los espectadores aguardan. Tiene que actuar antes de que el aburrimiento se instale.

Busca la cinta que sujeta la capa y tira de ella.

Se oyen gritos ahogados, lo señalan con el dedo. Su cuerpo está profusamente dibujado con un derroche de formas y colores.

—¡Y con esto termina el mayor espectáculo del mundo! —grita—. ¡El Circo de los Prodigios de Jasper Jupiter!

Su voz se eleva, suena más fuerte cada vez, hasta podría ser Jasper. Se mira la piel pintada y se siente vivo. Importante. Ha asumido la vida de su hermano con la facilidad con que se ha puesto las botas de charol. Él se ha fortalecido mientras su hermano ha decaído. Dos corazones latiendo con fuerza en un vivero y ahora el más débil ha empezado a absorber su parte de la sangre. Le gustaría que su hermano pudiera verlo, que pudiera ver la chispa que ha mantenido sepultada durante más de treinta años.

—¡Soy Jasper Jupiter y este es mi circo! —brama Toby, e incluso se lo cree.

Levanta los brazos y los espectadores gritan.

Cuando el público se ha ido, Toby se sienta en un banco y hace restallar el látigo contra el serrín. Las agujas del pino parecen iluminadas, cada primitiva hoja. Podría hacer cualquier cosa, ser quien quisiera. Podría vivir en una casita con Nell y Pearl. Podría dirigir ese espectáculo para siempre.

Un murmullo; ve que Stella y Peggy lo miran y le dan un codazo a Nell. Las tres cruzan la hierba y se sientan a su lado.

—Echémosle un vistazo —suelta Stella dando un tironcito a la camisa de Toby.

Este les enseña las enredaderas en sus brazos, los mirlos y las granadas, la víbora que recorre su pecho.

—¿A que es espléndido? —pregunta, pero los labios de Peggy han adoptado una expresión cercana al desdén.

—Espléndido es poder elegir —responde Stella—. Tener ese aspecto cuando podrías haber hecho otra cosa.

Toby se ríe pensando que bromea; al menos no hay ninguna mala intención en su voz. Cuando le toca un pájaro con una uña, piensa que ella podría cortarse la barba si quisiera, pero entonces ve que Nell se está rascando una marca de nacimiento del brazo. No lo está mirando. Peggy se apoya en el gancho que usa para descolgar cubos que están a cierta altura o para abrir puertas con la manilla alta.

—Tenemos que hacer que esta vida funcione, ¿verdad, Peg? —suelta Stella con una sonrisa.

—Yo voy a casarme con un hombre como Charles Stratton —afirma Peggy, pero su voz tiene un tono pensado, ensayado.

—Tendría que ir a ver a Jasper —dice Toby cubriéndose con la camisa—. Para comprobar que está bien.

Cuando cruza la hierba, ve que un niño lo señala.

—¡Es él! Mirad, mirad —grita el pequeño, y ahí está otra vez: ese nuevo orgullo que hace que se hinche como un pavo real.

Se quita las palabras de Stella de la cabeza. Extraordinario; eso es lo que es. Importante.

Se obliga a sí mismo a confiar en que Jasper esté vivo, aunque ya se imagina tocándole la frente y encontrándola fría y húmeda, informando a los agentes de prensa y llamando a los cementerios. Una gran parcela en el de Highgate; un cortejo fúnebre con cebras adornadas con plumas de avestruz.

Fuera del carromato de Jasper, Pearl está jugando con su ratón. Toby se detiene, arranca una margarita y se la da. La niña entrecierra los ojos, no ve qué es.

—Una flor —le indica—, para Benedict, el ratón. —La niña la acepta con cuidado y la mete entre los barrotes de la pequeña jaula.

—Tenga, señor —susurra al animalito—. Para que se la ponga como si fuera una gorra.

Toby le sonríe. Peggy y Stella todavía lo están mirando. Traga saliva con fuerza y abre la puerta de su hermano sin molestarse en llamar. Jasper está encorvado sobre su escritorio, con la columna vertebral tan prominente como una hilera de guijarros.

—¿Jasper? —dice dando un paso atrás—. ¿Estás... estás bien?

Hay cenizas en el suelo, un hueco en la pared donde antes había colgado un volante.

—No te pega —asegura Jasper sin alzar la vista.

—¿El qué?

—Ser yo. Siempre has querido lo que era mío.

Toby se toquetea el dobladillo de la capa.

—No es verdad —replica.

Jasper no dice nada, pero su pluma chirría por la página y lanza pequeñas nebulosas de tinta al aire.

—¿Estás... estás mejor? —pregunta Toby.

No hay nada que indique que Jasper lo ha oído.

—Yo... yo... yo... —Se detiene, maldice el tartamudeo que no tenía desde hacía más de una semana—. El jardín permanecía cerrado, ¿sabes? La lluvia... casi los arruina. Casi nos arruina a nosotros también. —Procura mostrar aplomo, como si no hubiera hecho nada malo—. Le pagué al carnicero. Al cerero. Pero el alquiler y el Chacal... No sabía cuál era el acuerdo. Esta noche y ayer remitió la lluvia, ¿sabes? Tenía sentido; ocupamos casi todas las localidades. —Las palabras se atropellan. Ojalá Jasper dijera algo—. ¿No fue la decisión adecuada? ¿Ganar algo de dinero para las... las... las deudas? Y como tú estabas tan enfermo, agonizando incluso, pensamos...

Jasper sigue escribiendo.

La capa cuelga laxa de los hombros de Toby. Se siente tan insignificante como cuando estaba en las ruinas de Sebastopol y oyó que Jasper y Dash hablaban sobre él. Había ido a buscarlos y allí estaban. «Zopenco», le llamó Dash.

Estaban planeando el espectáculo sin contar con él, insinuando que, como mucho, fuera una simple mula de carga. Tal vez si hubiera oído sus planes en Londres no le habría importado. Pero allí, en aquellas llanuras marcadas, cuando su hermano era lo único que tenía, cuando el circo había sido el vínculo que los había mantenido unidos...

«¿No puedes encontrarle otra ocupación? ¿Oficinista o algo así?».

Aquella casa nueva en Clapham, sin alma, idéntica a todas las demás de la manzana. Su mano desgastando la barandilla.

Era lo único para lo que servía. Y en el sitio que había pensado que ocuparía estaría Dash, sentado a lomos de un camello. Dash, el héroe de Crimea, el hermano que, estaba seguro, Jasper habría elegido. Estaba cansado, muy cansado, de querer y no ser querido. Dio un puñetazo en la pared. El dolor simplemente agudizó su rabia.

La pluma de Jasper araña la página.

—¿Qué estás dibujando? —pregunta Toby.

A su hermano le cruje la muñeca mientras trabaja. Tiene las mejillas hundidas. Ese hombre que garabatea frenéticamente le parece prácticamente un desconocido. Toby oye como fuera los mozos de cuadra entrenan a los animales, como retiran los bancos. Nuevos caminos, nuevos campos, nuevos espectadores.

Se acerca más a su hermano.

—¿Qué estás dibujando? —repite.

Pero Jasper le tapa la página con los brazos. Cuando alza los ojos hacia él, Toby retrocede, asustado por el odio que ve en ellos.

42

Nell

A la sombra del emparrado de rosas, Nell y Pearl le construyen un palacio de tierra a Benedict. Nell da a la niña conchas de ostra, mejillón y vieira desechadas aquellas noches en que se transportaban grandes bandejas plateadas por esos caminos. La niña les da la vuelta, les toca los bordes, se las lleva a la oreja. Benedict está dormido en su jaula.

—Deberías tener cuidado —le comentó Stella la noche anterior—. La niña no es tuya.

Pero entonces Pearl coloca una concha en lo alto del montículo con una sonrisa, da un paso atrás y aplaude, y Nell piensa que Stella está equivocada. Ella es Nellie Luna, ¿no? Ha visitado a la reina. Tiene un carromato lleno de regalos, flores secas y perfumes; ¿por qué no puede quedarse también a esa niña?

Pearl dispone cinco conchas de mejillón alrededor del castillo de tierra.

—Conchas de mejillón. Piedras. Ostras —anuncia—. Es el príncipe de los ratones.

—Con el mejor castillo que he visto nunca.

Nell ha llegado a conocer a esa niña. A Pearl le gustan los dibujos, las conchas ordenadas por tamaños, las canicas en largas hileras. Saca la lengua cuando llueve y prefiere el tiempo borrascoso al sol, que la obliga a cerrar los ojos. Cuenta los pasos al andar, intenta disimular que arrastra los pies buscando ramas o cualquier cosa con la que pueda tropezar. Cuando se queda dormida, sujeta la mano de Nell, y eso le provoca una sensación de pureza, porque sabe que alguien la necesita. El corazón le golpea el pecho cuando la niña desaparece tras los carromatos, aunque solo sea un minuto. Si pudiera, la ataría a ella, jamás la soltaría.

—¿Qué es esto? —pregunta Pearl.

Un redoble sordo, rítmico. Es el tambor que Jasper usa para convocarlos. Se levanta. Se le acelera el corazón, de esperanza y de miedo. Su vida volverá a ser como antes y se dice a sí misma que eso es bueno.

—Vamos —le dice a Pearl—. Puedes hacer otro castillo bajo nuestro carromato.

—Pero Benedict quiere este castillo —se queja Pearl haciendo un mohín, aunque sigue a Nell y promete no moverse hasta que ella vaya a buscarla.

Los artistas llegan corriendo de todas las direcciones, los peones se ponen de pie. Encuentra a Toby, a Stella y a Peggy y se acomoda en la hierba, hacia el fondo. Jasper está allí, de pie frente a las cenizas de la hoguera. La fiebre lo ha desmejorado; está más delgado y su rostro es cadavérico. Nell recuerda su peso sobre ella, como la sujetó contra el suelo, como ella se retorció, luchó y pataleó. La rabia crece en su interior; no concibe que él se haya recuperado tan deprisa, que se comporte como si no hubiera infligido ningún daño. Toby le coge la mano. Jasper lo ve. Nell se estremece, aunque lo disimula enseguida. Se alegra de verlo nervioso, aunque sea un instante. Le haría más daño si pudiera, le arrancaría esa sonrisa de los labios.

—Tengo una forma de salir de esta —afirma—. Pero no ofreceremos ninguna función más en una semana.

—¿Una semana? —susurra Peggy—. Pero ¿de qué viviremos?

—¡Queremos cobrar nuestra paga! —grita un mozo.

Se oye un movimiento de pies, de ropa. Hace una semana nadie habría osado hablar así. Nell vuelve la cabeza y ve que los peones apenas lo están escuchando. Cortan hierbas y las hacen silbar, se dan codazos unos a otros.

«¿Es este el hombre que en su día se sentaba a lomos de un elefante y tenía embelesadas a mil personas? —se pregunta Nell—. ¿Es este el hombre que intentó someter mi voluntad a la suya?».

—Tendremos que hacer cambios antes de volver a triunfar. Tendréis que tener paciencia.

—¡Nuestra paga! —Un coro cada vez mayor.

Saca el látigo y lo hace restallar. Ahí está Jasper Jupiter de nuevo, electrizante, con una expresión de desdén en la cara. Los hombres se callan.

—Nuestro espectáculo no está acabado. Mi idea nos llevará a cotas más altas que nunca. Nuestro espectáculo se ha vuelto aburrido, una simple copia de los miles de espectáculos que pueden verse en este país. Mi idea nos hará diferentes, únicos, será una verdadera novedad.

—¿Cómo? —pregunta un hombre, pero otros lo acallan.

—Seréis famosos simplemente por estar relacionados con él. —Mira hacia el cielo y Nell no puede evitar compartir ese entusiasmo; su energía recorre el círculo de artistas y peones maltrechos.

Jasper es consciente de que la atención se está centrando en él porque de pronto habla en voz más baja, de modo que todo el mundo se esfuerza por oírlo.

—Tendremos que vender algunos animales y artilugios para salir adelante, para financiar esta iniciativa. Quien quiera marcharse es libre de hacerlo, pero quien se quede, cobrará el doble cuando se inaugure el nuevo espectáculo.

Un murmullo.

—¡Cuéntenos su plan! —grita un hombre—. ¿Y si es solo una fanfarronada?

—La decisión es vuestra —responde Jasper—. Esperad para comprobarlo o idos y leed sobre ello en todos los periódicos de gran formato del país.

Nell mira a Toby. Él sacude la cabeza. Tampoco sabe nada.

Se dispersan sin saber muy bien qué hacer lo que queda de noche. Nell se pregunta qué estará planeando Jasper, cuál será su papel. Normalmente, más o menos a esa hora, estaría elevándose con el globo entre los vítores del público. ¿Cuánto durará su fama si no actúa, si no es mencionada en los periódicos?

Regresa a su carromato; la niña podría tener hambre. Pearl ha construido un nuevo castillo de tierra, lo ha decorado con docenas de conchas de mejillón y ha colocado al ratón enjaulado encima. Alza la vista hacia Nell y sonríe.

—Mamá —dice.

Es la primera vez que la llama así. Nell se toca el vientre como si quisiera encontrar un rastro de la niña en él. La idea de que podría perder a Pearl, de que Jasper podría venderla junto con los artilugios y los animales la intranquiliza. Recuerda la advertencia de Stella: «La niña no es tuya».

Cuando Pearl vuelve a entretenerse abriendo túneles para ratones en el palacio, le susurra a Toby:

—He estado pensando. Podría comprarla.

—¿Comprarla?

—A Jasper. Tengo algo de dinero ahorrado. Ochenta libras. Podría ofrecérselas.

—No es suficiente —dice Toby sacudiendo la cabeza.

—¿Qué quieres decir? —Para ella es una cifra exagerada. Su padre recibió veinte libras por ella—. No puede pedir más.

—Le costó mil libras —comenta Toby bajando la voz.

Nell inspira hondo.

—No...

La envuelve una oleada de pánico y el corazón le late con fuerza. Se imagina a la niña arrancada de su lado, sollozando en un pedestal mientras los curiosos la pinchan. No sabía lo grande que podía ser un amor, que haría lo que fuera para proteger a esa niña.

Puede que la pequeña presienta su miedo, porque alza la vista hacia ella.

—¿Qué pasa, mamá? —pregunta.

Nell se acerca a Pearl, le llena la cabeza de besos. Tiene la piel tan suave..., el pelo tan fino como un diente de león. La niña empieza a retorcerse entre sollozos cada vez más fuertes.

—¿Qué pasa? ¿Me van a vender? —pregunta.

—No, cielo —responde Nell—. No voy a dejarte ir.

A la mañana siguiente, se desmonta la estructura del espectáculo. Los hombres dan hachazos a los bancos, partiéndolos de uno en uno. El telón cae como una cascada. Nell, Peggy y Stella observan.

—¿Dónde vamos a actuar? —pregunta Nell.

—Huffen Black dijo que Jasper iba a usar la vieja carpa —murmura Stella.

—¿Y si no nos quiere? —suelta Peggy—. ¿Y si tenemos que encontrar a un nuevo empresario circense? —Se chupa una uña sangrante—. No quiero que me pongan en un pedestal para que se rían y se burlen de mí, y...

—Para —la interrumpe Stella. Rodea los hombros de Peggy con un brazo y la estruja con cariño—. Se quedará con nosotras. Los espectadores dicen que quieren novedades, pero, en realidad, no es así. Cualquier empresario circense que se precie lo sabe.

—Para ti y para Nellie es fácil decirlo. Yo no soy la actuación principal —dice Peggy.

Pero Nell observa la destrucción de la gradería con una creciente inquietud. ¿Cómo va a volar ella? Su globo no cabe en esa carpa baja y abovedada.

—Estoy segura de que ha pensado en nosotras. —Pero hasta Stella parece preocupada mientras se rasca una picadura de pulga en el codo.

Nell se dice a sí misma que no tiene miedo de Jasper; solo es un hombre. Cruza la hierba notando el rocío bajo sus pies. Jasper está de espaldas a ella, ordenando que se lleven carromatos, apuntando cosas en una hoja de papel. Nell se toca el pecho como si quisiera recordarse que es poderosa. «Nellie Luna», solía corear el público, y sus aplausos recorrían la ciudad.

No la mira, ni siquiera cuando se sitúa a su lado.

—Jasper —dice en un tono de voz más bajo de lo que esperaba.

Él se vuelve con los ojos entrecerrados.

—¿Cómo voy a volar en esa carpa?

Jasper no le responde, sino que mira más allá de ella como si fuera alguien que no importara.

—Seguiré volando, ¿verdad? —pregunta de forma más contundente esta vez.

Y entonces lo ve: están cargando la barquilla de mimbre en una caravana, la envoltura de seda doblada.

No tiene ningún sentido, por qué le haría eso. Corre hacia el vehículo con el cabello golpeándole la espalda.

—¡Ese es mi globo! —grita.

Trata de tirar de una esquina, pero los hombres la apartan de un empujón. Hay pisadas en la suave tela, un pequeño desgarro. Las cuerdas están enrolladas formando una pelota.

—¿Tuyo? —pregunta Jasper, y sus labios dibujan una sonrisa.

Nell ve el parecido que tiene con Toby, la curva de sus labios es más pronunciada. Sus ojos son duros y vidriosos. Recuerda sus manos en sus muñecas cuando la sujetaba contra el suelo y da un paso atrás.

—Nada es tuyo.

—Pero el público —insiste incapaz de no mostrar la desesperación en su voz—, ¿qué pasa con el público? Los espectadores quieren verme.

—Ya os lo dije, mi nuevo espectáculo será distinto. —La mira—. ¿Sabías que te llaman la chica del globo? ¿Que dicen que no tienes ninguna técnica? ¿Que eres solo un títere movido por hilos?

Es como si sus palabras se le grabaran en la piel; la dejan tan desconcertada, tan dolida que es incapaz de replicar. Se dice a sí misma que no es verdad. Lo que ella hace exige también agilidad. Pero siente como si Jasper tuviera una aguja y la estuviera descosiendo lentamente. Le gustaría revolverse y patalear como hizo el primer día, rasgar la seda por la mitad, dar puñetazos al carromato hasta que le quedaran las palmas llenas de astillas. Pero no soporta que él vea lo mucho que todo eso le importa; más aún, que lo necesita. Lo único que puede hacer es irse, regresar al carromato, donde Pearl se echa en sus brazos y le enseña las semillas que ha secado para Benedict. Toby está sentado en medio de la cama, tallando un pedazo de madera para hacerle un silbato.

—¿Qué te ocurre? —le pregunta—. ¿Qué ha pasado?

Es el hermano de Jasper. Lo ve en el contorno de su nariz, en sus ojos. Aparta la mirada.

Cuando oye los carromatos cruzar la verja, no se une a los mozos y los peones. Su globo ha desaparecido. Solo espera que Jasper tenga una nueva idea para ella, una forma diferente de hacerla triunfar.

En el cielo, ve una manada de gansos que emigra por el invierno sobrevolando la ciudad a poca altura. Una de las trillizas les apunta con una pistola. Nell da un brinco al oír el estallido.

—¿Qué ha sido eso? —pregunta Pearl, que le coge la mano.

—Tan solo unos pájaros —responde.

Los gansos caen como rocas. Alguien les grita a las trillizas que paren.

43

Jasper

Lo que Jasper no soporta es ver partir a los animales. Los leones marinos significaban poco para él, pero cuando se tiene que desprender del leopardo y del oso, no puede mirar. Da cinco coles a Minnie y ríe cuando la elefanta alarga la trompa hasta la caja que tiene a su espalda y se las quita. Le da unas palmaditas en los pelos gruesos de la cabeza, le acaricia las orejas que los comerciantes habían desgarrado con ganchos.

—Algún día volveré a comprarte —le dice cuando la cargan en el carromato y cierran la puerta de golpe.

El animal se revuelve, gime, y él le da otra col. La ve irse, de pie en la entrada del jardín con las manos en las caderas. La caravana de alegres colores se marcha dando tumbos por la carretera con su elefanta dentro.

A su lado, los peones sujetan el recipiente con los reptiles a un carro mientras los leones marinos gruñen en su acuario metálico. Han desmantelado la gradería y vendido la madera a un constructor naval de Greenwich. Su vieja carpa está extendida en la hierba y varios hombres arrodillados la están frotando con cera de abeja y brea para impermeabilizarla.

Si hace dos semanas hubiera sabido que iba a pasar eso se habría quedado destrozado. Para su sorpresa, está curiosamente tranquilo, casi aliviado. Mañana, el constructor naval le pagará y con eso tendrá suficiente para reembolsar al Chacal. Ayer escribió al usurero para asegurarle que le pagaría el plazo un poco más tarde, explicándole su enfermedad. No ha tenido noticias. Ninguna carta de respuesta, pero ninguna amenaza tampoco. Aun así, se sobresalta al menor movimiento, e incluso ha instalado un cerrojo en la puerta de su carromato.

—Yo cuidaré de Minnie —dice Winston, y Jasper endereza la espalda—. Será la estrella de mi espectáculo.

—Dios sabe que necesitas algo para entretener a los tres campesinos que constituyen tu público —responde Jasper mientras ve como hacen subir las llamas a una pequeña caravana.

Le quedan pocos animales, algunos monos, un león, una serpiente, parte de sus pájaros, pero solo porque Winston no los quiere. Se recuerda a sí mismo que su espectáculo será distinto, mejor. No se parecerá en absoluto a nada que se haya visto hasta entonces.

—Hace poco adquirí un par de gemelos leopardo —explica Winston—. Vitíligo. Es una pena por Nellie Luna. Se me parte el corazón por ella, de verdad.

—Espléndido —suelta Jasper.

—¿Espléndido? —pregunta Winston sorprendido.

—Ella ya no me importa —asegura Jasper.

—¡Qué curioso! —sonríe Winston—. Te me adelantaste por poco con esa chica albina. Fue muy astuto por tu parte.

—Es tuya si me pagas lo suficiente.

—¿En serio?

Jasper apenas ha visto a la niña desde que la compró, tan solo fugazmente desapareciendo tras los carromatos o sentada tranquilamente junto al fuego. Es vagamente consciente de que duerme en el carromato de Nell, de que se han tomado cariño, de que Toby también la adora. Su pequeña «familia feliz». Contiene una sonrisa, recuerda la expresión educada del cortesano, el momento en que su mundo se puso patas arriba.

—¿Cuánto quieres por ella?

—Mil.

El hombre suelta una carcajada.

—Ni lo sueñes. Solo un imbécil pagaría tanto —suelta.

—Muy bien —dice Jasper muy cansado—. Quinientos.

Cierran el trato con un apretón de manos.

—¿Cuándo me darás el dinero? —pregunta Jasper—. Puedo ir mañana a tu espectáculo a recogerlo.

—No hasta dentro de una semana.

—¿Una semana? —Jasper está horrorizado—. Lo necesito antes. No puedes vaciar mi colección de fieras y la mitad de mis carromatos y...

Winston se encoge de hombros.

—Dime si hay alguien que te los compraría antes, aunque entonces ya no me interesará a mí.

«Es una fanfarronada —se dice Jasper—; es solo una fanfarronada». Pero ¿y si Winston lo dice en serio? Tiene razón, tendría que esforzarse por encontrar a otro comprador y podría tardar semanas en cerrar la venta. Ojalá el Chacal acusara recibo de su carta, le perdonara la demora...

—Muy bien —dice Jasper incapaz de mirar a Winston. Se le ocurre algo—. Puedes venir a mi nuevo espectáculo, pagarme y recoger después a la niña.

—¿Tu nuevo espectáculo?

Jasper sonríe mientras saborea el pánico en el semblante del hombre.

—Ya lo verás.

—El suspense es insoportable. —Bosteza, pero lanza una mirada rápida alrededor, como para encontrar una pista entre los poquísimos animales que Jasper se ha quedado.

Una vez se ha ido Winston, Jasper empieza a andar arriba y abajo. Tiene que concentrarse en su futuro. Piensa en los intricados dibujos a tinta que lo esperan en su escritorio. Pulmones de metal, cuerpos hechos de retazos. Mañana tendrá suficiente para pagar al Chacal; hoy, a pesar de que Winston haya aplazado la mayoría de sus pagos, tiene bastante dinero para empezar a trabajar.

Junta todos sus planos en un legajo y ensilla su yegua. La

pone al trote, la conduce por caminos estrechos rumbo a Battersea. Hace calor y la sed solo aumenta su ansiedad. La tierra se le queda pegada y se atraganta con los humos de la quema de sebo y de mil hogueras hechas junto al camino.

¿Y si el Chacal no está conforme con la demora? ¿Y si lo está siguiendo ahora mismo? Clava las espuelas en el costado de la yegua y mira hacia atrás.

Más adelante, ve los amplios talleres de los que su herrero le ha hablado. Salta del caballo y toca el timbre con los papeles bien sujetos en la mano.

El propietario tarda un rato en salir, secándose las manos en un pedazo de cuero viejo. Lo hace pasar. Hay yuntas de carruaje esparcidas por el suelo, una caja llena de candeleros, hojas, puntas de hacha y engranajes. Apesta a aceite caliente, a humo de madera. El hierro suena como el tañido de una gran campana.

Extiende sus planos sobre un banco de trabajo y el hombre gruñe, recorre cada parte con el pulgar. Los miedos de Jasper se disipan y empieza a sentir cierta seguridad. Piensa en Victor Frankenstein y en el monstruo que le arruinó la vida; se da cuenta de que su problema fue que su creación estaba dotada de alma. ¿Y si ese rayo jamás hubiera animado a su bestia, y si su criatura hecha a partir de retazos existiera solo bajo su control?

—Y esa ala está unida a esa cavidad —comenta el hombre.

Jasper lo corrige, señala y habla deprisa, sintiéndose a gusto con ese lenguaje, en ese mundo. Si hubiera nacido siendo pobre, habría trabajado en un sitio como ese, donde las cosas encajan a la perfección y se construyen máquinas. Podría haber triunfado como ingeniero, como constructor de puentes, como fabricante de rifles.

—Me llevará dos semanas —anuncia el hombre.

—Imposible —dice Jasper—. Ya he adquirido los huesos en Smithfield y las pieles de pescado en Billingsgate, por lo que usted solo tiene que hacer la estructura. La necesito de aquí a una semana, antes si puede.

El hombre sacude la cabeza, empieza a doblar sus notas por él.

Necesita ganar dinero pronto para volver a pagar al Chacal, y la capacidad de la carpa es menor que la de la gradería.

—Por favor —le suplica Jasper—. Puedo pagarle el doble. Lo que sea.

Más dinero prometido. Jasper se pasa el pulgar por el gaznate.

—El triple —suelta el hombre ladeando la cabeza.

Sus ojos poseen la expresión apagada y vidriosa de una perdiz. Finalmente, Jasper se guarda el papel doblado en el bolsillo y acepta.

En cuanto Jasper sale del taller, alguien lo ataca. Unos brazos lo sujetan. Un puño le da en los dientes. Un reguero de sangre en la boca. Un dolor agudo cuando le retuercen la muñeca hacia atrás. Lo conducen hasta una calle estrecha donde hay montones de carbonilla y cenizas.

«Así es como termina todo», piensa. El sol brilla y danza formando figuras elaboradas.

Lo tiran al suelo y le dan puntapiés tan fuertes que solo nota su impacto, sus pulmones desprovistos de aire, un crujido grave que podría provenir de su nariz o de un diente. La costura de una bota con las puntadas sueltas, la piel escarchada. Un pie en su cuello. Espera el destello de una hoja que le cruce la garganta. Se dice a sí mismo que mirará a la muerte a los ojos, como hacía todos los días en Crimea. Pero allí tumbado, al ver el cuchillo moviéndose y centelleando en la mano del hombre, la desesperación se apodera de él y se echa a llorar.

—¿Le rajamos ese pescuezo tan lastimero entonces?

—No —gime Jasper—. Por favor, por favor.

Ahí está, con la cara en el suelo, rogando por su vida. Cada segundo, espera notar como una moneda se le desliza por la lengua, un frío sabor metálico.

—El muy cabrón se ha meado encima —se burla uno de los hombres.

El Chacal, cuyos pequeños dientes salpican su sonrisa, se agacha para ponerse a su altura.

—El dinero —dice—. Me aseguró que lo tendría. Me prometió que triunfaría.

—Mañana —gruñe.

—Acordamos que me pagaría a tiempo —dice el Chacal—. Y este es el tercer pago con el que se demora.

Jasper escupe un diente, se chupa la sangre del hueco que le ha dejado.

—Tengo un modo de ganar más. Una idea. Más que una idea. Tengo la solución.

—Oigámoslo.

Le habla al Chacal sobre sus planes, sobre las instrucciones que acaba de dar al herrero, una tarea demasiado grande para que la realice el suyo. Un espectáculo más sobrio, más sencillo, casi desprovisto de prodigios humanos. Ningún artista que huya, que se pelee o que pida más dinero, ningún animal al que dar de comer y de beber. Le habla de los empresarios circenses que se han recuperado de la ruina. Le asegura que él también puede hacerlo. Le cuenta esas historias con un anhelo profundo, como si las vidas de esas personas fueran la suya.

El Chacal asiente y dice que esperará otro día, pero que si vuelve a incumplir el pago... Se detiene. Jasper se deja caer hacia delante. Las cenizas son mullidas como un cojín. Su yegua ha desaparecido; se ha escapado o la han robado.

Toma bocanadas reparadoras de aire, se toca el corazón y lo nota latir con fuerza. Está vivo.

Se limpia la sangre de la nariz en un barril de agua inmunda. Se toca ligeramente los pantalones mojados.

44

Toby

A Toby le parece que todo el mundo tiene un secreto. Los árboles se susurran mensajes unos a otros, los pájaros se cuentan cotilleos. Los peones forman grupos cerrados. Todos están crispados e irritables. Una acróbata se rompe el brazo al ensayar un salto mortal hacia atrás. A Huffen Black se le cae una bandeja de platos. Estallan refriegas a la menor provocación, se pega a los niños por hacer poco más que hablar. Se murmura: «El espectáculo, ¿cómo será su espectáculo?». Unos cuantos artistas se van. Jasper solo conserva a cinco peones, un reducido grupo de los que le son más leales.

Una vez más, Toby lleva y levanta carga. Fija los viejos postes, como lleva haciendo desde hace años, tira de la tela de la carpa hasta dejarla tensa como el parche de un tambor. Clava estacas en el suelo y cada vez que levanta el mazo, baja los hombros, como si fuera arrastrado bajo la superficie del mar. Lleva la camisa abrochada hasta arriba para esconder sus tatuajes. Su hermano se abre paso entre los peones gritando instrucciones. «Levantad eso; tirad, sí, ahí». Hace menos de una semana Toby estaba en el centro de la pista con la piel tersa y centelleante entre las aclamaciones del público. Ahora tiene la sensación de que eso le pasó a otra persona, de que él nunca podría haberlo hecho. Mientras levanta el martillo por encima de su cabeza se dice a sí mismo que es un zopenco. El hierro canta. Un zopenco.

—¡Más deprisa! ¡Quiero que la carpa esté colocada al anochecer!

Toby entrecierra los ojos, tira la estaca a un lado. Su hermano no puede obligarlo a trabajar, no puede manejarlo como si fuera un juguete. Se desabrocha los botones de arriba de la camisa y se dirige hacia donde Nell está cortando coles. Ella lo mira como si lo retara a hacerlo. La rodea con los brazos y ella emite un sonido breve, satisfecho. Toby nota la mirada fulminante de Jasper, pero la acerca más a él.

—¿En qué estás pensando? —le susurra a Nell—. Estabas sonriendo por algo.

Ella le da unos golpecitos en la nariz y se suelta.

—En nada —responde.

—Dímelo —insiste Toby, y hasta él puede oír la desagradable desesperación de su voz.

Le duele pensar que Nell ha vivido antes de conocerlo, que existe aparte de él. Siente una necesidad loca de conocer todos los detalles sobre ella, de estar en el centro de la historia de otra persona por primera vez, de ser el héroe de su vida. Le vienen a la cabeza recuerdos de los días que pasó en la periferia de la vida de Jasper. Sentado en su dormitorio con el ojo dolorido por el golpe que había recibido con una almendra garrapiñada mientras oía a su hermano reír abajo, en el salón. Carcajadas divertidas entre Dash y Jasper, una botella de grog pasada de uno a otro mientras Toby los seguía. «¿Qué os hace tanta gracia? ¿Qué?». Y la respuesta sacudiendo ligeramente la cabeza: «Nada que te vaya a hacer gracia a ti».

Mira a Jasper; su cara es un mosaico de magulladuras y lleva el brazo encogido como el ala rota de un pájaro. ¿Qué le ha pasado? ¿Qué está escondiendo? Ve que se dirige cojeando hacia la verja.

Vacila un instante. ¿Por qué tenía que saber Jasper todo sobre él y, sin embargo, ser tan opaco? Antes de que pueda cambiar de parecer, le pone una silla a Grimaldi y sale a medio galope tras su hermano. Cabalga tan rezagado que casi lo pierde de vista, pero no puede arriesgarse a acercarse. Se fija en que tiene un caballo nuevo, un bayo decrépito. Cada pocos segundos, Jasper echa un vistazo a su alrededor, hace giros rápidos, vuelve sobre sus pasos. ¿En qué está trabajando que tiene que ser tan reservado, tan precavido? Hubo una época en la que Jasper habría confiado en él.

Su hermano desmonta ante una herrería de la que se elevan nubes de humo. Se oyen golpes metálicos procedentes de su interior. Toby no comprende por qué no está usando a su propio herrero, qué razón podría tener para recurrir a un taller así de grande. Se pasa horas dentro, tanto tiempo que Toby empieza a preguntarse si se habrá ido por otra puerta; pero entonces se acerca más y oye la voz de su hermano escupiendo órdenes. Jasper no sale hasta que ya casi está oscuro. Se sube de un salto a su caballo y lo pone al galope. Alguien le grita que reduzca la marcha, pero él ya se ha ido, levantando una neblina de polvo.

Toby espera y espera. La barriga le duele de hambre. La luna es tan fina como un hueso de los deseos.

Es tarde cuando los golpes metálicos cesan. Unos hombres fornidos salen uno tras otro del taller. El último cierra con una cadena gruesa y cruza la calle hacia una casita inclinada. El patio está tranquilo. Toby conduce a Grimaldi hacia la pared y lo ata a una anilla metálica. En la parte posterior hay una ventana con las contras cerradas, pero la madera está partida. Toby rompe el marco de un rápido codazo y retira los cristales sueltos. Se cuela dentro. Las brasas del fuego están incandescentes y el repentino brillo lo hace parpadear. Unos faroles cuelgan del techo. El caballo mete la cabeza por la ventana y resopla.

Pasa de puntillas por delante de todo el instrumental. Atizadores y cuchillos, yunques y engranajes. Hay un piano abierto con diminutos martillos. En el rincón, ve lo que parece una prensa con las palancas listas. Arrastra los pies por el suelo cubierto de cenizas. ¿Cómo va a saber en qué está trabajando Jasper?

Pero lo reconoce en cuanto lo ve. Las platinas del microscopio han cobrado vida. Jasper ha construido esas criaturas, ampliadas y descomunales, con metal. Hay cinco seguidas guardadas en cajas de madera. Unas bestias de hierro con mandíbulas y dientes, largos huesos relucientes y escamas hechas de estaño labrado. Todas tienen una palanca, un cuidadoso sistema de engranajes. Una es una inmensa cochinilla con el cuerpo tapizado de cuero, construida como una máquina de vapor en miniatura. También hay una mosca con unas alas como las que llevaba Nell y la cara hecha con pieles de pescado cosidas. Tiene plumas pegadas y unas finas costillas que podrían ser de un halcón o de un conejo. Toby desliza los dedos por sus columnas vertebrales, abarca con ellos las puntas de sus alas. Se le manchan las palmas de aceite negro. Roza con la mano la araña, con sus largas extremidades de pinzas de cangrejo y con crines de caballo salpicando las articulaciones. Chirría. Criaturas hechas de retazos. Se queda mirando el horno todavía caliente, la forja donde fueron fabricadas a partir de cien piezas unidas. Victor Frankenstein profanó tumbas, robó trozos variados de carne, de piel y de hueso, y los cosió entre sí. «Un monstruo», piensa mientras contempla la boca de la araña con dientes de vaca mezclados con metal.

Pisa un clavo y tropieza. Quiere marcharse de ahí; quiere estar de vuelta en su carromato, con el brazo de Nell rodeándole el cuerpo y Pearl dormida en el suelo. Se vuelve, se abalanza hacia la ventana. Trocitos de cristal se esparcen por el suelo, pero él se abre paso como puede hacia el patio, con sangre en el brazo. Cae pesadamente fuera, se pone de pie y desata a Grimaldi con manos temblorosas. Se sube de un salto a su caballo y le ordena ponerse en marcha sin haber puesto las botas en los estribos siquiera.

—Arre —susurra.

Y ya está en la calle, volando más rápido incluso que Jasper.

45

Nell

Por todas partes hay ojos puestos en Pearl, peones que la vigilan. De noche, Nell solo ve las puntas ardientes de sus puros, sabe que están cerca. Está segura de que eso significa que Jasper está vendiendo a la niña, que tiene presente su valor. Nell tiene las uñas destrozadas y la piel alrededor de los labios, seca y pelada. A veces, en ese triste limbo entre el sueño y la vigilia, piensa en la navaja que robó en aquella casa y se imagina pasándosela a Jasper por la garganta. Piensa en Julia Pastrana, en los cadáveres embalsamados de ella y de su hijito exhibidos por el mundo, en como llevaba puesto el vestido rojo que ella misma había cosido. Piensa en Charles Byrne, cuyo esqueleto fue limpiado y expuesto en contra de su voluntad. Es tan horripilante que pensarlo la deja petrificada. No puede imaginarse cómo debieron de sentirse, es incapaz de captar la esencia de la vida de esas personas más allá de los hechos básicos. Sabe que si su amiga Stella estuviera ahí, le hablaría sobre otras historias, sobre artistas a los que les gusta actuar o, por lo menos, lo que obtienen de ello. Chang y Eng Bunker, la casa de labranza que compraron, sus muchos hijos. Lavinia Warren y Charles Stratton, casados, con una mansión, un yate y una cuadra de caballos. Pero, aun así, no puede dejar de pensar en Pearl, sola en un pedestal mientras un médico la rodea. Tira de la niña hacia ella.

Una noche, cuando la carpa está levantada, el sol está bajo y Jasper ha salido, ella y Pearl pasean por el jardín. El cielo tiene el color gris de un cartílago masticado. Pearl se columpia en las costillas del iguanodonte. Nell toca sus huesos con un dedo. Toby le contó que el animal del que se extrajo el molde murió hace miles y miles de años. Su esqueleto quedó limpio, la lluvia se fue llevando la tierra y dejó al descubierto el cuenco brillante de su pelvis, una quijada negra. Y entonces picos y escalpelos arrancaron las rocas que lo rodeaban y lo sacaron de donde había yacido durante tantos siglos. Un cuerpo al desnudo. Unos caballeros lo catalogaron, lo bautizaron en honor a sí mismos, pusieron etiquetas a sus huesos y lo metieron en cajas de madera, a pesar de medir cinco metros, mientras le golpeaban la clavícula y el cráneo con sus martillos en miniatura.

Nell se imagina un rayo en plena tormenta. La hierba iluminada. Visualiza un dedo de piedra flexionándose, el hormigón resquebrajándose, los gritos de alarma cuando el animal se libera de las sujeciones metálicas que lo mantienen en su sitio. Un monstruo avanzando pesadamente por el parque, desbullando a Jasper como si fuera una ostra. Se abalanzaría sobre ella y Pearl y las recogería, las abrazaría y se las llevaría.

—¿Me has visto saltar? —pregunta Pearl caminando sobre las raíces de unos árboles.

Brinca para subirse y salta de ellas una y otra vez y Nell aplaude. Tras ellas, el peón con la mandíbula angular da patadas a la tierra.

—¿Soy el mejor espectáculo que has visto en tu vida?

Coge a la niña de la mano.

—Tú no eres ningún espectáculo —dice—. Eres una niña. Una niñita perfecta.

Pearl frunce el ceño sin saber muy bien qué hacer con ese repentino fervor. Se acomoda en el regazo de Nell.

¿Tendrían que haberse escapado cuando Jasper estaba enfermo como Toby sugirió? Pero no podía soportar huir, sentirse perseguida como debía de sentirse Brunette. Además, al hacerlo, se estaría convirtiendo en madre y esposa solamente. Toby quiere que sea esas cosas, ella quiere ser esas cosas, pero también quiere actuar, sentir ese murmullo de esplendor cuando el público la mira y la aclama, ser alguien. «La Reina de la Luna y las Estrellas». La ira estalla en su interior. Pero no tiene a donde ir, no tiene forma de salir. Depende de Jasper, no puede enfrentarse a él. El sentimiento se refugia en su interior, le rebosa en el pecho.

Se queda allí sentada, meciendo a la niña, jugando con los dedos de sus pies. Huele a leche hervida, a heno fresco.

«Un milagro —piensa Nell—. Esta niña es un milagro».

De repente se arma un alboroto, se oyen voces elevadas, música de trompetas.

Nell sujeta la mano de Pearl y siguen juntas el camino de astillas de madera hasta donde está instalada la carpa. Está situada entre los árboles como una seta venenosa gigante, con los carromatos alineados cerca de ella y unas frutas recién hechas de cartón piedra colgando de las ramas. Dos caravanas cruzan la verja, se detienen en el barro donde antes estaba la gradería. Jasper está sentado en el pescante y su sombrero de copa resplandece con la luz de la puesta de sol.

En medio del ruido de puertas de carromato y cacharros tirados, artistas, mozos y peones se abren camino. Nell encuentra a Stella y a Peggy, y no suelta a Pearl de la mano. No puede ver a Toby; todavía debe de estar en la ciudad, encargándose del recado que le ordenó Jasper.

—¿Puedo quedarme? —susurra Pearl, y Nell asiente.

Mantiene a la niña cerca de ella, donde Jasper no pueda verla.

—¿Qué hay dentro? —pregunta Peggy.

—He oído que es una sirena —responde Huffen Black.

Stella resopla.

—Ese tipo de farsas apenas embaucaban al público hace cien años —suelta.

—¿Es un nuevo artista? —interviene Nell.

Se imagina a una chica confinada dentro de cada caravana, luchando por liberarse.

—Quiero verlo —gime Pearl—. Quiero verlo.

—Espera... —dice Nell, pero la niña se ha soltado de su mano y se ha ido serpenteando entre los congregados.

Nell intenta encontrarla, pero la gente está demasiado apretujada y recibe codazos que la hacen retroceder cuando intenta abrirse paso. Procura respirar con normalidad.

—Solo quiere verlo —comenta Stella—. Déjala ir.

Nell lanza una mirada al carromato. Jasper está sonriendo de oreja a oreja, dirigiendo las trompetas con un amplio movimiento de sus brazos. Se pregunta de nuevo qué habrá dentro: ¿personas?, ¿animales?, ¿un mago? Los carromatos están cerrados con cadenas y candados. Tal vez sea una criatura peligrosa. A lo mejor es un plesiosaurio auténtico, capturado por pescadores y metido en un acuario.

—Los gacetilleros se mueren por ver una novedad —brama Jasper—. Y mañana descubrirán su verdadero significado.

—¡¿Qué hay dentro?! —grita Violante.

Un murmullo de aprobación, un movimiento de pies, los cuellos se alargan.

La petición, más fuerte:

—¡¿Qué hay dentro?!

—Yo apostaría a que es un gigante. Un verdadero gigante. Más alto que Brunette —afirma Huffen Black.

Todos los ojos están puestos en el carromato, como si esperaran que la criatura fuera a liberarse de la madera, a separar los puntales de hierro.

Nell se obliga a sí misma a desviar la mirada. Alarga la cabeza en busca de una cabellera blanca, de ese vestidito azul.

—No puedes estar pendiente de ella siempre —le comenta Stella apretándole la mano—. Ya te advertí que no le cogieras demasiado cariño.

La verdad le llena a Nell los ojos de lágrimas.

—Estará bien —susurra Stella entrelazando los brazos con los de su amiga—. Estoy segura de ello.

—Mañana veréis mi nuevo truco —prosigue Jasper—. Mañana, el mundo verá a estas criaturas por primera vez. Os quedaréis sorprendidos, asombrados, incrédulos. ¡Seremos el mejor espectáculo del mundo!

«Pearl estará con las trillizas —piensa Nell—. Stella tiene razón; la niña está a salvo».

—He imprimido volantes, carteles, he publicado anuncios en *The Times*. Mañana, los gacetilleros vendrán en masa a ver nuestro espectáculo.

Jasper continúa hablando y Nell lo observa; hay globos de fuego encendidos ahora a su lado. Habla con la seguridad de un hombre que está imaginando un público mayor del que tiene delante, que espera, incluso ante esa audiencia, que sus palabras sean retenidas y recordadas.

Piensa en los libros que tiene en sus estantes: todos sus relatos de transformación, de alegría, de muerte. Un monstruo perseguido por el mundo. Una sirena atrapada en el umbral entre la muchacha y el pez, los anhelados pies que le sangran al caminar con ellos. Pero esos personajes no son reales. Ningún libro podría capturar la realidad de lo que ella siente.

—Mis creaciones son maravillosas, magníficas, lo más extraordinario que vais a ver jamás...

«Todo escritor es un ladrón y un mentiroso», piensa Nell.

46

Jasper

Las máquinas de Jasper no se escaquearán, ni pedirán más dinero, ni se pelearán ni se morirán. No será preciso gastar montones de libras y guineas para alimentarlas; no serán perseguidas por la justicia. Solo tiene que pasarles un paño engrasado por las juntas, apretarles los acoplamientos, pulirles la piel. Y lo más importante de todo es que no lo eclipsarán, porque él es su inventor. Están totalmente bajo su control.

Cierra los puños, golpea con ellos el aire.

—¡Nuestro espectáculo será el mejor del mundo! —brama, y todos vitorean, todos levantan los brazos como si él estuviera manejando una palanca enorme.

Unos murciélagos vuelan bajo como gorriones, revolotean entre los árboles.

Está sobre un carromato, ve los ojos ávidos de su compañía (peones, artistas, mozos) y siente una fugaz punzada de tristeza al pensar que pronto prescindirá de muchos de ellos. Pero es la era de las máquinas. Las locomotoras de vapor escupen su humo por todo el país, las prensas producen en serie periódicos idénticos, las fábricas de algodón hilan bobinas del tamaño de ruedas de carro. Y los seres humanos son los daños colaterales del progreso: pérdida de empleos, desaparición de oficios. Pronto, la mayoría de la humanidad dejará de ser necesaria y aquellos que hayan tenido el ingenio de innovar, de evolucionar, gobernarán el mundo.

Su agente de prensa le escribió para decirle que había encontrado a Brunette viviendo en una casita cerca de Whitstable. Según le contó, estaba casada con un pescador y ya no quería mostrarse en público. El agente esperaba que Jasper la hiciera volver a rastras, que la obligara a exhibirse ante los espectadores bajo la amenaza de la prisión para deudores y el chantaje, pero él agitó la mano y dijo que la dejara en paz. Siempre habrá una persona más extraña a la que descubrir, un espectáculo que eclipse el suyo. Cuando oyó que la reina había declarado que los chicos leopardo de Winston eran más hermosos que Nellie Luna, no sintió otra cosa que no fuera satisfacción. La carrera de Nell terminaría con la brusquedad con la que empezó.

Cuando Victor hizo a su gran monstruo y este se volvió demasiado fuerte, tuvo que destruirlo.

La busca, la ve allí, con Stella, con los ojos puestos en él. Siente un cosquilleo en el estómago, una sensación de triunfo. Es más fácil de lo que había pensado; la niña ni siquiera está a su lado, sino delante, con las trillizas. Hace un ligero gesto con la cabeza y un peón se abre paso entre los reunidos y se lleva a Pearl con un ratoncito marrón en una jaula. Pronto le enseñará a Nell qué significa ser eclipsado, qué significa ser olvidado.

—Déjanoslo ver —chillan empujando hacia delante.

Jasper chasquea el látigo. El carromato se estremece.

—¡Mañana! —grita—. Mañana.

Mañana dará a conocer a las criaturas al final de su espectáculo. Ha encargado fuegos artificiales, girándulas y cientos de velas centelleantes. Con su luz reflejada, las máquinas brillarán como el aceite. La carpa enmudecerá, las bocas estarán abiertas, los ojos, como platos. Se hará el silencio. Jasper estará allí de pie con los brazos levantados mientras los monstruos empiezan a agitar sus alas de hierro, a abrir y cerrar sus mandíbulas. Un hombre se pondrá de pie, tambaleante, y luego otro a su lado, y la carpa aclamará con la fuerza del asombro. Entonces él recogerá el dinero y pagará al Chacal en cuestión de semanas.

P. T. Barnum tenía ballenas capturadas cerca de la península del Labrador. Las conservó vivas en acuarios de más de quince metros en el sótano de su museo. Las paredes se iluminaban con gas, pero la luz asustaba a los animales, que se escondían en el fondo de sus depósitos y solo ascendían para respirar. Una mujer le dijo que sabía que aquello era una farsa, que el monstruo marino estaba hecho de caucho. Era una máquina que funcionaba con vapor, según ella, y si expulsaba aire, era gracias a unos fuelles.

Jasper piensa que es mucho mejor crear máquinas, de modo que la gente no busque la costura o el truco, sino que se maraville con lo que es real, con lo que él ha creado. Que las miren como miraban las primeras locomotoras.

Gritarán su nombre, Jasper Jupiter. Desearía que sus máquinas pudieran hablar, para que también ellas pudieran proclamar su nombre.

—Mañana, todos vosotros actuaréis como de costumbre y después yo descubriré mi nueva actuación —anuncia. Observa atentamente a Nell, que se remueve bajo su mirada como un insecto bajo su microscopio. Ella mira a su alrededor y sus ojos se posan donde la niña estaba hace un instante—. Con una sola excepción. Esta apoteosis final sustituirá a la que había antes.

Se hace una pausa mientras la compañía asimila sus palabras. Ve como a Nell le cambia la expresión. Un murmullo.

—Como podréis imaginar, eso significa que Nellie Luna ya no aparecerá —entona Jasper con el corazón acelerado por la audacia, por el placer—. Ha desaparecido. Se acabó.

Ve que Nell está empezando a asustarse. Presiente la red que se está cerrando a su alrededor. Se está abriendo camino entre la gente, buscando a la niña. Casi tira al suelo a una de las trillizas. Esa es la clase de espectáculo que a él le encanta; quienes vuelan demasiado alto siempre acaban cayendo.

—Lo cierto es que el público se ha cansado de Nellie —prosigue Jasper—. La han eclipsado los chicos leopardo de Winston.

Ve que Stella lo mira sacudiendo la cabeza y la vergüenza lo invade, pero es efímera. «Tú eres mejor que eso», piensa recordando las palabras que Toby le dijo hace más de dos meses, antes de que nada de todo eso empezara, antes de que él hubiera visto a Nell siquiera.

Hace un gesto con la cabeza a los peones y tres de ellos avanzan y sujetan a Nell por los brazos. Ella suelta un grito. Jasper se pregunta, por un instante, si ha evaluado mal la situación, si eso es excesivo incluso para él. Si, quizá, su compañía se pondrá de parte de ella. Salta del carromato y avanza entre los congregados. Ahora habla en voz más baja, tiene los pulmones inundados de un sentimiento que no reconoce.

Observa como los ojos de Nell escudriñan a los presentes en busca de Pearl al comprobar que no está con las trillizas.

—¿Pearl? —suelta, y después lo mira con una expresión cercana al terror—. ¿Dónde está? —pregunta forcejeando con los hombres que la retienen—. ¿Qué has hecho con ella?

—No quiero dar un espectáculo —responde Jasper intentando mantener la voz firme—. Solo quiero que te vayas.

Nell levanta de golpe la cabeza.

—¿Que me vaya? —se sorprende.

—Puedes unirte a cualquier otra compañía que elijas.

La hierba hace un sonido desgarrador bajo sus pies.

—Tú me compraste.

—Y ahora puedo desprenderme de ti.

—¿Dónde está? —La voz de Nell suena cada vez más alta.

—Solo conseguirás asustarla si te oye.

Le asombra lo indefensa, lo perdida que se ve. ¿Es posible que sea esa la chica que tenía a Londres embelesado? Parece poco más que una desgraciada de los barrios bajos; refrena las náuseas que siente.

—¡Pearl! —grita Nell. Los peones la sujetan por la cintura, por el brazo. Ella se revuelve, da patadas, mordiscos—. ¡Pearl!

—Lleváosla —ordena Jasper chasqueando los dedos.

—¡Pearl! —grita Nell desesperada.

El odio se refleja en sus ojos, un desprecio tan intenso que Jasper dirige la mirada al cielo, a la estrecha sonrisa de satisfacción que dibuja la luna. Recuerda cuando la deseaba, cuando tenía un sinfín de planes para ella.

—¡Ayudadme! —pide Nell—. Por favor.

Stella se vuelve hacia él, que jamás ha visto tanto asco reflejado en su cara. Da un paso atrás.

—¿Qué estás haciendo, Jasper?

No puede mirarla a los ojos. Piensa en los primeros días, en cuando Stella era la estrella de su espectáculo, en los momentos de tranquilidad que compartieron juntos; aquello se acercaba al amor, se acercaba a lo que Dash había disfrutado y él había deseado.

—Aléjate de ella —dice Jasper haciendo restallar el látigo.

Peggy avanza y se coloca entre Nell y un peón. Las dos mujeres no se mueven, pero tampoco alzan los puños. Puede que sepan que esa batalla es inútil, que sus cuerpos son demasiado débiles y menudos, que es fácil vencerlas. Stella toca el labio cortado de Nell, le susurra. Cuando Nell intenta zafarse, Stella la toma por las mejillas y le dice algo que Jasper no alcanza a oír. Le pone las manos en la espalda para consolarla.

«Amor», piensa Jasper, y se le vuelve a entrecortar la voz.

Y entonces llega Toby, que regresa antes de lo que él esperaba, abriéndose paso a codazos, y Jasper maldice entre dientes.

—Toby —tartamudea.

Su hermano tiene los hombros echados hacia atrás y lleva la furia y la decisión escritas en la cara. Jasper nota que está perdiendo el control, que el hilo del poder se le escapa de las manos. Tiene la extraña sensación de que está interpretando mal un papel, que, de algún modo, ese no es él en absoluto.

—¿Qué está pasando? —pregunta Toby—. ¿Qué le estás haciendo? —Agarra a un peón y lo tira sobre la hierba.

Jasper cambia el peso de un pie a otro, sintiendo una opresión en el pecho. Su hermano parece más corpulento que nunca, sus piernas gruesas como troncos de árboles, sus brazos colgando como piezas de carne en el matadero.

—Pearl —dice Nell aferrándose a la camisa de Toby—. Se ha llevado a Pearl.

—¿Dónde está la niña? —pregunta Toby.

—¡Qué heroico! —se burla Jasper.

—Mira en qué te has convertido.

Ahí está, expuesto entre ellos, tan claro y horripilante como un cadáver en la mesa de una morgue. El desdén de Toby. ¿Cuánto tiempo ha pasado desde que su hermano lo miraba con admiración, con un respeto reverencial?

—¿En qué me he convertido? —Procura conservar la calma en su voz, imprimirle firmeza.

—Soltadla —exige Toby, y los peones retroceden.

Jasper se percata de que su hermano es fuerte, de que su pecho es duro como el casco de un barco; podría dispersar a esos hombres como a una bandada de pájaros de huesos frágiles. Jasper nunca ha presenciado la furia de Toby, solo ha descubierto sus consecuencias. El microscopio destrozado, el hombre estrellado. Su hermano tiene el cuello rosado y le tiembla una vena en la sien.

Jasper suelta una breve carcajada para indicar que no le importa. Le está costando concentrarse. Nota un sabor a sangre. Se toca la nariz para comprobar si está sangrando. Siente el frío de la pistola en su cadera. Se esfuerza por mantener la cabeza despejada.

—Nell tiene que dejar este espectáculo y si vuelve, la mataré —anuncia.

La amenaza parece demasiado grande, como la de un niño balbuceante; tan fuerte que está desprovista de todo significado.

—Si ella se va, yo también —suelta Toby.

Jasper se lo queda mirando. Los ojos de Toby están ensombrecidos, humedecidos de furia, mirarlos es como hacerlo a un espejo.

—¿Qué...? —tartamudea Jasper.

—Si ella se va, yo también me voy —dice Toby—. Tú no eres nada sin mí.

Jasper abre la boca para soltar una réplica sarcástica, pero las palabras no le salen.

Ve que su hermano da un paso hacia Nell y tira de ella hacia él. Las mujeres unen sus brazos formando una cadena contra Jasper. Stella le susurra algo a Nell, le aprieta con cariño la mano, le hace gestos tranquilizadores con la cabeza.

Cuando eran pequeños y Toby no podía dormir, entraba a hurtadillas en el cuarto de Jasper y se echaba en la cama, a su lado. Al despertarse por la mañana, Jasper veía los rizos de su hermano sobre la almohada, el movimiento de su pecho, arriba y abajo. Eso bastaba para sumirlo en un segundo sueño con las manos unidas a las de él. Lo eran todo el uno para el otro.

«Somos hermanos, unidos por un vínculo indisoluble».

—Largo —dice en voz baja. Levanta el látigo y lo hace restallar—. ¡Largo! —brama—. ¡Largo de aquí, los dos!

Él es el lobo, se dice a sí mismo, el lobo; piensa en los huesos limpios que encontró en la jaula de las «Familias felices», sin resto alguno de carne. En el lobo lamiéndose las garras.

Toby se vuelve para marcharse con Nell abrazada a él. Jasper lo mira fijamente. No puede marcharse; no es posible que se marche. Después de todo lo que le ha dado. El puño se le mueve como si tuviera vida propia y alcanza las costillas de su hermano haciendo un fuerte ruido. El dolor le sube por el brazo como una descarga eléctrica que se apodera de él. Lo aporrea con más fuerza mientras el sudor le escuece en los ojos y le empapa la camisa. La irresistible necesidad de hacer daño, de hacer sufrir a otra persona como hace él, de ejercer su dominio sobre la situación. Entonces se tambalea hacia atrás y el mundo se balancea para recibirlo. ¿Qué ha sucedido? Está despatarrado en el suelo con un sabor metálico en la boca y Toby está sobre él, dándole con los nudillos.

«No —piensa—, no es así como tiene que ser».

Trata de levantarse, pero los carromatos se mecen como barcas soltadas de su amarre. Solo se le ocurre una cosa que detendrá a Toby, que supondrá su victoria.

—¿Qué le hiciste a Dash, Toby? ¿Por qué no le cuentas a todo el mundo qué le pasó a Dash?

Su hermano se vuelve, boquiabierto.

«Ya lo tengo», piensa. Siente un curioso alivio porque ya no se debe a ese secreto, porque ahora él también se ha liberado.

Espera que Stella se gire hacia Toby, que ese enfrentamiento estalle por fin. Pero ella no lo ha oído, sus palabras se han perdido en el viento. Y Toby... Pensaba que caería de rodillas, que se arrastraría, que suplicaría clemencia al recordar como Jasper lo había protegido. Pero cuando alza la mirada, ve que Toby se ha ido, ha desaparecido entre la gente.

Quinta parte

Altius egit iter.
(Elevó más su trayectoria).

Ovidio, «Dédalo e Ícaro»,
Metamorfosis. Libro VIII, 8 d. C.

47

Nell

Nell está sentada en el rincón de una posada, ante una mesa con marcas de vino derramado y cientos de pequeñas muescas hechas con cubiertos. Frente a ella, Toby tiene la mano extendida y va clavando un cuchillo entre los huecos que dejan los dedos, cada vez más deprisa. Una parte de ella desea que se le resbale, ver el frenético estallido de color carmesí. Tendría que haber sangre, carne desgarrada, caos de médicos y caballos con penachos negros. Tendría que haber huesos destrozados, gritos y llantos. ¿Podía haber presentido Charlie que pasaría eso? ¿Es de eso de lo que trató de advertirla?

En el centro de la sala, una mujer se ríe, y Nell se clava las uñas en los muslos.

Se pregunta si Pearl estará dormida con el pulgar metido en la boca. Se pregunta si estará asustada, si Stella la habrá encontrado o si estará ya con otro empresario circense, sola en un lugar desconocido. Cuando Jasper ha echado a Nell de la compañía, Stella le ha susurrado que encontrará a Pearl o que descubrirá a dónde la ha enviado Jasper, le ha dicho que regrese mañana, justo antes de que empiece la función. Ha añadido que Jasper estará distraído y que ella le llevará a la niña si puede. Nell cierra los ojos, procura imaginarse besando las mejillas sonrosadas de Pearl, oyendo su cháchara sobre Benedict y las semillas que más le gustan.

Se acerca la medianoche y el posadero bosteza y hace chocar las copas entre sí con la esperanza de que capten la indirecta. A su alrededor, están poniendo las sillas boca abajo sobre las mesas. Nell piensa en los animales, encerrados en sus jaulas. Piensa en Stella, en Peggy y en Brunette.

Toby le sujeta la mano para que deje de dar golpecitos en la mesa. Su rabia es tan intensa que parece combustible, le tensa la mandíbula como si tuviera la boca atrancada con un cerrojo. La han comprado y se han desprendido de ella. La han convertido en una paria, apartada de todo lo que le importa.

—Vamos —dice Toby, y lo único que puede hacer es seguirlo.

No han tenido tiempo de llevarse nada. Ni dinero ni ropa limpia. El posadero les ha ofrecido la cena y una cama con los caballos si limpian las cuadras por la mañana. Cuando Nell sale, Toby le toca el brazo a modo de protección silenciosa, y ella se da cuenta de que la mujer se estaba riendo de ella.

La cuadra es pequeña y está mugrienta, hay heno sucio. Se sienta en una manta vieja para caballos y Toby apoya la barbilla en el hombro de ella.

—No voy a dormir —susurra Nell. El corazón le late con fuerza—. ¿Y si ya la ha vendido? ¿Y si le hace daño?

Toby suelta el aire despacio.

—Tienes que esperar hasta mañana. No hay nada que puedas hacer ahora.

Tendría que encontrar una forma de reunirse con Pearl. Tendría que estar haciendo algo, sacudiendo los carromatos, soltando a los animales. ¿Cómo puede quedarse ahí sin más? Cerca de ellos, los caballos se mueven. Toby acurruca su cuerpo alrededor del de ella y el consuelo es fugaz. Hubo un tiempo en que eso lo habría significado todo para ella, en que solo quería que alguien la amara. A través de la ventanita, observa como la luna se perfila como una guadaña pulida.

Le viene un recuerdo a la cabeza. Aquella primera noche

después de ser vendida arrancó páginas de libros con las manos. Una ira que le era nueva y desconocida. Los lomos se partían entre sus dedos.

—¿Qué pensarías si te dijera que he hecho algo terrible? —susurra Toby.

—¿Tiene que ver con Pearl? —pregunta cerrando los ojos.

—No —responde Toby—. Claro que no. —Aguarda un instante para añadir—: ¿Me perdonarías?

Se tapa con la manta hasta la barbilla. No quiere oírlo. Quiere concentrarse en Pearl, desear con todas sus fuerzas tenerla con ella hasta que vuelva a ser real. No puede cargar con nada más, con una historia incompleta a la que se verá obligada a encontrar sentido.

—No me lo cuentes. No quiero oírlo.

Silencio, tan solo el crujido de la paja, las coces de un caballo. La distancia entre sus respiraciones parece aumentar, volverse más y más grande. Se rasca la marca de nacimiento de la muñeca. La piel es más fina y nota que empieza a resquebrajarse.

—¿Nell? —dice Toby.

No contesta. Capta el parecido de Jasper en su voz. Sus narices semejantes; sus ojos similares. Se tapa las orejas con las manos.

Ve que, sobre ella, una araña está tejiendo su meticulosa red.

48

Toby

Trabajan toda la mañana en la cuadra. Nell se estremece con el susurro de las hojas, con el ruido de los cascos.

—Solo tenemos que esperar —le dice Toby—. Estoy seguro de que la encontraremos.

Nell se zafa de él cuando intenta abrazarla; su frialdad se acerca a la furia. Tiene esa sensación familiar de no ser querido. Aprieta los labios y vuelve a frotar los arreos, cuyo cuero está sucio de polvo y crin.

—Ya limpio yo el suelo. Tú descansa —dice, y no por amabilidad, sino más bien por la necesidad de sentirse útil—. Por favor.

Pero Nell pasa de él con la misma facilidad con que un burro se quita de encima una mosca. Trabaja como una tormenta desatada. El cabello le ondea alrededor, tiene la boca tensa, los ojos entrecerrados. Lanza cubos de agua a la pared, friega los adoquines hasta que se le rasgan los pantalones y le sangran las rodillas. Un agua fétida inunda los desagües. Toby no puede hacer nada para consolarla.

—Nell —intenta, pero ella no contesta.

«Zopenco —piensa—. Medio oso».

Desea complacerla, hacerla sonreír. Si pudiera, encontraría a Pearl, se la cargaría a la espalda y regresaría como un héroe que ha cumplido una misión. Tal vez entonces Nell lo amaría con la misma ferocidad con la que ama a la niña.

Agacha la cabeza, trata de abstraerse con el cepillado y el limpiado. Eso es lo único que ha hecho bien en su vida: su cuerpo ajeno a él, siendo solo un felpudo que pisotear, un limpiabarros en el que limpiarse las botas. Su vida siempre se sume en las mismas rutinas. No puede escaparse de ella del mismo modo que el lobo no pudo olvidar cómo matar.

—Nell —intenta de nuevo, y se da cuenta de que está a punto de echarse a llorar.

Al mediodía, el posadero les lleva un pastelito de verduras amargas y Toby se pasa minutos masticando cada bocado, pero apenas es capaz de tragárselos. Nell ni siquiera prueba la comida. El hombre regresa con las manos en los bolsillos.

—¿Eres Nellie Luna?

Nell no responde.

—Te vi en el Circo de los Prodigios de Jasper Jupiter. Todos te vimos.

El hombre le roza las marcas de la mano sin que Nell se inmute. A Toby le gustaría apartarlo de un empujón, pero el momento pasa y da otro mordisco al pastel.

—Compré una figurita tuya. La tengo en la repisa de la chimenea, al lado de Chang y Eng Bunker. Ellos también eran un espectáculo maravilloso.

Como ninguno de los dos habla, el posadero tose, saluda con la cabeza y se va.

Toby quiere decir algo para consolarla o hacerla sonreír, provocar alguna reacción en ella. Hace mucho ruido al masticar, al triturar la comida con los dientes. Se toca la costra de los nudillos hinchados. No recuerda el movimiento de su brazo, el instante del impacto. Solo a su hermano en el suelo, la expresión de incredulidad en su rostro.

Le pasa lo mismo que con Dash; el momento de la caída está borroso. Lo ha repasado mentalmente muchas veces y sigue sin estar seguro de lo que se proponía, de lo que pasó.

Nell entrelaza sus dedos con los de él. No le dice que deje de llorar.

—Hice algo terrible —afirma—. Algo monstruoso.

Pero ella solo dice:

—Tenemos que encontrarla.

—Lo sé —responde Toby besándole el cabello.

Hace un calor abrasador, penetrante como un taladro. Es uno de esos días de finales de verano en que el mundo parece demasiado maduro y a punto de reventar. Los perros jadean en la sombra y sus cajas torácicas vibran. Las lombrices se cuecen hasta parecer cordones de zapatos. Una vela, dejada al sol, se derrite, transformada en sebo lechoso. Por lo menos hay una brisa que sopla entre las puertas, agitando el heno del pesebre. Cuando tiene demasiado calor, Toby se quita la camisa. Los colores, acariciados por el aire, lo embellecen. Ve que Nell lo mira.

Su vida podría ser una vida corriente. Una granja, tal vez con un campo de trigo que él trabaje todos los días. Una casita con una puerta azul. Una felicidad que él puede ofrecer. Él nunca ha necesitado tener poder como Jasper. «Amor», piensa; eso es lo único que él ha querido en su vida. Importarle a alguien. Se aproxima más a ella. Está muy cerca. Nota la promesa de su aliento en el pecho.

Nell cierra los ojos.

Ocurre siempre que ella está cerca de él. Siente una atracción en su interior imposible de negar. Quiere poseerla, besar hasta el último centímetro de su cuerpo, arrancarle gemidos de placer.

Nell se vuelve y empieza a cargar otra vez heno con la horca.

La vergüenza lo enfría.

—Lo siento —dice.

Le toca el brazo a modo de perdón silencioso. A lo mejor vuelven a estar bien; a lo mejor encuentran a Pearl y también la forma de regresar a donde estaban antes.

—¡Aquí están!

El posadero aparece con cuatro señoras.

—¿Quiere sus caballos? —pregunta Toby, y Nell lo mira como si fuera imbécil.

Las señoras entran intentando no pisar la suciedad arremolinada. Toby se da cuenta de que lo están mirando, contemplando su pecho dibujado, y también a Nell, que lleva las mangas subidas.

—Impresionantes, ¿verdad?

Sus carcajadas retumban en los establos.

—Ella era famosa, ¿no?

—Ven aquí, muchacha —dice el posadero chasqueando los dedos.

Toby se acerca a Nell y los visitantes parecen comprender la amenaza, porque el hombre se marcha corriendo; todos se van, riendo.

—Fenómenos mejores que los que pueden verse en el Salón Egipcio. Llegaron aquí sin más, ¡no podíamos dar crédito a nuestros ojos!

—Nell... —empieza a decir Toby, pero ella está mirando al suelo, dando patadas al barro para formar un montoncito.

—No —suelta—. No digas nada.

El posadero se pasa toda la tarde llevando grupos reducidos de invitados a verlos. Toby dirige la mirada a cualquier sitio menos a ellos: los abrevaderos de hierro, los pesebres de madera, los ganchos y las cuerdas que cuelgan de las paredes. Es una bestia a la que se hace desfilar, a la que se exhibe.

Oye que alguien toca una campana en la calle, que grita un discurso:

—¡Monstruos de la naturaleza! ¡Fenómenos humanos! Un vistazo por un penique...

«Te has convertido en uno de ellos».

No se imaginaba que sería así. Los ojos clavados en él, las risas con las bocas tapadas con la mano. Mirándolo como si fuera un objeto.

Finalmente, tira el cubo al suelo.

—No puedo soportarlo —asegura.

—¿A dónde vamos a ir?

—Esperaremos entre los árboles, junto al camino, cerca de la verja. Cualquier sitio es mejor que este.

El posadero intenta detenerlos, engatusarlos para que se suban cada uno a una mesa en una sala que tiene en el piso de arriba, les ofrece cinco chelines por barba. Toby lo aparta de un empujón para pasar. Regresan a Southwark por calles concurridas sin tocarse. La ira de uno roza con la del otro como si fueran pedernales. Unas nubes surcan el cielo. Los grillos cantan, tiemblan. En una hora, su hermano comenzará su espectáculo. Puede que en ese mismo instante esté preparando a sus criaturas mecánicas.

Toby aparta con la mano unos hierbajos que crecen bajo un roble. A través de la verja del jardín pueden ver el extremo de la carpa, los carromatos a su alrededor. Coge a Nell de la mano.

—Encontraremos a Pearl y seremos una familia —afirma con una convicción que no siente—. Viviremos en una casita cerca de un bosque y solo nos necesitaremos el uno al otro.

Nell mira entre las hojas de la hierba alta como si pudiera hacer aparecer a la niña solo con su fuerza de voluntad.

—Una casa con la puerta azul y rosas blancas. Yo podría trabajar en los campos. Sería una vida apacible, tranquila.

—Una vida tranquila —dice Nell con un resoplido—. Yo ya tuve una vida tranquila en su día—. Tiene los ojos enrojecidos, le tiembla el labio—. Tú no sabes lo que es eso. Prefiero estar en el escenario que entre un montón de escoria con el resto del mundo. Prefiero ser alguien.

Toby hurga en su bolsillo y saca de él un objeto pequeño. Es una figurita de yeso con alas en la espalda y los pies extendidos.

—Soy yo —dice Nell.

—Pero siempre le has pertenecido a otra persona.

Lo dice sin entusiasmo, como si no acabara de creérselo:

—Stella y yo tendremos una compañía...

—Eso no va a pasar —replica Toby—. Y tú lo sabes.

Nell se aleja de él. Toby tiene la idea descabellada de que ese es su castigo por lo que le pasó a Dash; que podría ganarse el amor de Nell si le contara la verdad.

«Cobarde. Zopenco».

Abre la boca, pero no encuentra las palabras.

49

Nell

El sol ha incendiado las nubes, cuyos vientres humean como braseros. La hierba está agostada, las hojas se marchitan en los árboles. Nell no puede esperar más en el bosquecillo, así que cruza el camino y se agarra a la verja. Ya hay espectadores congregados fuera de la carpa y huele a castañas asadas y a azúcar caliente. Puede ver las antorchas de Bonnie centelleando mientras la chica las lanza cada vez más alto al hacer sus malabares. Se oyen gritos ahogados, hay un estallido de luz. Las esferas brillan. En algún lugar, entre los carromatos dispersos, los puestos y los animales que aúllan, Pearl podría estar esperando, si Jasper no la ha vendido todavía. Arranca un diente de león y lo retuerce. En su pueblo, estarán tapando los tallos de violeta para el invierno, cubriendo los arriates con montones de estiércol, reparando las grietas de los muros de piedra.

Oye los pasos de Toby a su lado. Deja que entrelace sus dedos con los de ella. Recuerda la emoción que sentía tiempo atrás cuando él le tomaba la mano de ese modo, el calor que le recorría el cuerpo.

—¿Ves a Stella? —susurra.

—Todavía no.

Parece que pasan horas antes de ver a una figura que avanza deprisa hacia ella. Nell la saluda con la mano, la llama con señas, pero tiene el corazón petrificado en el pecho. Stella viene sola. Pearl no está con ella.

—Quizá traiga a Pearl tras la función —dice Toby, y su voz es tan exasperantemente calmada que Nell lo odia.

—¡¿Dónde está?! —grita.

Stella sacude la cabeza, corre los últimos pasos.

—¿Dónde está? ¿La traerás más tarde?

—Lo siento, Nell... —dice Stella mientras niega con la cabeza otra vez.

—¿Qué? ¿Qué le ha pasado? —Sujeta la mano de su amiga, la aprieta—. ¿Qué ha pasado? Dímelo.

Stella la mira con tanta lástima que Nell tiene que apartar los ojos de ella.

—La ha vendido —explica.

—¡No! —suelta. Se zafa de Toby cuando este intenta abrazarla—. ¿Cómo? ¿A quién?

—Winston no es un mal empresario circense. Los hay peores.

Las palabras le zigzaguean por la cabeza, se reordenan. «Vendido». «Winston». Una niña. Pasada de una mano a otra como una baratija. ¿Qué se supone que tiene que hacer o decir ella ahora? La están mirando como si esperaran una respuesta. Le gustaría imprimir seguridad a su voz, rebuscar en su interior y encontrar algo que no fuera un vacío y una gran furia. Eso es demasiado para ella. El enrejado se le clava en los dedos.

—¿Ya se la ha llevado? —pregunta Toby.

—No. Winston está aquí. Lo he visto. Se la llevará tras la función de esta noche —responde Stella.

—¿Está ahí? ¿Está ahí ahora? —Nell se inclina hacia ella.

—La tiene Jasper. No la pierde de vista. —Stella le coge las manos. Es demasiado amable como para decirle a Nell que ella le advirtió que eso pasaría, que así es simplemente como son las cosas—. Tengo que regresar. Antes de que me echen de menos.

Nell la observa, esos andares orgullosos con el mentón alto. Suenan las trompetas y oye el distorsionado murmullo del discurso de Jasper.

«Prodigios... Nunca visto... Lo último...».

Hace dos semanas, cualquier día, a esas horas de la noche, le estarían atando las cuerdas. Tendría el globo tras ella y sentiría el cosquilleo de la expectativa. Los demás estarían también nerviosos: Stella, estirando sus pantorrillas; Peggy, saltando de un pie a otro. Hasta el león se estaría moviendo inquieto en su jaula mientras Huffen Black le daba de comer otra tajada de carne para saciarlo. Todos estarían aguardando un ligero movimiento del telón, el sonido de la trompeta. Esperando esas pequeñas señales, harían rotar sus hombros, sacudirían sus pies, preparados para el momento en que saldrían y sentirían la presión de mil ojos puestos en ellos...

Y eso es lo que siente ahora, de pie tras la verja. La emocionante expectativa de que va a pasar algo. Pearl sigue estando ahí, a su alcance. Encontrará el modo de llegar hasta ella. El sol se pone proyectando su larga luz como si fuera una antorcha. Las hierbas secas relucen como el oropel. La brisa agita la tela.

Cuando se encarama al enrejado, nadie la ve ni grita. Enfila el camino entre la pagoda y los huesos del iguanodonte. No hay visitantes; están todos en la carpa. Se acerca a los carromatos con el corazón latiéndole con fuerza, corriendo a toda velocidad. Jasper ha dejado marchar a la mayoría de sus peones y ni siquiera hay nadie vigilando las caravanas. Estarán todos dentro, acomodando al público.

—¡Espera! —grita Toby tras ella, pero Nell no se detiene.

Toma un atajo hacia los carromatos. Oye galopar en el interior de la carpa. El aire se espesa con el polen tardío.

—Espera —repite Toby, pero es lento, torpe—. ¿Y si te ve?

—Me da igual.

El carromato de Jasper está bajo un árbol, cerca de la carpa. Nell empuja la puerta con el hombro. Está cerrada con llave.

—Podría estar dentro —dice golpeándola con el puño—. ¡¿Pearl?! —chilla—. ¡¿Me oyes?! ¡¿Pearl?!

—Yo puedo hacerlo —suelta Toby.

Arremete con todo su peso y las bisagras ceden. Nell entra.

¿Qué está haciendo? ¿Qué está buscando? Naturalmente, Pearl no está allí. Se queda de pie, parpadeando en medio de la repentina penumbra. Mil Jaspers la observan con el bigote perfectamente rizado, sus labios esbozando media sonrisa. Un escritorio ordenado, un libro de cuentas. Cartas. Un monóculo y barras de pintura facial. Botellas de bebidas alcohólicas y copas de cristal. Levanta la licorera, la huele.

El público clama. La voz de Jasper se eleva y se apaga cautivando a los espectadores. Nell se toca las muñecas, donde él la sujetó, donde tiró de ella para meterla en el carromato aquella noche de la hoguera y el baile.

—Deberíamos marcharnos —sugiere Toby—. Si nos encuentra aquí...

—Está en la función. No vendrá.

Extiende los brazos y empieza a girar sobre sí misma golpeando las paredes, el tocador, con las manos. Una sonrisa le asoma a los labios, un gorjeo que es cercano a un grito. Las copas se hacen añicos. El globo terráqueo se inclina y se parte. Araña los volantes y el papel trata de oponer resistencia. A su lado, Toby arranca y tira los anuncios al suelo, donde van formando un gran montón. Las cosas crecen y crecen cada vez más y Nell no podría detenerlas aunque quisiera. La noche se le escapa entre los dedos como un sedal mojado.

50

Jasper

Hay un niño sentado en primera fila. Tiene el cabello anaranjado y los brazos y las mejillas cubiertos de pecas. Con sus dedos pela castañas asadas y las mastica con cuidado; su mandíbula se mueve de una forma tan mecánica que Jasper se pregunta si las saborea siquiera.

Normalmente, Jasper no observa a los espectadores, pero no puede apartar los ojos de ese niño. Él ve el espectáculo como debe de hacerlo el chaval. Recuerda a Tom Thumb esforzándose por salir del pastel y las carcajadas que resonaron por todo el teatro. Más adelante, cuando fueron a ver al *signor* Duvalla cruzar el Támesis sobre un alambre, Toby alargó la mano para apretarle el brazo. Allí, bajo la luz apagada de la ciudad, daba la impresión de que todo Londres contenía el aliento; hasta las nubes estaban inmóviles, el viento reducido a la nada. Jasper anhelaba atrapar algún día así al público y no soltarlo.

Y ahora, mientras presenta una actuación tras otra con expresiones como «la extraordinaria», «el maravilloso», «la mayor curiosidad viva del mundo», mientras deja caer pistas sobre la «increíble» apoteosis final, mientras provoca el asombro del público, piensa: «Lo he conseguido». No importa que el espectáculo dure la mitad que el original, que solo posea una ínfima colección de fieras, que haya un usurero apretándole las clavijas, que vuelva a estar en su vieja carpa. Stella, sentada en su trapecio, agita las piernas y pía como un vencejo, como un grajo, como un gorrión, y el niño del pelo anaranjado abre los ojos como platos.

La vida de Jasper queda reducida a un murmullo. Solo están él y el público; eso es lo único que importa. Le encanta esa pequeña carpa con su olor a moho, serrín, naranjas y excrementos de animales. La función está yendo muy bien, llegando hábilmente a su apogeo. El aceite de cítricos se quema en recipientes de cerámica. La luz del atardecer posee un destello rosado. Los faroles están encendidos, los muchachos que se encargan de ellos, preparados para apagarlos cuando él chasquee los dedos. Las arañas de luces arden con cien velas y su cera gotea en platos plateados. Jasper se pone de pie sobre su caballo y brama:

—¡Esto no es nada, nada, comparado con las maravillas que voy a mostrarles esta noche...!

Las luces de Stella se fusionan con su barba, los fuegos artificiales salen en espiral hacia el público y el niño de pelo anaranjado aplaude.

Tras el telón, sus máquinas esperan con los ojos inexpresivos. Les ha cepillado el pelaje y las plumas, alisado las costuras, engrasado las juntas. Ellas están preparadas. Él está preparado. Le gustaría que el Chacal estuviera ahí, que viera lo prometedor que es, el acierto que fue invertir en él.

Hace un gesto con la cabeza y Huffen Black toca una nota larga con la trompeta.

Se abre el telón y ahí están. Sus máquinas.

Las ganas de llorar le cierran la garganta. Se toca el pescuezo, en el sitio donde le rajaron el cuello al cerdo. Huele el azúcar caliente, piensa en la cera derretida que goteaba de las puntas de las alas de Ícaro.

El niño pelirrojo se inclina hacia delante, entrecierra los ojos para mirar. La bolsa de castañas se le cae del regazo. Las pequeñas cáscaras marrones se esparcen por el suelo. Jasper lo ha despojado de sus preocupaciones y de sus temores, y ha hecho que se concentre exclusivamente en lo que hay en esa pista. Lo ha entretenido. Levanta la mano y suelta una sonora carcajada.

51

Toby

Siempre hay un momento en el que la situación cambia. Cuando un dedo, sostenido demasiado tiempo sobre una vela, empieza a quemarse. Cuando una broma se vuelve hiriente y un chico lanza almendras garrapiñadas y otro chico se ríe. Cuando un microscopio acaba hecho añicos. Cuando una historia se convierte en mentira. Cuando un hombre roba demasiado...

«¡Arramblo con todo lo que veo!».

Nell retuerce los puros de Jasper, observa la caja de cerillas.

—Esa soy yo —dice—. Soy yo.

Sus pies extendidos, las grandes alas mecánicas atadas a su espalda. Toby recuerda estar sentado en los sacos de lastre de la temblorosa barquilla controlando cuidadosamente sus cuerdas. Podía oírla gritar en medio de la noche. De vez en cuando, se atrevía a ponerse de rodillas para mirar por encima del borde. Ella se balanceaba debajo de él agitando los pies, braceando. Las lámparas y las velas brillaban abajo, como si estuviera nadando entre llamas. Se encendió una cerilla y allí estaba ella. Nellie Luna.

Nell se toca el hombro, se le han formado costras en los cortes.

«Iluminan la habitación como Nellie Luna».

Toby se ha acostumbrado a ella en tan poco tiempo... Ha adaptado su vida para ajustarla a la suya, hasta el punto de que, sin darse cuenta siquiera, ya no puede pensar en un futuro sin ella. Y, aun así, se sigue sintiendo fuera de lugar, en peligro de decir algo mal.

Ha sido así toda su vida: integrado, pero impostor a la vez. De algún modo, se acostumbró a Crimea, al saqueo, a los cadáveres, al hedor de todo aquello. El día en que cayó Sebastopol, se dirigió hasta el campo de batalla y apenas se fijó en los restos de mandíbulas, de intestinos púrpura, de retazos de uniformes hechos jirones. Vio un halcón elevándose en el cielo con una mano entre sus garras y se limitó a espolear a Grimaldi, con su carromato fotográfico abriéndose camino con dificultad entre el barro. Delante de él, una mujer se volvió y gritó «¡Dios mío!» señalando el ave. Se preguntaba cómo aquellas señoras volverían a ocupar su lugar normal en la sociedad, cómo se sentarían en salones festoneados, entre alfileteros y clavicémbalos, cómo se mantendrían calladas y olvidarían lo que habían visto. No pensaba en Stella a menudo, pero lo hizo entonces; se preguntó qué opinaría de ella el tío de Dash que se dedicaba a la política, si Dash la seguiría amando cuando ella no formara parte de su mundo. No se la imaginaba lejos de su pequeño entoldado y de sus boles de plata llenos de fruta y sus velas de cera de abeja. Para él, Stella vivía solo en Crimea, igual que estaba seguro de que Dash y Jasper solo eran amigos circunstanciales; alejados de la guerra, se distanciarían. El circo ocupaba un lugar destacado en su mente, le daba fuerzas mientras pasaba por encima de un cadáver medio enterrado. Una vez eso hubiera terminado, Jasper y él lo serían todo el uno para el otro. Irían de un lugar a otro rodeados de novedades. Nuevos pueblos, nuevas actuaciones, la carpa elevándose en medio de la neblina del amanecer.

En las ruinas grises, instaló la cámara en su trípode de madera y trató de sentirse conmocionado. Vio el tronco partido del cadáver de un hombre con el brazo doblado hacia el pecho, como si estuviera simplemente durmiendo. Un montón de gusanos se retorcían en su estómago. Toby lo miró fijamente para sacarse de su ensimismamiento, pero daba la impresión de que el mundo se había movido un poco sobre su eje, de que ya nada tenía la capacidad de sorprenderlo.

Vio a su hermano y a Dash alejándose de él a caballo. El recuerdo de la discusión le dejaba un regusto amargo en la boca, pero, aun así, los llamó.

No lo oyeron. Había demasiados escombros para poder pasar con el carromato, así que, tras vacilar un instante, decidió dejar a Grimaldi.

—¡Jasper! —llamó de nuevo—. ¡Espera!

Corrió por la calle en ruinas, pero no podía verlos. Se metió por el camino que debían de haber seguido. Y entonces los oyó al otro lado de un muro, la risa cada vez más alta de Dash. Iba a llamarlos otra vez cuando su hermano dijo su nombre. Se detuvo.

Lo oyó todo; unas palabras que lo aplastaron como una avalancha.

«¿No puedes encontrarle otra ocupación? ¿Oficinista o algo así? Una profesión de zopencos».

Fue como si alguien le hubiera arrancado las costillas y le estuviera apretando con fuerza el corazón.

«Zopenco, zopenco, zopenco», pensó.

Los camellos desvanecidos en la nada. Los resplandecientes carromatos podridos y astillados. Lo único que le quedaba era una diminuta oficina con una ventana alta y montones de documentos aguardando a que su mano los rellenara. Sus perspectivas reducidas al tamaño de un reloj que marcaba las horas en la pared, a un estrecho compartimento entre despachos. Retrocedió casi sin aliento.

Dash ocuparía su lugar en el espectáculo.

Las paredes estaban pulverizadas; las casas, abandonadas; la mampostería, plagada de agujeros de mortero. Toda la tierra destrozada. Hasta el cielo azul aparecía surcado por estelas de humo como una piel de cerdo marcada.

Deseó que Jasper no hubiera conocido a Dash. Deseó que Dash no existiera. Deseó que Dash hubiera muerto, que una bala rusa se le hubiera alojado en el corazón.

No lo vieron cuando bajaron andando por la calle, cuando Jasper entró en una cabaña y Dash siguió adelante con el rifle golpeándole el costado. Toby intentó imitar aquella forma de caminar despreocupada, esa forma relajada que tenía su cuerpo de moverse. Intentó ver la ciudad como haría Dash, como si los cadáveres relucieran entre las ruinas como motas de oro.

Jasper salió de la cabaña y Toby los siguió a través de un montón de escombros hacia una escalera destrozada por un obús. Se volvieron y lo vieron. ¿Fue una mueca de irritación lo que vio en el semblante de Dash, o acaso de resignación?

Podría haberse ido, pero marcharse habría sido admitir que no tenía nada o a nadie, así que siguió adelante con la cabeza gacha, avanzando pesadamente entre las piedras. No podía aceptar que alguien hubiera usurpado su lugar, que no lo quisieran con ellos; pensaba que, si los seguía el tiempo suficiente, tendrían que dejarlo participar. Arriba, el baluarte estaba medio destruido. Había armas abandonadas. Una caída vertiginosa, un cielo azul y, a lo lejos, la colina de Cathcart. Dash se puso las manos en las caderas.

—El botín es para el victorioso —soltó—. ¿Crees que Stella puede vernos desde allí? —Saludó con un amplio movimiento del brazo.

Toby intentó de nuevo mirar a través de los ojos de Dash, contemplar un paisaje como si él mismo lo hubiera conquistado. Millares de vidas pulverizadas por ese pequeño pedazo de territorio y ¡sentir eso como un triunfo! Sacudió la cabeza. Siguieron avanzando con dificultad y, cuando Dash resbaló en el pedregal, a Toby el corazón le latió con fuerza.

—Por poco —soltó el hombre, riendo. Unas piedras se precipitaron por el borde y llegaron al suelo unos segundos después con un fuerte estrépito—. Cuidado —comentó, pero dio la impresión de decírselo solo a Jasper, como si no le importara si Toby tropezaba y se caía.

«Zopenco —pensó—. Zopenco, zopenco, zopenco».

Captó su reflejo en un charco y se imaginó que era Dash

devolviéndole la mirada. Un insoportable hombre taciturno que los seguía como un mal olor. Empezó a imaginar las peores cosas que Dash podía pensar sobre él, cómo se reiría de él con los demás soldados.

«¿Por qué no nos deja en paz? ¿Es que no ve que estamos hartos de él?», diría.

La voz de Dash le retumbó en el cerebro, su tono grave, la elevación al final de la frase a la espera de una carcajada.

«Es peor compañía que un caballo de tiro. Un hombre de lo más soso».

Lo más curioso del caso era que podía ver esas palabras salir de los labios de Dash como si las hubiera dicho realmente.

«Es tan aburrido como un sacerdote la mañana lluviosa de un lunes».

Se imaginó un clamor de aprobación, Dash echándose a reír, dándose una palmada en el muslo.

«¿Os he contado que creía que iba a ser propietario de un circo? ¡Ese zopenco, en el circo!».

Podía oír las carcajadas.

«Para lo único que serviría es, si se le vistiera de gris, para hacer de elefante».

Los siguió, tropezando con las piedras, respirando con dificultad. Vio que le vaciaban los bolsillos a un ruso muerto y se guardaban las baratijas en sus bolsas. Se encaramaron a las almenas y Toby subió tras ellos, mareado por el vértigo. Las llanuras de la batalla se extendían a sus pies con la hierba carbonizada, acribilladas de heridas de mortero y llenas de cadáveres esparcidos como los restos de un pícnic frustrado. Era probable que ese lugar no fuera seguro; los morteros habían destrozado esas paredes y podían perder el equilibrio en cualquier momento. Dash saltó hasta el borde, caminó por él de puntillas como un funambulista, extendiendo los brazos. Levantó la barbilla, cerró los ojos.

—No hagas el tonto —dijo Jasper—. Baja de ahí.

«O... quizás... podría servir para atarlo a los carromatos y hacer que tirara de nosotros entre un pueblo y otro».

Toby gimió, como si quisiera acallar las palabras reales. Visualizó a su hermano riendo, incómodo al principio, más alto después, admitiendo la verdad de lo que Dash decía.

«¡Imagina sus espectáculos! Preferiría escuchar a un concejal de Londres bendiciendo la mesa doce horas a verlo a él cinco minutos en la pista».

Dash se detuvo, parecía un monarca contemplando su reino. Aquello era tan injusto... Era un pensamiento infantil, lastimoso, pero que llenó de lágrimas los ojos de Toby. Dash creía que el mundo era un festín dispuesto ante él, que podía desechar a Toby con la misma facilidad que si fuera una fruta agria, que podía reemplazarlo rápidamente. Y lo había hecho; Jasper lo prefería a él, Jasper había apartado a Toby a un lado sin la menor consideración.

«O un arlequín, un arlequín. Dale un gorro de tres puntas, una oca y una ristra de salchichas y el dinero entrará a raudales. Llevaría el gorro con sus campanillas como si hubiera nacido con él puesto...».

Puede que fuera falta de cuidado. Puede que las lágrimas le impidieran ver la roca que sobresalía hasta la altura de su espinilla. Puede que fuera deliberado, planeado en algún rinconcito de su cerebro del que no era consciente. Toby no lo supo entonces y no lo sabe ahora. Dio un paso adelante y allí estaba la roca, la que no vio. La que pensó que no había visto. Cayó hacia delante con los brazos extendidos ante él. ¿Por qué cayó en un ángulo tan exacto, por qué sus manos encontraron con tanta precisión el centro de la espalda de Dash? Este no se tambaleó, no alargó las manos para sujetarse. Estaba allí y, de repente, ya no estaba.

Lo extraño fue que, en aquel momento en que el tiempo se paró, mientras un pájaro cantaba y el sol seguía brillando, Toby sintió un ápice de alegría en su interior. A menudo las historias que había leído terminaban con la muerte del malo, con la armonía restablecida. Le vinieron a la cabeza las palabras que un día había dicho Jasper: «Yo podría decir que Dash es un tipo excelente y la esposa de un soldado al que disparó podría afirmar que es un monstruo». ¿Podría ser que, para Stella, Toby fuera el diablo y mereciera ser castigado? Pero ¿cómo podía haberlo evitado? El sufrimiento lo había llevado a eso, lo había endurecido.

Se oyó el sonido de un cuerpo estrellándose contra las piedras, de una vida interrumpida bruscamente. Toby estaba en el suelo; los afilados guijarros le habían hecho cortes en las palmas de las manos y le habían desgarrado la rodillera de los pantalones.

No podía haberlo hecho él. No podía ser que un hombre estuviera vivo y bien y que, antes de darse cuenta, estuviera muerto por su culpa. Simplemente no era posible. Él era un mero espectador, ¿no? Su vida no afectaba a la de nadie.

Un lirio morado crecía entre las piedras bañado en una luz dorada. Un estornino silbaba en el tronco de un árbol, los grillos cantaban. Y él no tuvo el valor de mirar a su hermano a la cara. No habría podido soportar ver el horror reflejado en su rostro; saber lo malvado que se había vuelto.

En la carpa suena el serrucho musical en el mismo tono que cuando Nell se elevaba bajo el globo. Deben de estar en la apoteosis final, cuando Jasper dará a conocer las máquinas, cuando estas chirriarán, agitarán sus alas y soltarán grandes bocanadas de humo. Tiene el deseo repentino de verlo en persona, de sujetar esas cuerdas con sus manos y oír el silencio profundo del público.

Tendría que estar acostumbrado a la agitación de un sinfín de pequeños incidentes, al instante en que un río se desborda. Sin embargo, le sorprende ver a Nell encender la cerilla. El olor a alcanfor, la rápida voluta de humo. El aire veteado. Nell la sujeta delante de sus ojos. La llama se empequeñece y se retuerce. La deja caer. Desciende hasta el suelo como una chica con el cabello claro ondeando tras ella.

52

Nell

La cerilla cae. Se asienta sobre el montón de volantes que se han acumulado en el suelo. Durante un segundo, no sucede nada. Nell piensa que ya está, que el momento pasará, que su ira quedará sepultada en su interior otra vez. Los papeles se ennegrecen en oleadas crecientes. Las puntas están coloradas. Y ahí está: la danza de la primera llama.

Algo se desata dentro de ella. Esa es su música, el sonido que antes la elevaba hasta el cielo. Golpea el suelo con los pies.

—¡Para! —le grita Toby, pero no lo hace, no puede.

Ha pasado muchos años acobardada, siendo inofensiva, tragándose la rabia, desafiando lo que la gente esperaba de ella. Toby coge un vaso de agua, pero ella se lo arrebata y lo tira contra la pared. ¿Acaso no comprende que eso es lo que queda de su vida? ¿Que ese es el único poder que Jasper le ha dejado? Las llamas lamen las paredes. Levanta las manos por encima de su cabeza y mueve las caderas, patea el suelo. Siente la fuerza de una tormenta golpeando las rocas, de las olas rompiendo los guijarros, una corriente que tira de ella hacia abajo como un puño inmenso. Los vasos se resquebrajan y estallan. Los fragmentos le atraviesan los zapatos. El calor aumenta, irresistible. Le sangran los pies. Levanta una licorera y la hace añicos contra el suelo. Una carcajada le nace en la garganta. Gira sobre sí misma frenéticamente, cada vez más deprisa, sumida en un remolino contra el que no puede luchar. Imagina unos dedos salados haciéndola girar bajo la superficie, las manos de un hombre en su muñeca y en su cintura metiéndola en un carromato, unas alas de metal hiriéndole la piel de los hombros, una niña perfecta con el pelo blanco entrecerrando los ojos mientras introduce semillas en la jaula de un ratón...

Toby se está esforzando por encontrar algo que echar sobre el fuego, una manta, otro cacharro con agua, ¿no ve que es demasiado tarde? Las llamas están sedientas, sus lenguas blancas danzan. Se están saciando con la hoguera en la que se queman los volantes arrancados, recorren con los dedos los costados del escritorio hacia el tablero, se tragan los libros de una vez. Al golpear las paredes con la manta, lo único que consigue es avivar el fuego, hacerlo crecer.

El humo se le mete a Nell en los ojos, le pica en los pulmones como un enjambre de abejas. Sucio y negro. No puede ver, no puede respirar, no puede oír. Podría quedarse ahí en la penumbra, sentir que el humo se cierne sobre ella, entregarse a él como a un amante. Tose, escupe.

—Toby... —intenta decir, pero no emite ningún sonido.

Unos brazos la rodean y la sacan del carromato. El ocaso luce esplendoroso detrás de ella. Carraspea y expulsa una flema negra al suelo, se golpea el pecho. Tiene las manos tan manchadas de hollín como las de un pilluelo. Cuando alza los ojos, el carromato está en llamas y su madera se astilla y se parte.

—Toby —murmura, y Toby tira de ella hacia él—. ¿Dónde está Pearl? Tenemos que encontrar a Pearl.

Se recuesta en él, que la rodea con los brazos. Cierra los ojos y sigue viendo las llamas.

—Tendríamos que escondernos —sugiere Toby—. Tendríamos que esperar en mi carromato. Después podemos buscarla.

Se le despeja la cabeza un momento. La caravana ardiendo de Jasper provocará el caos, la sorpresa. Entonces buscará a la niña y se escabullirán.

Es entonces cuando se fija en la paja que amontonaron sobre la tierra embarrada, seca tras tres días de sol. Las hojas crujientes entre el carromato y la carpa ya están ardiendo y las frutas de cartón piedra han prendido. Las llamas se retuercen por las ramas. La carpa, acabada de encerar, espera como una vela.

53

Jasper

Se hace el silencio, tal como había imaginado. Los espectadores se quedan boquiabiertos. El niño pelirrojo se mueve inquieto en el banco. Jasper observa a un gacetillero, cuya pluma rasga el papel soltando tinta.

Las cuerdas crujen al levantar las máquinas del suelo. Las alas de la mosca se abren y se cierran y el animal se eleva en espiral en medio de una ligera brisa. Los violines chillan. Jasper ve la cola metálica meneándose de un lado a otro, exactamente como había diseñado. Una solitaria pluma se despega del cuerpo del cuervo y cae suavemente. Ha llegado el momento de que la cochinilla avance lentamente por la pista; ahí está, soltando un torrente de vapor por el vientre. La carpa se llena del tufo a industria, a petróleo y a metal hirviendo, a cosas siendo inventadas, construidas y propulsadas. El humo negro hace toser a un niño.

Nadie se mueve. Los espectadores están sentados, anonadados. Jasper aprieta los puños. Piensa en los periódicos de gran formato, impresos en prensas con rollos de papel grandes como balas de heno. En su nombre llenando hasta el último centímetro de cada columna: «Las Maravillas Mecánicas de Jasper Jupiter, las Maravillas Mecánicas de Jasper Jupiter», haciendo correr ríos de tinta, obsequiando a los lectores con la gloria de sus inventos. Las escamas brillantes, las plumas, las garras hechas con las de un águila: un *patchwork* de vida, industria y maquinaria. «La era de las máquinas está aquí, unida a la era romántica de la naturaleza y lo sublime».

Pasa el tiempo. La cola da golpetazos. Las escamas de pez caen como confeti. Espera la ovación, que el público se ponga de pie silbando de admiración. Espera ser aclamado como magnífico, como el mejor empresario circense del mundo.

Se percata de que el tiempo se está alargando. Se toca la frente. La cara, pintada de blanco, empieza a sudarle y el colorete se le derrite en las mejillas. Capta un murmullo grave, un movimiento inquieto. Contempla al público. Entonces cae en la cuenta. No es la fascinación lo que los tiene inmovilizados. Se toca el pecho sin acabar de creérselo.

Están decepcionados. Aburridos.

Se queda petrificado.

Una mujer se echa a reír. Es solo una persona, una única risita ahogada. Pero se está riendo de él, de todo lo que ha construido. Algunas personas empiezan a susurrar, a murmurar. Alguien bosteza.

Parpadea a la luz de las velas. Ha roto el hechizo del espectáculo. Ha perdido a su público. Tras él, Stella tose, quiere que haga algo.

Pero mientras echa un vistazo a su alrededor, lo ve todo de nuevo: el dolor que yace bajo esa reluciente ilusión de simplicidad y de magia. Detrás de cada voltereta, hay una niña que solloza cada mañana cuando su madre le presiona las piernas para que perfeccione su espagat. Vigas pesadas arrastradas bajo la lluvia, elefantes sujetos con cadenas, animales enfermos, con poca carne para alimentarlos, cuadras que hay que limpiar sin cesar.

Ve a Winston allí sentado, mirando el espectáculo mientras espera para recoger a Pearl. Los labios del hombre esbozan una sonrisa. La vergüenza se apodera de la garganta de Jasper. Winston no lo ha arruinado. Se ha arruinado él solo, ha mandado un caballo de Troya a su propio campamento. Primero Pearl y ahora eso. Piensa en Victor Frankenstein, en su monstruo, que destruyó todo lo que le importaba. Su araña mecánica gira impotente en su cuerda.

Debería, al menos, dejar el escenario. Pero sigue en el centro de la pista con las manos colgando a los lados y los monstruos chirriando sobre él. El humo de las máquinas aumenta, llenando la carpa de olor a quemado. Una mujer se pone de pie a trompicones. El niño del cabello anaranjado mira a su alrededor, tropieza hacia delante.

—¡Fuego! —grita alguien.

Entonces se vuelve y lo ve detrás de él. Un destello amarillo que se eleva al otro lado de la carpa. Pero está preparado. Ha previsto cómo extinguir un incendio antes de que prenda la lona. Sabe qué hacer. Tiene un barril de agua junto a la pista; basta con llenar dos cubos y arrojarlos al fuego.

No se mueve, no puede moverse. Contempla la propagación de las llamas como si le estuviera pasando a otra persona, como si eso fuera simplemente una escena que se desarrolla en un farolillo japonés. Es vagamente consciente del pánico, de los gritos, del vocerío. Los bancos acaban volcados. Los caballos se encogen, van a medio galope para aquí y para allá, sacuden la cabeza y relinchan.

Jasper se dirige hacia el barril y sumerge un cubo en él. Se estremece por lo fría que está el agua, lacerante como una quemadura.

Ha tratado de mantenerse entero, ha intentado no hundirse del todo en las arenas movedizas. Su sueño lo ha dominado por completo. Se ha resistido, ha forcejeado y ha luchado. Tendría que haber sabido cómo terminaba, tendría que haber captado las advertencias de todos los mitos que ha leído. Quienes se esfuercen por conseguir algo más serán castigados. Dédalo, las alas de su hijo derritiéndose y unas olas de cresta blanca elevándose para acoger a Ícaro. Victor, destrozado por su propia creación. Muchos libros, muchos poemas advierten de ello. «Mi nombre es Ozymandias, rey de reyes...».

«Solo soy una persona —piensa mirando alrededor de la

carpa, cuyas paredes se van abriendo mientras aumentan los gritos—. Solo soy una persona que intenta progresar, que intenta hacerse un nombre».

Ha robado demasiadas cosas, a demasiada gente.

Recuerda como Toby tropezó y sus manos acertaron de lleno en la zona dorsal de Dash. Le había dicho que había sido un error, pero él sabía que no. Lo raro era que no estaba enojado. Solo quería proteger a su hermano, succionar el veneno de su culpa. Mientras Toby estaba en el suelo, lo rodeó con los brazos como cuando eran pequeños. Siempre había sido capaz de entenderlo, como si fuera una línea escrita con letra clara, un corazón viviendo fuera de su cuerpo.

—Somos hermanos, ¿no? —susurró—. Unidos por un vínculo indisoluble.

Mientras Toby se estremecía a su lado y repetía «fue un error, tropecé, ha sido un accidente», Jasper solo sentía la punzada de su propio remordimiento. Comprendió entonces, como comprende ahora, lo descuidado que había sido, el poco valor que le había dado al cariño de Toby. Lo mucho que el espectáculo que habían planeado juntos, con los dos camellos y las capas, significaba para él. Romper su sueño significaba poco para Jasper porque sabía que su hermano lo perdonaría. Toby permanecería a su lado, sumiso y leal como una sombra. «Fui benévolo y bueno; la desgracia me convirtió en un desalmado». Las almendras garrapiñadas volando por el aire; el aluvión de palabras que se burlaban de él. Era él quien había llevado a Toby a hacerlo; él quien había provocado, promovido y prodigado cariño, y después lo había retirado. Como si fuera un gran científico estudiando la naturaleza humana y Toby su espécimen, retorciéndose en una placa de cristal. ¡Qué poderoso lo hacía sentir eso, qué importante!

Cuando Toby abandonó el campamento con Nell, no podía creérselo.

Tiene el fuego delante, el cubo de agua en sus manos. Su piel se tensa con el calor. La mosca cae ruidosamente al suelo, se le han soltado las cuerdas. El metal se abolla, las escamas se parten. La cabeza le queda retorcida formando un ángulo poco natural. Piensa en Dash, despachurrado sobre las rocas, y en el anillo que le brillaba en el dedo. Se pregunta cuánto tiempo pasará antes de que el Chacal se entere. Se toca el pescuezo.

Lo haría todo de otra manera si pudiera. Empezaría de nuevo. Se lo daría todo a Toby de buen grado y no esperaría nada a cambio. Sería un donnadie, alguien corriente. Llevaría una vida decente y con eso le bastaría. No intentaría progresar.

«No —piensa—. Eso es mentira». Volvería a hacerlo todo igual otra vez; no podría hacerlo de otro modo. Un lobo no puede dejar de ser un lobo. El instinto no puede reprimirse. Ese fuego lo hará famoso, aunque él no viva para verlo. La conflagración de un hombre en la cúspide de su grandeza.

El cubo de agua pesa mucho. Lo tira al suelo, vuelca el barril. Después coge un candelabro con sus velas y lo lanza contra la pared de la carpa.

54

Nell

Un triángulo de color rojo ladrillo ilumina el cielo. El fuego es un monstruo con cien lenguas y mil dedos, que lame, escupe y jadea. Sus grandes pulmones se hinchan. Eso es obra suya. Ha pasado por su culpa. Se tapa las orejas con las manos. Se oyen chillidos.

Grita el nombre de Pearl una y otra vez, corriendo contra la multitud. Sujeta a niños sucios de hollín, les da la vuelta para verles la cara.

—¡Pearl! —brama con el humo metido en la garganta—. ¡Pearl!

La muchedumbre avanza a empujones convertida en una masa acalorada de cuerpos cuya piel sisea al entrar en contacto con las gotas de cera ardiendo. Hay una trompeta aplastada en el fango. Se nota el olor a grasa fundida, a madera, a un mundo entero consumiéndose. Ella está entre los carromatos balanceándose hacia atrás y hacia delante. El fuego se propaga por la hierba, le toca los pies. La caravana de Toby prende y puede oír las botellas estallar como burbujas. «Capture la imagen antes de que sea tarde». Esas palabras finalmente borradas.

—¡Mis fotografías! —grita Toby, pero no hay nada que pueda hacer.

Se oye un chirrido, un estruendo sinfónico procedente del

interior de la carpa, y Nell se protege con las manos. El fuego abre un agujero en el cielo. Toda la carpa está en llamas.

¿Qué hará una niña medio ciega en un incendio? ¿A dónde irá? Nell zigzaguea por el campamento. Un contenedor de serpientes de cascabel se rompe y los animales se retuercen por la hierba con las escamas chamuscadas y dañadas por el calor. El león se lanza contra los barrotes de su jaula, ruge. Los monos están gimiendo y con sus diminutos dedos se arañan las orejas, el pecho, golpean la puerta cerrada de su celda. Las ruedas de su carromato ya son pasto de las llamas. Es demasiado tarde para uncir a los caballos y llevarlo a un lugar seguro. Nell descorre el cerrojo y los monos salen disparados y se suben a los árboles.

—¡Pearl! —grita. Tiene el cabello pegado a la cara y cada paso le resulta doloroso—. ¡Pearl!

¿Tendría Jasper a la niña encerrada en una caravana, custodiada hasta que Winston la recogiera? Entra en los carromatos, busca en lo alto de los árboles, en cofres medio quemados, sin dejar de gritar su nombre. Las llamas se contorsionan como cuerpos. Tropieza con sombreros caídos, chaquetas, el zapato de una mujer, castañas esparcidas y botellas desechadas. La niña no puede desaparecer sin más.

—¡Pearl!

Delante de ella ve a Stella y a Violante empujando con los hombros el carromato del león para intentar alejar a los animales del fuego. El calor la detiene como si fuera un muro. Sujeta a Stella por el brazo, la zarandea.

—No encuentro a Pearl...

Y cuando Stella le señala a una niña pequeña, agazapada a la sombra de un árbol, Nell suelta un grito que apenas es humano. La niña está bien. Le besa los brazos, las mejillas, la abraza con tanta fuerza que teme lastimarla.

—Pearl —dice—. Estás a salvo. Estás a salvo.

—No encuentro a Benedict —se lamenta con el labio inferior temblándole—. Se lo han llevado.

—Lo habrán dejado en libertad —la calma Nell—. Te encontraremos otro ratón.

—No... el... mismo —gime Pearl, y Nell la estrecha entre sus brazos, respira la fragancia de su pelo.

Tras ella, la carpa se incendia. Se oyen gritos, sollozos, nombres lanzados a la noche. «Laura», «Beatrice», «Peter». Toby y ella podrían marcharse con Pearl ahora. Podrían escabullirse, construir una vida juntos.

Pero no puede irse después de lo que ha provocado, no puede darle la espalda a eso. Las llamas, el humo asfixiante, todo eso es por su culpa. Los tarros de aceite estallan como balas.

Se une a Stella y encaja sus hombros en la jaula del león para poner a los animales a salvo; Pearl está a su lado. La tierra seca se desmenuza bajo sus pies.

—¡Abre la jaula de los pájaros! —le grita a Pearl, y la niña se pelea con los cierres.

Loros, colibríes y ruiseñores vuelan hacia el cielo en medio de una densa nube de plumas y alas.

Los asistentes al espectáculo se han reunido en el camino junto con más personas, curiosos que han ido a ver el incendio. Los tejados de las casas cercanas están abarrotados de espectadores. Hombres y mujeres trepan a los árboles para ver mejor la carpa y el brillo de las llamas les ilumina las caras. Se oye un enorme grito ahogado cuando la carpa se rompe. Es imposible llevar más lejos a los animales, imposible que los bomberos puedan pasar con sus coches.

—¡Apártense! —chilla, pero los ojos de la multitud no se apartan del fuego.

Un gruñido de asombro. Los brazos se levantan, señalan. Un hombre está avanzando pesadamente hacia la carpa, apartando a empujones a quienes tratan de detenerlo. Anda encorvado, pero es corpulento.

Nell echa a correr, pero el calor la hace retroceder de golpe. La gente no se aparta. Alguien le golpea la cabeza, le da un codazo en el costado. Pearl está llorando, así que se carga a la niña a la cadera.

—¡Jasper sigue dentro! —le grita Stella—. No quiere salir...

Nell se da cuenta entonces de lo que está haciendo Toby. Se impulsa hacia delante, pero unos brazos la sujetan y tiran de ella hacia atrás. Stella y Peggy la abrazan mientras ella se resiste y forcejea.

Su nombre le retumba en la cabeza, en el pecho y en los labios, gritado una y otra vez, pero es engullido por el rugido de la multitud.

Justo antes de meterse en la carpa, Toby se da la vuelta para mirar atrás. No la ve.

—¡Toby! —grita Nell, pero ya no está.

55

Toby

«Somos hermanos, unidos por un vínculo indisoluble».

¿Cómo puede explicar lo profundas que son sus raíces, que forman parte del mismo árbol?

Unas Navidades, a Toby le regalaron una cámara fotográfica y a Jasper un microscopio. El entusiasmo de su hermano era febril y Toby se contagió también de él.

—Mira por aquí —dijo Jasper dando golpecitos al círculo de metal que había en la parte superior del instrumento. Saltaba de un pie al otro—. Por aquí, mira.

Toby hizo lo que le decía. Dio un brinco hacia atrás. Vio unas pinzas relucientes, grandes como su puño, y unos pelos gruesos como bramante.

—¿Qué es eso? —preguntó.

—Un escarabajo —respondió Jasper—. Y mira. Mira esta araña.

Volvió a mirar, y así lo hizo con todas las platinas que su hermano había preparado. Nuevos mundos se abrieron ante él. Atraparon cochinillas y pulgas, mariquitas y moscas. Intentaron colocar la garra del gato bajo la lente. Rieron y hablaron de que recorrerían Borneo, de que Jasper haría descubrimientos científicos y Toby lo catalogaría todo con su cámara fotográfica. Eran «los hermanos Grimm», uno callado, el otro genial. ¿Estaban satisfechos o sentía Toby envidia ya entonces? ¿Ha tergiversado esos recuerdos la forma en que Jasper los ha relatado? Ahora, cuando recuerda la guerra, le vienen a la cabeza sobre todo las imágenes que captó, impresas en papel.

«Toda historia es una ficción».

Jasper lo abrazó cuando estaba tumbado en el baluarte con la rodilla sangrándole debido a la caída.

—No ha pasado nada —susurró—. Ha sido un error. Simplemente tropezaste, ¿no?

Lo dijo como si lo creyera, como si fuera la pura realidad, como si tuviera derecho a sustituir una historia verdadera por otra falsa.

—Sí —corroboró Toby—. Tropecé. Un error.

Pero no lo sabía; no sabía qué había pasado realmente, cuál era la verdad.

Por primera vez se le ocurre que Dash tan solo era un hombre entre los miles que fueron asesinados en la guerra y cuya matanza estaba legitimada simplemente por el lugar en el que habían nacido. Ruso, inglés, francés, turco. Otro soldado muerto no era algo que valiera la pena investigar. Y, sin embargo, él creía que era diferente, que el misterio de la muerte de Dash ocupaba el centro de su vida, que acabaría con él. En todos los libros que ha leído, los delitos conducen a momentos de revelación, de descubrimiento y castigo. Se ha agotado temiéndolo; ha permitido que determine su vida de un sinfín de maneras. Pero ¿y si la muerte de Dash no significó nada? ¿Y si el momento del castigo nunca llega?

Avanza tambaleando, tropezando con postes partidos, cuerdas y bancos volcados. La manta para caballos mojada desprende vapor en sus manos y le escuecen los ojos.

—¿Jasper? —llama. Un ataque de tos le hace doblar el cuerpo hacia delante—. ¿Jasper?

Una brisa serpentea por la carpa y, justo antes de que las llamas ardan con más furia todavía, ve un claro entre el humo.

Su hermano está de pie en el centro de la pista. Tiene los brazos extendidos hacia arriba, como si todo eso formara parte del espectáculo. Toby avanza hacia él mientras las llamas le chamuscan las espinillas; los zapatos no le sirven de nada y las cenizas calientes le queman las plantas de los pies. El petróleo se ha vertido sobre la hierba y el suelo está ardiendo. El serrín ha prendido como si fuera leña. El dolor es cortante como un hacha. Está muy oscuro y el humo es muy denso. Tose en la manta, tropieza con los escombros.

—Jasper —susurra.

«Somos hermanos, unidos por un vínculo indisoluble».

Se oye un estruendo detrás de ellos. Uno de los postes está cediendo. La tela se hunde. Toby grita, se protege la cara de una cortina de chispas calientes. Estira los brazos.

—Jasper... —intenta decir, pero tiene la garganta demasiado seca.

El amor crece en él, lo sacude por dentro. Su hermano. Sí, su hermano. Sus vidas son pequeños ecos de la del otro. En casa, en Sebastopol y en el espectáculo; toda una vida de historias compartidas, de poner los pies en alto sobre cajas mientras fumaban en pipa, bebían ginebra y se reían.

Siente una repentina punzada de dolor; se encoge, entrecierra los ojos. Dos pasos más y habrá llegado, estará junto a su hermano. Alarga la mano hacia él. Siente el calor. Pero Jasper retrocede y Toby se da cuenta, de golpe, del motivo por el que sigue ahí, lo que está planeando hacer. Su hermano está listo, preparado para lanzarse al fuego. Intenta hablar, pero ha perdido la voz; el humo le obstruye la garganta.

—Déjame —dice Jasper.

Toby no puede hacer otra cosa que ver como su hermano extiende el brazo hacia la pared de la carpa. Jasper no deja de mirarlo a los ojos ni de sonreír como si dijera: «No puedes detenerme». Su mano, extendida hacia delante, su cuerpo a punto de seguirla, un hombre al borde de la aniquilación; entonces se estremece, echa la mano rápidamente hacia atrás, la acaricia. El horror se refleja en su rostro al darse cuenta de lo que significa el dolor, de lo que no tiene el valor de hacer. Con la boca fruncida, empieza a lamentarse, a gemir como un animal.

Toby alcanza el brazo de su hermano, lo sujeta para darle un tosco abrazo. Entonces es fácil aplacar a Jasper, envolverlo en la manta.

«¿A quién elegirías?».

Al cargarse a Jasper a la espalda con total facilidad y avanzar pesadamente entre bancos ardiendo y charcos de sebo derretido lo más agachado que puede, sabe la respuesta. El corazón de su hermano late junto al suyo, es su otra mitad.

56

Nell

Nell forcejea, se revuelve para zafarse de Stella.

—¡Suéltame! —grita una y otra vez.

La gran estructura de la carpa se hunde y Nell cae de rodillas estrepitosamente. Se oye un sonido desgarrador, como si el cielo se partiera por la mitad. Los chillidos rasgan su garganta, sus manos parecen garras. Hay una explosión de chispas que recuerdan a luciérnagas.

—Toby —llora, y hasta Stella afloja su sujeción por un instante.

Pero a Nell ya no le quedan fuerzas y deja caer los brazos. Peggy le coge una mano, se la aprieta. Su amiga no habla, no intenta encontrar palabras para consolarla.

Pero una gran ovación recorre la multitud. Un hombre le tapa la vista. Ella trata de hacerse un hueco.

—¿Qué pasa? —pregunta.

Stella y Peggy la levantan y ve que Toby camina despacio con algo a la espalda. Se tapa la boca con la mano. Entonces Toby se desploma, convertido en una figura encorvada en el suelo, con la postura de un niño rezando.

Aplausos, vítores, como si esa fuera la apoteosis final que todos estaban esperando, como si un hombre con un reluciente sombrero de copa rojo fuera a salir a lomos de un elefante y a gritar: «¡Otra!».

Unas siluetas se acercan y cubren a Toby con una manta, lo ocultan a la vista. Envuelven su cuerpo en una tela y lo cargan sobre un caballo.

—¿Está muerto? —pregunta Stella en voz baja. A Nell le sorprende la tristeza que refleja su voz—. ¿Está Jasper muerto?

—No puedo verlo.

Alguien grita pidiendo agua, diciendo a la gente que se aparte para que pueda pasar el pesado carro. Nell piensa en Charlie, en esos primeros días vacíos sin él, en como se despertaba por la noche y esperaba encontrarlo allí. En esa imagen fugaz de él con su frente apoyada en la de Mary, justo antes de que Jasper se la llevara. La abruma todo lo que ha perdido, todo lo que le ha sido arrebatado. El silencio entre ellos cuando Charlie la visitó y su vida era ya totalmente distinta a la que él conocía. Pero, aun así, a pesar de todo, ella siempre ha tenido la capacidad de tomar decisiones por su cuenta.

Cuando Stella le coge la mano, no se resiste. Juntas se abren paso entre cientos de personas con las mejillas naranjas por el reflejo del fuego. Su amiga negocia con un hombre que tiene un carro y le hace un gesto con la cabeza a Nell, que sube a Pearl en él.

—Caballos —dice la niña.

El carro se mueve despacio entre la multitud. Pearl lloriquea apoyada en ella, gime cuando los caballos se mueven, llora por su ratón perdido. Peggy se recuesta en la madera con los ojos sombríos y temerosos. Recorren calles bordeadas de casas destartaladas, callejones con setos vivos oscurecidos. La brillante esfera de luz queda reducida a la nada.

Stella ofrece a Nell una botella de cerveza y un paño, y ella lo usa para limpiar las quemaduras que salpican los brazos de la niña.

—¿A dónde vamos? —pregunta Pearl.

Delante de ellas está oscuro. No hay luces, no hay casas. Es un futuro en blanco en el que Nell podría escribir cualquier cosa.

Epílogo

Y que haya cosas hermosas nuevas.

John Keats, *La caída de Hiperión (Sueño)*,
poema épico inacabado.

Una tarde húmeda de miércoles, Toby enfila la carretera de Oxford. Lleva una cantimplora con agua, dos emparedados de ternera picada y una bolsa de piel. Camina con una ligera cojera, ya que la quemadura cicatrizada del muslo le tira a cada paso. El sudor se le acumula en la nuca debido a la humedad. Se sube las mangas. Sus tatuajes se han difuminado un poco con el tiempo, las flores se mezclan entre sí, los rosas se han vuelto púrpuras. La manzana verde parece más bien una magulladura.

Pasa junto a campos de colza amarillos, casitas destartaladas y granjeros que arrean sus vacas con varas. Se sienta a la orilla de un río, echa más agua en su cantimplora y bebe ávidamente antes de partir de nuevo. En su bolsillo lleva un volante descolorido. «Las Hermanas Voladoras».

Es la mujer de la limpieza, Jane, quien le trae noticias de los espectáculos de circo ambulantes. Le ha dado volantes de los de Astley y de Hengler, de Winston y de Sanger, y del gran circo americano que Jasper había temido en su día. Toby le ha leído los anuncios a su hermano y ha observado su rostro en busca de algún atisbo de alegría, de resentimiento o de tristeza. Nada. Él ha seguido dibujando y murmurando, sin levantar apenas la cabeza.

Todas esas compañías han pasado a poca distancia de su casa.

Mientras hervía patatas y trituraba nabos sentado junto al hogar, Toby habría jurado a veces que los oía pasar. El rugido de un león. Un elefante angustiado. Quizá Minnie estuviera entre ellos. A lo mejor estaba muerta. Cerraba los ojos y se imaginaba sus coloridos carromatos, sus bestias enjauladas y sus artistas cubiertos de lentejuelas, todos ellos pasando junto al imponente roble que hay junto a la barrera de peaje, dando botes al pillar el bache que él siempre rellena de grava.

Y entonces, una tarde, Jane le puso un nuevo folleto en las manos.

—En esta son todo mujeres. ¡Todo mujeres! —dijo mostrando su desaprobación—. Llevan una vida muy decorosa, desde luego, exhibiéndose de ese modo.

Toby le dio las gracias, estrujó el papel y se lo guardó en el bolsillo sin dedicarle ni un segundo. Pero unos días después, cuando Jasper estaba durmiendo, salió a dar un paseo. Las manzanas silvestres del cementerio estaban maduras y doblaban las ramas con su peso; se hizo con unas cuantas. Cuando fue a guardarlas en la chaqueta, encontró el volante hecho una bola. Lo abrió.

Fue como si alguien le hubiera dado un puñetazo en las entrañas.

Ahí estaba, en el centro, resplandeciente como una llama.

«¡Las Hermanas Voladoras!».

Estaba igual, como si no hubiera pasado el tiempo por ella. El cabello dorado, suelto hasta los hombros. Tan hermosa como siempre. Sus piernas, desnudas y moteadas. Él las había besado hasta el último centímetro. Allí estaban también Stella, subida a un trapecio, y Peggy, haciendo malabares, además de otras mujeres a las que no conocía. Y una muchacha pálida, con el cabello blanco, vestida con un jubón y con unos ratones que le recorrían los brazos. Sonrió. Era Pearl.

Era así de sencillo: pensaba en Nell a todas horas. Pensaba en ella cuando pelaba verduras para su hermano, y cuando iba hasta el río todas las mañanas y veía las neblinas elevarse, y cuando se sentaba en su viejo banco e intentaba recordar oraciones que no le venían a la cabeza.

Al principio, durante los días, semanas y meses posteriores al incendio, se sentía angustiado, como si le hubieran cortado algo esencial. Pensó en buscarla, en abandonar a su hermano. Pero ¿cómo iba a hacer eso? Eran hermanos, estaban unidos, latían con un solo corazón, respiraban con un único par de pulmones. Su penitencia era permanecer con Jasper. Cada uno de ellos había salvado una vez al otro, pero eso, en lugar de liberar a Toby, solo los había unido más. Simplemente aprendió a vivir con Nell como si esta fuera una presencia reconfortante. Conversaba constantemente en su mente con ella. A menudo se imaginaba un encuentro fortuito, una señal de que ella también pensaba en él. «Eso bastaría», se decía a sí mismo.

Pero ver el anuncio lo había afectado, había alterado esos pensamientos constantes. Habían pasado diez años y, sin embargo, ella se había infiltrado en todos los recovecos de su mente. Se sentía revuelto. El corazón se le salía por la boca, lo oía latir con fuerza al pensar que podía ir a su espectáculo y verla. El deseo lo enfermaba.

Tenía que ir. Pidió a Jane que fuera a ver a Jasper y preparó una pequeña bolsa con ropa. Llevaba el mismo viejo chaleco, aunque escrupulosamente limpio y teñido de nuevo con glasto. No quiso mirarse en el espejo para no ver lo mal que había envejecido.

Sigue andando, saluda con la cabeza a granjeros, señoras y chicos con pantalones andrajosos. Puede ver las agujas de las iglesias de Oxford a lo lejos, melancólicas en medio de la neblina. Unos abejorros rechonchos, con las patas cubiertas de polen, dormitan sobre las amapolas silvestres.

«Han pasado diez años —se recuerda a sí mismo—. Diez años».

Nell podría haberse casado. Podría haberlo olvidado. Su vida ha seguido adelante, mientras que la de él se ha quedado estancada. Su mundo se habrá llenado de colores y de imágenes maravillosas («una gira europea», leyó en el volante; «París, Berlín», y «América y Moscú»; «Actuaciones ante la realeza») mientras que la suya ha quedado reducida a una casita de campo con un estrecho camino de tierra. Pintó la puerta de azul. Es como siempre la había imaginado, solo que sin ella. Y, en cierto sentido, se ha conformado con ello. Ha disfrutado entregándose al servicio de otra persona. Ha encontrado la excepcionalidad en las cosas corrientes: la dulce fragancia de un escaramujo, la forma en que la luz impacta en la mesa desportillada a primera hora de la mañana. Cosas en las que jamás se habría fijado o que jamás habría visto si su vida no fuera tan insignificante. De vez en cuando, se sorprende contemplando el mundo como un observador, formando un cuadrado con los dedos como si fuera una fotografía; luego hunde las manos en los bolsillos y sigue andando. Se quita su viejo carromato de la cabeza, su ampuloso letrero: «Capture la imagen antes de que sea tarde».

Ayuda mucho, por supuesto, que su hermano no se queje, no critique.

—Mira —le dice Jasper cada tarde, y le enseña otro dibujo. Hasta Toby puede ver que no es más que un revoltijo de líneas y engranajes serpenteando sin fin—. Esto me hará famoso. El mejor del mundo —murmura Jasper y sujeta la mano de Toby con una mirada de súplica—. Lo enviarás, ¿verdad? Lo enviarás a Londres.

—Sí —responde Toby, cogiéndolo y guardándoselo en el bolsillo.

Puede que Jasper sepa que Toby los usa en secreto para encender el fuego, porque nunca especifica una dirección o un destinatario exactos, nunca le pide una respuesta. Cada dibujo es olvidado prácticamente al instante y una nueva idea ocupa su lugar. Por las noches, se sientan junto al fuego y Toby aligera su culpa hablando sobre su infancia, como a Jasper siempre le gustó. Dice: «¿Recuerdas la primera vez que leímos *Frankenstein*?»; o «¿Recuerdas cuando padre te regaló ese microscopio, cuando me pillaste probándome tu ropa?»; o «Siempre te reías cuando padre nos llamaba "los hermanos Grimm"». A veces, Toby alza los ojos y ve lágrimas resbalando por la barbilla de Jasper y entonces lo calma como si fuera un niño pequeño. El remordimiento y la pena lo asaltan enseguida y no soporta mirar a Jasper, así que se ocupa de fregar el hogar o de preparar la cama.

A veces imagina que todo fue diferente. Que le habló a Nell de Dash y le contó lo que había hecho. Que Stella lo averiguó y que aquello había terminado en una pelea. Que Nell lo había dejado por culpa de eso. Que lo que le hizo a Dash había tenido algún significado. La muerte de Dash era como lanzar una piedra a un lago y que no hubiera ondas.

Allí, más adelante, está el circo con su carpa a rayas. Suenan las trompetas, el serrucho musical. Todo es caos, risas, diversión. Nota una opresión en el pecho. Se detiene en los escalones para recobrar el aliento. Examina a la multitud, intenta despojarse de su cojera, pero esta parece empeorar si cabe.

Aprieta los labios y sigue andando.

Una chica hace malabares con manzanas. Lleva la cara blanqueada con pasta y unos ojos de pavo real pintados en las mejillas. Hay cestas de venta ambulante y objetos de hojalata, chicas que venden boletos para la bolsa de la suerte. Ve a Stella levantando a un niño del suelo para que pueda ver el elefante. Alza la mano para saludarla, pero ella no lo ve.

—Entradas, señor —dice una chica, y, al volverse, Pearl está delante de él con un sombrero de copa en la mano y haciendo repiquetear monedas.

Detrás de ella, hay una mujer musculosa que, sin duda, la acompaña para protegerla de ladrones. Dispuesta a darles caza si es preciso.

—¿Pearl? —susurra, pero ella no reacciona.

No lo conoce.

—Entradas familiares a un chelín.

—Vengo solo —afirma en voz baja sacando la bolsa y dándole las monedas.

Ha crecido, ya es una mujer. Debe de tener quince años.

De algún modo, Toby había imaginado que sería fácil. Que Nell lo vería al instante y se pondrían a charlar. Entrelazarían sus dedos, evocarían recuerdos. Pero ¿de qué iban a hablar? ¿De su vida insignificante, de la espléndida de ella? No tendría nada en absoluto que contarle.

Se dirige hacia la carpa. Y entonces la ve a través de un hueco de la tela. Tiene el aspecto de siempre. Los labios que él ha besado.

Nell se sube a un trapecio y le sonríe a alguien que está abajo. Su sonrisa es tan ingenua como siempre, pero sus movimientos son más seguros. Toby entra y se queda en el fondo. Todavía no están ocupadas todas las localidades, el público sigue fuera. Hace tanto calor como en una fragua. Un caballo está arrancando matas de hierba.

Nell empieza a mover su cuerpo. Hace oscilar la cuerda. Parece que ha aprendido a usar el trapecio. Hasta Jasper diría que es una experta. Gana velocidad. Toby recuerda la vieja colisión de sus cuerpos, las uñas arañándole la espalda, los dientes mordiéndole el lóbulo de la oreja. Se estremece.

—¡¿Ha comprobado alguien las cuerdas?! —grita, y se deja caer hacia atrás para quedar colgada por las rodillas.

Mientras surca el aire de la carpa con el cabello ondeando, Toby tiene ganas de levantarse, de sujetar las riendas de uno de los caballos y volar a su lado. De recoger los fragmentos de su antigua vida y volverlos a unir. De dejar la vida que lleva ahora, esa casa con goteras donde comen potaje cada mañana. El circo siempre le ha hecho creer que todo es posible. Pero sabe también que es una ilusión, que la vida no comparte su audacia, sus historias ingeniosas.

Porque ¿qué sería de Jasper entonces? ¿Quién cuidaría de él? Los sueños de Toby se interrumpen de golpe. Se equivocó al pensar que podía ir ahí. Su lugar está con Jasper en esa casita tranquila.

«Somos hermanos, unidos por un vínculo indisoluble».

De repente se le ocurre algo: Nell no querrá verlo ahí.

Tendría que haber sabido cómo terminan esas historias. Pero, a pesar de su amor por los libros, no lo vio. Con todo, pensaba que ellos eran pura fantasía, que su realidad sería, de algún modo, distinta. Los edificios se incendian y después se regeneran. Las personas se destruyen unas a otras, son castigadas, se transforman.

Cuando la carpa se incendió, la vida de Nell comenzó y la de Jasper terminó. Y Toby se quedó atrapado en algún lugar entre los dos.

Frunce el ceño. Oye risas fuera de la carpa.

—¡Trucos fascinantes nunca vistos!

Se mira el viejo chaleco, los zapatos gastados sujetos con un cordel. El extremo borroso de una enredadera tatuada le asoma por la manga. No encaja ahí. Nunca lo hizo. El propósito de su vida es dar consuelo, arrepentirse. Una existencia corriente, tranquila. Siempre fue un héroe lamentable.

Nell está bajando del trapecio. No lo ha visto. Antes de que pueda cambiar de parecer, se escabulle por el hueco de la carpa y la luz brillante del sol le hace parpadear. Recorrerá esa carretera de vuelta a casa y olvidará que una vez fue lo bastante idiota como para ir a verla. Le dirá a Jane que el espectáculo era estupendo, maravilloso, increíble. Le dará las gracias por cuidar de su hermano y, después, retomará sus tareas habituales. Se sentarán junto al fuego y contará a Jasper historias sobre microscopios, ropas y libros regalados.

Da su entrada a un niño, que sonríe encantado, y se va cojeando por el prado hacia su casa. Es un camino estrecho, abierto a la orilla de un arroyo.

Sabe que durante unas cuantas semanas el recuerdo de Nell será insoportable. Esa noche no dormirá. Caminará arriba y abajo y se destrozará las uñas. Pensará «Y si, y si, y si». Pero ya ha superado esos sentimientos antes y lo volverá a hacer. Pronto la presencia imaginada de Nell será reconfortante y él encontrará una satisfacción pequeña pero constante en su vida.

Solo una vez, cuando está en los escalones, se vuelve para mirar atrás. Ve a una muchedumbre como hormigas alrededor de un cucurucho de azúcar. Los chillidos y los gritos pueden oírse incluso desde ahí. Espera a que se haga el silencio. El espectáculo está a punto de empezar.

Nell está sentada en su carromato con una barra de pintura facial descartada a su lado. Sabe que la estarán buscando, sabe que los bancos están llenos y que el público está a punto. Oye el gong que llama a los últimos artistas. Alarga la mano y toca un móvil de campanillas de cristal, escucha sus suaves reverberaciones.

Piensa que no podía ser él. Solo lo ha visto un instante: sus hombros encorvados, su cabello oscuro. Y, entonces, el telón de la carpa se ha cerrado tras él. Lo ha visto en muchos sitios. En París, una vez siguió cinco minutos a un hombre hasta que entró en una posada y vio que su nariz no era del tamaño correcto. En Barcelona, lo atisbó al otro lado de un concurrido salón de baile, pero cuando corrió hacia él, vio que sus movimientos eran demasiado fluidos y su figura demasiado pulcra. A menudo, mientras se balancea sobre la pista, se dedica a buscarlo entre el público. Después, Stella la regaña, le advierte que descuidarse un instante significa acabar desnucada.

—Tú lo dejaste —le dice—, no lo olvides.

Y Nell se encoge de hombros y responde:

—No sé qué quieres decir.

Se frota la cara. Lleva el pelo recogido en una trenza. A su alrededor, perfumes, peines de carey, un espejo de plata; unos animalitos esculpidos en ámbar que le regaló la realeza danesa. Cruzó el canal de la Mancha a bordo de un vapor, se asomó a la parte posterior de la cubierta principal y vio como el agua se agitaba tras él, los brazos de Stella y de Peggy entrelazados con los suyos y Pearl riendo a carcajadas. Levanta un leopardo en miniatura, lo sopesa. Se repite que no podía ser él; no es posible.

El gong suena más apremiante. Se preguntarán dónde está y Stella estará maldiciendo en voz baja. Se levanta, se estira, rebota sobre la punta de los pies. Sacude la cabeza, sonríe. Ese es su espacio; este es su espectáculo.

Cruza la hierba. Ahí están, inquietas, buscándola entre la gente. Todavía no la han visto. Sus mujeres, con sus cuerpos suaves y fuertes. Pearl, Stella y Peggy. Se pertenecen solamente a ellas mismas.

Acelera el paso. Los espectadores la están esperando. Sus amigas la están esperando. Siente el conocido cosquilleo del poder.

Nota de la autora

En la década de 1860, el espectáculo victoriano de los fenómenos, que comerciaba con la diferencia física como forma de entretenimiento, estaba en pleno auge. La «deformitomanía», como lo llamó la revista *Punch*, recorría el mundo con toda su furia. La reina Victoria, famosa por su pasión por los fenómenos, era la mayor aficionada y contribuyó a popularizarla, recibiendo a infinidad de «prodigios humanos» y empresarios circenses en el palacio de Buckingham. En cuanto a los artistas, puede que la industria les ofreciera ciertas oportunidades y libertad, pero también podía arrebatárselas con unos efectos devastadores.

En la década He querido arrojar luz sobre las personas que formaban parte de ese mundo. Como ocurre con la mayoría de las obras de ficción, la pregunta que quería plantear era: ¿cómo se sentirían? ¿Cómo habría vivido y manejado una joven como Nell una coacción, una oportunidad, una fama y una cosificación así al tiempo que conservaba la conciencia de ser ella misma? ¿Tenían elección teniendo en cuenta que esa sociedad industrial se negaba a adaptarse a las necesidades de personas como Peggy? Más de ciento cincuenta años después, todavía son conocidos algunos de los personajes más famosos de esa época, cuyo ejemplo más destacado es el de Joseph Merrick, apodado «el Hombre Elefante» por una afección médica todavía no diagnosticada entonces que le provocaba tumores en el cuerpo (no se menciona en este libro porque no apareció públicamente hasta 1884). Pero hay innumerables historias que se han perdido con el paso del tiempo, y unas cuantas *cartes-de-visite* descoloridas son el único indicio de que esos artistas existieron.

Antes de empezar *El Circo de los Prodigios*, me planteé escribir sobre figuras históricas reales, especialmente sobre las que son menos conocidas. Sin embargo, cuando me puse a ello, tuve la sensación de estar invadiendo su intimidad; se trataba de personas reales sobre las que los medios de comunicación y los empresarios circenses ya habían contado muchos relatos disparatados, cuyas voces habían sido silenciadas y cuyas historias habían sido reescritas por quienes se aprovechaban de sus vidas. Si bien, hasta cierto punto, toda historia es una ficción, tuve la impresión de que imaginar las zonas grises de sus vidas (impulsos, deseos, reacciones) era una intromisión. Así pues, decidí que era importante que mis personajes y sus historias fueran totalmente ficticios. No obstante, pueden encontrarse ecos de sus narraciones en muchos relatos históricos, y me pareció importante reflejar también el contexto más general de personas y artistas reales. Toda la información sobre personas como Julia Pastrana, Joice Heth, Charles Stratton, Charles Byrne y Chang y Eng Bunker es verídica y fue recopilada durante el proceso de documentación.

Julia Pastrana, cantante y artista mexicana, estaba aquejada de hipertricosis, por lo que fue vendida por su tío al circo. Fue de gira durante toda su vida y su marido, Theodore Lent, la llevó de gira también tras su muerte, ataviada con un vestido que ella misma había cosido, tras haber hecho embalsamar su cadáver y el de su bebé para exhibirlos por todo el mundo. Julia y su hijo fueron expuestos en infinidad de sitios hasta 1972, y finalmente, en 2012, fue enterrada en un cementerio de Sinaloa de Leyva, una población cercana a su lugar de nacimiento.

Joice Heth fue una esclava afroamericana a la que P. T. Barnum compró en 1835. Como por aquel entonces la esclavitud era ilegal en el norte de Estados Unidos, Barnum negoció «arrendarla». Ciega y casi paralizada por completo, Barnum hizo que le extrajeran los dientes que le quedaban para que pareciera más vieja. La publicitó como «la mayor curiosidad natural y nacional del mundo», afirmando que tenía ciento sesenta y un años. A su muerte, vendió entradas para su autopsia, a la que asistieron mil quinientas personas. Cuando se demostró que Joice Heth no era tan vieja como Barnum había dicho, este ideó muchas otras historias, incluida una que sugería que Heth se había escapado y que habían realizado la autopsia a otra persona. Parece que a Barnum le daba igual si estaba viva o muerta mientras pudiera obtener beneficios. Fue gracias a ese «éxito» que P. T. Barnum, el presunto mejor empresario circense, impulsó su carrera.

Charles Byrne medía entre dos metros y dos metros y cuarenta y tres centímetros de altura, según diversas fuentes. Su altura era consecuencia de un trastorno del crecimiento todavía no descubierto entonces, pero conocido hoy en día como acromegalia. La ficticia Brunette tiene la misma afección, que provocaba, entre otros síntomas, cefaleas y dolor articular intensos. Byrne se convirtió en una celebridad en Londres, congregando a numerosos espectadores e inspirando incluso un espectáculo teatral titulado *Harlequin Teague*, pero era constantemente acosado por quienes querían examinar su cuerpo en contra de su voluntad, y está ampliamente documentado que eso lo sumió en una depresión. Consciente de que el cirujano y anatomista John Hunter quería su cuerpo cuando muriera, cuando enfermó debido a complicaciones médicas y al abuso del alcohol, Byrne hizo preparativos detallados para evitar ese destino, incluida la instrucción de que su cadáver debía lanzarse al mar en un ataúd de plomo. Sin embargo, Hunter sobornó a los amigos de Byrne y finalmente obtuvo su cadáver. El esqueleto de Charles Byrne fue expuesto hasta el año 2017 en el Hunterian Museum de Londres. Actualmente, se debate si permanecerá allí cuando el museo reabra en 2021, ya que ha habido numerosas solicitudes para que sea enterrado de acuerdo con sus deseos.

El hecho mismo de que los restos de Sara Baartman, Charles

Byrne y Julia Pastrana fueran exhibidos hasta hace tan poco tiempo pone de relieve que han sido tratados como curiosidades médicas en lugar de como personas reales que merecían la dignidad de un entierro. Tanto vivos como muertos, han sido cosificados para divertir a los espectadores.

Igualmente, aunque el abuso es innegable, hubo muchos artistas que desearon, se beneficiaron y parecieron agradecer la fama y la seguridad financiera que les ofrecía la industria. Chang y Eng Bunker, hermanos siameses de la actual Tailandia, fueron de gira por el Reino Unido y América. Jugaban al bádminton y discutían de filosofía ante el público; pasados tres años, decidieron prescindir de un empresario circense y representarse a sí mismos. En menos de diez años, habían ganado diez mil dólares, que invirtieron en comprar una gran hacienda. Se casaron con dos hermanas y tuvieron veintiún hijos. Murieron tranquilamente a los sesenta y dos años.

Charles Stratton era una persona pequeña a la que P. T. Barnum adquirió cuando tenía cuatro años (a diferencia de su personaje en la película *El gran showman*, que es un hombre adulto cuando elige incorporarse al espectáculo; una reescritura de la historia que resta importancia al desequilibrio de poder y a la explotación del espectáculo de los fenómenos de circo). El ascenso a la fama de Stratton fue estratosférico. Los periódicos cantaban sus alabanzas, un restaurante parisino cambió su nombre por *Le Tom Pouce*, los actores suplicaban relacionarse con él y había entre cincuenta y sesenta carruajes de la nobleza a las puertas de las salas donde se exponía en cualquier momento. Se casó con otra persona pequeña, Lavinia Warren, en una lujosa ceremonia a la que asistieron diez mil personas y que apareció publicada en periódicos como el *New York Times* o la revista *Harper's Weekly*. La reina Victoria les regaló un carruaje en miniatura. Ganaron cantidades ingentes de dinero, poseían varias casas, un yate de vapor y una cuadra de caballos purasangre.

Con tan pocos relatos de primera mano de estos artistas (lo que, por supuesto, es en sí revelador), es imposible saber cómo se sentían en cuanto a sus carreras, especialmente si tenemos en cuenta lo limitadas que habrían sido sus opciones en una sociedad tan llena de prejuicios. Lavinia Warren dijo una vez: «Yo le pertenezco a mi público», una frase que yo atribuyo a Stella en este libro y que siempre me ha parecido desgarradora.

El Circo de los Prodigios es, entre otras muchas cosas, un libro sobre la narración de historias. No hay respuestas simples ni formas fáciles de interpretar una parte de la historia profundamente compleja y problemática. He querido simplemente destacar cómo esta industria podía explotar y empoderar a la vez, y situar a Nell en el centro de su propia historia.

Elizabeth Macneal,
Noviembre de 2020

Agradecimientos

Le debo mucho a mucha gente.

Infinidad de libros me han inspirado y me han educado, libros sin los cuales es difícil imaginar haber escrito esta novela. La ficción histórica, por supuesto, trata tanto de la época en la que está escrita como de la época en la que se sitúa. Así pues, estoy muy agradecida a muchos relatos contemporáneos sobre discapacidad y desfiguración, entre los cuales hay ensayos, memorias, poesía y ficción. Recomiendo encarecidamente y animo a cualquiera que lea esto a buscarlos. En particular, *Marked for Life*, de Joie Davidow; *Beyond the Pale*, de Emily Urquhart; *Dwarf*, de Tiffanie DiDonato; la poesía de Sheila Black (especialmente, *House of Bone*); *Disfigured: On Fairy Tales, Disability, and Making Space*, de Amanda Leduc; *Disability Visibility*, editado por Alice Wong, y *The Girl Aquarium*, de Jen Campbell, así como su cuenta en Instagram (@jenvcampbell) y su canal de YouTube (jenvcampbell).

He pasado muchos meses inmersa en la lectura de libros sobre el circo victoriano, sobre la industria de los fenómenos y sobre la guerra de Crimea. En particular, estoy agradecida a *The Wonders*, de John Woolf; *Freakery: Cultural Spectacles of the Extraordinary Body*, editado por Rosemarie Garland-Thomson; *Crimea*, de Orlando Figes; *No Place for Ladies: The Un-*

told Story of Women in the Crimean War, de Helen Rappaport; *The Life of P. T. Barnum*, de P. T. Barnum, y a los reportajes de William Howard Russell sobre la guerra de Crimea.

Hay muchas personas que me han ayudado a crear este libro a las que estoy muy agradecida:

A mi increíble editora, Sophie Jonathan, que ha dado forma a esta novela con tanta sensibilidad, inteligencia y cuidado. Sé lo afortunada que soy; gracias. A mi agente Madeleine Milburn por apoyarme de infinidad de maneras. Eres un puntal y una verdadera amiga. A todo su equipo, es un placer conoceros a todos.

A toda la gente de Picador. Es algo poco frecuente y muy valioso poder llamar amigos a tus colegas, pero esta es una de las cosas que me gustan de trabajar con Pan Macmillan. Mi agradecimiento a Camilla Elworthy es infinito; espero que haya muchos más viajes que hacer, aunque no estoy segura de que los músculos de mi estómago puedan soportar muchas más carcajadas. Katie Bowden, ¡eres magnífica! Gracias por todas tus increíbles ideas de *marketing* y por tu entusiasmo. Katie Tooke ha diseñado la cubierta, una obra de arte en sí misma.

Hay muchas otras personas a las que me gustaría dar las gracias; desde las que se han encargado del *marketing*, las ventas o el diseño del libro hasta las que se han ocupado de la financiación, la edición o la posproducción, aunque me temo que voy a olvidarme de alguien. Pero sabéis quiénes sois y espero que sepáis también lo agradecida que os estoy.

A la gente de Emily Bestler Books y a mis editores internacionales por seguir haciendo realidad mis sueños. Emily Bestler y Lara Jones, estoy muy contenta de trabajar con las dos.

A los libreros y a los blogueros literarios que han apoyado *El taller de muñecas*; os lo agradezco mucho.

A quienes han compartido generosamente sus experiencias conmigo cuando estaba planeado escribir este libro por hablar con tanta elocuencia sobre lo que les gustaría ver. En particular, gracias a Sarah Salmean.

A Jen Campbell por su sensible lectura. Tus reflexiones y tus ideas fueron valiosísimas y espero haber hecho justicia a tu edición.

A Philip Langeskov por ser duro y alentador a la vez sobre la primera iteración de mis capítulos iniciales.

A John Landers y Diana Parker, a Sophie Kirkwood, a Lydia Matthews y a Aneurin Ellis-Evans por su amistad y por ofrecerme un lugar cuando no podía concentrarme en casa.

A Kiran Millwood Hargrave por leer mi primer borrador y ser tan considerada y generosa con tus comentarios (y por muchos más boles de *noodles* y cócteles extraños en el futuro, espero).

A todos mis amigos, gracias por las deliciosas comidas, por el infinito ánimo moral, por recordarme que «solo es un libro» (ja), por las bromas, los baños en la playa y los buenos ratos. Todos me mantuvisteis cuerda y prometo que la tercera novela será un viaje mucho menos arduo para todos vosotros (o, por lo menos, yo estaré menos insoportable).

A mi familia. Soy muy afortunada, mucho, por teneros en mi vida. No puedo dar suficientes gracias. Apoyo, risas, excursiones para distraerme, charlas motivacionales y un amor infinito. Mamá, papá, Peter, Hector, Laura, Dinah y, como siempre, abuela y abuelo. Os quiero muchísimo a todos.

Y a Jonny por todo. De nuevo.